JINGCHUZHILIAN

荆楚之恋

武汉大学校友企业在行动

武汉大学校友企业家联谊会◎编

人民日报出版社

北京

图书在版编目（CIP）数据

荆楚之恋：武汉大学校友企业在行动 / 武汉大学
校友企业家联谊会主编 . -- 北京：人民日报出版社，
2020.11

ISBN 978-7-5115-6616-4

Ⅰ.①荆⋯ Ⅱ.①武⋯ Ⅲ.①纪实文学－中国－当代
Ⅳ.① I25

中国版本图书馆 CIP 数据核字 (2020) 第 208634 号

书　　名：荆楚之恋：武汉大学校友企业在行动
作　　者：武汉大学校友企业家联谊会

出 版 人：刘华新
责任编辑：周海燕　孙　祺
封面设计：张合涛

出版发行：**人民日报**出版社
社　　址：北京金台西路 2 号
邮政编码：100733
发行热线：(010) 65369509 65369512 65363531 65363528
邮购热线：(010) 65369530 65363527
编辑热线：(010) 65369518
网　　址：www.peopledailypress.com
经　　销：新华书店
印　　刷：北京盛通印刷股份有限公司
法律顾问：北京科宇律师事务所 010-83622312

开　　本：787mm×1092mm　　　1/16
字　　数：460 千字
印　　张：23.75
版　　次：2020 年 11 月第 1 版
印　　次：2020 年 11 月第 1 次印刷

书　　号：ISBN 978-7-5115-6616-4
定　　价：128.00 元

我们在这次危难之中，人人动员，人人出力，人人担当！人人冲在前，人人是英雄！这种忘我精神，牺牲精神，还有惊人的组织能力、创造能力、整合能力和全球资源配置的能力，在武大校友史上前所未有！人人都是主角，人人也是配角，而且每个人都有每个人因其独特能力所扮演的角色与特色。这段奇特历史机缘把珞珈赤子集合在一起，构成了今天这样一部宏大的史诗般的壮丽诗篇！作为珞珈之子此生值得！

——武汉大学校友企业家联谊会理事长陈东升

目 录
CONTENTS

Part 2　战疫企业回头看

Part 3　附　录

Part 1

校友企业战疫记

抗击疫情，武大商帮在行动（一）

2020-01-26

新冠肺炎疫情来势汹汹，按照陈东升理事长的指示，武大校友企业家联谊会已经成立抗击疫情领导小组，众志成城，打赢抗击新冠肺炎疫情这场战役！

目前，泰康、小米、当代、融创、卓尔、1药网、中建三局、正隆保险经纪、天风证券、东呈国际集团、景林资产、金斯瑞、各地校友会等校友企业、校友及相关人士已通过各种形式为抗击疫情而战。

泰康保险集团：向武汉捐赠 1000 万元并向医护人员捐赠物资

1月24日，泰康保险集团向武汉市抗击疫情捐赠仪式在武汉市政府举行，作为楚商企业代表，泰康保险集团宣布向武汉大学人民医院、中南医院、武汉同济医院等医疗防疫机构捐赠1000万元用于抗击疫情，并捐赠15万只医用外科口罩。1月22日，泰康率先对奋斗在武汉市抗击新型冠状病毒前线的10万余医护人员捐赠每人20万元保额的保险，目前已承保生效。

泰康保险集团创始人、董事长兼CEO陈东升表示，一场关系到全国人民生命健康的疫情防控战已经打响。作为楚商企业、作为社会稳定器的保险企业、作为大健康产业生态企业，泰康义不容辞，将全力协助政府做好疫情防控工作。目前，泰康旗下各保险子公司已及时公布应对服务举措，为客户及家属提供便捷的理赔服务，旗下各医疗机构和养老机构人员仍然坚守岗位，抓好医疗质量和安全管理，确保应急处置工作及时有效

开展，确保客户生命安全。

小米：捐赠首批口罩等物资大年初一送达

1月25日大年初一中午，小米集团首批救助武汉的医疗物资安全抵达，这是武汉最早接收到的来自互联网公司的捐赠之一。

这批物资包括大量N95口罩、医疗口罩和各类温度计，都是目前武汉抗击新型冠状病毒肺炎所急需的物资。同时，小米正多方筹集武汉所需物资，旗下生态链企业也积极响应，紫米、智米、九安医疗等小米系生态链公司都投入了大批物资和资金。首批价值超过百万元的医疗物资正在陆续运往武汉。小米集团称，已经决定继续追加支持武汉的捐赠，小米和生态链企业已经并计划捐赠超300万元物资。除此之外，金山软件也迅速追加100万元的资金捐赠。除了捐赠物资，小米还充分发挥自身物流、仓储等综合优势，正在协助武汉大学校友将捐赠的1500件防护服送达武汉大学人民医院。

当代集团：2000万元物资与资金捐赠到位

当代集团及伙伴企业向武汉防疫一线捐赠总计2000万元物资与资金，集团旗下医药板块伙伴企业人福医药通过武汉市红十字会向武汉市防疫一线医疗机构捐赠价值1000余万元的物资，这项捐赠主要为120台呼吸机及2000件抗病毒口服液。当代集团与伙伴企业天风证券通过武汉市慈善总会捐赠总计1000万元资金，用于采购防控物资等事项，支援武汉抗击新冠肺炎疫情。目前武汉市红十字会与武汉市慈善总会均确认相关捐赠已接收到位。

融创：向武汉捐赠1亿元

1月25日，融创公益基金会向武汉市慈善总会捐赠1亿元，帮助抗击新冠肺炎疫情。

至此，融创中国已向武汉捐款总计 1.1 亿元。捐赠主要用于口罩、防护服、消毒液、护目镜、医疗用品等急需物资的采购，并对疫情防控一线医护人员和患者提供帮助。

卓尔控股：向武汉防疫一线捐赠 1000 万元，再紧急采购 1 万件防护服送至人民医院、中南医院

1 月 24 日，卓尔公益基金会通过武汉市红十字会向武汉市防疫一线医疗机构捐赠 1000 万元，这项捐赠主要用于从境外采购防护服、护目镜、医用手套、医用消毒液等急需医疗防护物资，以及提供人体测温红外智能检测设备。1 月 26 日凌晨，卓尔紧急采购的 1 万件防护服通过民航客机运抵武汉，并第一时间通过相关部门分发给武汉大学人民医院、中南医院等急缺物资的医疗机构。"每套防护服背后就是一位医护工作者的健康安危，我们必须快点，再快点！"

111 集团：1 药网捐赠 10 万只医用口罩送达武汉，开通"在线免费问诊"武汉绿色通道

1 月 24 日，1 药网宣布向武汉捐赠 10 万只医疗专用口罩，其中包括 N95 系列口罩。目前，在楚商联合会的协助下，这批口罩已经送达武汉抗击疫情一线医护、公安、交警等人员手中。

对此，楚商联合会秘书长蹇宏表示："虽然目前武汉的疫情防控形势严峻，但还是得到了来自各界如 1 药网的支持，1 药网的社会担当让人感到非常敬佩，尤其是在大年三十，让公司的众多同事给我们紧急调运物资，保障今天能够把口罩送到需要的地方，包括武大中南医院，我们一线的交警、公安干警，还有我们在一线采访的记者们手中。"1 药网在除夕夜紧急为武汉地区开通"在线免费问诊"绿色通道。武汉用户可登录 1 药网在线免费咨询问诊服务，目前 1 药网互联网

医院平台自营和注册医生 2000 名。1 药网截至目前累计已向市场供应 300 万只口罩，全力保障医用口罩等防护物资的市场供应。此外，1 药网还与华润江中、以岭药业、东阳光、江苏吴中及拜耳等战略合作药企联手全面保障抗病毒药物市场供应，截至目前已紧急采购补货 3000 多万元抗病毒医药物资。

天风证券：向武汉捐款 500 万元

1 月 25 日，天风证券股份有限公司向武汉市慈善总会捐赠现金 500 万元，同时，天风证券通过多方渠道持续筹措当前紧缺物资，包括口罩、消毒液、护目镜、体温枪、呼吸机等的采购。

中建三局：建设武汉"小汤山"

为防止疫情继续肆虐，武汉参照北京小汤山医院模式，由中建三局牵头，在武汉蔡甸区知音湖畔开工新建一座专门医院——武汉火神山医院，医院设计病床数 700 个至 1000 个，集中收治新型冠状病毒肺炎患者。中建三局表示，不惜一切代价，不讲任何条件，克服一切艰难险阻，集中一切可以集中的人力、财力、物力，保证医院建设按时完工。

东呈国际集团：紧急调用武汉及周边地区近 1 万间酒店客房，全力保障一线防疫工作者住宿需求

东呈国际集团已有多家酒店主动为一线防疫工作者提供免费住宿便利。1 月 25 日，东呈再次紧急调用武汉及周边城市酒店近 1 万间客房，全力保障一线防疫工作者住宿需求，并调集相关物资近百万元驰援武汉。东呈已于 1 月 21 日发布紧急退改保障：即日起至 1 月 31 日，针对已经预订武汉地区的酒店订单，东呈提供免费取消保障。同时，东呈要求全国 200 多座城市、近 3000 家门店全面执行消杀、饮食卫生控制、配发口罩、

测量体温等防控措施，并出台关闭酒店洗衣房、健身房等公共区域，暂缓重点防控区域同事返城上班，为驻留武汉的员工提供免费集中住宿等一系列有力的防疫举措。

武大北京校友会：39 小时募资 1600 多万元

在广大校友和社会各界人士的热心支持下，截至 2020 年 1 月 25 日下午 1 点，武大北京校友会通过微信、支付宝、银行卡共收到 16,400,820.09 元。同时成立以医学院校友为主的医疗采购小组，对每一批物资货源进行甄别和筛选，确保物资符合医用标准。

景林资产：向武汉市捐赠 1000 万元

近日，景林资产向武汉市捐赠人民币 1000 万元，帮助抗击疫情，承担社会责任。同时，景林资产还将联合其他企业，积极协调从日、韩等国采购急需的医疗物资，尽速运往武汉。

金斯瑞：免费提供检测探针，24 小时送达

金斯瑞 TaqMan 探针修饰稳定，外源污染率极低，可以更快更准地支持诊断试剂盒及各种科研检测需求。根据 WHO 公布的新型冠状病毒序列信息，金斯瑞已经合成用于 Real-time PCR 的检测探针和引物，为开发病毒检测产品的客户提供免费试用，最快 24 小时送达！

武大长沙校友会：捐赠专用采血管

武大长沙校友会捐赠 IMPROVACUTER 一次性使用核酸检测专用采血管，共计约 17 万支。1 月 26 日下午 5 点之前可以抵达武汉中南医院和人民医院。同时，长沙校友会及各界爱心人士捐款 27 万元用于紧急采购紧缺医疗物资。

正隆保险经纪：向寒假不离校的学生分发医用级口罩

近日，在蹇宏董事长亲自带领下，正隆保险经纪公司为客户赠送了一批口罩，为疫情防护助力。

同时，蹇宏董事长作为武汉大学校友企业家联谊会秘书长，还亲自组织、参与武大校友企业抗击疫情活动，为寒假不离校的学生分发医用级口罩。正隆也收集了一些面对疫情的防控小贴士与大家分享。

万众一心、众志成城，就一定能打赢这场没有硝烟的疫情防控攻坚战，武大商帮、武大校友正以强烈的责任感回报社会、彰显大爱！

抗击疫情，武大商帮在行动（二）

2020-01-27

面对疫情，武大校友企业家联谊会积极行动起来，组织武大校友企业全力协助政府做好疫情防控工作。生命重于泰山，疫情就是命令。各企业勇担重任，迅速组织人力、物力投入疫情防控，形成抗疫的强大合力。

在抗击疫情的关键时期，武大商帮、武大校友继第一批捐款捐物后携手奋进、众志成城、毁家纾难，继续为全国、为武汉竭尽所能筹集款项、物资等。

泰康：一诺千金　极速理赔

1月26日，染病去世的李医生（化名）家属收到了泰康保险集团支付的20万元理赔款。这是泰康保险集团于1月22日在行业内率先向武汉市医护人员捐赠每人20万元保额特别保险后的首例理赔。泰康向奋战在武汉市抗击疫情前线的医护人员捐赠每人20万元保额的保险，包含因新型冠状病毒肺炎引发的被保险人身故责任和高残责任，该团体保险保障方案由泰康养老承保。

东润公益基金：设立500万元专项基金

东润公益基金会捐赠500万元善款设立专项基金，主要为此次在疫情防控中有突出贡献的湖北地区医护人员子女提供一次性的就学保障资金。

卓尔控股：向黄冈捐赠 200 万元急需医疗物资、向红安医院捐献 5 万套口罩和隔离服、向京山捐献 5 万套口罩和隔离服

1 月 25 日，卓尔公益基金会通过湖北省慈善总会向黄冈市罗田县、黄州区等地防疫一线医疗机构捐赠价值 200 万元的防护服、医用口罩等急需防护物资，支持黄冈市抗击新冠肺炎疫情。这是卓尔公益基金会继 24 日向武汉防疫机构捐赠 1000 万元后的又一项捐赠。除直接捐赠外，卓尔还利用国际供应链资源采购紧缺医疗防护物资。目前已联系新加坡、日本、菲律宾、柬埔寨生产商、供应商紧急备货，并以最快速度空运到武汉。同时，卓尔还积极支持华中数控红外测温监控设备原料供应及 24 小时满负荷生产，保障全国各地防疫一线应急投用。

111 集团：服务近万人，免费在线问诊服务拓展至湖北全省

自为武汉地区开通免费在线问诊绿色通道以来，1 药网已累计提供咨询服务近万人次。1 月 26 日起，湖北省内的患者只要登录 1 药网发起问诊，就可享受 1 药网互联网医院提供的免费问诊服务。

中建三局：再战雷神山

1 月 25 日，武汉决定继火神山医院后，再建一座雷神山医院。工程由中建三局一公司牵头实施，并负责医疗隔离区施工；中建三局基建投公司负责医护住宿区施工；中建三局绿投公司等负责医疗污水处理设施安装等相关施工。目前，现场场地平整工作已经全面启动。

阳普医疗：继先前捐助外，集团全面恢复生产

阳普医疗集团相关企业已于大年初一全面恢复生产。面向医院的产品如全自动生物安全血标本脱盖机、病毒保存管、核酸检查管已开始投料。民用 N90、民用 N95 在全速生产。集团全力驰援全国，驰援武汉！

武汉大学抗击新型肺炎基金：截至 1 月 26 日 10 点，校友捐赠人数已超过 6 万，捐款 940 多万元

京山轻机：李健校友定向捐款 100 万元

金山软件：筹措 130 万元紧急支援

其中，金山集团捐赠 100 万元，金山旗下西山居游戏捐赠 30 万元。此外，西山居

还在《剑网 3》游戏中开启烛火募捐渠道，截至发稿时，玩家共捐赠 70 万元，该笔善款同样纳入驰援物资的筹备中。

人福医药：向武汉捐赠价值千万元的呼吸机和药品

1 月 25 日，经过武汉市交通部门批准放行，承载着人福医药集团爱心和牵挂的 120 台呼吸机和 2000 件抗病毒口服液顺利抵达武汉。现场，人福医药集团将这批价值 1000 余万元的呼吸机和药品捐赠给武汉市红十字会。

奥山集团：向湖北省慈善总会捐款 100 万元

奇致激光：向武汉红十字会捐款 50 万元

武大纽约地区校友会

截至 2020 年 1 月 25 日美国东部时间晚 11 点，通过校友会官方发布渠道共募集资金 620,851 美元，已支出采购资金 107,830.22 美元。

校友张健：积极捐款捐物　全力抗击疫情

武大校友张健捐款 100 万元，专门捐赠给武汉大学人民医院和中南医院；捐款 30 万元（前面有 10 万元）用于校友企业家联谊会应急小组采购紧需物资抗击疫情；积极帮助采购的 2000 盒莲花清瘟、1000 盒奥司他韦以及 5 箱消毒水、5 箱酒精已经捐赠分发给武大校医院、北湖派出所等单位；捐款 20 万美元在英国进行防护物资采购。

北京校友会

北京校友会采购到 4000 副防护镜、50000 件手术服，于 1 月 27 日开始陆续运抵武大。1 月 27 日有 1500 件防护服从河南启运。

即刻公司：向武大抗击新冠肺炎基金捐赠 100 万元

即刻公司所捐款项将用于新型冠状病毒肺炎防控（防疫）药品、设备和物资的采购，以及武汉大学人民医院、武汉大学中南医院和武汉大学校医院开展新型冠状病毒肺炎救治和防控工作的相关费用支出。

蓝月亮：向湖北红十字会捐赠 20 万瓶漂白水（含氯 4%）和 20 万瓶洗手液

广州校友会：捐助 1 万只口罩

湖北大集集团：捐赠 100 万元支持蔡甸抗击新冠肺炎

陈东升理事长说，这次抗击疫情活动，我们武大校友企业家、楚商、武大校友都是走在社会前面，带了个大好头，表现了大爱的责任与奉献精神！历史会记住的，现在抗击疫情战役刚开始！武汉的封城也是以壮士断腕的牺牲精神而保全国！在武汉的校友们受点辛苦和委屈，全国人民会感谢你们和武汉的！向在汉的老师校友领导们致敬！

抗击疫情，武大商帮在行动（三）

2020-01-28

在这十万火急的时刻，关键的物资、款项、信心等至关重要，武大商帮、武大校友继续厉兵秣马、战天斗地。祖国有难，武大人挺身而出！全球各地的武大人，他们身在海外而心系祖国；全国各地的武大人，他们正值佳节却通宵达旦。他们正用一分一厘的捐款、一丝一缕的物资驰援全国，增援武汉，第三波物资和款项正在疾驰而来。

泰康：泰康同济（武汉）医院（筹）医生主动奋战防疫一线

泰康同济（武汉）医院还在筹备期，但部分规培与进修医护人员仍在华中科技大学同济医学院附属同济医院（以下简称"武汉同济医院"）培训。面对疫情，他们选择跟武汉同济医院的医护人员们一起并肩作战。他们不畏困难，恪尽职守，在江城群众的健康受到严重威胁的时刻，尽到了泰康医者的一份责任。

卓尔控股：第三次向防疫一线捐赠

1月27日，卓尔公益基金会向孝感、随州、宜昌、黄石、荆门、咸宁、潜江、天门等市捐赠总价值500多万元的急需医疗物资，支持湖北各地抗击肺炎疫情。这批医疗物资包括隔离服、医用外科口罩、N95口罩、人体测温红外智能检测设备。

这是卓尔公益基金会继24日向武汉市、25日向黄冈市捐赠之后第三次向防疫一线捐赠。

1 药网：继续抗疫不下火线

1 药网自始便密切关注疫情，并第一时间宣布假日无休，全员投入抗疫战斗，努力保障民众通过互联网渠道快速获取短缺药品和防护用品。

中建集团：举全集团之力，迅速建成武汉火神山、雷神山医院

1 月 27 日上午，中建集团新型冠状病毒肺炎疫情防控工作专题电视电话会议在京召开，会议强调，要全力以赴、千方百计，迅速建成位于武汉市的火神山、雷神山医院。会议对火神山、雷神山医院下一步的建设做出研究部署，明确于 2 月 2 日交付 1000 张床位的火神山医院，于 2 月 5 日交付 1300 张床位的雷神山医院。

居然之家：捐赠 2000 万元现金和医疗物资

1000 万元现金于 1 月 27 日之前划至武汉、黄冈、罗田、黄梅红十字协会账户，1000 万元的急用医疗物资正在美国、日本备货过程中。

武大纽约校友会

武大纽约校友会捐赠的第一批物资，包括 1122 件防护服、1582 副护目镜、480 只 N95 口罩，于 1 月 27 日凌晨 0 点 45 分从纽约起飞（MU298），驰援武汉。

公牛集团：向武汉市捐款 500 万元

中金公司：首批捐赠 1000 余万元资金和 50 万元医疗物资

1 月 26 日，中金公司管理委员会召开扩大会议研究决定，中金公司携旗下子公司中金财富、中金资本、中金基金、中金期货以及中金公益基金会全面行动，向武汉市慈善总会首批捐赠 1000 万元资金和 50 万元医疗物资给武汉大学附属医院。同时，中金公益基金会正在组织公司员工捐款，各业务部门正在发挥各自资源优势形成合力，助力抗击新型冠状病毒肺炎疫情，同时启动海外采购。

武汉大学抗击新冠肺炎专项基金：接受捐赠总额 19,666,122.23 元

截至 2020 年 1 月 26 日，武汉大学教育发展基金会人民币银行账户共接受捐赠 648 笔，捐赠总额 9,088,528.54 元；微信账户共接受捐赠 64,399 笔，捐赠总额 10,577,593.69 元；人民币银行账户及微信账户捐赠总额 19,666,122.23 元。

普洛斯（GLP）：现有武汉及武汉周边园区仓储资源免费开放供周转存放捐赠医疗物资使用，并提供运输

校友陈亚和校友张健积极行动

校友陈亚委托捐赠的 10 件（800 盒）秋梨膏，校友张健委托采购捐赠的第二批药品——莲花清瘟 2000 盒、奥司他韦 1000 盒、莫西沙星 1000 盒、抗病毒口服液 450 盒、红外测温仪 98 支，已抵武大校医院。此外，陈亚校友又一次捐赠 10 万只医用口罩。

铭师堂教育：捐款 130 万元，旗下升学 e 网通向湖北所有高中生免费开放全科课程

铭师堂教育捐赠 30 万元给武大校友企业家联谊会应急小组，用于采购急需物资；捐赠 100 万元现金，定向支援武大人民医院、中南医院；疫情期间，旗下升学 e 网通向湖北所有高中生免费开放全科课程。

校友徐广煜：想尽一切办法帮助把校友爱心送到医院、民政局等地

在交通受限、人员不易外出的情况下，校友徐广煜想尽一切办法完成运输，运送美好集团捐赠给武大的 1.5 吨消毒液等大量物资。

抗击疫情，武大商帮在行动（四）

2020-01-29

1月24日，湖北省召开新型冠状病毒肺炎疫情防控新闻发布会。在这千钧一发的时刻，武大商帮、武大校友再接再厉、与祖国共患难。

陈东升理事长说：武大珞珈山人就是团结爱心与众不同！

在与疫情决战的关键时刻，武大商帮、武大校友第四批款项、物资正在从全球各地、祖国四面八方驰援荆楚大地。

泰康：泰康赠险拓展至湖北全省医护人员，捐赠物资倾斜地市级

1月29日，泰康保险集团宣布，将医护人员特别保险的捐赠范围拓展至湖北全省，同时调集物资驰援湖北各地市级医疗机构。此前，泰康已于1月22日向武汉市医护人员捐赠每人20万元保额的特别保险，并于1月26日完成行业首例医护人员理赔。该保险保障方案由泰康养老承保。

小米：向武汉市慈善总会捐赠 1000 万元，定向支持武汉 5 家医院

1月29日，小米集团向武汉市慈善总会捐赠1000万元，定向支持武汉金银潭医院、武汉同济医院、武汉协和医院、武大人民医院、武大中南医院，用于采购抗击疫情所需医疗物资与设备。

卓尔：继续向湖北各地捐送急需医疗物资，捐赠总额已超 2000 万元

1 月 28 日，卓尔公益基金会向十堰、荆州、恩施、神农架等地捐赠急需医疗物资，并向黄冈市的罗田、红安、浠水、蕲春等县增加捐送物资，持续支持湖北各地抗击肺炎疫情。这批医疗物资包括 N95 口罩、防护衣、药品、消毒用品及人体测温红外智能检测设备，价值超过 300 万元。

这是卓尔公益基金会继 24 日向武汉市、25 日向黄冈市、27 日向湖北 8 市捐赠之后第四次向防疫一线捐赠。

连日来，卓尔公益基金会协同卓尔跨境供应链，从国内外紧急采购调集最紧缺医疗物资，直接分拨送达湖北抗疫一线，捐赠总金额已超过 2000 万元。

111 集团：1 药网日问诊服务近 3000 人，成为线下医疗资源有力补充

1 药网互联网医院紧急开辟面向武汉的免费线上问诊通道，并于 1 月 24 日宣布将"在线免费问诊"范围扩展至湖北省。与此同时，1 药网互联网医院还面向全国各大城市慢性病患者提供免费续方服务。1 药网最新数据显示，近日来每天线上问诊服务近 3000 人，累计问诊量近 20000 次。

中建三局：火神山医院发布效果图　雷神山医院开始搭设板房

校友蒋锦志：捐赠仪器

校友蒋锦志联系动员 352 环保科技公司向武大三家医院（人民、中南、校医院）捐赠的 296 台空气净化器、261 台检测仪、124 套滤芯（所有武汉库）已由武大领运，在此，

特别致敬锦志校友和 352 公司。

武汉源启科技：向湖北慈善总会捐款 50 万元

深圳展博投资：捐款 200 万元

向武汉蔡甸、武大三家医院（人民、中南、校医院）各捐款 50 万，共计 200 万元用于抗击疫情。

纽约校友会：捐赠物资到达上海

1 月 28 日，载有新型冠状病毒肺炎防控急缺物资的东航 MU298 从纽约飞抵上海浦东机场，这批空运来的物资包括 1582 副医用护目镜、1122 套防护服、480 盒 N95 口罩共计 526 千克，都是由武汉大学纽约校友会筹集，到达浦东清关后将被送往湖北省慈善总会和疫情防控指挥部。

海特生物：捐赠医疗物资

海特生物向民政下属养老院、福利院、殡仪馆捐赠 4 万只医用口罩。

北京校友会：捐款 1600 万元

北京校友会捐款 1600 万元，用于购买物资，每天都有承载捐款人爱心的应急物资送到医院。

上海柏悦医疗：捐赠医疗物资

上海柏悦医疗为武大三家医院捐赠的 1000 件防护服和 1500 只口罩已运抵并分发完毕。

武汉大学抗击新冠肺炎基金：已接受捐赠总额 26,473,368.44 元

截至 2020 年 1 月 27 日，武汉大学教育发展基金会人民币银行账户共接受捐赠 683 笔，捐赠总额 15,046,563.92 元；微信账户共接受捐赠 68,205 笔，捐赠总额 11,426,804.52 元。人民币银行账户及微信账户捐赠总额 26,473,368.44 元。

公牛集团：捐款 1000 万元并捐物

公牛集团紧急抽调 5000 余只墙壁开关插座送达武汉火神山医院施工现场，捐赠 300 万元现金支援浙江抗击肺炎，捐赠 200 万元现金支援慈溪抗击肺炎，捐赠 500 万元现金支援武汉抗击肺炎。

武汉大学吴平副校长慰问一直坚守在一线筹集捐赠物资的武大校友企业家联谊会秘书长蹇宏

陈东升理事长说："这次有太多可歌可泣的人和事，彰显了武汉大学深厚的人文精神和社会历史责任感。多年积淀培养的一拨又一拨的民族俊才，这些人是那么的平凡而质朴，甚至貌不出众语不惊人，扎扎实实，埋头苦干。"

战疫不止　武大人再接再厉

2020-01-30

新冠肺炎疫情继续发展，感染数字不断上升。这无时无刻不在牵动武大商帮、武大校友的心。前方，无数医护人员冲锋陷阵；后方，武大商帮、武大校友为他们筑起钢铁长城。继第一批、第二批、第三批、第四批捐赠后，他们兵不卸甲、马不卸鞍，继续进行第五次筹款筹物，用他们的热血和汗水驰援全国、增援荆楚大地！

泰康：共捐3000万元，并推出"爱心保"应对疫情

1月30日，泰康保险集团宣布，通过泰康溢彩公益基金会再追加捐赠2000万元，支援湖北黄冈、孝感、荆门、襄阳、宜昌、荆州和天门等多座城市抗击新冠肺炎疫情，资金主要用于采购医疗物资、医护人员关爱等用途。截至目前，泰康溢彩抗击新冠肺炎专项基金规模已达3000万元。

疫情发生后，泰康每天都在行动！

1月21日，陈东升董事长第一时间致电武汉市政府领导，表示捐赠1000万元及武汉医护人员特别保险，驰援武汉抗击疫情。同时，泰康第一时间启动重大公共卫生事件应急预案，泰康人寿、泰康养老、泰康在线、泰康健投等子公司及时公布应对服务举措，为客户及家属提供便捷的服务。

1月22日，率先向抗击新冠肺炎疫情前线的10余万武汉医护人员捐赠保险，当日

承保生效。

1月25日，泰康仙林鼓楼医院紧急上线"新冠病毒肺炎咨询"互联网在线免费服务，发热患者可通过"泰康医疗"APP与专科医生进行实时在线咨询。

1月26日，完成行业首例医护人员理赔，武汉医护人员家属收到20万元理赔款。

1月27日，通过泰康溢彩基金会向武汉慈善总会拨付1000万元捐款。

1月28日，依托泰康大健康供应链采购超300万元防护物资，分批运至武汉及湖北省其他地市级医院。

1月29日，宣布将医护人员特别保险的捐赠范围从武汉扩展至湖北全省。

1月30日，宣布通过泰康溢彩基金会再追加捐赠2000万元，支援湖北黄冈、孝感、荆门、襄阳、宜昌、荆州和天门等多地抗击疫情。

1月30日，与中国记协共同发起"疫情防控报道一线记者专项团体保险计划"，向首批近700名奋战在疫情防控一线的新闻工作者捐赠一年保额20万元的人身保险，以及1000套防护包，以保障他们的健康安全。

1月30日，设立1亿元"泰康公共卫生和流行病防治基金"，"爱心保"保险计划的所有承保盈余将捐入该基金，用于公共卫生基础体系建设，包括保险、预测、分级预防、生物科技研发、健康卫生教育等。

1月30日，泰康推出"爱心保"应对疫情，并承诺盈余全数作为公益基金。

中建三局：保质保量　按时完工

1月29日，武汉雷神山医院总建筑面积扩大至约7.5万平方米，病床超过1500张（最

多可容纳约 1600 张）；武汉火神山医院板房搭设全面铺开，水电暖通、机电设备等材料全面到位，同步开始作业。

祥和集团董事局主席刘松、高品建设集团有限公司董事长刘鹤：捐款 100 万元

祥和集团董事局主席刘松、高品建设集团有限公司董事长刘鹤延续优良传统、发扬企业精神，积极履行社会责任，向武汉市新洲区慈善会捐款人民币 100 万元。

中企辉煌文化（北京）：为武大抗击疫情专项基金捐款 10 万元

亚布力秘书长张洪涛和亚布力中国企业家论坛：为武大抗击疫情专项基金捐款 10 万元

校友田源：积极采购物资

校友田源利用公司国内外资源组织符合医用标准的物资采购，1 月 29 日下了第一批 20 箱 2400 副医用护镜订单，近日可以送达同济医院。

伟鹏集团董事长喻鹏：捐赠 1000 万元及大量物资

1 月 29 日，湖北省侨商协会会长、伟鹏集团董事长喻鹏先生捐赠 200 万元助力武汉抗击疫情，其中分别捐赠武汉市东湖新技术开发区红十字会 100 万元和武汉亚心总医院 100 万元；捐赠超过 800 万元物资用于武汉市东湖新技术开发区、江夏区，湖北省黄

冈市、团风县等地区疾病防控中心。

目前，首批 50 万只符合国际标准的医用和民用口罩已通过湖北省慈善总会华人华侨慈善基金捐赠到武汉市江夏区疾病预防控制中心，大批量的防护服、护目镜、口罩等物资会陆续捐赠至疫情较重、急需医疗物资的地市，并第一时间分发至医院、社区及奋战在一线的医护工作者。

校友赵华锋：捐赠紧缺物资到位

校董赵华锋委托校友企业家联谊会采购捐赠给武汉大学中南医院的莲花清瘟 2000 盒、抗病毒口服液 450 盒、奥司他韦 1000 盒、84 消毒液 30 件已运抵校友企业家联谊会。

中诚信毛振华说："医学院附属医院这次站在最前线，肩负使命，牺牲巨大，我们也是第一次感受到母校的社会责任如此重大。而我们可以通过母校，以校友的身份更直接地投身这场战役，无比光荣，备感责任！"

武汉大学韩进书记说："武大各岗位职工均在坚守，留在学校的近 400 名本科、研究生以及近 500 名留学生都得到妥善照顾，学校食堂免费供应三餐盒饭，送到宿舍，这样可以有效减少感染机会。人民、中南两家医院全力工作，贡献巨大，不少医护人员拼命工作，感人至深，向他们致敬！校友们对医院一线的支持，医护人员都铭记在心，也代表他们向校友致敬！"

生死速递：全球武大人携手战疫

2020-01-31

物资紧缺，物资紧缺！武汉大学人民医院告急、武汉大学中南医院告急、荆楚大地告急……英雄的一线医护人员即将"断炊"之际，由小米集团捐赠1070万元、景林资产捐赠340万元、中诚信集团捐赠330万元、中珈资本捐赠330万元，在韩国联合采购捐赠的2000余万元的紧急物资，在韩国校友会及韩国政府大力协助下，第一批将在1月30日晚11点30分到达武汉天河机场。疫情就是命令，物资就是弹药，时间就是生命！接到信息后，武汉大学校友企业家联谊会会同相关人员开始了生死速递！

1月30日晚10点：武大校友企业家联谊会抗击疫情应急小组出发。

晚11点：在机场海关，各种手续办妥。

晚11点30分：物资到达天河机场。

1月31日凌晨0点40分：开始装车。

1月31日凌晨3点：到达武大，边搬运边分发。

31 日早 6 点：搬运完成。

31 日中午 12 点 30 分：分发完成。

通宵达旦，对他们来说是常事，在大灾大难面前，英勇的武大商帮没有退缩，他们选择了与祖国同呼吸、共患难，他们坚定地守望家园、护卫桑梓！他们分秒必争地开始生死速递，做医护人员的钢铁长城，做疫区同胞的救助天使！陈东升理事长说：武大商帮各路英雄竞相献爱心，为武汉加油打气做贡献，了不起！

当代集团：疫情不散，行动不止

截至 1 月 30 日，当代集团携手旗下伙伴企业捐赠合计 4440.91 万元物资与资金（捐款总额 2879.67 万元，捐赠物资价值 1561.25 万元），用于支援抗击新冠肺炎疫情。其中，当代集团捐赠 500 万元资金；集团旗下医药板块伙伴企业人福医药向武汉市防疫一线医疗机构捐赠呼吸机、抗病毒口服液等价值 1161.65 万元的物资，宜昌人福药业向宜昌市红十字会捐赠 500 万元资金；集团参股伙伴企业天风证券携恒泰证券捐赠总计 1867.4 万元资金；集团旗下消费板块伙伴企业当代地产向武汉市江夏区红十字会捐赠价值达 300 万元的物资。

元明资本：捐款并采购物资

元明资本及迈胜医疗承诺共同捐赠 100 万元医用紧缺物资及现金，在国内外积极搜

寻购买防护用品资源。元明资本与所投资企业北海康成亦在紧密合作，即将从美国运送 N95 口罩到武汉多家医院。

中建三局：火神山和雷神山如期推进

截至 1 月 30 日中午 12 点，武汉火神山医院项目场地平整、砂石回填、HDPE 膜铺设全部完成，基础混凝土浇筑完成 95%；集装箱板房进场、改装、吊装正快速推进。管线沟槽开挖、埋设及回填完成 50%；污水处理间设备吊装完成，管道安装完成 60%；调蓄水池 HDPE 膜开始铺设。

中珈资本：父女校友运送物资

由中珈资本采购的 10 万只医用口罩、1360 件防护服、2 万只医用口罩在校友周旭洲、校友周文川父女俩的精心组织下于 1 月 30 日从瑞士起飞。

校友曾文涛：捐款 30 万美元并帮助采购

校友曾文涛为纽约采购捐款 30 万美元，并坚守一线。

巨成公司：向武大抗击疫情专项基金捐款 20 万元

武汉大学教育发展基金会：已接受捐赠总额 42,114,496.33 元

截至 2020 年 1 月 29 日，武汉大学教育发展基金会人民币银行账户共接受捐赠 737 笔，捐赠总额 29,955,466.61 元；微信账户共接受捐赠 70,613 笔，捐赠总额 12,159,029.72 元。人民币银行账户及微信账户捐赠总额 42,114,496.33 元。其中，定向资助人民医院

的捐赠共计 35 笔，捐赠总额 8,698,636.14 元；定向资助中南医院的 1 笔，5000 元；定向共同资助人民医院和中南医院的 1 笔，30 万元。

泰康：定向捐赠中南医院 200 万元

深圳校友会：收到捐款 19,595,307.07 元

截至 1 月 29 日，武汉大学深圳校友会微信公共账户已收到 274,522 笔，共计 19,595,307.07 元。

新奥集团：捐助武大三家医院紧缺物资

1 月 30 日，新奥集团捐助武大三家医院的 5 万只医用检查手套运抵武大。

校友张燕：捐赠紧缺器械

1 月 30 日，校友张燕捐赠给武大的 95 把红外额式体温计已送达校医院。

君悦律师事务所：捐款 38 万元

截至 1 月 30 日下午 4 点 40 分，共募集包括律所合伙人、专职律师、行政人员等全体职工捐款 38 万余元，援助款项还在不断增加。

卓尔控股：第三架包机运抵武汉天河机场并捐物

第三架运送卓尔采购并捐赠的最急需医疗物资包机于 1 月 30 日晚上 7 点 08 分运抵武汉天河机场。得知医院医护物资紧缺，卓尔立即启动了新一轮海外采购，并请合作伙伴日本丸红商社支持，终于从日本生产企业直采到 10 万件高级别、可以进红区的医用防护服，为抢时间，分两个包机运回武汉。同时，再捐送 2000 件红区高标防护服和 1000 双医用外科手套给人民医院。

生死速递：武大商帮再冲锋

2020-02-02

"如果你们今夜不到货，我们明天就没办法了！"蔡甸区人民医院院办 2013 届校友程鹏飞 2 月 1 日凌晨 4 点动情地说。1 月 31 日晚，带着武大商帮校友们的重托，在韩国校友会的大力支持下，又一批物资于晚 11 点 30 分到达武汉天河机场，又一次生命的接力开始了！

2 月 1 日下午 1 点 30 分，物资分发完成。经历了 30 日、31 日连续两个通宵达旦，

1 月 31 日晚 9 点 30 分出发去机场

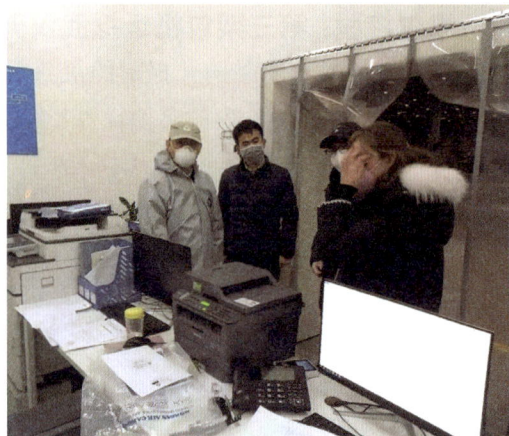

1 月 31 日晚 10 点 30 分办理海关手续

2月1日凌晨0点30分物资通关

2月1日凌晨2点30分物资到达武大

带着武大商帮企业家们的重托，武大校友企业家联谊会抗击疫情应急小组圆满完成第二次生死速递的重任。全球武大人是荆楚大地医护人员坚定的钢铁长城。宇业集团周旭洲校友说：武大商帮是一个有担当、有作为的英雄群体！

校友企业家联谊会抗击疫情应急小组庄严承诺：不负重托，不讲条件，必将完成任务！

泰康：设立1亿元公共卫生和流行病防治基金，"爱心保"公益保险计划助力国民战疫信心

1月30日，泰康保险集团宣布设立1亿元公共卫生和流行病防治基金，资助基础卫生体系建设和流行病的防治体系建设。同日，泰康推出"泰康爱心保"公益保险计划，该计划在原有意外险基础上扩展了感染新型冠状病毒后身故或致残的赔付责任，旨在助力全国人民战胜疫情坚定必胜的信心。泰康承

物资立即分发

2月1日上午继续分发

诺"泰康爱心保"公益保险计划如有盈利将全部捐赠给该基金。

泰康保险集团创始人、董事长兼 CEO 陈东升表示，新型冠状病毒肺炎疫情已经发生，一场关系到全国人民生命健康的疫情防控战已经打响。在党中央、国务院的领导下，全国人民万众一心，共克时艰，中国一定能够打赢这场疫情防控阻击战。同时，这场战疫也凸显出流行病对社会的挑战和进一步加强公共卫生建设的重要性，暴露出人们风险意识的不足。经历过抗击非典的洗礼，泰康总结出很多经验与教训，因此才能在此次疫情发生后第一时间捐款捐物，捐赠医护特别保险，而且认识到加强公共卫生建设是一个需要长远打算、长期投入和持续推动的大工程。作为以打造大健康生态为愿景的企业，泰康希望借助市场经济的方式和方法，通过设立基金为公共卫生事业、为生命科学的发展与进步提供更多支持，通过非常时期提供公益性的保险计划，给国人以保障，更给人类战胜疾病以信心。

卓尔：长江应急医院挂牌成立，1 月 30 日开始收治新冠肺炎患者

卓尔长江应急医院是首家社会公益组织联合专业医疗机构设立的慈善、应急性防疫医院。院区地址为武汉市江岸区中山大道 1307 号，由武汉市第八医院北院临时改造而成，总计设置床位 300 张。成立当日即开始面向社会收治新冠肺炎患者，当日收治 53 人。医院由卓尔公益基金会发起设立，联合公益、爱心组织参与捐助。由卓尔公益基金会负责防疫医疗物资和资金的保障工作，首批捐助的红外测温仪、医用防护服、护目镜、N95 口罩等医疗物资和部分药品已到位。卓尔长江应急医院由武汉第八医院抽调专业医护人员进驻并承担日常诊疗工作，重点收治江岸辖区内的新冠肺炎患者，同时面向社会救助，分担现有医疗机构的救治压力。

元明资本：首批物资到达武汉

1 月 31 日下午，元明资本与迈胜医疗采购的首批医疗物资运抵华中科技大学同济医学院附属同济医院，用于缓解医院医疗物资短缺的局面。与此同时，元明资本仍在与时间赛跑，积极调动国内外各方力量，协调更多医疗物资逐批捐赠。

利泰集团：江黎明向湖北省黄冈市罗田县定向捐赠 100 万元

1 月 30 日，江黎明向湖北省黄冈市罗田县定向捐赠 100 万元，通过实际行动驰援湖北抗击疫情。

（2 月 7 日，又向武汉大学"珞珈白衣天使基金"捐款 100 万元。）

中建三局：雷神山医院进度过半，火神山医院箱房拼装即将完成

EMBA 户外协会：向武大抗击疫情专项基金捐赠 10 万元

校友张健：捐赠 13 箱 6500 只霍尼维尔口罩已经全部交给党政办，给在校学生使用

武汉大学教育发展基金会

截至 2020 年 1 月 31 日，武汉大学教育发展基金会人民币银行账户共接受捐赠 828 笔，捐赠总额 33,960,848.11 元；微信账户共接受捐赠 74,232 笔，捐赠总额 13,290,400.11 元。人民币银行账户及微信账户捐赠总额 47,251,248.22 元。其中，定向资助人民医院的捐赠共计 70 笔，捐赠总额 9,747,175.64 元；定向资助中南医院的捐赠共计 4 笔，捐赠总额 962,800.00 元；定向资助校医院的捐赠 1 笔，金额 400,000 元。

两次从韩国发出的紧缺物资到汉，缓解了荆楚大地眼前的物资窘迫。对于韩国校友会这次的巨大作用，理事长陈东升说："蹇宏 2019 年专门访问了韩国校友会，建立了友好关系，这次发挥了巨大的作用。他们是大学教授、老师，有自己的工作，而这几天日夜奔波备货，会长朴钉议员更是发挥了核心作用，实在是伟大的国际主义精神的体现！"

疫情不除　决不收兵

2020-02-03

解放军进驻火神山医院、全国各地医疗队支援武汉……武汉的疫情牵动着全国人民的心。在武大商帮战天斗地的紧急时刻，校友企业家联谊会理事长陈东升为我们带来了必胜的信心。理事长陈东升说："我一生的经验就是知道社会的稳定是国家经济发展和企业永续经营的根本，这是从非典的深刻教训和压力中体悟出来的。我近10天没有见一个人，但我们做了很多大事、有意义的事。我不光指挥着公司，还指挥着武汉大学校友会、校友企业家联谊会和楚商的抗疫工作。天无绝人之路！在此我号召大家：我们一刻也不能懈怠，我们一定要和国家和人民一起，战胜这一重大疫情。各位校友，让我们齐心协力！武大商帮的兄弟们，让我们一起战胜困难，迎接更大的挑战，取得更大的胜利！"

武汉封城 11 天，武大商帮在步履维艰的苦难形势下，毅然突破各种艰难险阻为医护人员保驾护航！他们从自身、从人脉、从国内、从海外等途径八仙过海、各显神通，各种紧缺物资汇聚成强大的钢铁长城！他们为祖国战胜疫情披肝沥胆！武大校友企业家联谊会秘书长蹇宏表态：疫情不除，武大商帮决不收兵！

小米：为火神山和雷神山医院捐赠大批紧缺物资

2 月 2 日，小米集团、西山居和云米公司向武汉火神山医院和雷神山医院捐赠大批物资，总金额 248.57 万元，包括用于远程视频探视系统的 1750 台小米平板电脑以及空气净化器、红外体温计、对讲机和自动洗手机。目前，火神山医院物品已经基本送达，雷神山医院物品也将很快送齐。

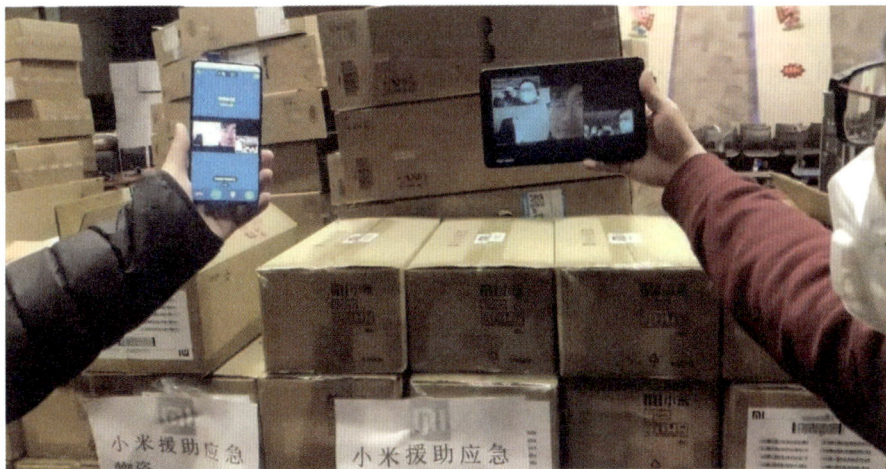

融创：文旅城商业项目所有店铺免租金，社区全力隔绝病毒传播

融创文旅决定对旗下运营中的文旅城商业项目所有店铺，免除 2020 年 1 月 25 日至 2 月 29 日期间全部租金，帮助缓解商家经营压力，共同面对艰难时刻。全国各项目严格做好社区卫生及员工健康管控，全力以赴做好病毒防控工作，用全天候的坚守为融创

社区保驾护航。

卓尔：旗下汉商集团武汉国际会展中心武展酒店免费成为奋战在抗击疫情第一线的医护人员轮岗休息站、为火神山医院捐赠急缺仪器、第四架包机到汉

2月1日，卓尔旗下汉商集团武汉国际会展中心武展酒店在抗击疫情的关键时刻，克服自身重重困难，积极为协和医院提供120间客房共180多张床位，作为奋战在抗击疫情第一线的医护人员轮岗休息站，为武汉抗击新型冠状病毒肺炎疫情贡献力量，首批医护人员已入住酒店。

2月2日上午，武汉火神山医院经过9天的紧张建设全部完工，由卓尔公益基金会和华中数控捐赠安装的两台人体测温红外智能检测系统同步移交，在院区筑起一道科技防线。

2月1日晚7点30分，由卓尔公益基金会在日本采购的37450套全球最高级别医用防护服通过货运专机运抵武汉，火线驰援捐送湖北武汉抗疫一线。这架飞机也是卓尔7天来从海外运输急需医疗物资到汉的第四架货运专机。

中诚信集团及创始人毛振华：捐款捐物 1000 余万元

1月31日，中诚信集团联手小米集团、景林资产和中珈资本紧急从韩国采购340万只专业医用口罩、20万套医用防护服和10万副医用护目镜。为锁定该批物资，采购方冒着巨大商业风险、在没有任何合同的情况下先行跨国支付了全部货款。1月31日全数发放至武汉大学人民医院、武汉大学中南医院等5家武汉地区医院以及武汉市蔡甸区、荆州市石首市等地。连续3天向石首市捐赠并交付口罩40万只、防护服2万件以及其他多种专业医疗防护用品。

毛振华作为首批倡议人，与天壕投资集团董事长陈作涛、共识传媒出品人喻杉等武汉大学校友共同倡议发起设立"珞珈白衣天使基金"，专项用于奖励和补贴武汉大学附属医院一线医护人员、支持学校相关学院及附属医院开展疫情防治相关领域的科学研究，致敬最美逆行者。

宇业集团：周旭洲总裁捐赠急缺医用物资驰援湖北

联合小米集团、景林资产、中诚信集团、中珈资本紧急从韩国采购 330 万只一般防疫口罩、100 万只医疗用 N95 口罩、20 万件医用防护服和 10 万副医用护目镜。于 1 月 31 日全部发放至武汉大学人民医院、武汉大学中南医院等多家武汉地区医院以及武汉市蔡甸区、荆州市、石首市等地。

中建三局：火神山医院如期交付，雷神山医院厢式房吊装过半

2 月 2 日上午，武汉火神山医院举行交付仪式，武汉市市长周先旺和联勤保障部队白忠斌副司令员在武汉火神山医院签署互换交接文件，标志着火神山医院正式交付人民军队医务工作者。同时，雷神山医院厢式房吊装过半。

蓝月亮：紧急全国调运，支援捐赠武大的 10008 瓶漂白水、3000 组洗手液运抵武大校医院

芒果 V 基金：首批支援物资抵达武汉防疫一线医院

2 月 1 日，三台满载防疫一线急需的工作和生活保障物资的车辆缓缓驶进武汉大学中南医院、武汉大学医院和武汉大学人民医院，中国社会福利基金会芒果 V 基金捐赠的首批援助物资成功送达武汉防疫一线，共计 806428.7 元。

天风证券：捐赠给武大托管或支持的三家医院（三医院、七医院、九医院）1000 件医用防护服

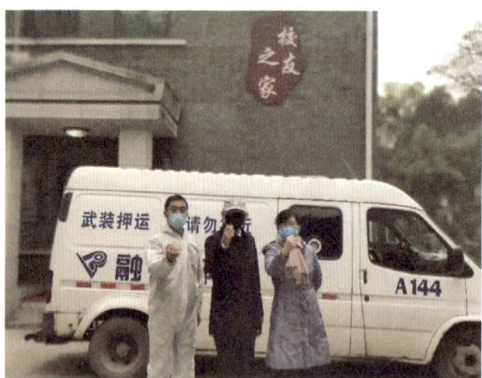

华润湖北公司：捐赠给校友企业家联谊会秘书处的 10 箱双黄莲口服液全数转赠给武大校医院接收

校友喻鹏：持续捐赠医疗防护物资支援黄冈市和孝感市

2月1日晚，校友喻鹏捐赠的 10 万只符合医疗标准的口罩通过湖北省慈善总会顺利送达黄冈市团风县新型冠状病毒肺炎防治工作指挥部和团风县红十字会；另外 20 万只口罩已顺利送达孝感市慈善总会，所有物资将由接收部门统一分配。

蒙牛集团：捐赠两车酸奶

蒙牛集团向武汉大学三家医院的医护人员捐赠两车酸奶，已经运抵武大校医院。

天壕投资集团：捐赠500万元共同设立"珞珈白衣天使基金"

2月1日，由天壕投资集团董事长陈作涛先生捐赠500万元，中诚信投资集团董事长毛振华先生、共识传媒出品人喻杉女士等共同发起，在母校武汉大学基金会下设立一只专项用于补助和奖励奋战在疫情一线的医护人员的基金——"珞珈白衣天使基金"，奖励奋战在一线的医护人员、研究人员对抗击疫情做出的突出贡献，致敬最美逆行者。

珞珈铁石志，总是报国心！武大商帮以勇立潮头的时代感，对祖国忠贯日月、对母校尽忠竭力、对桑梓赤胆忠心。武汉大学副校长吴平说："武大商帮是一个最有能量的群，是一个最有爱心的群，是一个最能奉献的群，是一个最爱母校的群！"

三次生死速递

2020-02-04

　　2月4日凌晨4点，武汉天河机场货运部人头攒动、热闹非凡，是什么让他们披星戴月、通宵达旦？是什么让他们任劳任怨、干劲冲天？

　　那是武大商帮捐赠的第三次从韩国紧急采购的包机物资到货、是校友企业家联谊会抗击疫情应急小组的庄严承诺、是武大商帮战胜疫情和人定胜天的宣誓！

面对肆虐的疫情，荆楚大地的医护人员舍身忘死地构筑防线，武大商帮强烈的使命感为医护人员建立起牢不可破的钢铁长城。一次次物资急缺，武大商帮有令必达！一天天紧急求援，武大商帮全球动员！2月4日凌晨2点，第三次包机极速到达，武大商帮第三次开始了生死时速！

2月4日0点20分，出发

提货准备

紧缺物资到货

2月4日凌晨4点，武大中南医院装货完成，6点出发前往母校

2月4日早上7点30分到达母校，开始搬运

昼夜分发物资

武汉加油

特别鸣谢武汉大学 EMBA 户外运动协会会长苟鸣春及协会志愿者，为了尽可能快速地把物资送达医护人员手中，他们和我们一起星夜兼驰、一同携手奋战，让我们克服了人手不足的困境！圆满完成武大商帮和校友交付的重托！特别感谢苟鸣春会长的大力支持，她每天坚守在一线分发物资，鼓舞和慰问志愿者，同时积极地组织捐赠活动，一起抗击疫情！

我们不认识你们，但我们谢谢你们，你们的名字是：江明、孟哲、李承刚、郭峰、王开学、莫学冰、周旻等。

武大校友企业家联谊会秘书长蹇宏说："有母校做强大后盾，武大商帮战疫必胜！"

泰康：捐赠雷神山医院第一批物资共计 400 万元

2 月 3 日 12 点，泰康捐赠雷神山医院第一批物资出发，当地政府开具特别通行证，一辆辆承载着泰康爱心的防护物资从三地工厂直接发往湖北武汉，车辆于 5 日中午前抵达。泰康本次捐赠给雷神山医院的医用防护物资包括 1 万件重复用隔离衣、2 万件其他医用物资，总值 400 万元。

卓尔：卓尔长江应急医院纳入第四批定点医疗机构

2月2日，武汉市第八医院（卓尔长江应急医院）收到正式通知，纳入武汉市第四批发热患者定点医疗机构。

中建三局：雷神山医院建设进入冲刺期

截至2月3日12点，由中建三局承建的武汉雷神山医院总体完成80%，进入冲刺阶段。

湖北午时药业：特向武大三家医院捐赠103万元的抗病毒类药品

湖北午时药业股份有限公司总经理陈平校友面对疫情，以实际行动做有为珞珈人，特向武大三家医院捐赠103万元的抗病毒类药品（其中抗病毒口服液300件、午时茶颗粒300件、金银花露700件）。

校友企业家联谊会理事长陈东升高度赞扬武大商帮在这次战疫中的表现，他说："武大商帮和武大校友在这次武汉新冠肺炎战役中，绝对会在武大的历史上写上浓重的一笔，会在中国校友史上写上浓重的一笔。我们的事迹可以写本精彩的小说，甚至可以拍成电影。因为在这次战疫中没有主角，武大商帮的企业家们都是主角，而且在各方面表现出惊人的动员能力、忘我精神和牺牲精神，同时还有惊人的担当精神、组织能力、创造能力、整合能力和全球资源配置的能力，这个是我当初没想到的。"

向最危险的地方挺进　驰援火神山和雷神山

2020-02-05

祖国哪里有难，哪里就有武大人的身影；荆楚哪里最危险，哪里就有武大商帮的爱心！他们勠力同心、共克时艰，他们临危不惧、舍生忘死！

2月5日，在武大校友企业家联谊会秘书长蹇宏的带领下，他们向最危险的地方挺进：火神山和雷神山！火神山医院和雷神山医院是按照北京小汤山非典医院的模式建立的，专门用于收治新冠肺炎患者。火神山医院已经在2月3日安排患者住院。雷神山医

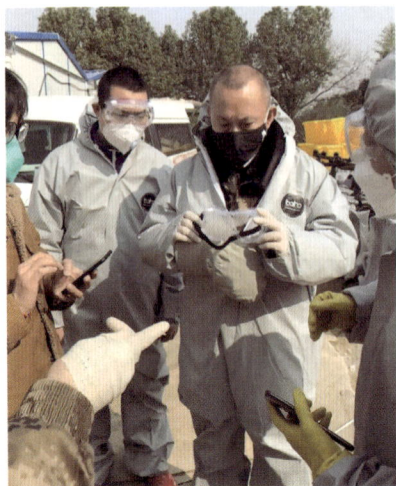

院预计今日移交，并安排患者入院。

校友企业家联谊会代表武大商帮向火神山医院驰援 100 箱防护服计 5000 件、15 箱护目镜计 3000 副。在军方的验收下，已完成交接、入库。

继上午驰援火神山医院后，他们又马不停蹄地赶往雷神山医院！校友企业家联谊会代表武大商帮向雷神山医院捐赠物资，军方通过验收，完成登记、入库。本次捐赠给雷神山医院的物资有 100 箱防护服计 5000 件、15 箱护目镜计 3000 副。在祖国最需要的时候，武大商帮携手奋战！在荆楚大地最危险的地方，武大商帮毅然勇往直前！他们以"我以我血荐轩辕"向世人宣誓：疫情不除，武大商帮必竭力而战！

泰康：首批物资运达雷神山医院

2 月 4 日中午，一辆载满紧急医用物资的货车开进武汉市江夏区黄家湖畔的雷神山医院，这是泰康保险集团驰援该医院的首批医用物资。2 月 2 日，泰康保险集团防范新冠肺炎应急保障工作小组决定，由泰康溢彩基金会出资，由国药创服医疗技术公司承制生产，向雷神山医院捐赠复用隔离衣、医用被品、医生护士服等超 400 万元的紧急医用物资，保障在医院开业前分批送达。

当代集团：180 余名员工志愿者坚守防疫一线，天风亚瑞志愿者团队可在 24 小时内将最需要的物资送到抗疫一线

111 集团：发布返程小贴士，助力全国返程大潮

中建三局：雷神山医院项目进展顺利

截至 2 月 4 日中午 12 点，中建三局承建的雷神山医院项目进展顺利。隔离病房区完成总体工作量的 85%，3005 间厢式板房已吊装完成 2901 间，完成率 96.5%，预计 2 月 5 日交付。

居然之家：物资抵达湖北

居然之家全球购发力，来自海外订购的 120 万只医用口罩、1 万件防护服、2 万副防护镜、50 台呼吸机等价值 1000 多万元的医疗物资，目前陆续抵达湖北武汉、黄冈、罗田等地区。

金澳科技：两次捐款共 400 万元

午时药业：捐助的药品到达武大校医院

本次捐赠价值 103 万余元，包括抗病毒口服液 300 件、午时茶颗粒 300 件、金银花露 700 件。

援基层　战疫情

2020-02-06

　　武大商帮多次驰援荆楚大地，以时代的责任感、强烈的报国心、浓厚的家乡情守护荆楚大地、守护江城、守护母校。武大商帮的壮举，引来了社会各界的高度赞誉。

　　2月5日，武汉大学党委书记韩进、校长窦贤康代表学校发来了《致武汉大学校友的感谢信》，信中说："非常时期，特别要感谢我们的校友们。校友企业家们更是义无反顾，鼎力相助。在校友企业家联谊会的大力推动下，企业家们纷纷捐款抗击疫情，更加身体力行捐赠物资。一批批的医疗用品、一车车的食品药品、一箱箱的仪器设备通过校友们的包机、专车全速向武汉驶来。亲爱的校友们，你们的有力支援，有效保证了武汉大学人民医院、中南医院、校医院，乃至湖北省内其他县市的防护物资供给。在灾难面前，校友们充分展示了武大人的情怀、担当和能力，让武汉大学校友、武汉大学校友企业家群体成为光荣的代名词。我们代表武汉大学向所有关心、支持、帮助祖国抗击疫情的校友，致以崇高的敬意，表示衷心的感谢。我们相信，有全国人民特别是广大校友的大力支持，我们一定能最终打赢这场战'疫'。希望所有校友，再努一把力，再鼓一次劲，保护好自己和家人，静候春暖花开。到那时，欢迎你们回'珈'，我们相约东湖踏青，珞珈赏樱。"

　　武大商帮还及时将重心下至基层，全力协助基层进行疫情的第一道把关。武汉大学校友企业家联谊会联手复星基金会在2月6日及时将物资驰援至基层，支援社区卫生服务中心、地市医院、县级医院等。

社区卫生服务中心：作为疫情排查的第一道关口，他们面临着病情筛选、分类的重任

代表：汉阳琴断口街社区卫生服务中心。

琴断口街社区卫生服务中心人员说，他们负责初步排查，发热确认后住院。他们也是一线，也是需要关注的对象，对武大商帮的驰援表示感谢。

支援社区卫生服务中心

地市级医院代表：黄石市普仁医院

黄石市普仁医院接收人员表示，目前医院有两个病区，即将开通第三个，日均消耗防护服 30 件，医护人员一套防护服要穿 12 ~ 16 小时，口罩消耗量也巨大。武大商帮的驰援解决了当下的困境！

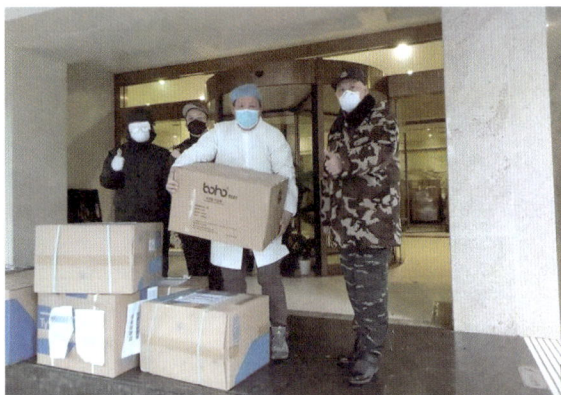

支援黄石普仁医院

县级医疗机构代表：房县

房县接收物资人员特别感谢武大商帮！

武汉市各区医院代表：黄陂区

黄陂区政府接收人员表示，目前抗击疫情进入攻坚战，感谢武大商帮的再次支援，面对疫情的复杂，他们表示有信心战胜疫情！

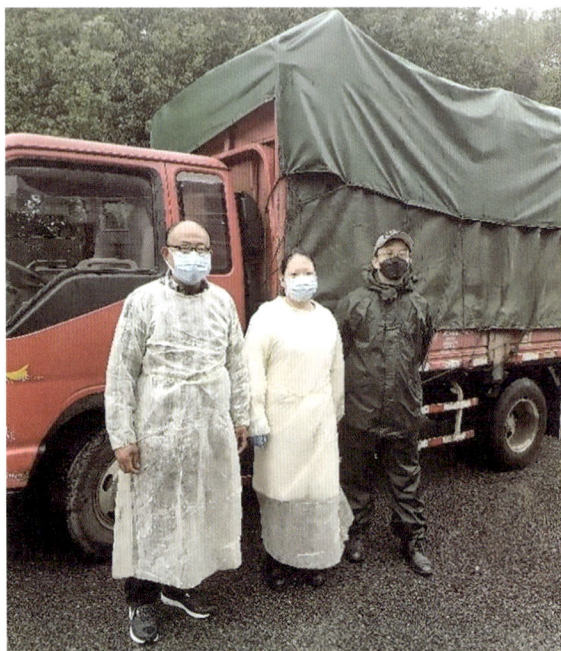

支援天门

支援房县

武大商帮、校友爱心捐赠

泰康： 通过溢彩基金会捐赠的药品已经顺利到达荆门指定医院

元明资本：紧急支援卓尔三家应急医院并捐赠

湖北卓尔集团在抗疫战斗率先建设三家应急医院，面临各种医疗用品奇缺的困境。元明资本田源董事长立即帮助寻找货源。目前1万只口罩正在运往卓尔三家应急医院的路上。同时，田源捐赠给湖北省人民医院光谷分院的6箱护目镜已经送达。

卓尔控股：卓尔汉江应急医院纳入武汉市第五批定点医疗机构，武汉客厅改造成方舱医院即将启用

2月1日，在汉阳区新冠肺炎防控指挥部的支持下，卓尔公益基金会与武汉市汉阳医院联合设立卓尔汉江应急医院。2月2日，武汉市汉阳医院收到正式通知，纳入武汉市第五批新型冠状病毒肺炎疑似及确诊病例定点医疗机构。应急医院院区地址为武汉市汉阳区墨水湖路53号，由汉阳医院临时改造而成。汉阳医院负责应急医院日常运营、医护人员管理、患者收治与诊疗。卓尔公益基金会负责提供应急医院医疗后勤保障，及时调集、供应医疗药品、防护用品、消毒用品等医疗物资，支持医院营运和医护人员保障资金。

　　武汉客厅方舱医院即将启用。阎志表示将全力做好方舱医院的保障：安装多台电视、设图书角、设充电岛、送三餐、保证每个患者每天一个苹果或香蕉，尽量让患者感到温暖。

　　中建三局：全力驰援各地小汤山医院、方舱医院建设

泰康同济医院火线开业
武大商帮和楚商全速驰援

2020-02-08

　　武汉的疫情进入了最复杂的攻坚战，面对武汉的父老乡亲，面对紧缺的医院床位，校友企业家联谊会理事长陈东升在最紧急、最艰难的时刻做出决定：2月7日，泰康同济（武汉）医院提前开业。

　　按照预定计划，泰康同济（武汉）医院将在2020年上半年开业，一切都在有条不紊地按照预定计划进行。突如其来的疫情让理事长陈东升寝食难安，为了尽可能救治患者，为了早日战胜疫情，他们吹响了向抗疫前线冲锋的号角。提前开业，收治病人！身在外地的医护人员"逆行"快速返汉，紧急调集医疗防护物资，加快完善医院的基础设施建设，迅速准备可容纳800张床位的场地，并对400余名医护人员进行严格培训，确保全力参与到抗疫战斗中。

陈东升鼓舞全体医护将士："泰康保险集团将举全集团之力，投入支持泰康同济（武汉）医院（筹）抗击疫情的这场伟大的战斗中，我们一定要为武汉人民提供强大的后援支持和医疗支持。"

泰康同济（武汉）医院（筹）执行院长肖骏表示："武汉是一座英雄的城市，英雄就在我们中间。迎接我们的是一场硬仗，我们深感责任重大。在集团的支持下，我院防护及后勤保障物资逐步到位，我们坚信一定能取得这场战役的胜利。"

泰康同济医院火线开业，武大商帮和楚商斗志昂扬，他们纷纷支援，全力帮助泰康同济医院抗击疫情。

1. 校友企业家联谊会捐赠：护目镜 200 副、医疗口罩 1600 只、防护服 500 件。

2. 九州通捐赠：20 件 84 消毒液、10 件酒精、10 件免洗手消毒液。

3. 校友田源：迈胜美国公司支持泰康同济医院 2000 个医用防护眼罩。

4. 校友徐广煜：捐赠 200 件防护服。

5. 铭师堂赵华锋：捐赠给泰康同济医院 30 箱 84 消毒液、8 箱 4000 双一次性医用检查手套。

6. 袁夫稻田：第一阶段捐赠 20000 斤有机大米、有机羊奶 1000 箱，未来还有其他

农副产品继续捐赠，给一线医护人员和患者增强抵抗力，保证战斗力。

同时，上海校友会、各位校友等还在土耳其、新西兰等地采购紧缺物资、运送物资等，全力支援泰康。

武大商帮、校友爱心捐赠

泰康：向天门捐赠的物资到达

2月6日下午，由泰康人寿保险集团公司捐赠的4.6万件隔离服、1000件防护服、500副护目镜以及医用口罩等医疗物资运抵天门，助力天门抗击疫情。此次泰康人寿共捐赠了500万元的医疗物资，首批捐赠的两台呼吸机已投入使用。天门市疫情防控指挥部物资保障组相关负责人介绍，此次泰康人寿捐赠的物资全部是根据天门市各医疗机构需求进行采购，后续捐赠物资也将陆续运抵天门。

校友罗爱平：向天门捐赠200万元

校友罗爱平通过泰康溢彩基金会向天门捐赠200万元用以抗击疫情。

铭师堂赵华锋：向武大中南医院、武汉大学等单位捐赠

包括84消毒液100件、手套20件，通过校友企业家联谊会捐赠给中南医院、校医院、党政办等。

校友赵华锋捐赠

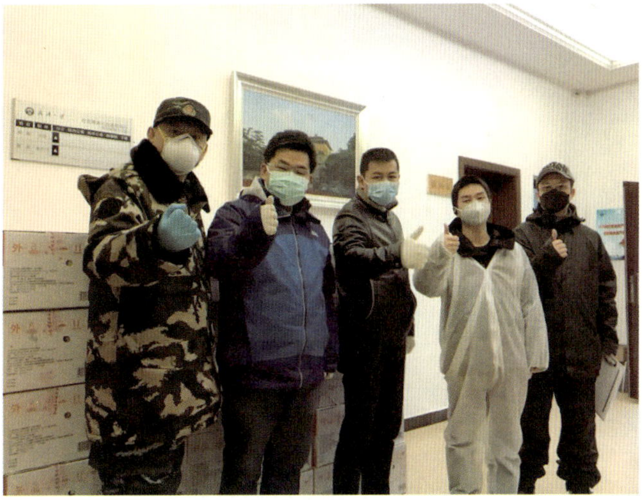

给校医院和党政办捐赠物资

今天泰康医院提前火线开业，堪称壮举，像一道阳光刺破病毒的阴霾！武大商帮和武大校友纷纷表示，泰康主动担当，火线开业，向泰康致敬。

校友企业家联谊会理事长陈东升说："我们花了三年时间，投资40多亿元，预备1100张床位，拟建成医、教、研一体的大型综合性医院。今天提前开业了，对当下的武汉来说，等于又开了一家火神山。目前，800张床位火速投入抗疫的战斗中，全体医护人员枕戈待旦。虽然我们也缺乏物资，主要是口罩、防护服、防护镜等，但我们一定会想办法进行筹集，也呼吁校友、社会各界等进行支援！武大商帮和楚商这几天给了我们很多援助，我谢谢大家！肺炎无情人有情，我和大家一起奋战，直至我们取得最终的胜利！"

泰康、卓尔医院吹响冲锋号

2020-02-09

疫情继续肆虐，武汉"封城"17天后，情况依然危急。泰康和卓尔主动承担重任，他们破家为国、砥节奉公，使医院提前开业以救治患者。

泰康：泰康医院提前开业、动用养老资源、捐款进行病毒研究

2月7日，泰康同济（武汉）医院提前开业，为武汉提供800张病床。

2月9日，理事长陈东升再次毁家纾难，主动把养老社区楚园的医院和康复护理中心捐献出来，为武汉增加300张床位。

2月9日，理事长陈东升个人捐赠1000万元支持母校病毒学国家重点实验室进行新冠肺炎病毒研究。

卓尔：在荆楚大地联合建立多家应急医院，保障物资供应，全力收治患者

1月30日，与武汉市第八医院联合成立首家卓尔长江应急医院，2月2日正式成为发热患者定点医疗机构。

2月1日，与武汉市汉阳医院共同成立卓尔汉江应急医院，全力收治汉阳地区患者。

2月4日，黄冈市新型肺炎疫情防控指挥部与黄冈市中心医院（大别山区域医疗中心）、卓尔公益基金会联合成立卓尔大别山应急医院，收治以黄州辖区为主的患者。

2月7日，卓尔盘龙城应急医院、卓尔罗田应急医院、卓尔荆江应急医院在黄陂区、

罗田县、监利县同日成立，免费救治当地新冠肺炎患者。

2月8日，在随州市新型冠状病毒肺炎疫情防控指挥部的支持下，卓尔公益基金会与随州市中心医院联合设立卓尔随州应急医院，免费收治随州市辖区及周边地区新冠肺炎患者。

面对物资紧缺状况，武汉大学校友企业家联谊会紧急驰援泰康同济医院和卓尔随州应急医院：由小米、景林资产、中诚信集团、中珈资本采购捐赠，留给校友企业家联谊会的机动物资于2月9日上午紧急向卓尔随州应急医院、泰康同济医院调运防护服各500件、护目镜各1000副、KF94医用口罩各5760只，同时赵华锋校友向卓尔随州应急医院捐赠10箱84消毒水。

危难时刻，珞珈人的珞珈精神尽显英雄本色！了不起的人，了不起的团队精神，了不起的担当奉献精神！

武大商帮、校友爱心捐赠

泰康保险集团

2月9日，泰康保险集团宣布，为抗病毒新药临床研究团队及家属捐赠100万元保额特别保险，该保险已于2月6日凌晨即时生效，全力保障新药研发。

元明资本

元明资本发起"贡献爱心，支援武汉"的善款物资募捐活动，迈胜中国迅速成立抗疫情捐助工作组。通过亚布力创新投资公司的大力支持，工作组克服重重困难，组织安排物资捐助工作。目前，第二批物资已陆续从国内外运至武汉。

中建三局

雷神山医院2月8日正式交付使用并将收治首批患者。该院有2个重症医学科病区、3个亚重症病区及27个普通病区，除重症病区外，病房均为2人间；设一间手术室。医院还设置有心电诊断科、超声影像科、放射影像科及医学检

**泰康捐赠特别保险
全力保障新药研发**

2月9日，泰康保险集团宣布，为抗病毒新药临床研究团队及家属捐赠100万元保额特别保险。该保险已于2月6日凌晨即时生效，全力保障新药研发。

验科等医技科室，配备 CT、床边超声、全自动生化分析仪、艾克膜、床边血气分析仪、有创无创呼吸机等必需的设施设备，并实现 CT 和心电的远程诊断传输。

武汉大学：征用武珞路如家酒店作为轻症患者隔离点

可用隔离床位近 100 张，并从人民医院、中南医院、校医院抽调了 3 医 3 护为患者医疗看护。预计 9 日最迟 10 日开始接收病人。

奥山驰援第三波

奥山通过各种渠道，持续调集和采购防疫最急需的物资并全力送达抗疫前线。2 月 9 日，奥山紧急调配的新一批医疗物资——1 万件医用防护服、15 吨消毒液等物资已运抵武汉市协和医院、武汉亚心总医院、武汉市第四医院、湖北省人民医院等武汉近 10 家医疗机构，以及宜昌、黄石、襄阳、孝感、潜江、荆州、荆门、咸宁等湖北省内各地防疫一线，持续驰援湖北省内各地抗击疫情。

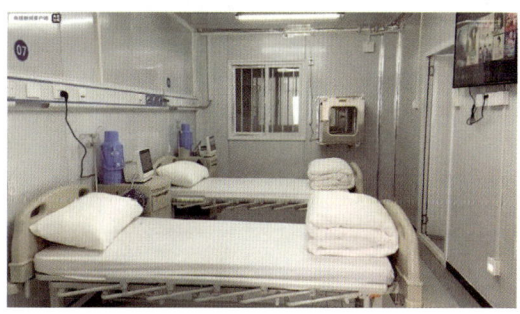

今天，武汉大学中南医院正式接管雷神山医院，武汉大学人民医院负责洪山体育馆方舱医院，又开辟东院区作为定点发热医院，同时对口支援九医院。中南医院负责武汉客厅方舱医院，对口支援七医院。还有杰出校友陈东升创办的泰康同济医院和阎志联合建成的卓尔应急医院。武大系医院多、任务重、物资耗费巨大，但是，武汉大学全体师生员工和全球校友同仇敌忾，毅然奋战在抗击疫情最前线。

当代集团有担当

2020-02-10

当代集团及其伙伴企业作为本土企业,他们身土不二、毁家纾难,他们勠力同心、共克时艰,谱写了抗击疫情的伟大诗篇。

这群当代集团的志愿者是当代集团抗击疫情的缩影,从大年初一起,他们就没有停歇,他们用 30 多辆汽车,往返几百次将物资送抵抗疫最前线,他们和荆楚大地的医护

逆行者——当代集团志愿者

人员一道成为最美的逆行者。

武汉当代科技产业集团股份有限公司（以下简称"当代集团"）成立于 1988 年 7 月，由以艾路明为代表的 7 名武汉大学校友联合创立。经过 30 多年的发展，当代集团已逐渐发展壮大成一家大型的民营产业集团，在全国具有一定影响力。截至 2018 年 12 月 31 日，当代集团资产总额逾 900 亿元。

截至 2 月 9 日凌晨 0 点，当代集团及其伙伴企业共捐款总额 2909.87 万元，捐赠物资 1773.82 万元，两项合计 4683.69 万元。

保卫英雄的城市，我们责无旁贷

"大家添把力，多为前线'送粮草'""大家搭把手，一起渡过这道难关""人福医药必须发挥专业优势，把担子挑起来，全力尽好职责""医护人员在前线奔忙，如果他们家中有什么需要帮助的，我们理当多加照应"……在当代集团创始人、董事长艾路明校友的呼吁下，当代集团与旗下伙伴企业第一时间投身到驰援一线的战斗中。

快速响应，驰援一线

作为扎根武汉 30 余年的武汉大学校友企业，当代集团第一时间组织开展驰援工作。1 月 25 日，当代集团与伙伴企业人福医药、天风证券共同捐赠合计 2000 万元，其中既有当时紧缺的呼吸机、抗病毒药品等医疗物资，也有用于采购物资的 1000 万元资金。

在艾路明的呼吁下，当代集团不曾停下脚步，当代集团及旗下伙伴企业通过湖北省当代公益基金会累计捐款捐物逾 7000 万元。其中，全球采购的 100 余万件医用防护物资、约 62.9 吨消毒用品等陆续送往武汉大学人民医院、武汉大学中南医院等 76 家单位。

在国内疫情趋于稳定之后，当代集团联合伙伴企业又启动了向马里、埃塞俄比亚、西班牙、意大利等海外受疫情影响国家的捐赠。

守土尽责，勇挑重担

在积极响应政府号召，做好全面防疫工作的同时，企业有责任结合自身业务优势为抗击疫情发挥自己的作用。当代集团伙伴企业人福医药作为湖北省医药龙头企业，被指定为湖北省新冠肺炎疫情防控应急物资主力储备配送企业。

疫情之初，人福医药立即从全国各地紧急调配采购了 120 台呼吸机和 2000 件抗病毒口服液驰援武汉，通过武汉市红十字会将这批医疗设备和药品分发至武汉当前资源相对紧缺的定点医院。1 月 26 日起，湖北人福旗下呼吸睡眠产品团队克服春节期间物流停运、工厂停工及厂家备货量不足等多重困难因素，每天根据医院或医疗单位的需求确认设备型号、数量，再根据公司及厂家的设备库存量进行订货、收货、紧急出库，奔赴武汉及襄阳、黄冈等地 20 多家医疗救治单位，连日总到货、安装、调试呼吸机逾 1000 台。此外，人福医药旗下宜昌人福、人福孝感、杭州福斯特等企业均积极配合协同，持续向湖北省区域内各城市救援一线给予支持和帮助。

自此，人福医药一面打通各地医药流通抗疫救援的生命线，一面保证市场医疗物资源源不断的供应。

2 月初的武汉各大医院"一床难求"。"现在救治床位很紧张，一个床位就是一个患者的希望。"在艾路明带领下，隔离点建设预案工作迅速展开，随时准备响应疫情防疫指挥部号召，集团旗下当代教育崇阳浪

口营地、华夏理工学院、武汉晴川学院和参与投资建设的青山区全民健身中心累计提供方舱医院、康复驿站和储备床位近 6700 张。

医疗救助是一线，民生保障同样是一线。当代集团伙伴企业鼎壹农合和当代恒居分别坚守在生活物资供应一线和物业防控第一线。鼎壹农合发挥禽蛋产业链整合者作用，保障武汉市鸡蛋供应，为武汉各大商超和社区平台供应合计 1000 余吨鲜蛋。当代集团旗下物业企业的各小区项目在确保员工安全的同时，通过防疫知识宣传、全面消杀措施、进出人员体温测量登记及废弃口罩分类处理等措施，做好小区防疫工作，为业主居家生活筑牢第一道安全防线。

以志愿微光，燃抗疫炬火

在抗疫救援工作中，收集、调配物资，沟通、协调资源，打通各地物流，输送与搬运……任何一项工作落地都需要人手，在这种危难关头，当代集团及伙伴企业的许多员工都自发地站了出来。当代集团志愿服务队聚集了来自当代集团、人福医药、天风证券、三特索道、当代明诚、当代教育、当代地产、当代盈泰等伙伴企业的志愿者 198 名。

他们是尽心尽力的"管理员"。他们自发组织起抗疫捐赠小组、医疗协助组、物流支援群……当代集团协同伙伴企业人福医药、光谷医院、亚瑞医疗共同组织集团医疗资源互助，建立线上线下支援，帮助企业员工线上问诊答疑、药品调度和配送、门诊和住院帮扶。

他们是兢兢业业的"物流团"。从大年初一起，天风亚瑞志愿者团队就不曾停歇，60万只口罩、15万件防护服、5吨消毒液，这些宝贵的物资通过他们10余万公里的运输，送往武汉大部分医院及50多个街道社区。

他们是心怀善意的"募捐人"。因武汉医疗资源极其紧张，当代明诚一名员工和朋友共同发起成立"武汉医护人员口罩天使小分队"公益团队，从1月下旬开始就源源不断地帮助医疗机构调配捐赠物资，除夕当天就落实了14000只口罩和2100件防护服。

他们是勤勤恳恳的"驾驶员"。1月26日起，武汉中心城区实行机动车禁行管理，医护人员上下班成为难题，为了让医护人员更安心地投入工作，他们纷纷加入"武汉医生出行互助群"，义务接送医护人员上下班。

他们是抗疫一线的志愿者，也是坚毅团结的当代人。行驶里程143577公里，往返3622次，搬运209万件次，总服务时长21795.5小时……这是当代抗击疫情志愿服务队的战疫答卷。志愿者们不畏风险、不辞辛劳，只为把合格的物资第一时间送到最需要的地方去，这份责任与担当是所有当代人的骄傲。

感恩逆行者，报答赤子心

白衣执甲、逆行出征。新冠肺炎疫情突如其来，湖北全省和援鄂医疗队广大医务工作者在防控救治工作中同时间赛跑，与病魔较量，为湖北省和武汉市疫情防控工作做出了重要贡献。

听闻由于疫情期间家庭物资采购受限，武汉部分一线医护人员家中婴幼儿奶粉吃紧，长辈营养补充不足，湖北省当代公益基金会立即联合欣鑫慈善、天风证券、天盈投资于3月12日紧急启动了向武汉当地防控一线的医务工作者家庭免费提供奶粉的工作，目前已有逾1400个医护家庭收到了"爱心奶粉"。

同时，为切实加强对抗疫一线医疗人员的关爱，为抗疫医疗队员亲属提供就业保障，2月26日，当代集团携多家伙伴企业全

当代集团2020年度招聘启动

定向招聘、优先面试、优先录用

援汉医疗队及一线医护人员亲属

社会招聘、校园招聘、实习生招聘

11家伙伴企业涵盖三大类岗位

面启动 2020 年度招聘，面向社招人员、应届毕业生及在校大学生提供了社会招聘、校园招聘、实习生三个类型 200 多个岗位，计划总招聘人数 800 余人，岗位遍布北京、武汉、宜昌、上海、乌鲁木齐、海南、珠海、杭州、西安、铜仁、香港等地。本次招聘优先面试、优先录用援汉医疗队及一线医护人员亲属。

为感恩广大医护工作者的辛苦付出，当代教育旗下高校武汉晴川学院也将对抗疫一线医务人员子女进行帮扶；三特索道旗下七大优质旅游景区，将自景区恢复运营之日起至 2020 年 12 月 31 日面向全国医护工作者免费开放；当代明诚旗下汉为体育场馆也向医务工作者和抗疫志愿者免费开放。

艾路明校友说："面对疫情，生命是重要的，责任是重要的，民营企业应当积极参与到全世界的抗疫工作中，贡献自己的力量。"新冠肺炎疫情是人类共同面临的严峻挑战，每一个人、每一家企业、每一个国家都应该坚定信心、齐心协力、团结应对，凝聚起强大合力，携手战胜疫情。病毒无情，人间有爱，我们只有众志成城，才能共克时艰。

武大商帮、校友爱心捐赠

泰康同济（武汉）医院不断收治病人

泰康同济（武汉）医院从 2 月 10 日中午 12 点 26 分收治第一个患者，截至下午 6 点，已经收治 100 人，预计 2 月 10 日全天可收治 150 人。

校友张健雪中送炭

2 月 9 日晚，校友张健捐款采购产自德国的 5040 件高级医用防护服抵达武汉大学。这批急缺的医用物资历经千辛万苦，从德国经伊朗再到广州海关，再由宅急送专车送红十字会办理手续，终于抵达武汉大学，捐赠给人民医院、中南医院、泰康同济医院和卓尔应急医院等。

校友张彤：捐赠给武汉儿童医院 500 件防护服、5760 只 KF94 口罩

人福医药：捐赠给泰康同济医院口罩 10000 只、防护面罩 2000 只、防护服 20 件共 500 套

卓尔，不凡

2020-02-11

1月24日，武汉封城第二天。卓尔控股有限公司董事长阎志校友召开紧急电话会议说："作为企业，现在就是我们为国分忧、为社会分忧、为民分忧的时候。"身兼武汉工商联主席、武汉市总商会会长的他，当天组织工商联和总商会向全市工商联系统、商会组织和广大民营企业家发出号召，"义字当先，携手合作""守土有责，守土尽责""强化担当，奉献爱心"。

从这一刻起，卓尔控股高效运作、通宵达旦。武汉紧缺医疗物资，他们从国内买到海外；武汉急缺床位，他们与当地医院联合建立卓尔应急医院进行救治；支持建设武汉国际会展中心、武汉客厅等方舱医院，为轻症患者搭建温暖的"生命之舟"。卓尔走的每一步都是针对疫情的痛点，卓尔贡献的每一份力量都是战胜疫情的巨大帮助。为了抗击疫情，卓尔同时打响三次战役，有力支援湖北抗疫一线。

第一次战役：11架次飞机 卓尔跨境供应链"生死时速"

1月24日，得知武汉医疗物资极度紧缺的情况后，阎志十分忧心。抢运防护物资，就是与疫情赛跑，就是对医护人员最大的保护，就是创造条件挽救生命。他即刻召开紧急会议，启动公司国际供应链条，全球采购医疗物资，口罩、防护服等不论价格、不论数量、不设上限，有多少要多少，尽快运往武汉。他对同事说得最多的话是："快、快、买、要、速找、抓紧！"

　　是夜，阎志统筹部署、督导海外物资采购、联络包机直到凌晨。卓尔同事全世界找渠道、买物资、找飞机、抢时间，锁定东南亚多国货源。1月25日，卓尔发出协助请求，经省政府办公厅、民航湖北局、民航局运输司、东航、国航、天河机场、海关等多方协调，这批宝贵的急需医用物资26日由东航、国航两架包机运抵武汉。

　　卓尔全球供应链数年积累一朝发力，外向型组织密切联动，仅用48小时完成海外采购、航空物流、通关、配送等环节无缝连接，创造了湖北国际物资采购调运的极限速度。

　　1月26日，面对医疗物资持续紧缺状况，阎志亲笔致信合作伙伴日本丸红株式会社负责人，告知湖北武汉在防疫抗击中急缺防护服等医疗物资，事关武汉广大医务工作者和市民生命安全，请求日方帮助采购、运送防护服，并不惜一切代价运抵武汉。

　　经中日多方支持、协调国际航空服务，5万件最高级别医用防护服1月30日从日本东京运抵武汉，比原计划提前了48小时。两天后，卓尔再次从日本东京运回37450套可进红区的最高级别医用防护服。

　　前后10余天，11架次飞机、5架货运专机，源源不断地将卓尔从海内外采购的近40万只N95口罩、30万余套防护服、近300万只医用口罩、近4万副护目镜、200余台呼吸机和制氧机相继送达武汉。

　　卓尔作为本地企业，抢运大批量急需医疗物资驰援湖北武汉，为医护人员织就了一张张防护盾牌，大大缓解各大医院燃眉之急，成为国内首个抢运国外批量医疗物资到汉的民间机构，是实际捐赠到汉急需医疗物资最多最早的企业。这不仅是企业勇于担当的结果，也体现卓尔多年全球交易平台产业布局在生命攸关的社会危急时刻焕发出的专业化力量和独特的生命价值。

　　2月8日，在湖北省防控工作发布会上，湖北省副省长曹广晶肯定卓尔开展全球全国范围的采购，组织包机运回设备物资，"成为捐助湖北医药物资非常重要的单位"。

第二次战役：建设卓尔应急医院　一个一个地帮助病人

抗疫之战风高浪急。对医生来说，最紧缺的莫过于防护物资；对新冠肺炎病人来说，最宝贵的莫过于一张病床。1月30日以来，卓尔联合专业医疗机构在武汉、黄冈、随州、监利等地设立7家应急医院。卓尔公益基金会数据显示，7家医院共准备了4580个救治床位，收治患者2528名。

面对疫情带来的医疗资源、医疗物资极度短缺，卓尔发挥供应链国内外集采优势，多方筹措急需物资，通过对医院的定向供应、重点保障，开辟了民间机构紧密支持专业救助的新模式，为湖北各地2000多名患者构筑了一方宁静的避风港。

看到采购并运回一批批医疗物资后，仍有很多病人无法得到及时收治，阎志当即决定成立一家应急医院，千方百计保障这家应急医院的医疗物资供应，一个一个地帮助病人。

1月29日晚上接近0点，阎志召开紧急会议，成立工作小组，布置和武汉市第八医院联合设立第一家应急医院。高管田旭东回了农村老家，正在被隔离。收到指令，次日就"逆行"返回了"封城"中的武汉。

他提出要求，天亮后就要将N95口罩、呼吸机、消毒液等价值百万元的大批医疗物资送到医院，全力保障医院运行。同时派驻专门的工作小组进驻，每天缺什么调集什么，同时为医护人员提供生活保障，改善伙食，要让医院感到物质充裕，让大家的心态也都焕然一新。

1月31日，在江岸区新冠肺炎防疫指挥部支持下，卓尔公益基金会联合武汉市第八医院共同设立卓尔长江应急医院。这是这次疫情抗击中，首家慈善、应急性防疫医院。由院方负责病房、医务人员等基本专业保障，卓尔公益基金会提供医疗物资、药品、资金支持与保障。阎志克服一切困难，保证首批捐助的红外测温仪、医用防护服、护目镜、N95口罩等医疗物资和部分药品当天即到位，同时提供部分资源运营资金。医院成立两天内即收治疑似病人144例。

2月2日，武汉市第八医院收到正式通知，成为武汉市第四批发热病人定点救治医院。

2月3日，卓尔长江应急医院迎来了212名"最美逆行者"——来自西安国际医学中心的专家及医护人员包机抵达。医院经过两天的运行，在物资和资金有了一定的保障后，最最紧缺的还是专业的医护人员。

西安国际医学中心史今董事长得知卓尔的需求后紧急动员，仅用了两三小时就由最优秀的专家和医护人员组成了医疗队，次日抵达武汉，为第八医院提供了强有力的技术和人员援助，救治能力大大提升。

2月2日，卓尔汉江应急医院成立。

2月4日，卓尔公益基金会联合黄冈中心医院成立卓尔大别山应急医院，为医院运营提供医疗物资、药品、部分资金等后勤保障，缓解山区、老区及贫困地区医疗条件不足、医疗物资及设备急缺等难题。

2月7日，卓尔盘龙城应急医院、卓尔罗田应急医院、卓尔荆江应急医院在武汉黄陂区、黄冈罗田县、荆州监利县同日成立。这些合作医院有的是从零起步筹建，如黄陂区人民医院盘龙城医院、罗田胜利医院等，临时改造为专门的新冠肺炎救治医院，直接提升了救治能力。有的则是有一定基础的医院，如监利人民医院，卓尔公益为保障医院运行给予了有力支持。

原本计划只开设6家应急医院，但当阎志2月7日看到孝感病例突破2000个、随州市市长公开称物资只够用三天时，内心一痛，当即决定应急医院开设不限数量，"但尽我们所能吧"。

2月8日，卓尔随州应急医院成立。当晚9点，卓尔首批价值100多万元的急需医疗物资及药品等送达随州。

医院设立后，卓尔公益基金会持续保障、不断配送物资和药品。同时为每家应急医院组建一个对口保障团队，驻扎各应急医院负责物资接应、组织各项后援保障。

2月10日和11日，卓尔公益基金会向7家卓尔应急医院配送新一批急需诊疗药品、医疗器械等，保障各医院救治需要。此次配送物资价值约600万元，药品多为被列入新冠肺炎救治正式诊疗方案的急需治疗药物，已全部送达各应急医院，紧急用于临床治疗。

第三次战役：建方舱医院，三天三夜搭建"生命之舟"

疫情之下，武汉连夜开建方舱医院。卓尔旗下武汉客厅、武汉国际会展中心被列为首批方舱医院，共设置3000张床位，集中收治轻症新冠肺炎患者。

阎志在其个人自媒体平台表示："只要城市需要，我们义不容辞，不只免费提供，还捐床捐被，摆上鲜花绿植、书刊杂志，组织志愿者送水果送餐食，因为住在这里的都是我们的兄弟姐妹！"

2月3日晚6点，阎志召集调度会，要求所有床位及配套的被褥、垫子、电热毯当晚务必到位。2月5日一大早，再次召开调度会，要求方舱医院安装电视，设置卓尔图书角、免费充电站、爱心食品角和电视角，保证每个患者每天一个苹果或香蕉，尽量让患者感到温暖。

采购组、搬运组、布展组和物业组 4 个小组随即成立，50 余个任务清单被列出，连夜落实被褥、电热毯、暖手宝和床具等物资购买。凌晨 1 点 25 分，床具抵达武汉客厅后，经过一天两夜，1000 张床位被拼装并摆好。志愿者的口罩被汗水湿透了，手磨出了血泡，腿累得抽筋，也毫不懈怠。

工作人员紧急采购 10 台智能小米电视、数千册图书、1000 箱方便面、5000 多包自煮火锅和 3 套便民充电设备等。经过三天三夜，所有卓尔人像布置自己的新房一样，如期建设好了图书角、充电站、快餐角、电视角，将这家全市最大的方舱医院搭建成了一个充满温情的"蓄能站"。

2 月 6 日凌晨 0 点，医疗队入驻武汉客厅方舱医院，具备收治 2000 名患者的能力。从一个空旷的会展展厅到具备温暖配套的"战地医院"，仅过去了 72 小时。三天三夜的奋战，一座"生命之舟"终于启航。

2 月 10 日，患者入驻后，在医护人员带领下跳起了欢乐的健身舞。阎志为人们的乐观感到高兴，他同时向热情用心的医护人员表示敬意："你们所表现的勇敢、所给予的温暖将成为这座城市最美好的记忆。"而卓尔所提供的这些温情保障，无疑也会成为这份记忆的重要部分。

7 家卓尔应急医院（未含方舱医院）累计入院患者 2528 人，累计治愈确诊病人 188 人，累计治愈疑似病人 223 人。截至 2 月 10 日，在院患者 2030 人，当日入院 153 人，当日治愈确诊病人 36 人，当日治愈疑似病人 9 人。截至 2 月 10 日，卓尔控股捐赠物资、款项等折合人民币共计 6000 余万元。

唯念时艰，方显勇毅！我们的校友阎志是个诗人、企业家，更是一个战"疫"指挥官和慈善家。我们的城市需要强大的企业，更需要困难当头下的城市守护者，卓尔控股和校友阎志做到了。

武汉大学校友企业家联谊会理事长、楚商联合会会长陈东升高度赞扬阎志校友：卓尔控股作为民营企业的典范，行动力、执行力、办事效率很高，为卓尔感动，向阎志致敬。

（据统计，疫情期间卓尔全球紧急采购口罩、防护服等，将 1026 万件应急物资捐至全省 556 家医疗机构，全力协助建院增床，与武汉、黄冈、随州、荆州等地合作设立 7 家应急医院，拿出企业物业改建成方舱医院，改造和新设 7600 个床位，接治 7589 名患者。积极参与全球抗疫，组织编写《方舱庇护医院建设运营手册》《新冠应急医院建设运营手册》，向世界分享武汉战"疫"经验，被翻译成 20 多种语言，同时向 16 个国家和地区捐赠 500 万件急缺医疗物资。卓尔捐赠款物折合人民币共计超 1.89 亿元。）

武大商帮、校友爱心捐赠

上海校友会：从韩国采购的第一批 3M 护目镜抵达中南医院

校友张彤：捐赠给武汉市中心医院 400 件防护服、400 副护目镜、3200 只 KF94 口罩

阿里巴巴公益基金：向泰康同济（武汉）医院捐赠 5000 件防护服

武大纽约校友会：捐赠给武汉 200 万只口罩

海特生物：捐赠给泰康同济（武汉）医院 5 万只医用口罩

武汉大学纽约校友会：捐赠给泰康同济（武汉）医院口罩 10000 只、防护面罩 2000 个、隔离衣 500 套

利泰集团：向"珞珈白衣天使基金"捐赠 100 万元

小米集团

小米自 2 月 6 日发起中国全体员工捐款至 2 月 8 日结束，参与者 8203 人次，小米员工捐款超过千万元，共计 11,552,633.9 元。这笔捐款将全部用于购买防控新冠肺炎疫情物资并送至医院等一线机构。

居然之家在行动

2020-02-12

2020 年 1 月 25 日，居然之家集团高管群里，一条来自汪林朋的指令让刚要进入休假状态的高管们迅速转为工作状态：一是由集团总裁王宁担纲，协调全国各个分公司采取严格的防护措施，确保人员安全；二是由常务副总裁任成挂帅组建抗疫工作协调组，全面启动对湖北地区的抗疫援助。一场跨越国界的爱心之旅自此启航。

勇担重任，全力支援

2020 年除夕，本应满怀 A 股上市和企业创办 20 周年喜悦的汪林朋董事长，随着武汉新冠疫情的加重而面露忧色，作为一名湖北籍企业家，第一时间挂念的是几千万荆楚父老的

汪林朋

安危与幸福，他立即决定带领居然之家集团迅速投入湖北抗疫援助中。

1 月 25 日，居然之家集团高管组建起抗疫工作协调小组，全面启动对湖北地区的援助工作。1 月 27 日，居然之家捐出的 1000 万元现金通过武汉慈善总会、黄冈及罗田红十字会等机构定向送达指定援助单位，并通过居然之家全球采购渠道在美国、日本、韩国、英国等国家订购了超过 120 万只医用口罩、万余件医用防护服向湖北疫情严峻的地区火速驰援，这次采购、捐赠物资价值超 1000 万元。

校友汪林朋作为北京湖北企业商会会长、中国家居行业领军人物，在疫情警报拉响后，第一时间组建起包括湖北企业家、家居龙头企业老总、一线医生在内的近百人微信群。一方面针对湖北疫情大力倡导"不缺关注、急缺物资"，号召大家迅速行动起来；另一方面积极协调医疗紧缺物资需求与采购、运输等环节工作，力保前线急需什么后方就支援什么。为了解决进口捐助物资的清关和运输问题，一是发挥自身物流仓储体系优势，星夜运送，同时也为各家居企业运送捐助物资提供便利；二是在泰康集团、卓尔集团等企业的物流渠道支持下全程无缝对接，确保了援助物资第一时间抵达援助医院。

居然之家驰援湖北疫情严重地区

疫情前期，居然之家带领众多爱心企业星夜驰援武汉、黄冈等疫情严重地区，短短几天时间，急救用呼吸机已经在黄冈临床发挥抢救作用。随着孝感疫情加剧，居然之家仅用 3 天时间就将日本采购的近 4 万只医用口罩和医用手套运抵孝感，用爱心铸就了一线抗疫战士们最坚强的后盾。

居然之家日本采购捐赠物资三天运抵孝感

居然之家新零售集团旗下的武汉中商积极响应政府号召，不停业、不涨价，勇挑保供的重担，始终践行着为人民群众服务的社会承诺。根据武汉市政府要求，中商超市每天只能营业 7 小时。尽管如此，每个门店每

武汉中商员工奋战一线保障民生供应

天筹集数十吨的生鲜商品保障民生供应。目前，湖北省内仍有 36 家中商超市正常营业，近 2700 名员工奋战在一线。特别是在火神山医院的筹建中，武汉中商圆满完成了为施工人员制送盒饭的保障工作，不足 10 人的制送小组每天制送 3000 份，充分体现了企业在执行力上的"铁军本色"。

校友汪林朋多次重申："使居然之家成为让员工引以为豪、让投资人和合作伙伴尊重和信赖、真正造福国家和人民的企业发展平台和员工事业平台。"

一呼百应、群策群力

一个好汉三个帮！居然之家呼吁伙伴企业共同参与爱心援助行动，汪林朋号召大家积极行动起来，为打赢抗击新冠疫情之战发挥作用，得到企业家们响应。敏华控股董事长黄敏利、顾家家居董事长顾江生、梦百合董事长倪张根、志邦家居总裁许邦顺、康耐登家居总裁刘永康、意风家具董事长温世权、非同家居董事长乔印军、爱依瑞斯董事长范姗姗、百年智强董事长陈京生等企业家迅速行动起来，捐款捐物总价值超 2000 万元。

1 月 28 日，顾家家居首笔 100 万元捐款驰援湖北黄冈；1 月 29 日，敏华控股向湖北省红十字会捐款 500 万元，志邦家居向武汉市慈善总会捐款 100 万元，非同家居向黄冈红十字会捐款 50 万元；1 月 30 日，志邦家居向黄冈市慈善总会捐款 100 万元，意风家具向黄冈市慈善机构捐款 50 万元；2 月 1 日，爱依瑞斯向黄冈捐款 50 万元。

与此同时，汪林朋号召企业家们不仅要捐钱，更要捐物，"三四线城市医疗物资比钱更重要，哪怕花更多的钱也要买到这些物资。"于是企业家们多方筹集了大量医疗物资：1 月 25 日至 31 日，梦百合家居分别给湖北 5 家医院捐赠 3440 套床垫和枕头；1 月 30 日，顾家家居向湖北黄冈捐赠 100 万双专业医护手套；2 月 2 日，康耐登家居

北京医疗物资接力式运输驰援武汉

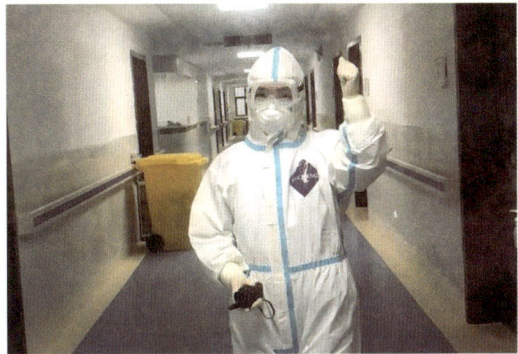

向武汉定点医院送去 10 万只专业医用及 N95 口罩，向黄冈定点医院送去 20 万只医用口罩……

截至 2 月 11 日，居然之家与伙伴企业捐助款项和物资折合人民币超过 4000 万元，数额仍在增长，体现了以居然之家为代表的爱心企业、以汪林朋为代表的企业家的社会责任感和奉献精神，为家乡人民鼓足信心、战胜疫情注入了强大的正能量。

着眼疫情过后湖北商业的再次崛起，居然之家将坚持以实体店连锁为核心，加快推进"大家居"与"大消费"融合、线上线下融合以及产业链上下游协同融合的"1+3"发展战略，尤其是在与武汉中商重组后，采取家居 mall 和生活 mall 双轮驱动的发展模式，抓住消费融合与新零售的先机，为湖北商业重整旗鼓、二次腾飞贡献更多力量。

2 月 11 日，中共中央政治局委员、国务院副总理孙春兰率中央指导组在武汉考察了泰康同济（武汉）医院，这是泰康保险集团与武汉同济医院合作管理的一家三级综合医院，目前积极投入抗击疫情斗争中。

居然之家将为湖北商业腾飞助力

理事长陈东升心系革命老区，在泰康同济医院物资紧缺的情况下，毅然于 2 月 12 日指示泰康溢彩基金会对卓尔大别山应急医院（黄冈大别山区域医疗中心）进行捐助，专门定向采购并捐赠了价值 400 万元最急需的医疗设备和药品。校友阎志对理事长表示感谢："这是理事长陈东升和泰康保险集团对黄冈老区人民的深情厚谊，对卓尔应急医院工作的大力支持，750 万黄冈老区人民会永远铭记东升大哥和泰康保险集团关键时刻的义举。"

武汉大学校友企业家联谊会秘书长蹇宏说："我们的母校有企业家们慷慨解囊，有海内外校友鼎力相助，呈现了抗击疫情的光辉一幕。武汉大学三家医院（包括校医院）、武汉大学的校友企业、武汉大学各地校友会、全球武大校友在国难当头之际，谱写了英勇的篇章。"

武大商帮、校友爱心捐赠

校友企业九层台助力武汉防控新冠肺炎

武汉新建的方舱医院有些不具备固定医疗机构的污水处理能力，湖南九层台环境科技有限公司在总经理汪小祥校友等领导下，迅速成立了新冠疫情防控小组。2 月 8 日，公司主动联系武汉东湖风景区政府相关部门，请求承建白马驿站方舱医院临时性污水处理设施及其相关运营工作，东湖风景区政府立即同意并对公司的奉献精神表示高度赞赏。白马驿站方舱医院设置 250 张床位，计划在 2020 年 2 月 15 日前完成安装并投运。

校友企业家联谊会捐赠泰康同济（武汉）医院 1200 支口腔温度计、5 箱酒精、2 箱秋梨膏

袁夫稻田董事长袁勇刚校友向泰康同济（武汉）医院捐赠 2 万斤大米

截至 2 月 11 日，卓尔应急医院收治 2063 人，卓尔方舱医院收治 2944 人

校友企业家联谊会捐赠卓尔应急医院防护服 1000 件

校友企业家联谊会捐赠给在鄂州的贵州救援队防护服 500 件、护目镜 500 副、口罩 3000 只

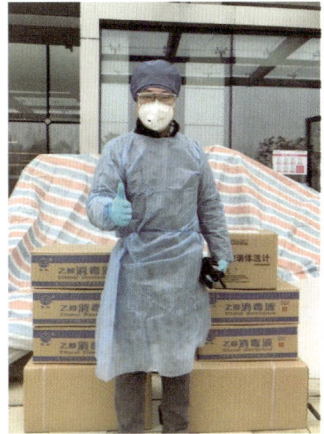

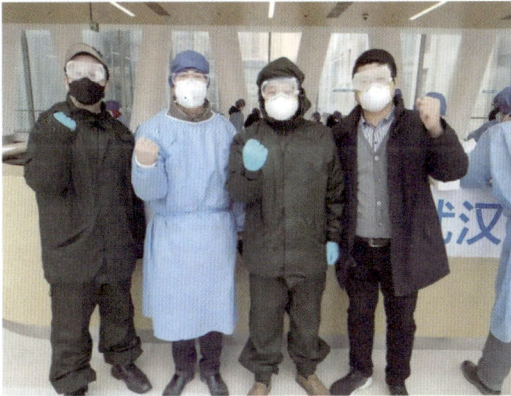

武汉大学校友企业家联谊会理事长陈东升总动员令

2020-02-13

各位理事、各位校友：

疫情防控工作到了最吃劲的关键阶段。前一阶段，我们众志成城、共克时艰，武汉大学校友企业家联谊会和武汉大学校友所做的贡献、取得的成绩有目共睹！

习近平总书记指示要打一场疫情防控的人民战争，对"战疫"做出一系列重大部署，李克强总理亲临武汉考察指导，孙春兰副总理坚守一线督导，体现了党中央、国务院对战胜疫情的坚定信念。昨天中央指导组副组长、中央政法委秘书长陈一新在武汉开了会，指出湖北和武汉是疫情防控的重中之重，是打赢疫情防控阻击战的决胜之地；提出要动员广大武汉校友和楚商，发动市场化、社会化力量，为打好武汉保卫战提供更多紧缺医疗物资。

武汉胜，湖北胜，全国胜！我们武汉大学校友企业家联谊会、武汉大学校友和楚商联合会要参与到这场斗争中来。特别是要发挥我们在全球的物资采购能力，积极驰援武汉进行总攻。

在这次疫情中，武汉大学全球校友发挥了巨大作用。今天武汉和湖北报的数字很大，疫情形势很严峻！我们要扩张医院床位，要做到患者全部入院治疗，就需要大量的防护服、口罩、防护镜等物资。所以，我们也要在韩进书记、窦贤康校长、吴平副校长和邓小梅处长的领导和协同下，继续发挥校友的积极作用，把北京校友会、日本校友会、纽

074

约校友会、伦敦校友会等全球校友会都纳入抗击疫情的总攻战中来！

我们希望以武汉大学校友企业家为核心，全球校友会联动，共同打赢这场总攻战！所以我们今天发布总动员，我们要积极响应新时期的变化和号召，成立武大校友企业家联谊会核心工作小组。我作为总指挥，委任毛振华为常务副总指挥，我们的常务副理事长都是副总指挥，蹇宏秘书长作为前线总协调。阎志在这次抗击疫情中走在了前面，目前他与其他理事和校友也在那里。我号召所有的理事和校友都要行动起来，继续前期的那股热情，发动一切力量筹款筹物，驰援武汉和湖北，坚定地加入这场抗击新冠肺炎的总攻战中来。

各位理事、各位校友，我们有钱的出钱，有力的出力！经费不用考虑，我和其他企业家为大家解决后顾之忧！

各位理事、各位校友，疫情进入了总攻战、决胜战！在前一阶段成绩的基础上，我们百尺竿头更进一步。我相信，在党中央、国务院的领导下，在全体理事、校友的协作下，最后的胜利一定属于我们！

武汉必胜！湖北必胜！中国必胜！

陈东升

2020.2.13

理事长陈东升的总动员令发出后，武大商帮群雄激昂，纷纷表态：响应号召，积极用实际行动来支持武汉总攻战！

校友张健

从联影采购一台 CT，捐赠给武汉大学校医院，以抗击疫情，服务师生。

北京校友会

配合武汉大学抗疫指挥部、校友总会和校友企业家联谊会，为抗疫战斗贡献力量。

武汉大学常州校友会

紧急采购 1000 盒阿比多尔驰援急需用药的武汉亚心总医院。

大健康联盟

分会会长田源、监事长于刚、秘书长杨正茂召开紧急会议，决定响应理事长的号召，立即开始行动。（1）组成工作联系班子，与蹇宏及秘书处建立日常联系。（2）向全体大健康联盟理事、会员发出通知，希望大家各尽所能，汇集资源，积极支持抗疫工作。

（3）以于刚监事长的公司牵头，协调医疗物资，包括 3 万种药的国内外采购工作。（4）由田源公司牵头，联合纽约校友会，协调美国方面的采购与相关工作。（5）由杨正茂牵头，协调国内外顶尖医疗界专家，对治疗方案进行咨询工作。

环渤海分会

聚焦"珞珈白衣天使基金"，支助奋战在一线的医护人员，特别是在一线奋战被感染的医护人员！从 2 月 1 日发起，已到账资金超过 1500 万元，正在安排下发第一期补助资金。

校友企业格林森董事长童军

积极响应总动员号令，捐赠 300 台空气净化器，由指挥部统一安排。

武汉花博汇董事长徐涛

积极响应总动员令，再次捐赠医用手套 2 万双、防护服隔离服 1680 件、乙醇消毒液 34 桶、75% 酒精 500 瓶、消毒喷剂 500 瓶、一次性帽子 1 万顶、鞋套 1 万双，由指挥部统一调配！

为积极响应总动员令，顺为资本张彤校友、景林资产蒋锦志校友、中诚信集团毛振华校友、中珈资本曾文涛校友、宇业集团周旭洲校友、公牛集团阮立平校友等，再次从采购捐赠的物资中紧急调运防护服 5000 件、护目镜 5000 副、医用口罩 5 万只供指挥部统一调动

雷厉风行的小米

2020-02-14

"我们要有信念，生活可以被疫情影响，但绝不会被疫情打败。"这段肺腑之言，出自于我们的杰出校友雷军。新冠肺炎疫情消息公布后，雷军就殚精竭虑地保证捐款和物资能够及时到达前线，整合全球资源，星夜兼程驰援荆楚大地！

在这场没有硝烟的战役中，雷军对母校的爱、对家乡的情，化作一笔笔款项、一批批物资，始终出现在最前线！

疫情发生后，雷军说："我们要行动起来，真心实意为湖北人民做点事情，他们最需要什么我们就帮助什么！"

1月25日，大年初一中午，小米集团首批救助武汉的医疗物资抵达武汉，这是武汉封城后首批抵达的来自互联网企业的援助。了解到武汉封城后物流运输面临困难，小米充分发挥自己的物流和仓储优势，第一时间盘点了旗下精品电商——小米有品的所有库存，把所有符合救助条件的医疗应急物资调集起来，全部运往武汉。

这仅仅是一个开始，接下来的每一天，小米都在为武汉和湖北各地输送物资及爱心。

自疫情发生以来，小米持续对疫情严重的武汉和湖北省各地进行直接援助。在系列捐赠中，小米充分运用了自身的物流优势以及生态链产品的特色，第一时间将最急需的物资交付到抗疫第一线。除了重点捐赠物资，小米还第一时间关注到了武汉之外的湖北各地，后续力度更精准、品类更繁多的捐赠仍在进行之中。

雷军：1991 年毕业于武汉大学计算机系，武汉大学名誉教授。小米集团创始人、董事长兼 CEO，北京金山软件有限公司董事长

极速行动：首批物资大年初一运抵武汉

与疫情作战，时间就是生命。1 月 25 日，小米集团首批救助武汉的医疗物资安全抵达，这是武汉最早接收到的来自互联网公司的捐赠。这批物资包括大量 N95 口罩、医疗口罩和各类温度计，都是武汉抗击疫情最急需的物资。

反应迅速得益于小米集团的高度重视。1 月 23 日武汉封城后，小米立刻成立内部协调小组，第一时间盘点小米有品的库存医疗物资。克服封城及春节期间物流紧张的困难，1 月 24 日就将第一批物资从全国 6 个仓库发出并在第二天大年初一安全送达武汉。

当时正值除夕，物流企业的大多数司机已经放假，而空运来不及报备。小米向物流合作伙伴说："我们加大奖励力度，寻找在这个时候勇于奉献的司机！"由于武汉封城，外地车辆已无法进入，就在仙桃找了一处中转仓库，外地物资先运到仙桃，小米再从武汉出发将物资接回去。

此后，小米充分发挥了自身物流、仓储等综合优势，协助武汉大学校友等团体将捐赠物资快速送达了抗疫第一线。

小米集团也较早注意到武汉周边疫情同样需要关注。1 月 28 日凌晨 2 点，小米捐赠的物资顺利抵达湖北仙桃市第一人民医院，主要是当地急需的隔离防护服和 N95 口罩。同一天，黄冈、孝感、荆门、荆州的医院和卫健委也陆续收到了小米集团捐赠的医疗物资，这也是湖北省除武汉之外的疫情城市最早接收到的来自互联网公司的捐赠之一。

1 月 25 日大年初一，小米首批物资送达武汉

1 月 28 日凌晨 2 点，小米物资送达仙桃市第一人民医院

精准驰援：1000 万元定向捐赠医院，支持火神山、雷神山医院建设

抗疫是一场没有硝烟的战争，而医疗物资就是白衣战士们最急需的弹药。雷军对同事们说："湖北疫情最急需什么，我们要发挥自己的优势去解决。"针对这次疫情的特殊情况，小米制订了优先物资的捐赠计划，并且将医院作为捐赠的重点。

1 月 29 日，小米集团向武汉慈善总会捐赠 1000 万元定向用于武汉五家医院采购抗击疫情所需医疗物资和设备。这五家医院分别是：武汉金银潭医院、武汉同济医院、武汉协和医院、武大人民医院、武大中南医院。截至 2 月 9 日，小米共计向湖北全省 17 家医院和疾控中心，以及北京协和医院三批援助医疗队援助了数百万元应急物资。

在火神山医院和雷神山医院的建设过程中，小米陆续捐助了超过 236 万元的各类物资。早在第一批物资运送的过程中，小米就接到了火神山和雷神山建设者的需求，希望提供小米的电子测温计，用于给工地上的建设者们每日监测体温。在第一批物资运到后，小米武汉的员工又专程将 35 个电子测温计送到雷神山的建设者手中。此后，小米共捐献了 1750 台小米平板 4，用于搭建医院远程探视系统，此外还有对讲机、红外体温计、自动洗手机等大批物资，有力地支持了火神山和雷神山医院的建设。

协作联动：雷军个人捐赠超千万元，生态链企业积极响应

2 月 4 日凌晨 2 点，一架 90 吨的专机由韩国抵达武汉天河机场。机上运载有 20 万件医用防护服、9 万只 N95 口罩、100 万只医用外科口罩、200 万只 KF94 口罩、10 万副护目镜等。由于物资数量巨大，由专机分批次运送，第一、第二批物资已于 1 月 30 日至 31 日运抵武汉。

用于购买这批物资的是小米集团创始人、董事长兼 CEO 雷军个人出资，以小米集团名义捐赠的 1070 万元，武大校友企业景林资产捐赠的 340 万元，中诚信集团捐赠的

小米集团、西山居和云米公司捐赠的小米平板，用于支持火神山和雷神山医院的远程视频探视系统，图为现场安装调试

雷军等武大校友企业家联合捐赠的物资运抵武汉天河机场

330 万元和中珈资本捐赠的 330 万元支援资金。除此之外，雷军个人还向家乡湖北省仙桃市捐赠 200 万元，指定用于购买防疫医用物资和设备。

众人拾柴火焰高。雷军不仅号召校友企业共同出资捐赠，还发挥了自身的影响力，带动小米旗下众多生态链企业捐款捐物。据了解，小米生态链企业紫米科技、智米科技、8H、小吉科技、造梦者、九号机器人、九安医疗等企业捐赠了大批物资和资金。生态链企业还发挥特有的品类优势，捐赠了大量符合需要的生活用品。如 8H、小吉科技共捐赠 400 套抗菌床垫，造梦者捐赠 200 台除菌空气净化器。

此次疫情也牵动着小米员工的心。2 月 6 日，小米集团在继续捐赠工作的同时，呼吁全体党员、全体小米同学伸出援手。至 2 月 8 日，集团高管和员工积极响应，参与者高达 8203 人次，捐款超 1000 万元。这笔捐款将转入小米公益基金会，全部用于购买抗击新冠肺炎疫情物资并送至医院等机构。

小米公益基金会负责人表示，疫情不结束小米的捐赠也不会止步，小米将继续弛援湖北，也会根据情况对全国其他区域进行捐赠。

更重要的是，小米将安全有序复工，追回被疫情耽误的时间，以实际行动为打赢这场战疫贡献力量。小米迎难而上，是担当也是实力。非常时期，小米发布最受关注的 5G 旗舰手机，将迅速激活市场，带动全产业链恢复生产，为经济复苏贡献力量。

等这一切过去，我要回武大看樱花、吃碗热干面在 2 月 13 日的发布会上，雷军不仅戴着口罩向武汉致敬，也给武汉加油鼓劲："生活可以被疫情影响，但我们绝对不能被疫情所击败，等疫情结束的时候，我们大家再一起欢呼吧！"

小米集团、高管、员工、生态链公司部分捐赠

1 月 25 日，小米集团首批救助医疗物资安全抵达武汉。

1 月 28 日，黄冈、孝感、仙桃、荆州、荆门等多地医院和卫健委收到小米集团的救助物资。

1 月 29 日，小米集团向武汉市慈善总会捐赠 1000 万元，定向支持武汉五家抗击疫情一线医院。

2 月 2 日，小米集团、西山居和云米公司向武汉火神山医院和雷神山医院捐赠大批物资，总金额 248.57 万元，包括用于远程视频探视系统的 1750 台小米平板电脑以及空气净化器、红外体温计、对讲机和自动洗手机。

2 月 3 日，雷军捐赠湖北省仙桃市 200 万元，指定用于购买防疫医用物资和设备。

2 月 4 日，雷军捐赠 1070 万元，联合其他多位武大校友企业家，委托武汉大学校友会从韩国紧急采购的医疗防护用品于凌晨送达。

2 月 8 日，小米集团员工积极为抗击新冠肺炎捐款，两天共募集超千万元。

截至 2 月 9 日，小米集团、小米生态链公司、雷军个人等捐助折合人民币超过 3000 万元。

武大商帮纷纷点赞小米和雷军："雷军有爱，向雷军致敬！"

武汉大学校友企业家联谊会理事长陈东升高度赞扬雷军校友："向雷军致敬！"

（据统计，疫情期间小米公益基金、小米集团、员工个人捐款捐物合计人民币超 8000 万元。）

武大商帮、校友爱心捐赠

武大商帮和楚商打响抗疫总攻战

武汉大学校友企业家联谊会核心工作小组和楚商联合会共同发出倡议，

号召武大商帮和楚商募捐，本次捐款金额 1000 元起！截至 2 月 14 日下午 6 点，共接收楚商与武大商帮 1765 笔捐款，善款总额 6,516,940.61 元。

校友张洪涛和校友张贵宝定向捐赠给武昌社区医院的 230 台制氧机已运到珞珈山庄

继前期捐赠 500 万元之后，易方达公司近期又发起员工捐赠。目前，公司联合员工共筹集 500 多元，全部用于购买医疗物资发往武汉抗击疫情

良品铺子罗静枫校友除在第一轮为武大三家医院捐赠价值 100 多万元的各类食品外，2 月 13 日晚再次给泰康同济（武汉）医院捐送各类食品 850 件

从春节开始校友王洪涛就带着宅急送一直为武大校友、楚商、亚布力成员企业、泰康健投、泰康溢彩等机构和个人向武大医院、武汉及湖北各地市医疗机构捐赠的医疗物资提供免费的公益物流，截至 2 月 14 日，捐赠了价值 600 万元以上的物流服务，目前该项服务还在继续。此外，王洪涛还以楚商副会长身份捐款 5 万元，以校友会成员名义捐款 5 万元，共捐款 10 万元

校友李晓鹏捐赠的 21000 只医用外科口罩已送达泰康同济（武汉）医院

广东宏巨投资为武汉抗击疫情捐款 15 万元

泰康启动员工个人捐款，162338 位泰康人共捐款 1600 余万元

泰康保险集团刘挺军总裁和陈奕伦逆行武汉支援抗击疫情

校友企业家联谊会理事长陈东升说："我们都是湖北人，支援家乡义不容辞！武大人在这次大灾中的表现可谓空前绝后！这种团结战斗精神史无前例！向大家致敬！"

劲牌有限公司在行动

2020-02-15

劲牌有限公司在疫情发生后立即参与到抗击疫情中来，在董事长吴少勋的带领下积极地捐款、捐物。截至1月31日，劲牌有限公司已捐款6706万元现金，捐赠不低于5000万元的新冠肺炎预防中药配方颗粒，两项折合人民币共计1.17亿元。劲牌有限公司作为武大校友企业家联谊会特别支持企业，捐赠预防新冠肺炎药品等。校友企业家联谊会理事长陈东升说："劲牌既是楚商学习的榜样，也是我们校友企业学习的榜样！"

疫情发生后，劲牌有限公司立即行动起来，举全公司之力配合和支持疫情的防控工作。为战胜疫情，他们立即捐款 5000 万元现金；为预防疫情，他们放弃休假，加班加点生产新冠肺炎预防中药配方颗粒；为驰援一线，不管多远多难都要第一时间送到。劲牌有限公司用自己的实际行动诠释"国家兴亡，我的责任"的劲牌文化。2 月 15 日一大早，劲牌公司董事长吴少勋准时出现在新冠肺炎疫情防控工作专题会议上，这是他连续第 23 天到现场部署公司支援抗击疫情工作。

在疫情最严峻的时刻，吴少勋说得最多的话就是："快点，再快一点，时间就是生命，要开足马力，千方百计提高产能。"

劲牌有限公司战疫大事记

1 月 25 日，劲牌公司紧急召集专题会议，决定举全公司之力配合和支持疫情的防控工作，捐赠价值不低于 5000 万元的新冠肺炎预防中药配方颗粒。随即，药材采购人员被召回，车间工人被召回，后勤人员被召回……

1 月 26 日，劲牌公司决定再捐赠 5000 万元现金支援湖北抗击疫情。当天，第一批中药配方颗粒预防用药送至黄石、大冶战疫一线。

1 月 27 日至 31 日，劲牌合作伙伴和劲牌员工纷纷捐款，相继向湖北各地市定向捐赠 1706 万元现金，实现了支援全省市州抗击疫情全覆盖。

2 月 3 日，劲牌公司 9 天内实现了中药配方颗粒预防药品湖北省全域配送。

1953 年，劲牌有限公司诞生在青铜故里湖北大冶，历经 60 余年的稳步发展，现已成为一家专业化的健康食品企业。目前，公司拥有保健酒、健康白酒和生物医药三大业务，以及中国劲酒、毛铺苦荞酒两大品牌。劲牌公司坚持走质量效益型发展道路，持续领跑中国保健酒行业。公司主导产品中国劲酒年销售量达 8 亿瓶，已在中国市场实现了全覆盖，并销往美国、英国、韩国、日本等 20 个国家和地区。截至 2019 年年底，公司拥有注册商标 833 件、专利 324 件，其中发明专利 52 件。

劲牌有限公司一直参与社会公益，2004 年至今在全国 31 个省、市、自治区 90 所学校开办了 507 个"劲牌阳光班"，累计投入 2.5 亿余元，帮助 24000 余名贫困学生顺利完成高中学业圆梦大学。据统计，截至 2019 年年底，公司历年累计公益捐赠总额逾 20 亿元。

战疫制药人：不管多忙多累都要争分夺秒生产

"只要有利于疫情防治，我们不管多忙多累都要争分夺秒生产。"劲牌公司副总裁、劲牌持正堂药业总经理李清安说道。

从大年三十接到黄石市卫健委购买2000服中药配方颗粒预防用药的订单开始，劲牌有限公司就开始了争分夺秒的生产。

大年初一，劲牌公司召开专题会议对湖北省卫健委《关于印发湖北省新型冠状病毒感染的肺炎诊疗指南的通知》中的中医预防二号方进行了分析研究，决定按该组方组织生产并调配中药配方颗粒无偿提供给湖北省医护人员、疫情防护工作人员和病例密切接触者作为预防用药。

没有现成的药品，只能紧急加班生产，随即公司各部门都动了起来。劲牌持正堂药业制剂车间主任胡均明大年初一被紧急召回，要求他在充分尊重员工意愿的前提下，快速组建一支制剂精英生产队。

胡均明怀着忐忑的心情向车间微信群发布消息："亲爱的同事们，为驰援疫区，车间急需人手，自愿报名。"几分钟之内，"我报名"三个字就在微信里跳动开了。大年初二，陆续有大量员工克服出行问题到车间报到。

随后，提取、分离、浓缩、干燥、制粒所有设备满负荷运转，药品日生产量提高到15万服。截至2月14日，已累计生产完成239万服中药配方颗粒的生产。预计2月19日能完成预定的300万服，比原计划整整提前10天。

为了提高生产效率，胡均明等人主动申请住在车间，一旦干膏粉生产完成，

无论是 1 点、2 点还是 5 点，他们都在第一时间送到制剂现场。因为年前刚刚做了一个小手术，好多人劝他注意休息，可他听不进去。胡均明说，这样高强度的生产模式还是第一次，不在现场心里不踏实、不放心。

这一句"不放心"，始于他对工作的责任心。17 年前，抗击非典，他在药厂参加生产工作；17 年后，抗击新冠肺炎疫情，他在劲牌生产预防药品。有 30 多年制药经历的胡均明明白，对于制药人而言，救治生命比一切都重要。

逆行送药人：不管多远多难都要第一时间送到

"配送神农架的疫情预防药品已装车出发。" 2 月 3 日 7 点 39 分，劲牌抗击新型肺炎沟通群报告第一条信息，公司接待服务部司机叶广接受任务，独自驾车长途驱往神农架。

15 分钟后，第一批发往恩施州的预防药品也装车出发。"神农架和恩施是全省最远和最难送的地方，但不管多远多难送，我们都一定要将预防药品送到。"劲牌公司副总裁陈国华介绍，从大年初二到初十，劲牌公司全员争分夺秒，9 天内实现了中药配方颗粒预防药品湖北省全域配送。

武汉封城后，全省各地相继封城封路，药品配送只能采用接力赛。公司用小型厢式货车送到各地，当地经销商接货后再派司机送到抗疫一线人员手中。

从大年初三开始，公司组建了一个 11 辆车的配送车队，召集了自愿加入的公司物流中心的罐车司机、劲牌酒厂的通勤车司机和接待服务部的小车司机 18 人，组成配送司机班，每天"逆行"送药，累计已跑 120 多趟、行程 2.4 万多公里，遍布全省各市州疫情最严重的地方。全省 83 名经销商派出 128 名司机进行接力送药，再"逆行"将预防药品送到最需要的人手中。

有药品送出去的前提是要有药材送到公司来加工生产。劲牌持正堂药业中药资源部王道清介绍，大年初一，他和公司药材商务采购孙密密被紧急召回公司，参与疫情预防药品生产的药材采购，采用各种方式找药，以最快速度在大年初二确定了所有货源。

黄石有色医院定点收治新冠肺炎确诊轻症患者，急需国家中医药局推荐的清肺排毒汤配合治疗。

2 月 8 日，劲牌调集所需药材紧急生产 1000 服，免费送到该院。截至 2 月 14 日，已累计生产新冠肺炎治疗用中药配方颗粒 1.5 万服，免费送至黄石及周边定点医院及时救治感染患者。

"国家兴亡，我的责任。"劲牌文化深深根植于劲牌合作伙伴和员工心中。2 月 9 日至 13 日，劲牌公益慈善基金会账户新增捐款 73 笔，合计 114200 元。这是劲牌合作伙伴和劲牌员工自捐的第 7 批捐款。自 1 月 27 日公布首批捐款名单后，累计超过 9500 个单位和个人献爱心抗疫情，捐款已超 1400 万元。100 元也好，1 万元也罢，能力有大小，爱心却无价，劲牌人用实际行动诠释着什么是大爱。作为湖北本土一家有高度社会责任的企业，劲牌勇于担当，全员争分夺秒，积极投入疫情防控战，始终与湖北家乡人民在一起，共克时艰，保卫家园！

武大商帮、校友爱心捐赠

东润基金会支援武汉

2月15日上午，在大雪中，东润基金会给武汉金银潭医院送去了紧缺的医疗物资：5000只普通医用N95口罩、1300只医用N95口罩（可进红区）、1600件胶条防护服、5000件医用防护服。

武汉金银潭医院党委副书记、纪委书记代维说："非常感谢东润基金会给我们医务人员送来了紧缺的防护物资，我们医务人员的防护到位后，医护人员才能安心地把东润基金会的爱心传递到住院病人身上。非常感谢！"

泰康同济（武汉）医院在战地中揭牌

2月14日下午3点08分，泰康同济（武汉）医院在抗疫战地一线正式揭牌。而在十几分钟前，来汉支援的首批军队医务人员进入隔离病房，开始逐步接管已经住院治疗的新冠肺炎患者。泰康同济（武汉）医院将陆续投入860张重症病床资源，军民融合，同舟共济，打赢人民防疫攻坚战。

泰康同济（武汉）医院是泰康保险集团投资近40亿元，按照三甲标准和国际一流水平建造的大型高品质医疗中心。经泰康多次主动请战，2月8日，武汉

市防控指挥部决定将泰康同济（武汉）医院作为"新型肺炎确诊病例治疗点"。2月10日，医院开始接收轻症患者，目前已经陆续接收143名患者。2月13日上午，医院确定参照火神山运行模式，由军队支援，接收重症患者。2月13日下午，湖北省卫健委特批医疗机构执业许可证，准予泰康同济（武汉）医院执业，性质为非营利性医疗机构。

1药网联合创始人、执行董事长于刚校友表示要全面助力抗疫

1药网已构建起由全国21万家药店组成的虚拟药店网络，以及五大智能供应链运营中心，将积极利用自身平台和整合资源优势，全面助力抗击疫情。

奥山集团邬剑刚校友从恩施运来的富硒米、蔬菜、紫山药已到达泰康同济（武汉）医院

截至2月15日下午6点，共接收楚商和武大商帮3966笔捐款，善款总额9,480,997.11元

面对武汉疫情总攻战，理事长陈东升说："我是武汉校友，只要是武汉的事、湖北的事，我义不容辞！武汉从来都是一座伟大的、英雄的城市。这一次武汉做出了巨大的牺牲，保护了中国，保护了全球。向武汉人民致敬！向英雄的武汉城市致敬！向我可爱的家乡湖北武汉致敬！"

景林资产在行动

2020-02-16

"东湖之滨，珞珈山上。百年沧桑，弘毅自强。"从珞珈山走出来的学子们，在这场疫情中，英勇无畏地谱写了珞珈儿女当自强的热血诗篇。

在这次疫情中，景林资产热血护"珈"，积极行动。在武汉医护人员最危难的关头，景林资产会同小米、中诚信、中珈资本勇于承担，最终成就及时的海外采购。

家国有难　一马当先

1月24日，景林资产通过各种渠道关注到武汉疫情，立即决定捐赠1000万元！其中武汉市红十字会500万元，武汉大学抗疫专项基金500万元，全部款项于大年初一完成支付。这是公、私募里第一家捐款的机构。此外，景林资产作为联合发起人，参与发起"珞珈白衣天使基金"，专款用于奖励一线医务人员。

用爱成就划时代的韩国大采购

武汉封城以来，各大医院医护物资纷纷告急，通过各种渠道向外界求援：物资不是紧缺，而是没有了！校友蒋锦志听闻以后，久久不能平静："珞珈山是我的母校，武汉是我的第二故乡！我不能坐视不顾！"

于是，景林资产联合小米集团、中诚信集团以及中珈资本一起发起海外采购。在未来情况不明确的紧急情况下，为了锁定货源、签订合同、一次性付款，景林资产代表各家机构先期垫付。当时，韩国也已经有人感染，韩国朝野和民众也需要防护物资，对中国的大宗采购更是直接推高价格，甚至囤积居奇！怎么办？等待下次有机会再采购还是偏向虎山行？他们听闻消息后当即决定：继续采购！因为他们深知，如果本次采购不能完成，武汉的医护人员就要"裸奔"了，英雄们将会直接面对病毒。

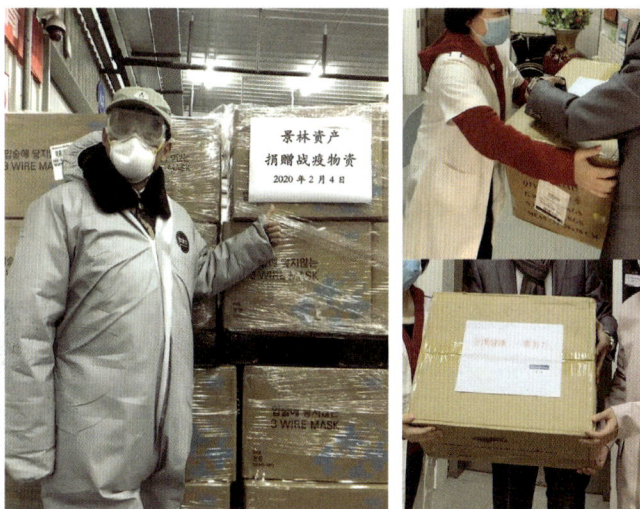

武大校友采购需要协助的信息到达韩国后，韩国校友会开始行动了，他们通宵达旦地联系厂家和商家，四处奔走采购符合要求的医疗物资，千辛万苦地联系商家采购。蒋锦志校友、毛振华校友、雷军校友、曾文涛校友也开始了行动，为了锁定货源，采购方先跨国支付全部货款；在武汉交通完全封闭的情况下，在韩国校友会全力协助下，专机直运武汉。

本次一共从韩国采购了 150 万只医用口罩、20 万套医用防护服和 10 万副医用护目

蒋锦志：武汉大学 1985 级国际金融专业专业，1992 年获得中国人民银行研究生部国际金融学硕士学位。

景林资产管理公司于 2004 年由校友蒋锦志创立，在 A 股投资上景林管理的 A 股私募基金"景林稳健""景林全球基金"等人民币二级市场基金以优异的业绩多次获得国内权威机构奖项。在大中华股票投资上，多次被国际权威机构评为年度大中华股票基金。在私募股权投资上，景林已投资了近 100 家企业。

蒋锦志

此外，景林成立以来积极参与慈善公益事业，对教育、赈灾、环保等公益事业均多有捐助。未来，景林将继续践行企业社会责任，为公益事业做出更多的贡献。

镜、100 万双医用手套，是当时最大单笔境外采购。

1 月 30 日、1 月 31 日、2 月 4 日，三次包机到达，景林资产、小米、中诚信和中珈资本上演了现实版的生死速递。当物资到达武汉后，物资奇缺的协和医院来了，感谢武汉有武大这帮校友；刚建成的火神山医院来了，他们有了最紧缺的物资；同时指定捐赠了武汉金银潭上海医疗队、武汉三医院上海医疗队，让他们身在异乡有温暖。

整合资源驰援华夏

景林资产还积极联系有业务合作关系的 352 环保科技公司，该公司已经向武汉大学人民医院、武汉大学中南医院和武汉大学校医院捐赠了 296 台空气净化器、261 台检测仪和 124 套滤芯。同时安排防护服、护目镜、数万口罩等物资捐赠浙江天台第一人民医院，为家乡父老乡亲抗击疫情助力！2 月 13 日，捐赠两箱口罩给香港两家急需口罩的养老院——松恩护老之家、松山府邸（彩霞居），关爱老人。

武大商帮、校友爱心捐赠

"珞珈白衣天使基金"向首批战疫医护工作者进行奖励慰问

根据《珞珈白衣天使基金管理办法》，基金管委会制订了第一批奖励慰问计划，拟对武汉大学人民医院、中南医院和校医院在新冠肺炎临床救治中表现突出的一线医护人员进行奖励，并对在新冠肺炎临床救治中因"职业暴露"而不幸感染的临床一线医护人员进行奖励，奖励慰问总人数达 630 人，奖励总额 1370 万元。根据医院报送的奖励、慰问名单，奖励慰问金将及时发放到医护人员手中。

海华永泰律所和 QIANJIANG-KEEWAY 捐赠物资

这批捐赠由武大浙江校友会协助，宅急送公益运输。7500 件防护服已于 2 月 14 日从杭州运抵武汉，并已送至武大人民医院，武汉市中心医院，襄阳、麻城、洪湖等 10 家医院。

上海校友会捐赠泰康同济（武汉）医院的 75 箱消毒液已签收

黄发军校董捐赠的 1 万只 N95 口罩已送抵雷神山医院

常州校友会捐赠给武汉大学校医院的芬兰产外科医用口罩 1 万只已送抵校医院

由武汉大学校友钟大庆、吴晓红夫妇捐赠的 400 盒，武汉大学常州校友会捐赠的 1000 盒阿比多尔已交给亚心总医院

卓尔公益基金会捐送物资到达泰康同济（武汉）医院

这批捐赠物资包括红区用 N95 口罩 3000 只、医用防护服 2000 件、医用隔离服 1500 件、医用口罩 12000 只、医用面罩 700 只、医用手套 5000 双、75％医用酒精 500L，2 月 16 日已送到泰康同济（武汉）医院。

武大商帮和楚商为武汉疫情总攻战募捐

截至 2 月 16 日下午 6 点，共接收楚商和武大商帮 4791 笔捐款，善款总额 11,564,816.11 元。

理事长陈东升援引校友田源的话说："这次战疫，全球大采购行动是以民营企业为主体的，原因在于发挥了民营企业产权独立、自觉自愿自主的优势；领先级民营企业'私产'公用，快速启动组建全球防控物资供应系统，捐建一流医院和方舱医院，中国优秀民营企业是当之无愧的优质中国资产。"

公牛集团在行动

2020-02-17

在泛家居圈里有个传奇般的品牌，在一个重度细分的品类里称雄十几年，它就是公牛集团。公牛集团不仅在细分领域做到绝对第一，在湖北抗击疫情的工作中，公牛集团也不落下风！

疫情发生后，总部设在浙江慈溪的公牛集团第一时间成立疫情防控工作领导小组，落实有关部门关于疫情防控的工作部署，发布《关于春节后员工返岗时间安排调整的通知》，采取设置独立隔离区等各项预防控制措施。

第一时间捐助 1000 万元现金

1 月 27 日，公牛集团决定捐赠 1000 万元支援疫情防控工作，并于 28 日完成打款，其中支援武汉 500 万元，浙江省 300 万元，慈溪 200 万元。支援武汉的 500 万元和浙江省的 300 万元共 800 万元已汇至浙江省红十字会，慈溪的 200 万元将通过慈溪市红十字会交至慈溪市新冠肺炎疫情防控工作领导小组办公室使用。

成功驰援火神山

火神山医院开建的消息公布后，公牛集团主动与武汉相关政府机构取得联系，在获得许可的情况下，决定捐赠一批建设火神山医院所需的墙壁开关插座产品。

疫情发生紧急，又在春节假期期间，况且武汉封城，高速公路全部封闭。怎么办？火神山医院还在等着。公牛集团总部高层经过慎重考虑后，决定短时间内发动区域经销商，通过他们临时调动库存产品，并及时沟通武汉相关政府机构，获得通行许可。

"第一批物资已经全部送到，请各位领导放心。"3000余只插座开关递交到火神山医院施工项目部后，负责运送物资的供应商邱亚军终于安心。他说，自接到驰援火神山的任务后，他就开始想办法完成。

"当时武汉正处于疫情高发期，高速封闭，国道设卡，物资运输极端困难。需要两地协调，甚至一度被困在高速上不能动弹，迟迟不能顺利送进施工现场。时间非常紧迫，我们就立即通知总部，请总部协调。大家上下同心、克服困难，终于在26日晚上6点40分获得唯一一张特别通行证。"邱亚军说，在当地政府各部门的支持下，1月27日凌晨0点，满载公牛插座开关的车辆顺利地通过了层层关卡，驶入火神山医院施工现场，仅在12小时内就将这批墙壁开关插座送至火神山医院，保证当地医疗取电用电需求及

阮立平：武汉大学1980级工程机械专业校友，1995年创立了公牛集团。

公牛集团是国内领先的高档开关插座、转换器的专业供应商，在提供优质产品和服务的同时，始终致力于为大众营造更安全的用电环境。公牛集团一直秉承着"忠信诚和、专注专业"的企业发展理念，投身社会公益事业，除了参与赈灾、扶贫、助教等慈善活动，还在企业内部建立了爱心公益等不同主题的俱乐部组织，围绕"健康素养工程""社会爱心工程"和"企业文化工程"三大工程，不断建设正能量文化氛围，为努力构建和谐社会竭尽所能。

2019年9月1日，2019中国制造业企业500强榜单发布，公牛集团股份有限公司名列第495位。

阮立平

时得到满足。

此后，第二批 2000 余只公牛墙壁插座开关于 27 日晚些时候送达，第三批 2000 余只公牛墙壁开关插座于 1 月 29 日送达。公牛三次共捐助 7000 余只插座。

公牛集团相关部门负责人表示："我们也将密切关注火神山医院使用情况，根据现场医疗工作的需求量，持续捐助公牛相关产品。"

密切关注后续疫情

针对目前身在武汉或湖北其他地区的员工，公牛集团要求按照当地政策进行返岗，并做好报备，保障员工个人利益不受损失，确保节后各项工作有序开展。同时，公牛会继续关注疫情发展，为防疫医疗工作捐助更多的取电用电产品。

持续参与公益事业

2019 年，公牛持续加大在文化教育、健康及助困等领域的公益投入，全年向武汉大学、宁波大学科技学院、爱康基金累计捐赠超过 8000 万元。

2019 年公牛集团有限公司被中国红十字总会授予中国红十字人道勋章。

公牛集团在履行企业社会责任的同时，不忘回馈社会，是校友企业的楷模。让我们为这样的爱心企业点赞！

公牛集团有限公司向武汉大学捐赠 2000 万元设立"武汉大学阮立平教育基金"

与宁波大学科学技术学院共建"公牛学院"战略合作签约暨公牛集团捐赠仪式

武大商帮、校友爱心捐赠

校友京山轻机董事长李健：捐赠给武汉亚心总医院大米200袋（5公斤装）、食用油100瓶（5L装）

卓尔向武汉六家重点定点医院捐送急需医疗物资

2月14日至16日，卓尔公益基金会向金银潭医院、市中心医院、雷神山医院、火神山医院、泰康同济（武汉）医院、武汉市第一医院六家医院专项捐送一批急需医疗物资，持续支持武汉抗击疫情。这批物资包括N95口罩、普通防护服、医用手套、呼吸机、制氧机、消毒用品等，价值200多万元。

向武汉海关捐赠防护服

在武汉海关的大力协助下，从韩国包机运回的物资三次快速通关。了解到武汉海关人员、货物进出复杂，海关人员没有相应的防护物资，为感谢武汉海关，校友企业家联谊会捐赠四箱防护服。

智莱科技董事长干德义校友：向母校人民医院和中南医院各捐50万元，向咸宁市中心医院捐赠30万元，共计130万元

天润海外集团：捐赠100箱10万双手套给泰康同济（武汉）医院

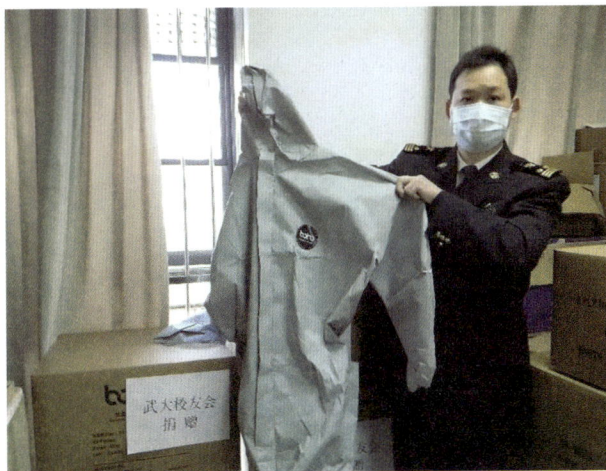

卓尔应急物资送抵雷神山医院

武大商帮和楚商为武汉疫情总攻战募捐

截至 2 月 17 日下午 6 点 30 分，楚商和武大商帮通过溢彩基金会捐款 4966 笔，善款总额 12,505,045.07 元。

校董余仲廉：再次出资 100 万元

此笔捐款委托校友企业家联谊会应急小组采购防护物资及药品，将按各 1/3 比例捐赠给武汉大学人民医院、泰康同济（武汉）医院和石首人民医院。

2 月 12 日至 14 日，陈一新坐镇武汉市疫情防控指挥部，逐个研究了床位、医护力量、医疗物资"三大要素"紧缺问题，提出了"长统筹、短安排"的目标任务，明确时间进度要求，落实责任分工。

理事长陈东升说："三大'粮草'——医疗床位、医护力量、医疗物资直扑主题，我们一定要补上这三大短板，武汉的总攻战役一定赢！武汉加油！中国加油！"

中诚信集团在行动

2020-02-18

新型冠状病毒肺炎疫情牵动着所有中诚信人的心，作为一家投资湖北、深耕湖北的企业，中诚信集团对湖北遭受的困难感同身受。尽管受疫情影响，中诚信集团旗下三家滑雪场先后关停，自身遭受了较大损失，经营遇到了前所未有的困难，但在创始人、董事长毛振华先生的大力倡议下，中诚信集团积极筹措医用物资驰援湖北，到目前为止毛振华先生和中诚信集团已捐款捐物 1000 余万元。

与此同时，中诚信还发挥其研究优势，积极为疫情防控献计献策，为公众提供疫情查询的公益产品，并通过研究报告稳定市场预期、提振市场信心，为宏观经济和行业发展建言献策。

热血护"珈" 回报桑梓

武汉封城后，面对武汉医护物资奇缺的情况，校友毛振华多方联络，在武汉大学校友企业家联谊会、武汉大学韩国校友会等机构的大力协助下，中诚信出资 330 万，联手小米集团、景林资产和中珈资本紧急从韩国采购 150 万只专业医用口罩、20 万件医用防护服和 10 万副医用护目镜、100 万医用手套。为锁定该批物资，采购方冒着巨大的商业风险、在没有任何合同的情况下先行跨境支付了全部货款；其后全力协调，成功争取到由韩国政府派专机将该批物资直运武汉，并于 1 月 31 日全数发放至武汉大学人民医院、武汉大学中南医院等 5 家武汉市区医院以及武汉市蔡甸区、荆州市石首市、恩施州巴东县等地。

同时，毛振华校友和中诚信集团协调各方力量、历经周折先后从国内外多家企业购买，1月29日至31日连续三天向湖北省石首市捐赠并交付口罩40万只、防护服2万件以及其他多种专业医疗防护用品。2月14日，毛振华先生再次向湖北省石首市捐赠N95口罩5000只、3M口罩1万只。

心系前线 为逆行者分忧

毛振华校友作为一个经济学者，积极为抗击疫情献言献策。毛振华第一时间关注到了对医护人员的保护。在毛振华眼里，医护人员也有家人，如果他们倒下了，会有其他医护人员补充上来继续护理病人，倒下的医护人员怎么办？他们的家人怎么办？后续的生活怎么办？

毛振华说："我们一方面要筹措医疗防护物资，为医务人员提供更好的防护；另一方面，政府和社会力量应该为他们提供更好的物质待遇。"

2月1日，毛振华校友作为首批倡议人，与天壕投资集团董事长陈作涛先生、共识传媒出品人喻杉女士等武汉大学校友共同倡议发起设立"珞珈白衣天使基金"，专项用于奖励和补贴武汉大学附属医院一线医护人员、支持学校相关学院及附属医院开展疫情防治相关领域的科学研究，致敬最美逆行者。中诚信征信有限公司向该基金捐赠100万元。

此举击中了武大校友的心，阎志校友、周旭洲校友、曾文涛校友、何绍军校友、李从文校友、蒋锦志校友、舒心校友等成为联合发起人，香港、北京多地更多校友也踊跃

毛振华：1979级武汉大学经济学学士，武大经济学博士（师从董辅礽教授），中国社会科学院社会学博士后。

中诚信集团创始于1992年10月8日，前身是经中国人民银行总行批准设立的中国诚信证券评估有限公司——中国第一家全国性的从事信用评级、金融证券咨询和信息服务等业务的非银行金融机构。中诚信集团拥有信用评级、征信和社会信用体系建设等多个信用产业板块，是国内信用产业链条最完整、信用产品最丰富的综合性信用产业集团。经过28年发展，中诚信集团已成为以信用产业为核心，涵盖金融证券、物业地产和滑雪度假等业务领域的综合性企业集团。

参与。目前该基金已募集资金 2000 多万元，还有更多的校友以不同途径参与进来。

2 月 16 日，"珞珈白衣天使基金"向首批战疫医护工作者进行奖励慰问，奖励慰问总人数达 630 人，奖励总额 1370 万元。根据医院报送的奖励、慰问名单，奖励慰问金将及时发放至医护人员手中。

此外，毛振华校友还通过楚商联合会、武汉大学北京校友会、武汉大学校友企业家联谊会等途径先后捐款数十万元。

忧国忧民　献言献策

作为国务院医改专家委员会委员、湖北省政府咨询委员会委员，毛振华校友积极参与国家卫健委专家组相关会议，并应湖北省政府咨询委员会等部门和领导的邀请，对当前疫情形势做出研判，提出了有针对性的防控措施建议，相关建议也得到了国家和有关部门的重视和采纳。

中诚信国际利用自身研究优势，对国民经济及受疫情影响较大的地区、行业、产品进行研究分析。针对国际评级机构关于疫情对中国经济影响的评论，1 月 30 日中诚信国际根据相关部门部署，在《金融时报》刊发《新型冠状病毒疫情对中国经济短期冲击将显现，中期影响将总体可控，中国信用趋势稳定》一文。这是国内最早评述疫情对中国宏观经济影响的文章之一，对稳定市场预期、提升市场信心起到了积极作用。

截至目前，中诚信国际已发表《疫情对信用风险冲击或有限，信用债发行先抑后扬》《保险行业短期内受新型冠状病毒疫情影响有限，长期趋势稳定》《聚焦疫情之下的交通运输业》等研究报告及评论 20 余篇。

中诚信征信开发的"我离疫情场所有多远"小程序更是为公众查询身边的疫情提供了极大的便利，在同类产品中最受大众欢迎。该产品的推出缓解了公众对身边疫情不知情而产生的恐慌情绪，产生了广泛和良好的社会反响。

持续作战　武汉必胜

中诚信集团后续将按照各级政府要求做好疫情防控工作，及时采取应对措施，确保员工身体健康。在此基础上，毛振华校友及中诚信集团还将继续提供更多的帮助和支持，与政府、医护人员和社会各界一道汇聚起抗击疫情的强大力量。同时，集团将继续推出疫情系列专题研究报告，为全国疫情防控工作提供更多指引，为市场主体了解市场动态和行业发展趋势提供参考。

在理事长陈东升的号召和呼吁下，武大商帮和楚商有呼必应、有仗必打、战则必胜，积极行动起来致敬一线医护人员。

武大商帮、校友爱心捐赠

校友企业家联谊会和楚商开展"致敬白衣天使　果蔬送到家"活动

为关心关爱支持战疫一线医卫人员的生活，2月18日，湖北省楚商联合会、武汉大学校友企业家联谊会联合捐资1000万元，与中百集团合作，陆续将10万张白衣天使爱心果蔬卡送到奋战在战疫一线的武汉医卫人员手中。蹇宏代表楚商联合会和校友企业家联谊会在武汉市招才局签署协议。

每张面值100元的10万张白衣天使爱心果蔬卡将通过武汉市卫健委发到一线医卫人员手中，预计将惠及2万多名一线医卫人员。收到爱心卡的医卫人员可通过社区联系附近的中百仓储、中百超市网点享受果蔬商品配送到家服务。暂时不用的爱心果蔬卡，也可以根据卡的有效期延后使用。

中百集团总经理杨晓红表示，携手湖北省楚商联合会、武汉大学校友企业家联谊会完成这份任务，深感荣幸，依托中百集团网点多的优势，将和社区一起服务好白衣天使。

校友企业家联谊会秘书长蹇宏在接受武汉电视台记者采

访时说："自从湖北发生疫情以来，在陈东升理事长的号召和部署下，在全球楚商和武大商帮、武大校友的支持下，楚商和武大人都有一个目标：把紧急的防护物资送到一线去。在第一阶段，我们发动募捐，采购了大量紧缺的防护物资。同时我们的政府已经通过有力措施进行了物资保障。但是我们的医护人员拼搏在一线已经有一个月了，他们根本顾不上家庭。我们的全球楚商和武大校友就转移到关注医护人员上面，为他们做点事情。这次筹集的善款1000万元，给一线医护人员的家庭送上水果蔬菜和敬意，体现我们共同努力，共同战胜疫情，共同保卫大武汉。这是我们响应中央指导组向医护人员致敬的第一次行动。下一步只要有需要，在理事长陈东升的部署下，在武大商帮和楚商的支持下，我们将义无反顾地继续支持医护人员。"

1 药网在行动

2020-02-19

疫情发生以来，一大批医护人员主动请缨投入抗击新冠肺炎的"第一战场"，上演了一幕幕温暖的"逆行"。在这样的背景下，互联网医疗平台便成为抗击新冠肺炎过程中衍生出的"第二战场"。以1药网为代表的互联网医药企业依托技术手段，在线上优化配置医疗资源，纾解普通居民和病患遇到的难题，在疫情防控的"第二战场"上持续奋战。

在校友于刚带领下，1药网在疫情发生后第一时间成立了抗疫工作指挥部，指挥部抽调了全集团最精锐的人手，包括大年三十和大年初一，每天早上都有例会。在这连轴转的20多天里，1药网不经意间创造了三个"第一"：第一个将防疫物资送到疫区医院的互联网企业，第一个向湖北地区开放在线免费义诊的互联网医疗企业，第一个向全社会开放慢性病免费远程续方服务的互联网企业。于刚校友只是怀着简单朴素的想法救人、救助、救援，却演绎了互联网抗击疫情令人暖心的一幕幕。上善若水，厚德载物。在湖北抗击疫情中，1药网在互联网这个"第二战场"上写下精彩的篇章。

疫情蔓延之初，1药网就开始成立抗疫指挥部，不断协调采购、调配人员，应对疫情可能出现的各种情况。从这天起，1药网就和全国人民同呼吸、共命运，拉开了战疫大幕！

1药网联合创始人、执行董事长于刚校友说："我是湖北人，又曾在武汉大学求学4年，对武汉这座城市充满了感情，希望尽我微薄之力，助力武汉人民打赢这场疫情阻击战！"

线上：第一家开始免费义诊和远程续方服务

1月23日，腊月二十九，武汉开始封城。各大医院和门诊人潮汹涌，医生和护士连战不休，许多确诊和疑似患者救治无门。作为1药网的联合创始人，于刚校友从各种媒介上看到了让人心碎的一幕幕景象。他坐立不安，母校在他心中时刻萦绕，留下青春岁月的武汉每每浮现在眼前。于刚知道，从珞珈山走出来的学子，不能袖手旁观。他思索后决定：面对武汉，免费开展线上义诊绿色通道。在线问诊本来是1药网的收费项目，面对武汉疫情，面向武汉疫区，于刚校友免费。大年三十这天，本该在家团圆的1药网员工们，却成了抗击疫情最忙碌的人。大年三十下午3点，1药网的在线免费义诊上线，当时只有三位医生值班。大年三十下午5点，于刚会同管理层要求公司所有医生、医生助理全部上线，在家开展线上办公。每天早上8点到晚上10点，在AI问诊的辅助下，单人单天最大接诊量达到300人。随着武汉周边城市的疫情不断扩散，感染病例的不断增多，1药网决定将免费在线问诊服务范围从武汉拓展至湖北全省。1月26日起，湖北省内的患者只要登录1药网发起问诊，就可享受1药网互联网医院提供的免费问诊服务。

于刚：111集团（下有1药网、1诊、1药城）执行董事长，联合创始人。武汉大学学士、康奈尔大学硕士、宾夕法尼亚大学沃顿商学院博士。于刚博士是1号店联合创始人，荣誉董事长，卓尔集团联席主席。曾任戴尔Dell全球采购副总裁和亚马逊（Amazon）的全球供应链副总裁，美国得州大学奥斯汀分校管理学院终身教授和座席教授。

2010年，1药网作为1号店的子频道开始运营，是国内最早医药B2C网站。

2012年，1药网开始独立运营。

2016年，互联网医院1诊上线运营，国内最早一批拥有互联网医院牌照。

2017年，上线1药城，由B2C转向T2B2C，形成了线上线下一体化的平台。

2018年，公司登陆纳斯达克，是目前中国唯一在美国上市的互联网医药健康企业。

于刚

上线后的一周问诊量突然暴增 4 倍。

同时，为减轻武汉地区医疗机构就诊压力、降低患者在医院交叉感染的风险，1 月 26 日，1 药网互联网医院宣布面向武汉在内的全国各大城市慢病患者提供免费续方服务，同时呼吁慢性病患者可以选择在线续方，非必要情况下不要去医院，避免交叉感染，把医疗资源让给急症患者。

如果患者手上已经有处方，通过 1 药网互联网医院问诊，医药专业人员审方后，可将药品送到患者家门口。如果没有处方，经过 1 药网互联网医院的医生问诊，就可以获取电子处方。凭电子处方，用户即可在网上下单购买药品，通过线下药店送药至小区或家里。同时，疫情期间，1 药网还打通了往湖北地区寄送药品的绿色通道，优先发送湖北区域订单。

线下：打通生死通道　争分夺秒抗击疫情

武汉封城以后，城内医护物资告急，作为抗击疫情必备物资的口罩早已被抢购一空。

于刚得知医护人员物资奇缺后，动用所有资源，1 天之内，公司采购调集 10 万只医用口罩送到 1 药网华中运营中心。

可是武汉封城，一下子难住了于刚！

"谁能将 10 万只口罩送到武汉？" 1 月 24 日 10 点，1 药网联合创始人于刚在公司高管微信群抛出了这个问题。

接到这一信息后，1 药网区域高级总监胡双宝、武汉仓储运营中心质管负责人王超、武汉仓储运营中心经理刘俊和商务拓展部孙文锋迅速主动请缨。

他们克服重重困难终于将这些珍贵的口罩送到武汉大学中南医院，送到公安、交警、媒体记者等人员的手上。

大年三十这天，他们将10万只医用口罩送到了前线，是第一个将防疫物资送到一线医院的互联网企业。

当疫情从武汉向湖北蔓延时，于刚向全社会开放了慢性病免费远程续方服务并送药上门，此刻他知道面临的压力有多大。但疫情就是命令，明知山有虎、偏向虎山行。面对物流问题，1药网与顺丰签署协议，为湖北患者配送药品开辟绿色通道，优先配送湖北区域订单。

"医院说，拜复乐和可威一起服用效果会比较好，但医院已经开不出这些药了，药店也买不到，我非常着急。"1月29日，湖北刘先生向1药网发起了求救。此刻的他心急如焚，75岁的母亲因新型冠状病毒肺炎刚刚离世，74岁的父亲仍在医院救治，家中还有4位亲人肺部感染在居家隔离治疗。1药网综合了解刘先生情况后，连夜安排物流配送，1月31日药品到达武汉，2月1日送到了监利县刘先生家人手中。这样的故事，每天都在1药网上演。此外，1药网充分发挥优势，与知名药企合作，保证抗病毒等药品库存充足，并及时将其送到患者手中。

1药网的在线免费义诊从大年三十除夕夜起，他们一直连轴转，持续加班工作到现在。1药网还上线了面向全国的慢性病患者缺药登记服务，目前已经陆续收到来自湖北用户的紧急缺药求助信息。1药网已经联动物流配送企业打通了特殊绿色通道，全力以赴为已登记的用户送出急需药品。此外，1药网面对企业开始复工的现状，为企业提供复工防疫保障计划，打响员工防疫保卫战。

于刚积极参与公益

2015 年 10 月 8 日，向武汉大学捐赠 200 万美元。

2016 年 6 月 8 日，捐 200 万元给母校宜昌市红星路小学和宜昌市五中，作为学校教学资金。每个学校 100 万元。

2019 年 4 月 8 日，捐赠 800 万美元支持建设武汉大学电子信息学院大楼。

武大商帮、校友爱心捐赠

兴安盟驰援武汉，百吨生活物资出发

2019 年以来，兴安盟与武汉市不断进行着多方面深层次高效率的区域经济合作，并取得了一定的成果，为实现两地互惠共赢、携手发展起到了积极的促进作用。

湖北突如其来的新冠肺炎疫情牵动着国人之心，也牵挂着 165 万兴安儿女的心。兴安盟委、行署高度重视，2020 年 2 月 18 日，盟委、行署决定为武汉捐献由兴安盟本土食品加工企业生产的生活物资。本次捐献的物资共有兴安盟大米、食用油、牛肉干、沙果干、奶制品、饮料、酱菜等近百吨。

这批物资于 2 月 19 日出发，预计 21 日到达武汉，将捐赠给武大各家医院以及托管、支持和接管的医院。

校友企业家联谊会捐赠黄石市医疗物资：防护服 1000 件、护目镜 1000 副、KF94 口罩 5700 只

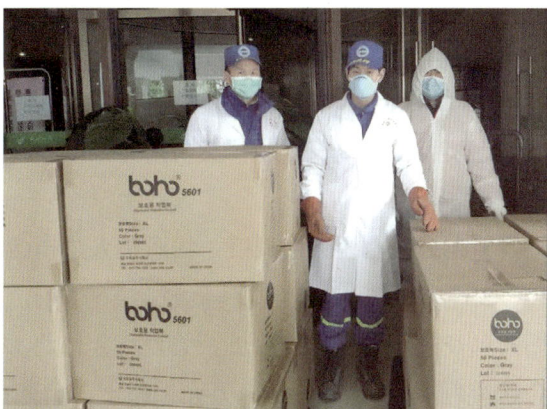

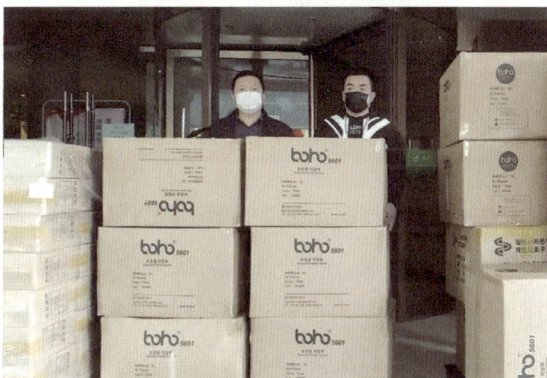

校友企业家联谊会捐赠东湖高新区医疗物资：防护服 500 件、护目镜 600 副、KF94 口罩 5700 只

校友企业家联谊会捐赠孝感市医疗物资：防护服 1000 件、护目镜 1000 副、KF94 口罩 5700 只

宅急送给健康产业联盟会员提供免费优质配送服务、王文校友向武汉大学医院捐赠沙棘维生素 C 口服液 5000 支、马永鑫校友捐赠武汉大学医院石斛手工皂 2500 块、张锋校友捐赠华农医院防护服等物资

金澳科技董事长舒心校友向湖北捐赠 200 万元

卓尔公益基金会向战疫一线医护人员捐赠 1200 万元

2 月 19 日，卓尔公益基金会设立"卓尔应急医护人员关爱基金"，专项慰问、关爱新冠肺炎战疫一线医护人员。关爱基金首期 1200 万元，其中 1000 万元面向 7 家卓尔应急医院医护人员发放；200 万元捐赠至"珞珈白衣天使基金"，面向武汉大学人民医院、中南医院医护人员发放。

1 月 30 日以来，卓尔长江应急医院等 7 家应急医院先后在武汉、黄冈、荆州、随州等地成立，截至 2 月 18 日，累计救治入院新冠肺炎患者 3186 人，治愈 892 人，在院治疗 1885 人。

在疫情防控阻击战中，医务工作者奋战一线，不计报酬，无惧生死，冲锋在前，筑牢生命安全防线，守护各地居民健康，彰显了大爱无疆的职业操守、无畏无私的奉献精神，是除疫安民、维护公共安全的白衣天使。卓尔公益基金会创始人阎志表示，设立"卓尔应急医护人员关爱基金"，是向奋战一线、坚守岗位，拯救生命、捍卫公共安全的医护人员表示崇高敬意和由衷感谢。19 日下午，基金会已将首期 1200 万元奖励慰问金拨付至各医院，当天将全部发放到位。

跨国合作，最大单笔防护物资采购完美收官

2020-02-20

2月20日凌晨0点30分，武汉大学校友企业家联谊会抗击疫情应急小组在秘书长蹇宏的带领下又一次趁着夜色赶往机场。

这场由小米集团、中诚信集团、景林资产和中珈资本联合大扫货式的采购，在韩国校友会、韩国政府协助下，最后一架次包机将带着韩国校友会抗击疫情的信心和韩国政府、民间捐助的物资，于凌晨2点到达武汉天河国际机场。本次物资包含5万件防护服、

准备出发

物资出关

到达武大

全部到达武大

分发物资

中南医院装车

人民医院装车

166 万双手套、22200 只防护面罩和 25 万只医用外科口罩。

雷军校友、毛振华校友、蒋锦志校友、曾文涛校友、蹇宏秘书长和中珈资本的股东们，完成了校友史上最大单笔防护物资的采购，也是武汉本次疫情中最大单笔的采购。《大学》中说："君子有大道，必忠信以得之。"他们心怀爱国护"珈"之志，他们践行天下兴亡、匹夫有责，他们谱写了武大人在抗击疫情中一部波澜壮阔的诗篇。

从 1 月 23 日开始，毛振华校友、曾文涛校友、蹇宏秘书长凭着多年经营企业的敏感和高度的社会责任感，开始筹划搜寻、储备物资，从这一天起开始了长达一个月的前线战疫。

国内的物资存量不够，他们就瞄准海外。锁定韩国后，在韩国校友会和韩国政府协助下，他们买空库存和潜在产能。物资到达后，马不停蹄地开始分配。在湖北物资供应最困难、最危急的时刻，他们成为保卫大武汉的重要力量，成为医护人员身后的钢铁长城！

1月30日第一批8.4吨防护物资到达，1月31日第二批7.8吨防护物资到达，2月4日第三批85吨防护物资到达，2月20日凌晨第四批防护物资到达。武汉海关介绍，2月4日的第三批和2月20日的第四批物资，是截至目前到货量最大的两批驰援物资。至此，经历了千辛万苦、千难万阻、千山万水的这次跨国合作，这笔最大的单笔防护物资采购完美收官！

武大商帮、校友爱心捐赠

向武大一线白衣天使捐资500万元

宇业集团周旭洲校友捐款200万元，宇业战略合作伙伴深圳博林林友武先生捐款200万元，校友曾文涛捐款100万元。合计向武大一线白衣天使捐资500万元。

东润公益基金会"抗击疫情突出贡献医护人员保障和子女教育专项基金"第四批资助名单公示

第四批共有27人次获得资助。其中，2位因抗击疫情不幸殉职的一线医护人员，其家庭获得30万元的资助；15位感染新冠肺炎的一线医护人员，获得了每人2万元的资助；10位医护人员子女获得每人1万元的子女教育保障金。

由刘炳义先生捐赠，遵义食心人食品公司捐赠的贵州省名特优产品——绥阳空心面3万斤已从贵州遵义运至武汉大学

中珈资本境外大采购

2020-02-21

中珈资本以正合、以奇胜，联合众校友成就最大单笔采购传奇。1月24日，大年三十，韩国也进入春节。武汉大学韩国校友龙萍刚从中国回到韩国，正在做晚饭准备家庭团圆，突然被武汉大学校友企业家联谊会秘书长塞宏拉进一个新建的采购群里，塞宏直截了当地说，武汉的医用防护服只够用到明天了，校友们募集了一笔钱，但是国内买不到防疫物资，请在韩国帮助采购。

武汉告急

1月23日，武汉封城。防护物资极度缺乏，医护人员身着最简单的装备直接冲向前线，最美逆行者中不少人受到感染。凭借多年经营企业的敏感和高度的社会责任感，校友毛振华、校友曾文涛和校友企业家联谊会秘书长塞宏觉得事情非常不一般。他们和医院取得联系，了解到相关情况后，就开始着手筹划采购紧缺的医护物资。

1月24日，共同的使命感和责任感让他们三人立即决定：保卫大武汉，要保证医护物资充足。毛振华、曾文涛和塞宏秘书长立即开始四处联系物资，无奈疫情汹涌，全国各地开始出现苗头。他们转换思路：国内不行，找海外；存量找不着，到海外找增量。

综合各种情况，最后将目光放在韩国

武大校友企业家联谊会 2019 年拜访过韩国校友会并建立了友好关系，韩国校友会运作比较完善，而且，武大韩国校友会会长兼韩国留华校友总会会长朴钉是有影响力的国会议员。当得到身在韩国的龙萍校友确定参与的信息后，蹇宏当机立断：就是韩国！

生死时速，韩国采购一波三折

龙萍立马将此事告诉了同为武大校友的崔允瑄教授，请她一起帮忙。事不宜迟，她们两个人紧急行动，加上龙萍丈夫，组成了临时应急采购小组。三个人开始跟所有可能起到作用的亲戚朋友联系。一场与时间赛跑的生死速递开始了。除夕夜 11 点 30 分，考虑到武汉和韩国之间的运输通路全部中断，崔允瑄教授联系了朴钉议员请求帮忙，朴会长同意请求外交部帮忙运送采购的物资，能否成功等通知。事情有了眉目后，曾文涛校友和蹇宏秘书长立即在办公室开始筹款、联系相关事宜等。除夕之夜，万家团圆，他们在办公室度过了 2020 年春节！

第一架航班出发

1 月 25 日，大年初一

武大商帮听说跨国采购的消息后，雷军校友立即抢跑参与进来，蒋锦志校友也立即加入。曾文涛和蹇宏召开中珈资本会议，在经历了最短暂的一个会议后，全体股东一致同意。从此，韩国物资采购正式开始了（以下称为采购组）。晚上 7 点，第一个好消息传来：在朴会长的帮助下，韩国政府决定在 28 日至 30 日之间派专机帮我们运送

中珈资本（武汉）投资管理有限公司（以下简称"中珈资本"）成立于 2017 年 3 月，是由武汉大学杰出校友宇业集团董事长周旭洲发起，联合 8 位武汉大学校友响应武汉"资智回汉"号召共同投资成立的一家大型科技产业投资管理公司，注册资本 11.2 亿元，致力于打造成集聚人才、技术、资金等资源的平台，助力武汉引资引智。

这 9 位校董股东是：江苏宇业集团周旭洲、武汉银海置业曾文涛、宁波公牛集团阮立平、利泰集团江黎明、武汉博昊投资余仲康、湖北精诚投资楚天舒、武汉卓尔集团阎志、广州华艺国际李秋波、正隆（北京）保险经纪公司蹇宏。

中珈资本自成立以来，一直致力于投资成长性高新技术企业，目前，中珈资本参与投资企业数十家，累计投资金额约 50 亿元。在投资业务过程中，中珈资本充分调动校友资源，积极引进外地高新企业落户武汉。在江夏藏龙岛二期投资 60 亿元建设武大中小企业总部基地。

物资。采购组得知消息后，立即将采购数量确定下来：口罩 200 万只，防护服、护目镜各 10 万。大年初一，龙萍和崔允瑄在韩国奔波联系，由于韩国放假，联系到的很多单位都要 28 日上班以后才能确定。

除夕之夜，曾文涛和蹇宏在办公室

1月 26 日，大年初二

这一天，校友龙萍她们筹措到的防护服数量不足 500 件，而且还不能确定。离 10 万件的目标遥遥无期……这一天，收到外交部消息，专机决定 29 日上午起飞，所有货物 28 日下午 2 点前必须送到仁川机场物流仓库。这一天，龙萍校友和崔允瑄校友夜不能寐，半夜她们悄悄地流泪，在心里致歉："对不起，师兄们，我们已经很尽力了！真的很尽力了！"这一天，雷军、毛振华、曾文涛、蒋锦志、蹇宏在等待，等待前线带来好消息！

1月 27 日，大年初三

龙萍校友她们拼了，辗转多次后，得到了三家大公司的联系方式，龙萍校友立即打过去询问防护服、护目镜和 N95 口罩的库存，发现一家公司根本没有库存。龙萍慌了，立即联系剩下的两家公司。两家公司答应想办法，但需要政府批准，龙萍的心一沉。她知道，唯有等待才是最好的期待。

下午 2 点 50 分，一家公司回复，政府同意调拨物资出库，可以签署合同。龙萍欣喜若狂，情不自禁地在电话里哭起来。这家公司在电话那头动容了，他们不知道龙萍为什么哭，但是知道她对物资的急切。龙萍怀着女性单纯的善良、对武大的情怀，为深陷武汉疫情的人民担忧得哭了。

不一会儿，另外一家也传来好消息，可以签署合同。

龙萍立即向采购组报告好消息：韩国符合条件的物资买到了！毛振华校友、曾文涛校友和蹇宏听到这个好消息后也兴奋了。他们立即在群里召开会议，经过短暂的沟通后他们又决定作废原来的采购单，采购不设上限，市面现货有多少就采购多少。

同时在合同签订上，抛开正常的合同流程和付款惯例。特事特办，蒋锦志校友提前一次性付清货款 300 万美元。国际订单，不遵循流程和风险，他们就这样定了。

这群武大人把风险扛在了自己身上！如有差错，他们将默默无闻地承担一切损失！

1 月 28 日至 29 日，大年初四、初五

韩国假期结束开始上班。龙萍和崔允瑄校友两天都在忙碌，与物流公司一起确认各公司入库物资种类和数量，分配各飞机上要装运的物资数量。一切都在有条不紊地按照计划进行。

1 月 30 日，大年初六

采购组正在等着航班信息，抗击疫情应急小组准备接机，各医院已经准备车辆人员，第一时间过来接走物资！

早上 8 点，令人沮丧的消息传来：因为航路、航线协调的原因，申请的四架航班和一架货运机只有今天起飞的一架被批准，而且时间改到晚上。蹇宏紧急向市政府求援。汇报完，蹇宏在办公室里团团转。"一定要安排飞机、一定要安排飞机！"他在心里默默地念着。多日的心血，成败在此一举！

雷军校友也急了，毛振华校友也急了，曾文涛校友也急了，蒋锦志校友也急了……下午 1 点 52 分，民航局收到请求后紧急协调。在快要崩溃的时候，第三个好消息传来！经过了最漫长的 7 小时等待，民航局的紧急回复来了，韩国按正常程序递交剩下几架飞机的飞行许可申请。这一刻群里沸腾了，我们成功了！晚 8 点 50 分，第一架装载着防疫物资的飞机飞往千里之外的武汉。

1 月 30 日，第一批 8.4 吨防护物资到达；1 月 31 日第二批 7.8 吨防护物资到达；2 月 4 日第三批 85 吨防护物资到达；2 月 20 日凌晨最后一批防护物资到达。

武汉海关介绍，2 月 4 日的第三批和 2 月 20 日的第四批物资，是截至目前到货量最大的两批驰援物资。

四次空运总计购回：防护服 160550 件、护目镜 100000 副、口罩 1911520 只、医用手套 1760000 双、医用面罩 22200 只。在此，要特别感谢韩国政府及韩国人民，特别感谢韩国留华校友总会、武大韩国校友会及两会会长朴钉校友，特别感谢韩国崔允瑄校友、龙萍校友，特别感谢武汉市政府、

崔允瑄校友（左）和龙萍校友（右）

市商务局、海关、运输等部门。自此，韩国大采购阶段性完成。

武大校友企业家联谊会理事长陈东升高度赞扬这次采购：这是最大的单笔防护物资采购，必将载入史册。也表扬龙萍校友、崔允瑄校友，她们是幕后英雄，向她们致敬。校友龙萍说："身为武大校友，能与各位同行，此生之幸！"校友崔允瑄说："韩国人民非常愿意全力支持武汉人民早日成功战胜疫情。师兄们，真佩服你们。对我来说，真荣幸加入武汉大学校友的行列，我永远忘不了！"

本次韩国大采购，武汉大学 EMBA 户外运动协会会长苟鸣春四次亲自参加分发物资，并动员协会六名成员积极协助接机和运输等。武大校友企业家联谊会副秘书长兼办公室主任胡潇协助塞宏一起全程参与此次韩国大采购，并在武汉协助塞宏接机、运输、分发和保管物资等。武汉大学校友企业家联谊会抗击疫情应急小组成员刘立胜、武鹏、凌涛全程参与。

中珈资本股东全力抗击疫情

周旭洲校友

从 1993 年创业伊始，周旭洲先生与宇业集团累计为文化、赈灾、见义勇为、扶危济困等各项公益事业捐赠 100 余次。除大力支持教育事业，近两年累计捐赠 1 亿多元以外（为武汉大学捐赠 7000 多万元，为安徽大学捐赠 2000 多万元，联合泰康人寿为湘潭大学捐赠 3000 万元，为湖南教育基金会捐赠 1200 万元等），还为湖南衡阳雪灾、岳阳泥石流、宁乡水灾、安徽芜湖水灾等捐赠数百万元。2018 年、2019 年连续两年上榜福布斯中国慈善榜前百。

周旭洲校友一直关注慈善

本次疫情发生后，周旭洲先生、周文川女士在参加中克高峰论坛之际，紧急采购的第一批 10 万只口罩、2 万双医用手套、1360 件防护服，在中方顾丽蓓参赞、瑞士军方与商界的友好襄助下，于 1 月 30 日从瑞士飞出，支援国内抗疫。

2 月 1 日，周旭洲先生再次组织集团海外工作人员，在全球限购医用口罩等医用物资的情况下，在当地医院、药店、零售店等购买 1 万只医用口罩及其他医用物资，运抵国内后定向捐赠给湖南湘潭等急需医用物资的地区。

周旭洲向武大白衣天使捐款 200 万元，并联合战略合作伙伴深圳博林林友武先生捐款 200 万元，共计 400 万元。

2月11日，宇业集团宿迁公司代表集团为泗阳县政府捐赠抗疫基金50万元。此前，宿迁公司曾为泗阳县政府党建扶贫捐赠100万元。

向湖南赴黄冈医疗队捐赠防护服2000件、外科医用口罩10000只、医用手套20000双。

曾文涛校友

曾文涛校友在开辟韩国物资采购战场的同时，作为纽约校友会的副会长，和蹇宏、王学海、毛学军、胡志勇、李向阳、龚丹丹等校友开辟第二战场，打响纽约采购战，在第一时间向纽约校友会捐助30万美元，完成了最大单次的采购。曾文涛校友在这次抗击疫情中，协助、参与完成了两大采购：单笔最大的韩国采购，单次最大的纽约校友会采购。

曾文涛校友捐助100万元致敬武大医护人员。周旭洲师兄称赞说："曾文涛这个春节一直战斗在武汉抗击疫情的一线，捐资出力。大小捐助欣然参与，还直接参与搬运、分配医用物资。经常通宵达旦，在陈述一线医务人员艰难场景时几度哽咽落泪，谈起向白衣天使致敬，又捐款百万元。文涛真英雄！"

阮立平校友

见"公牛集团在行动"。

阎志校友

见"卓尔，不凡"。

江黎明校友

1月30日，向湖北省黄冈市罗田县捐赠100万元；2月7日，向"珞珈白衣天使基金"捐赠100万元。

曾文涛

阮立平

阎志

江黎明

余仲廉校友

捐款 100 万元，委托校友企业家联谊会应急小组采购防护物资及药品，按各 1/3 比例捐赠给武汉大学人民医院、泰康同济（武汉）医院和石首人民医院。

给华中师范大学和湖北大学捐物资，给家乡石首医院捐物资。

把三个儿子和侄子派上一线做志愿者。

发动他成立的博昊基金会赞助的一两千名大学生，服从学校安排，积极参与志愿者活动。

余仲廉

楚天舒校友

楚天舒校友作为中珈资本的股东，积极支持本次韩国大采购。向北京泰康溢彩公益基金会捐赠，积极参与"白衣天使爱心果蔬卡"活动。赠送药品，支援抗击疫情。

楚天舒

李秋波校友

校友李秋波作为武汉大学澳新分会的副会长，积极为澳新分会捐款。

全力支持此次韩国大采购，并在"珞珈白衣天使基金"、武汉大学校友企业家联谊会泛珠三角分会的募捐中，积极贡献力量。

向北京泰康溢彩公益基金会捐赠，积极参与"白衣天使爱心果蔬卡"活动。

李秋波

校友企业家联谊会秘书长蹇宏校友

蹇宏是校友企业家联谊会秘书长、楚商联合会秘书长。在这次湖北抗击疫情中，直接指挥、冲在一线，可歌可泣。

蹇宏和太太苟鸣春原计划春节回老家陪母亲，突如其来的疫情打乱了安排，蹇宏就选择留在武汉抗击疫情。

蹇宏按照理事长陈东升的部署，及时成立抗击疫

蹇宏

情应急小组，并及时行动，未雨绸缪地开始为武大和各团体派发口罩等抗疫物资。在疫情肆虐时，蹇宏不顾个人安危、通宵达旦，始终战斗在一线，联合发起、参与了韩国大采购，并直接指挥武汉的运输和分配。

武大商帮、部分校友和爱心人士捐赠的各种物资，由蹇宏进行调拨、分配。在武汉最危难的时刻，他像一盏黑夜里的明灯，始终指引着战疫的方向。

在武汉总攻战发起以后，在陈东升理事长的号召下，蹇宏积极发动楚商和武大商帮捐款捐物，为抗击疫情献言献策。

从校友企业家联谊会抗击疫情应急小组成立的那一刻起，他一刻都没有休息过，和太太苟鸣春战斗到现在。

面对疫情，蹇宏发出最强号召：疫情不除，武大商帮绝不收兵！

武大商帮、校友爱心捐赠

武大校友企业家联谊会前往泰康同济（武汉）医院援助物资

张健校友捐赠联影CT已经在泰康同济（武汉）医院开机调试完毕，22日开始培训

恩施校友会会长、中硒集团董事长田宗仁为泰康同济（武汉）医院捐赠320箱硒多宝饮料、2箱硒软胶囊、1箱藤茶

宅急送董事长王洪涛校友除了安排大量公益运输外，今天专门给应急小组和珞珈山庄的义工们送来新鲜草莓

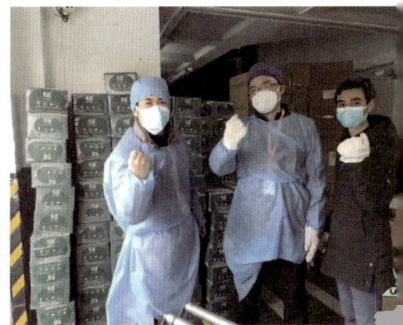

元明资本迈胜医疗在行动

2020-02-22

　　一方有难，八方相助，在疫情面前，元明资本携手旗下企业迈胜医疗展开了迅速行动。

　　在元明资本合伙人、迈胜医疗董事长田源博士的领导下，组建了以武汉公司为主的应急团队，在全球范围内调集资源，全面发力，支援防疫工作。

争分夺秒，研发新药

元明资本是一家致力于推动中美两国新药研发和医疗器械发展的投资机构，作为一家知名生物医药投资基金，在中美两国生命科学领域广泛布局，在抗击新冠病毒肺炎过程中发挥出投资机构的强大优势。元明资本投资一家美国抗病毒新药公司 2000 万美元用于新药研发，公司研发团队迅速将公司主要用于三期临床试验的药品与抗新冠病毒需要结合起来，公司的医药科学家制订新的方案，向中国药监局申报新药研发申请。

元明资本立即组成以创始人田源为核心的国内工作小组，面对重重困难，在极短的时间内迅速与国家药监局、中国疾病控制中心、武汉病毒研究所、中国工程院、国家科技部和武汉大学国家病毒试验室以及武汉大学人民医院建立了有效工作联系网络，大家抱着与死神抢时间的信念，不分白天黑夜，每天争分夺秒工作。

作为一家世界级新药研发公司在中国的前线工作机构，在不到一个月的时间内，迅速解决了过去需要半年以上才能解决的各种新药研发的棘手问题，把规范审批、协调确定体外试验机构、协调确定临床试验机构等一系列难关逐一突破。从元明资本接手开始，仅仅用了不到十天时间，就推动完成了国家药监局的新药体外试验及临床许可的工作程序，为新药快速临床治疗病人创造了非常有利的条件。在此之后，元明资本带领研发团队与武汉大学快速建立体外病毒测试与临床研发合作关系，得到了老校长李晓红、窦贤康校长、唐其柱副校长、舒红兵副校长以及科技部领导的积极关心与大力支持。

经过 20 多个日日夜夜的努力，日前，公司研发的用于抗新冠病毒肺炎的新药已经从国外运抵武汉，开始相关测试工作，预计在较短的时间内取得突破性进展，可以用于危重新型冠状病毒肺炎病人的同情用药与临床研究治疗，有望与武汉大学的医学专家一

田源：1975 年至 1978 年为武汉大学经济系学生，1978 年至 1981 年为武汉大学经济系研究生，1981 年至 1983 年为武汉大学经济系教师，1992 年获武汉大学经济学博士学位。

田源

首批医疗物资运抵武汉一线

5000 套隔离服从泰国向武汉发货

起为全国抗新冠病毒防治工作做出重要贡献。

驰援武汉，爱心捐助

　　元明资本与迈胜医疗是医疗健康行业的两家知名公司，两家公司上下都有一份强烈的使命感。面对医疗机构物资极度短缺的紧张局面，元明资本与迈胜医疗一方面积极募捐和捐款，另一方面在国内外积极搜寻购买防护用品资源。经过多天努力，通过元明生态系统建立了可靠的采购、物流渠道（亚布力中国企业家论坛、武汉大学校友企业家联谊会、武汉大学大纽约地区校友会），并克服重重困难，组织安排物资捐助工作，为一线医务工作者提供支援。

截至目前，元明资本与迈胜医疗已采购 2400 副医用护目镜、5000 套医用隔离服和 10000 只防护面罩，先后向华中科技大学同济医学院附属同济医院、武汉市第八医院等武汉一线医疗机构捐赠。

同时，元明资本本着自愿参与的原则，向公司员工开放募捐，大家踊跃参与，尽己所能，奉献自己的一份力量，以实际行动支持抗疫工作。在致全体员工的一封信中，田源董事长表示："我们有的员工直接参与捐助物资采购、物流工作的最前线，有的员工积极捐款捐物，表达对奋战在疫情一线的医护人员的支持，为抗击疫情贡献自己的力量，我欣喜地看到所有员工都表现出了强大的社会责任心与凝聚力。在此，我要感谢所有加入捐赠和抗疫工作的员工，我由衷地对大家的无私奉献感到骄傲，为大家所做的工作感到自豪！相信在我们的共同努力下，中国人民必定能打赢这场没有硝烟的战争！"

协调各方，齐心战疫

元明资本积极协调被投企业的力量，发起"贡献爱心，支援武汉"善款物资募捐活动，得到 Sironax、北海康成、药渡、长风药业、阿诺医药、Applied StemCell 等多家被投企业的积极响应，多家公司纷纷解囊捐款。

在武汉大学大纽约地区校友会的协助下，北海康成生物技术公司与元明资本团队密切合作，从美国波士顿地区急运 10000 只高质量 N95 医用口罩。两家公司共同向武汉同济医院及武汉东湖开发区定向捐赠。

田源董事长向慷慨捐赠的被投企业表达了感激之情："非常感谢各家企业积极响应元明的倡议，慷慨捐款支持，我们一起抗击疫情，支援武汉医院一线医务人员。"

湖北卓尔集团在抗疫战斗中率先

迈胜医疗与北海康成向佛祖岭社区卫生服务中心定向捐赠 2000 只医用口罩

建设三家应急医院，面临各种医疗用品奇缺的困境。卓尔控股有限公司董事长阎志请求各位武大校友支持。田源董事长立即与河南武汉大学校友会取得联系，请求帮助寻找货源。河南武汉大学校友会李喜才发动全体校友会成员在各方面寻找资源，校友们迅速开展行动。校友路平、周中华千方百计帮

1 万只口罩被运往卓尔三家应急医院

助卓尔集团找到货源，在不到 24 小时的时间内完成了采购、付款、运输、交接等一系列工作。

数万纸尿裤，发挥大作用

武汉大学企业家联谊会大健康联盟分会积极响应陈东升理事长的号召，会长田源、监事长于刚和秘书长杨正茂接到通知后迅速召开紧急会议，立即开始行动，组成工作联系班子，向全体大健康联盟理事、会员发出通知，希望大家各尽所能，汇集资源，积极支持抗疫工作。

以于刚领导的 111 集团为主的采购团队发挥了高效作用，大力支持了武汉市的医院特别是泰康同济（武汉）医院的物资采购。在联盟平台建立之后，收到了武汉大学校友、中国社会科学院学部委员朱玲研究员关于女医生女护士急需安心裤的建议，大健康联盟迅速将这个建议在内部通报，泰康健投收到建议后，立即发动医疗供应链同事，快速联系到了维达公司和稳健医疗公司，调动了主力纸尿裤供应商的资源，通过武汉大学校友企业家联谊会的渠道，将此事迅速落实，稳健医疗分别向泰康同济（武汉）医院捐助 300 箱 21600 条，武汉大学人民医院 200 箱 14400 条，武汉大学医院 50 箱 3600 条全棉安心裤。朱玲研究员得知后非常感动，她非常钦佩企业家的爱心和超强的行动能力，当即决定捐出自己两个月的工资给武汉大学基金会用于抗疫工作。

武大商帮、校友爱心捐赠

乐元素科技（北京）股份有限公司捐赠武汉中心医院 3M 口罩 5000 只

校董余仲廉向石首捐赠超百万元抗疫物资

2 月 13 日校董余仲廉通过石首市驻汉办事处向市新型冠状病毒感染的肺炎防控指挥部捐赠 50 万元防护服等物资。

2 月 18 日，校董余仲廉收到家乡指挥部的委托函，鉴于石首的口罩等医用防护物资匮乏，委托其利用个人资源和渠道再为家乡排忧解难。收到告急函，余仲廉没有丝毫的犹豫，立马向多处的国际友人发出求助，并个人出资 100 万余元，克服艰难险阻迅速购回 13 万只医用口罩等物资，委托"汉办"运回石首。

何绍军校友捐赠 100 盒阿比多尔药品给亚心医院

满载兴安盟人民和政府深情厚谊的 100 多吨生活保障物资到达武汉，将分别运往武汉大学、武大人民医院和中南医院

关于优先保障应届毕业医护人员子女就业的动员

2020-02-23

各位理事、各位校友：

武汉疫情总攻战进行到今天，物资、医护、床位已经基本到位了，现在最重要的就是保障医护人员的战斗力和对医护人员的关爱。

我们这次发起了"白衣天使爱心果蔬卡"活动，对医护人员的家庭生活进行关心，目前来看效果非常好。但我觉得做得还不够，我们还有更大的事情要做：应届毕业的医护人员的子女就业问题。我们要把这个问题提到日程上来。

子女的就业问题是最大的事情，也是天大的事情。武汉地区和湖北省内的医护人员应届毕业的子女我们要考虑，全国支援湖北和解放军援鄂的医护人员应届毕业子女一共有 3 万多人，我们也要纳入进来。我觉得我们可以做成这件事情，因为我们的校友企业遍布全中国，甚至海外。我们企业家联谊会分会长三角、泛珠三角、环渤海理事众多，再加上楚商，这是一股非常强大的力量。所以我决定共同发起对全体医护人员应届毕业的子女优先提供就业机会的行动。武汉大学的校友企业家们先行动起来，提供自己公司的就业名单和岗位以及专业的要求。

这次疫情，医护人员在前线冲锋陷阵，那么多冒着生命危险的医护人员前赴后继，他们是最可爱的人。作为企业家，我们要向最可爱的人致敬，我们要对其子女的就业进行保障。企业家的天职就是为社会不断提供和创造就业机会，解决抗疫全体医护人员的后顾之忧，就是他们孩子的就业，这就是我们企业家为社会做贡献的时候。

我号召：优先对应届毕业的医护人员的子女进行录取！

陈东升

2020.02.23

董事长陈东升发出号召后，武大商帮群雄激昂，纷纷表态并立即行动。

泰康启动"抗疫白衣天使"子女专项招聘计划

为切实解决战疫医务工作者的后顾之忧，同时为湖北地区抗疫后的生产恢复储备人才，泰康保险集团全面启动湖北地区专项招聘计划，所有参与抗疫的医务工作者子女在同等条件下优先录取。泰康保险集团总部及 5 家子公司本次共为武汉地区提供 479 个工作岗位，涵盖管理、法学、计算机等岗位。

小米集团雷军校友

积极响应陈东升理事长的号召，小米集团和旗下各板块正在研究方案，梳理需求，抓紧落实。

融创孙宏斌校友

积极全面响应，融创各板块梳理需求，抓紧落实。

卓尔阎志校友

立即响应陈东升理事长号召，卓尔 2020 年湖北省内招聘 1200 人、省外 200 人、海外（工作地点为欧洲、新加坡、中国香港地区）100 人，全部优先录取抗疫医护人员子女。

中诚信毛振华校友

积极响应陈东升理事长号召，在湖北初步招聘 200 人左右。

公牛集团阮立平校友

立即响应陈东升理事长号召，面向应届毕业的医护人员子女优先招聘 46 人，涵盖财务、研发、销售等岗位。

奇致激光彭国红校友

积极响应陈东升理事长的号召，优先录取医护人员的子女，研发岗位 20 人、销售和市场岗位 40 人、管理岗位 10 人、生产岗位 10 人。已经安排人力资源部落实。

宇业集团周旭洲校友

积极响应陈东升理事长号召，在长三角发动实施。

中珈资本

董事长周旭洲、CEO 曾文涛积极响应，表示正在抓紧时间落实。

文科园林李从文校友

立即响应陈东升理事长号召，在武汉地区提供 50 个旅游类、景观设计类、工程管理类岗位。

国微能源张健校友

立即响应陈东升理事长号召，特事特办，打破不招应届生的惯例，初步招聘以下医护人员子女：石油、化学、采矿、工程类专业（8 人、硕士以上），国际金融（2 人、硕士以上），国际贸易（5 人、本科以上），英语专业（2 人、硕士以上），船务海运类（2 人、本科以上），金融期货类专业（2 人、硕士以上），工商管理（1 人、硕士以上），工作地点：杭州、舟山、伦敦、迪拜、德黑兰。

格林森童军校友

立即响应陈东升理事长号召，愿意提供多个岗位，涉及全国许多城市，录取的医护人员的子女将列入重点培优计划。

华讯方舟赵术开校友

立即响应陈东升理事长号召，在北京、深圳、青岛提供岗位，正在抓紧落实。

费森尤斯卡比中国区总裁丁伟波校友

积极响应陈东升理事长号召，将为一线医护人员应届毕业生子女提供就业岗位，正在抓紧落实。

为落实陈东升理事长的号召，楚商联合会和武大校友企业家联谊会已经成立一线医护人员应届毕业生子女就业保障办公室，专门负责此项事务。目前，武大商帮的企业家们正在梳理自己公司的需求和岗位，全力响应陈东升理事长的号召！

湖北省楚商联合会、武汉大学校友企业家联谊会《关于联合成立一线医护人员应届毕业生子女就业保障办公室的通知》

伟鹏集团在行动

2020-02-24

身在海外　心在祖国

台上楚腔汉调余音绕梁，台下观众情不自禁跟着哼唱泛起乡愁。吃年饭看节目，这就是美国加州湖北同乡会总会每年的压轴大戏——湖北春晚，从 2007 年开始已连续举办了十几年。然而，今年却不同往年，原本盛大的晚会临时取消。

武汉与加州两地虽相隔 11000 公里，存在 16 小时的时差，美国加州湖北同乡会总会会长喻鹏却坐立不安，他立即与总会相关负责人共同商议，叫停了春晚。

"家乡湖北面临着前所未有的危急形势，也为了演职人员以及观众的安全和健康，联欢活动为健康和生命让路。""把工作重点迅速转向为家乡湖北的医疗机构提供资源的行动上来。"作为一名对武汉十分熟悉的湖北籍海外侨领，喻鹏深知封城必定带来物资短缺的严重影响，他必须马上行动起来。

校友喻鹏说："我是湖北人，得知家乡发生疫情后我非常焦急，就想为家乡做点事情，可我身在海外，能做的也只有给家乡捐资捐物了！当时就想这 1000 多万人的城市他们缺什么，第一个是生活用品，第二个是他们的医药防护用品，我们现在在美国，物资比较充沛，我们应该为家乡、为湖北、为武汉人民做点什么。"

喻鹏第一时间在美国成立了抗疫工作领导小组，每天早上醒来做的第一件事就是收集各种相关信息，分析疫情发展态势。喻鹏先是向湖北省慈善总会、红十字会、湖北亚心医院紧急捐款 700 万元。

当得知武汉医疗物资极为紧缺时，喻鹏又马上调动各种资源，在海外成立医疗防护物资采购团队，打通物资运送渠道，陆续从旧金山、洛杉矶等地采购了大批符合国际标准的物资运抵武汉，共计医用口罩 80 万只、医用防护服 12700 件、医用消毒液 2000 箱、保暖衣 3000 套等，累计金额超过 600 万元，他们第一时间将物资送达湖北武汉市、黄冈市、孝感市、咸宁市等地的医院及基层社区，送达奋战在一线的医护人员手中。短短 5 天内，喻鹏个人累计捐款捐物已超 1300 万元。

振臂高呼　万里驰援

同时，喻鹏作为著名侨领，不忘发挥侨领影响力，发动周围的华人华侨共同支援抗击疫情，累计号召捐款捐物价值近 2 亿元。

喻鹏在获悉武汉封城后，便第一

喻鹏：武汉大学金融学硕士，武汉大学校董，湖北省政协常委，中国侨商联合会常务副会长，湖北省侨商协会会长，美国加州湖北同乡会总会会长。

伟鹏集团经营领域横跨金融服务、科技投资、科技园区开发及运营、房地产等，是多元化发展的综合性集团，资产规模达 520 亿元，拥有深厚的金融证券和海外风险投资实力。喻鹏 2018 年获得"中国改革开放 40 年楚商杰出人物"殊荣，伟鹏集团 2019 年被评为"湖北省民营企业服务业 20 强"。

喻鹏

时间在其作为会长的多个侨团组织中发出"支援武汉捐赠义举"的倡议。各大洲几十个国家的侨领纷纷响应，多场海外侨胞支援湖北武汉抗击疫情捐款捐物行动迅速展开。很多侨胞全家上阵，尽己所能，为湖北武汉筹集物资，展现了海外湖北华人华侨爱国爱乡的赤子情怀。

截至 2 月初，美国加州湖北同乡会总会共募集到 20 万美元；海外侨领联盟的各大洲几十个国家的侨领，倾力捐款捐物支持抗疫共计百余批次，总价值逾 5000 万元；湖北省侨商协会累计捐助善款和物资总额超过 1.2 亿元。

争分夺秒　攻坚克难

喻鹏会长及其团队一面全力采购国内所需物资，一面积极打通物资运送渠道，不断提高捐赠和运输效率。为了将海外华人华侨的爱心送到武汉抗疫一线，他们克服重重困难，付出了艰辛的努力。

1 月 25 日晚上，喻鹏会长团队收齐了第一批口罩物资，但由于在医疗用品通关方面完全没有经验，当时物资从各个家庭收过来，各种包装都有，并不符合海关的要求，因此又全部一个个拆掉，拆的盒子堆成了山，拆完后再按照海关的要求重新包装、称重、装箱，一直忙到第二天早晨才将物资成功运出。"大家整整忙了一个通宵，甚至有侨胞是全家上阵，父亲、兄弟、儿子都来帮忙。"

随着疫情的发展，美国的物资也开始有些紧张，国际国内交通也越发艰难。但得知孝感、黄冈等距离武汉较近的地级市疫情相当严峻之时，喻鹏在美国紧急号召："武汉周边城市也紧缺防护物资，我们一定要驰援！"

物资缺乏，喻鹏便组织湖北同乡会骨干一起从美国加州到美国中部来组织货源；得知 2 月 6 日将是最后一班航班飞往中国，喻鹏立即通知所有参与采购的人员加快速度："尽快采购物资，能采购多少就采购多少，线上线下都要买，不管价格，所有的费用我来承担！"经过几天的紧张大采购，终于采购到医用口罩 30 万只、防护服 1 万件、消毒液 2000 箱。这批物资对于彼时的孝感等地，无疑是救命的。

然而，当机场方面听说物资的数量后很为难，表示无法运送。由于是最后一班航班，乘客均携带了大量物资前往中国，货物只能装客舱带回，而由于物资数量庞大，很难装进客舱。喻鹏多次与机场沟通，并发动各方资源关系请求解决困难。最后机场方面终于被打动，他们抢着美国停航中国前的最后一班航班，将两批物资通过客舱成功运回中国，运至湖北。

喻鹏说："物资从美国先到上海，再转运到湖北，每一个点位都有我们团队的人员接应。在武汉，我们一名副会长负责把物资对接到每一家医院，非常辛苦，但大家齐心协力，都希望为家乡出力。我们伟鹏集团在武汉的员工也承担了部分物资接应的工作，把物资分发到最需要的医院。当看到他们传过来的一张张医院接收物资的证明条，我也很感动。"

中国心，赤子情

作为武大校友、中国侨商联合会常务副会长、湖北省侨商协会会长、美国加州湖北同乡会总会会长，喻鹏为此次湖北打赢新冠疫情阻击战做出了重要贡献，获得主流媒体及社会各界的赞誉。

多年来，喻鹏会长积极参加公益慈善事业，积极回报家乡、关爱民众。近三年向社会各界捐助善款4200万余元，广泛开展产业扶贫、教育扶贫，承担社会责任。

随着疫情好转，喻鹏校友克服困难回到武汉，带领企业积极响应复工复产。伟鹏集团作为侨资企业的代表，旗下金融、科技、地产三大业务板块均有序组织员工进行核酸检测，向员工发放全额工资，达到全员复工，起到了模范带头作用。在年度工作计划中加大投资力度，积极配合省委省政府打好疫情防控和经济发展两场战役，多领域助力湖北、武汉经济的快速恢复和发展。

"疫情后的武汉，经济复苏面临着前所未有的困难和挑战，希望能尽量把疫情耽误的时间抢回来，造成的损失补回来，为湖北家乡发展继续贡献力量。"

桑梓有难，吾辈有责！喻鹏校友曾在武汉大学第六届校友珞珈论坛上深情感慨："从武大校园到东湖高新，从美国硅谷到中国光谷，无论我的梦想是什么，家国情怀就是我的初心。"这一次，当祖国深陷危难，喻鹏会长义无反顾地践行着自己的初心。

东呈：酒店业战疫排头兵

2020-02-25

在校友程新华的带领下，面对前所未有的挑战，东呈人没有丝毫畏惧和迟疑，表现出惊人的勇气和信念，让业界和社会看到了东呈的气质与担当。

打响防疫阻击战第一枪

作为一家有着伟大梦想和使命担当的企业，东呈始终坚持"以客为尊"的原则。程新华在 2020 年新春家书中再三叮嘱："确保我们的顾客、员工、合作伙伴安全无虞，是我们当前工作的重中之重。"

1 月 21 日，东呈立即成立疫情防控总指挥部，程新华亲自挂帅，并启动最高应急机制，全面贯彻"疫情防控第一""科学防控第一""态度坚决第一"原则，全力协助各大战区、纵队和门店积极做好疫情防控工作。

武汉大学校友，东呈国际集团创始人、董事长兼 CEO 程新华

同时动员全国近 3000 家门店全面执行佩戴口罩、监测顾客及员工体温的要求，关闭酒店洗衣房、健身房等公共区域，暂缓重点防控区域同事返城上班。

湖北战区成立武汉应急防控指挥中心

东呈快速、全面、有力的防疫举措，打响了中国酒店业防疫阻击战的第一枪。无论是在组织防疫、支援社会，还是复工复产方面，东呈都为中国酒店业树立了榜样，堪称中国酒店业战疫排头兵。

全力抗疫扛起社会担当

疫情发生后，东呈积极行动，组织投入抗击疫情，有力支援了湖北一线防疫工作，成为湖北企业中一支重要的抗疫力量。

湖北是东呈长期深耕的重要市场，东呈在湖北拥有 400 多家酒店，超过 6500 名员工。"湖北也是我的家乡，作为湖北酒店市场的头部企业，我们必须承担起头部企业应尽的社会责任。"程新华说。

武汉封城的第一时间，东呈紧急动员全国各大战区和分公司，采购相关防疫物资近 200 万元，克服春节期间物流停运等诸多困难，驰援武汉，全力支持武汉门店防疫工作和后勤保障工作。

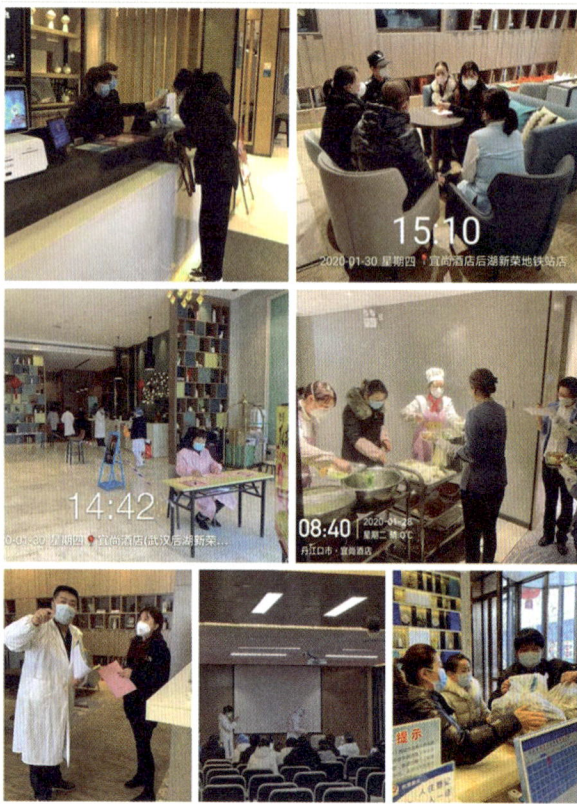

东呈推出武汉万房公益活动，湖北 270 家酒店配合征用，2000 余名员工坚守岗位，累计接待医护人员 23 万个间夜，接待隔离疑似病患近 2000 人，为湖北战胜疫情提供了坚实的后勤保障。

湖北战区提供的数据显示，公益门店每天消耗手套 800 双、酒精 300 瓶、口罩 8000 只、消毒液 500 瓶。校友程新华集全国东呈之力，想各种办法驰援湖北，保证抗疫物资的充足。

东呈还积极支援武汉方舱医院建设，鼓励全国加盟合作伙伴正常营业，为数千名受疫情影响的滞外旅客提供了一如既往的住宿服务和出行便利。

东呈通过湖北咸宁红十字会向咸宁市和崇阳县捐赠价值 144 万元的电动警用巡逻车 24 台；东呈累计向崇阳县捐赠了近 40 万元的防疫物资。

东呈会积分商城正式上架秭归伦晚脐橙，以平台之力，为秭归 7 万吨待售鲜橙开拓销路，帮助果农纾困止损，为湖北社会经济复苏贡献了一份力量。

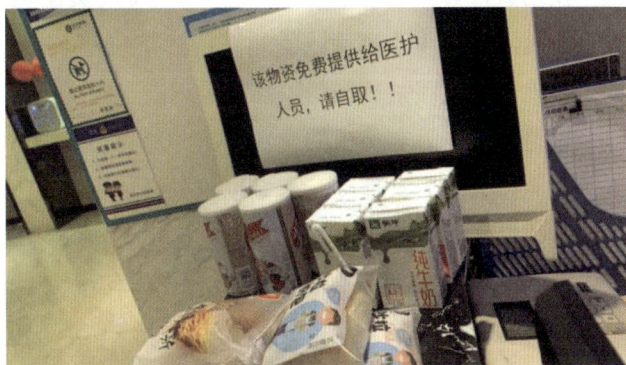

东呈紧急采购、调拨近 200 万元防疫物资驰援湖北门店

东呈向咸宁市和崇阳县捐赠电动警用巡逻车 24 台

疫情对东呈整体经营产生了极大影响，但校友程新华和他的企业——东呈，全力抗疫，扛起社会担当，受到社会各界广泛称赞。

对内同舟共济共克时艰

疫情之下，东呈全力抗击疫情、有序复工复产的过程，也是东呈企业文化和价值观不断淬炼和检验的过程。这期间，东呈长期坚持的"以客为尊　合作分享"的企业文化与价值观没有被摧毁，反而熠熠生辉。

抗疫期间，加盟合作伙伴积极响应东呈万房公益行动，将酒店纳入政府防疫指定接待门店；更有加盟合作伙伴事必躬亲，动用财力人力支持门店持续坚守，用实际行动捍卫了共同尊崇的价值观。

疫情最严重的时候，东呈依然有 60% 的员工坚守岗位。有员工携家带口，在封城当天逆行 100 公里赶回武汉，组织门店抗疫；有员工从除夕到初七，24 小时坚守岗位，有家不能回，只因怕被强制隔离影响返岗……

正是东呈 7 万名员工的全情付出与努力，让业界和社会看到了东呈的企业气质与责任担当。作为酒店管理方，东呈也想方设法将疫情对加盟合作伙伴和员工的影响降到最低，迎接疫情过后酒店市场反弹。

复工复产阶段，东呈针对加盟合作伙伴推出一系列援助举措，包括"减免管理费用""融资还贷优惠""50 亿专项金融支持""酒店物资降本采购""购买健康保险"等，用于提振加盟合作伙伴信心，为全面恢复生产做好准备。

针对员工，东呈推出"员工关爱周"活动，通过"万张房券放松身心""300 万员

今后每年 3 月第三周，成为东呈关爱员工的固定节日

工关爱金""拓展员工发展空间"三大暖心举措，帮助员工走出阴霾，恢复工作状态，凝聚成东呈全面复产复工的强大动力。

东呈与加盟合作伙伴和员工同舟共济、共克时艰之举，也为中国酒店业走出低谷全面复苏争取了时间。

卫生升级保障用户安全

除了鼓励全国加盟合作伙伴正常营业，东呈为数千名受疫情影响的滞外旅客提供了一如既往的住宿服务和出行便利。东呈还升级防疫消杀措施，强化卫生安全管理，在公共服务行业率先构筑起一座座阻击疫情的"堡垒"。

随着国内疫情好转，社会经济秩序步入正轨。东呈开始重新审视市场需求和消费顾虑，围绕"安心、放心"两大核心痛点主动出击，以一系列安心呵护举措，锁定疫情过后反弹的商务出行、旅游探亲消费预期。

东呈率先在业内升级酒店卫生安全标准，推出无忧系列创新客房，普及智能化无接触服务，实行分餐保障餐饮卫生，升级五星级酒店床品，落实卫生防疫举

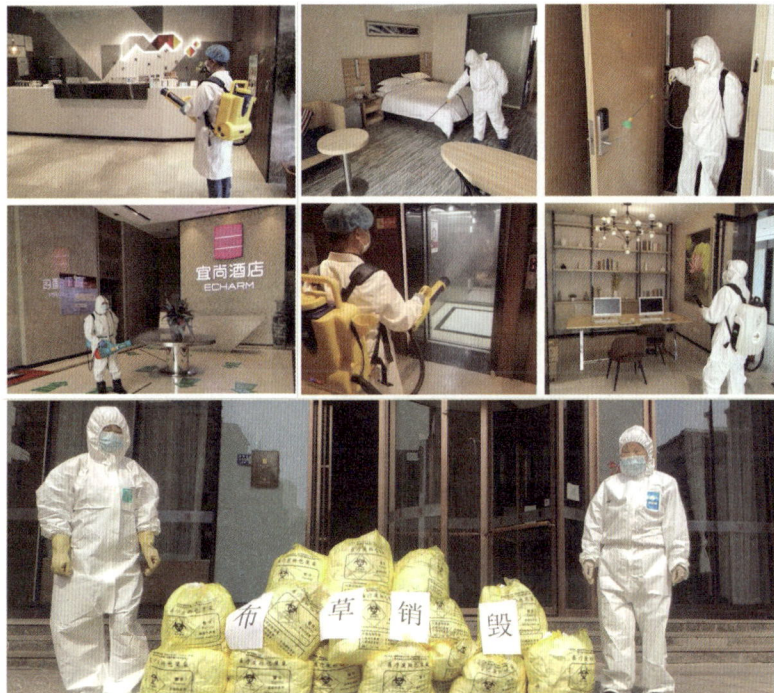

东呈湖北 400 余家酒店全面消杀，销毁布草

措，保障广大用户安全健康出行、各行各业顺利复工复产。

东呈将在无接触入住、餐饮标准、产品使用、清洁消毒、病毒防控等环节继续以高标准要求旗下 3000 家门店，以至诚之心，确保消费者安全和健康，推动国内酒店行业卫生安全标准全面升级，提升中国酒店业竞争力。

企业变革升维破茧重生

经历这次疫情考验，酒店连锁化程度低、抗风险能力差、数字化能力不足、产品和服务创新不足、过度依赖现金的缺点被无限放大。

随着国内疫情趋于稳定，东呈未雨绸缪，不断复盘这次疫情带来的影响，希望在危机中寻找机会，帮助企业破茧重生。经过充分研讨，东呈快速制定了"五化三风"变革行动纲领，帮助企业脱胎换骨。

东呈重磅发布了数字化、平台化、生态化三大全新战略，力求创新突破，以主动变化应对未来巨变。

在三大全新战略下，东呈将实现从"经营门店"到"经营人"的企业经营底层思维的根本性转变，打造出全新的商业生态系统。经过这次中长期的企业变革后，东呈将完成自我进化与涅槃，继续迎来飞跃式发展。

"保障一线医护人员子女就业"战报

1. 融创孙宏斌校友：定向招聘 1000 余个就业岗位，旗下各个板块积极行动，涵盖大量专业。

2. 宇业集团周旭洲校友：招聘 168 人，工作地点主要在长三角和香港，涵盖大量专业。

3. 人福医药王学海校友：招聘 410 人，涵盖研发、生产、销售等岗位。

4. 海特生物陈亚校友：招聘应届生 31 人，涵盖研发、会计、博士后工作站等。

5. 金石易服夏利兵校友：招聘涵盖全国和海外。

6. 惠州亿纬锂能刘金成校友：招聘 63 人，涵盖研发、采购、技术等岗位。

7. 中开集团黄发军校友：招聘 37 人，涵盖大量专业。

8. 通达信黄山校友：招聘 100 人，涵盖计算机、金融、数学等专业。

武大商帮、校友爱心捐赠

易方达基金为武大捐赠 1000 箱蓝月亮洗衣液

校友企业家联谊会向武大同仁医院捐赠防护物资

辽商总会向武汉市捐助三辆监护型负压救护车

东润公益基金会"抗击疫情突出贡献医护人员保障和子女教育专项基金"第六批资助名单公示

第六批共有 59 人次获得资助。其中，1 位因抗击疫情不幸殉职的一线医护人员，其家庭获得 30 万元的资助；44 位感染新冠肺炎的一线医护人员，获得了每人 2 万元的资助；14 位医护人员子女获得每人 1 万元的子女教育保障金。

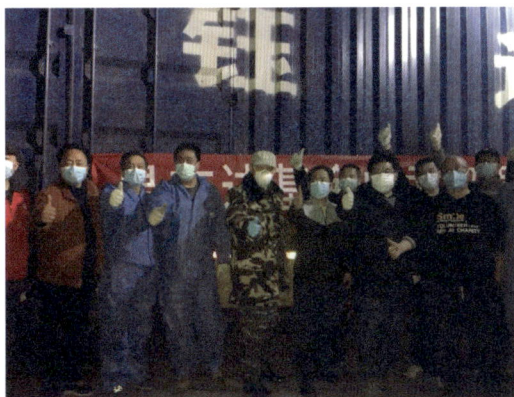

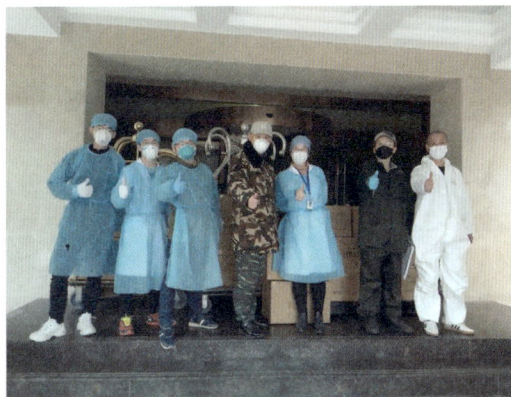

奥山集团"1+4"行动驰援抗疫一线

2020-02-26

"落其实者思其树，饮其流者怀其源。"国有所需，我必上前。在2020年这场抗击疫情的战争里，广大校友积极响应校友会号召，慷慨参战，或捐赠医疗物资、生活物资，或捐赠自己的高科技产品，或捐建救治场所，或帮一线医护人员捐赠保险……与国家共患难，与同胞同进退。武大精神，也在这场战疫之中得到了最好的见证。

奥山集团在董事长邬剑刚的带领下，以守土有责为己任，精心规划"1+4"援助措施，与众多校友一起凝心聚力，坚守担当，共同助力抗击疫情，共同守护这座城。

防疫工作领导小组统一部署

自疫情发生以来，奥山集团党委、董事会等高度重视，第一时间成立防疫工作领导小组，实时部署响应。

防疫工作领导小组向奥山各产业做出一系列防疫工作部署并严格保证落地，多措并举覆盖奥山旗下全国各区域的社区、商业广场、景区、酒店、办公区等全部业态场所，保障客户、业主和员工的生命健康安全。

在集团内部建立抗疫救援小组、志愿者团队两个专班。其中，抗疫救援小组本着"奥山一家人"的亲情文化关怀理念，实时关注奥山员工及其亲属的身体健康状况，并及时与有困难的同事进行一对一对接，确保每一位困难员工及其家属得到应有的关怀和医疗救助。志愿者团队负责调集资源、采购分配、物流搬运，将防疫物品高效迅速地输送到湖北各地抗疫一线。

针对疫情防控工作需要和企业自身特点，奥山精心制订了"1+4"抗击疫情援助方案，全方位为抗击疫情做贡献。"1"就是实施一项行动——精准捐赠行动，"4"就是实施四个计划——抗疫一线关爱计划、抗疫白衣天使子女招聘关爱计划、奥山员工关爱计划、奥山邻里关爱计划。

截至目前，奥山集团设立1000万元防疫专项基金，用于资金捐赠和采购捐赠防疫物资。从专项基金中，通过湖北省慈善总会向武汉市防疫一线捐赠100万元，通过武汉大学教育发展基金会下设的爱医基金向抗疫牺牲的校友烈士家属捐赠10万元。并持续采购抗疫紧缺的医疗物资，包括医用防护服、医用口罩、消毒液、医用手套等，以及疫区急需的生活物资，包括恩施富硒大米、蔬菜、水果、土鸡蛋等共计300余吨，全部捐赠至武汉24家医院及湖北省孝感市、襄阳市、恩施州、黄石市、鄂州市、宜昌市、黄冈市、咸宁市、荆州市、荆门市、潜江市、天门市、随州市等14个市州的抗疫一线单位、一线医护人员、一线工作者以及疫区居民。

同步制定实施产业优惠政策。一是实行景区门票免费。奥山集团公开承诺，在落实好湖北旅游景区面向抗疫医护人员免门票旅游政策的同时，针对天津市对口支援恩施疫情防控工作，2020年内，梭布垭景区向天津市民免门票。二是减免商业租户租金。在保证超市物资供应充足的同时，对奥山旗下商业项目的商户租金进行减免，与商户联手应对疫情，共担风险，共渡难关。三是冰雪、地产、教育等实施优惠政策。针对一线医护人员、抗疫工作者实施多项优惠政策，包括冰雪培训优惠、购房优惠、子女入学优惠等。

邬剑刚：奥山集团董事长。同时担任湖北省政协常委、湖北省政协社会和法制委员会副主任、湖北省工商联副主席、北京湖北企业商会常务副会长、楚商联合会常务副会长、中国民营文化产业商会常务会长等职务。

奥山集团创立于1997年，业务涵盖冰雪、商业、地产、教育、旅游、酒店、金融、影视等八个产业板块，通过深耕中部、长三角、成渝等城市群，稳步推进全国化布局战略。奥山以"让生活充满阳光"为品牌理念，为客户提供高品质产品与服务。

邬剑刚

志愿者团队逆行而上　不辱使命

九次驰援，"1+4"援助计划，奥山"疫情不解除，驰援不停步"的决心和行动全面落地，而这背后是一批又一批志愿者的接力付出。

为打赢这场疫情防控的人民战争，奥山员工挺身而出踊跃报名，企业志愿者队伍迅速集结起来。从抗疫前线紧缺物资的信息收集、医院和抗疫一线机构的对接，到物资的寻找、采购、分配、运输、搬运，志愿者的各项工作开展全面协同、高效推进，克服封城造成的交通不便等困难，确保了一轮又一轮抗疫物资第一时间运抵前线。

300 余吨生活物资是奥山旅游的同事们全力在恩施当地寻找到的优质新鲜食材。第一批富硒大米、蔬菜等 30 余吨物资，历经 30 小时装车，连夜从恩施千里奔赴武汉，送往急需的多家医院。多位志愿者主动请战，货车进入武汉须绕过限高路段、领取通行证、联系定点医院、搬运大量物资入库，这一系列难题被志愿者们一关关克服。由于物资较多，每个点卸货都要 3 小时左右。晚上 10 点，当货车抵达最后一个捐赠点时，突然狂风大作，暴雨倾盆。为了保障物资的安全和供应的及时，志愿者们争分夺秒冒雨将数吨物资运送到位。

就是这样，每一次驰援，志愿者们既是采购员，又是搬运工、司机、配送员，找货、分类、清点、运送、卸货……各工

种全面协同、高效推进、精细落实，将驰援物资以最快速度送抵抗疫一线。无论是冲锋在一线的先锋队，还是坚守后方各岗位的志愿者，在此次抗疫战役中，都投入了大量精力和心血，用行动诠释志愿者精神，彰显奥山助力打赢疫情阻击战的决心。

平凡之人汇聚成不凡力量

物业、商业……奥山旗下这些保民生的一线服务产业，也直面抗疫一线。这些平凡岗位上坚守的普通人，以高度的敬业精神、无私奉献、无畏担当，将服务化作春风细雨，守护和温暖了万家灯火。

物业服务中心的客服们组成娘子军，用平板车运上百斤蔬菜，一人一次拎四袋大米，帮独居老人将菜送到家门口……这些力气活对她们而言已是家常便饭。平时的工作积累让她们很清楚小区里有哪几户是独居、孤寡老人，每天都给老人打电话问需求，主动帮助需要看病的业主联系社区。每次为独居老人送完菜，大多会主动帮业主将生活垃圾带下楼。

奥山世纪广场内的大型商超为确保民生需求持续营业，广场组建一线防疫小组，每天24小时轮值坚守在一线，按班次对全场进行安全巡查、设备运行状态检查，协助商超卸货、分拣和上架，对进出顾客进行体温监测，守护住广场周边万余户家庭的生活所需。

在这场没有硝烟的战争中，他们只是千千万万个普通工作者的缩影，在各自的岗位上恪尽职守，用实际行动践行责任与担当。

143

全力以"复" 奋进正当时

经过全国艰苦卓绝的努力，疫情防控形势积极向好，武汉正逐渐恢复生机，城市建设开始正常运转。奥山结合实际，按照疫情防控、复工复产的要求，建立相应的责任体系和工作机制，优化办公模式，做好工作、生产、经营场所日常安全管理。从项目工地到售楼处，从旅游景区到商业广场，到处可见蓬勃景象和万众一心加油干的奋斗氛围。

2020年，我们经历了惊心动魄的开局，但这仍然是一个崭新十年的开始。疫情考验着企业快速应对的能力，面对危机和新形势，奥山科学研判，积极拥抱变化，变革升级、逢山开路、遇水架桥，打好属于自己的"战役"。我们相信，"冰霜历尽心不移，况复阳和景渐宜"。

"保障一线医护人员子女就业"战报

1. 泰康：扩大范围，将医护人员的亲属纳入优先保障范围之内。截至2月25日，泰康武汉／全国专场招聘群已达200

"致敬白衣天使·保障子女就业" 岗位需求情况表	
企业名称	供岗数量(人)
泰康保险集团	2183
九州通医药集团	766
卓尔控股	2000
中诚信	200
公牛集团	46
奇致激光	80
国微能源	22
联影医疗	1067
中开控股集团	37
人福医药集团	410
金澳控股集团	300
湖南元拓	891
上海外服	2
浙江壹企通	6
武汉第一口腔医院	23
湖北格林森	134
海特生物	41
费森尤斯卡比（中国）投资	232
湖北人文漆道	11
慈铭健康体检	25
武汉亢龙太子酒轩	若干
金石易服	若干
高德红外	517
武汉华日精密激光	44
惠州亿纬锂能股份有限公司	63
杭州易龙安全科技有限公司	18
融创中国	1000
湖北京山轻工机械股份有限公司	336
宇业集团	168
深圳市财富趋势科技股份有限公司	100
河南省湖北商会11家会员企业	701
浙江省湖北商会会员企业	799
居然之家	307
利泰集团	1178
当代集团	800
合计	14507

截至2月26日，校友企业家联谊会与楚商共提供14507个工作岗位

余人，工作人员共答疑超 30 余次，共收到简历 53 份，其中医护人员子女及家属简历 13 份。

2. 当代集团旗下及伙伴企业提供超过 200 个岗位，总计招聘 805 人。所有岗位优先面试、优先录用援汉医疗队及一线医护人员子女。

3. 利泰集团共提供 1178 个工作岗位，同等条件下优先录取所有参与抗疫的医务工作者子女。

4. 居然之家旗下及伙伴企业共提供 307 个岗位，优先为抗疫天使的子女们提供就业机会，解除医务人员的后顾之忧。

武大商帮、校友爱心捐赠

索芙特集团梁国坚校友：直捐湖北七地市 70 家医院 500 万元医用消毒物资

校友何绍军向武大经管院捐赠 100 万元用于科研

陈军向孝感慈善总会捐赠安睡裤 100 箱，校友企业家联谊会捐赠防护服 200 件、医用长手套 2000 双、外科医用口罩 3200 只、防护面罩 100 只

融创集团在行动

2020-02-27

校友孙宏斌说：我们齐心协力，众志成城，打赢这场抗疫战！为了打赢这场抗疫战，孙宏斌全力助攻。

1月23日，融创集团向武汉市红十字会捐款1000万元。

1月25日，融创公益基金会向武汉市慈善总会捐赠1亿元。

1月31日，融创文旅集团对旗下运营中的文旅城商业项目所有店铺的租金进行减免支持，免除2020年1月25日至2月29日期间的全部租金。

2月6日，融创文旅持有并运营的武汉国际博览中心展馆改造成可容纳1000余张床位的方舱医院。

2月24日，融创全面启动"抗疫白衣天使"子女专项招聘计划，定向设置"1000+"岗位，用以专项招聘抗疫一线医护人员子女。

截止到2月27日，融创中国累计已向武

融创集团
"抗疫白衣天使"
子女专项招聘计划
SUNAC CHINA

1 优先面试 优先录用
为全国各地抗疫一线医护人员的子女，开放2020年融创中国旗下地产集团、服务集团、文旅集团、文化集团全部招聘岗位，并提供优先面试、同等条件下优先录用的机会。

2 定向提供1000+就业岗位
融创中国定向设置1000+岗位，用以专项招聘抗疫一线医护人员子女。

汉捐款 1.1 亿元。

作为武汉大学 1979 级校友，孙宏斌对武汉充满感情；作为布局全国的集团型企业，孙宏斌携旗下各产业精彩战疫。

五大关爱活动，用心致敬一线医护人员

疫情之下，医护人员面对生死前赴后继，深深打动了校友孙宏斌，融创中国致敬援鄂一线医护工作者，推出五大特别关爱活动。

1. 全面启动"抗疫白衣天使"子女专项招聘计划：开放 2020 年融创中国旗下地产集团、服务集团、文旅集团、文化集团全部招聘岗位，并提供优先面试、同等条件下优先录用的机会。定向设置"1000+"岗位，用以专项招聘抗疫一线医护人员子女。

2. 社区生活关爱服务：根据援鄂一线医护人员业主家庭需求，免费上门做消杀服务；定期免费赠送关爱果蔬包、防疫包服务；定制化采购上门服务；快递外卖无接触配送服务；定时生活垃圾上门回收服务。

3. 家庭人文关爱服务：对援鄂一线医护业主家庭进行加倍关怀，援鄂医护家庭老人健康关怀，子女陪伴教育关怀。

孙宏斌：1979—1983 年就读于武汉大学河流力学动力学专业。

融创中国控股有限公司是香港联交所主板上市企业。公司成立于 2003 年，以"至臻，致远"为品牌理念，致力于通过高品质的产品与服务，整合优质资源，为中国家庭提供美好生活的完整解决方案。

融创中国坚持地产核心主业，围绕"地产+"全面布局，下设融创地产、融创服务、融创文旅、融创文化、融创会议会展、融创医疗康养六大战略板块。业务覆盖地产开发、物业服务、会议会展、旅游度假、主题乐园、商业运营、酒店运营、医疗康养、IP 开发运营、影视内容制作发行等。

孙宏斌

4. 欢乐出游关爱服务：融创文旅旗下的乐园对援鄂一线及全国的医护工作者免票，组织开展专场"援鄂一线医护人员家庭日"邻里休闲活动。

5. 安居置业关爱服务：针对全国援鄂一线医护人员及其直系亲属提供不同程度的购房优惠，如员工同等购房折扣、额外购房补贴、首付分期等。

2月21日，融创服务集团启动"人才共享"计划，为受疫情影响的企业休假员工提供就业岗位，纾困服务行业、助力经济生产重建和稳定社会就业。

伙伴同行，共克时艰

13 小时建武汉国博方舱医院

2月4日下午3点，融创文旅武汉团队接到要征用展馆建设方舱医院的消息后，立马在第一时间各就各位，运营部、物业管理部的员工和施工单位人员通

"人才共享"计划五点倡议

- ✓ 本次合作主要面向受疫情影响经济性停产等情况的企业，如酒店、旅游、餐饮、民宿等行业；

- ✓ 主要提供社区秩序、管家、工程维修、保洁等岗位机会；

- ✓ 合作企业员工经面试、体检、培训后，可正式上岗；

- ✓ 人才共享期间，员工将获得有竞争力的劳务报酬；

- ✓ 为保障人员健康安全，融创服务集团将为所有员工提供防护措施规范培训，并为其配备口罩等防护用品。

四川援助湖北医疗队的护士与患者们在国博方舱医院跳起《你笑起来真好看》

力共赴了一场"与时间赛跑"的紧急任务。600多人通宵鏖战，只用了13小时，就将展馆变身为一座可容纳1000张床位的方舱医院。

抗住压力，共渡难关

1月31日，融创文旅集团决定，对旗下运营中的文旅城商业项目所有店铺的租金进行减免支持，免除2020年1月25日至2月29日期间的全部租金，并临时调整票务及酒店预订政策，截至2019年12月，融创文旅集团在全国共布局了10座文旅城、4

个旅游度假区和 24 个文旅小镇，涵盖 41 座主题乐园、26 个商业、近 100 家高端酒店。

昆明文旅城

针对部分游客更改出行计划的需求，融创文旅临时调整票务及酒店预订政策。第一，已购买融创文旅城或融创旅游度假区包含融创乐园、融创雪世界、融创海世界、融创体育世界、融创秀的门票或其他指定产品与服务的游客，可将门票改期至 2020 年 8 月 31 日前任意日期，2020 年 8 月 31 日前无法到访的游客，可办理退款。第二，已预订融创文旅城或融创旅游度假区内酒店的游客，可将酒店改期至 2020 年 8 月 31 日前任意日期（视酒店客房库存而定）。2020 年 8 月 31 日前无法到访的游客，可办理退款。

创新经营，迎战疫情

融创文旅通过搭建购物微信群、汇集网上店铺通道、提供商家微信等形式为消费者创造安全的云购物体验，为商家引流，同时全国融创文旅城的社交平台全矩阵持续推广，保证市民在春节期间正常购物，满足大家对民生产品的购买需求。疫情之下，各地融创茂内商超储备充足，与合作伙伴一起保证特殊时期物资供应，维稳价格秩序，满足各地民生需求。

融创"三防体系"共筑"平安家园"

抗击疫情的号角吹响后，融创迅速响应行动，"三防体系"建立起业主与客户最坚实的"安全防线"。

集团联防：全面统筹，建立应急响应机制

在服务集团层面，各区域成立疫情防控及应急工作小组，牵头对疫情防控及应急管

理建立方案、预案，并落实相关要求且在发生疫情突发事件时第一时间牵头处理。

成立专项工作组，统一调配全国防疫物资，对消杀、防控物资，员工工作与生活所需物资进行前置铺排并妥善规划，确保物资供应的充足与及时，为一线员工备足粮草弹药。

在这一工作机制保障下，近 2 万名融创人与全国超百万业主共同打响家园保卫战。

近**20000**员工
30余城市
5000万平方
超**1000000**业主

360° 全面监控
24 小时严防出入口
全方位 消杀
6 大举措防痕无死角

全方位消杀，不给社区防疫留死角

门把手　门外地垫　电梯及按钮　快递柜　空置房

专用回收及清运　车库　服务中心前台　健身器材　公共活动区域

社区防疫：保卫家园，构筑安全防护墙

融创服务各区域在严格符合国家相关防疫要求的前提下，推出了包括社区严格安防、全面测量体温、返程人员排查、丰富线上业主活动、复工公司防疫培训和在岗员工自检在内的六大防疫措施。

针对业主尤为关心的公共环境治理与消杀，融创采取了六大措施：公共区域全覆盖高频次消毒，实行卫生管理一级防范；设置废弃口罩回收点及医疗物品分类回收处理；加强生活及各类垃圾清运及巡查；提供电梯按钮一次性隔离用纸；空置房排查消毒；社区开放性共用空间原则上一并关闭，有游泳池的消毒后关闭。

此外，融创也同步推进疫情通报及防疫科普工作，防疫海报、手册指南、社区广播、管家朋友圈微信群及时温馨提醒，实现了线上线下全覆盖。

从生活便利到身心关怀，做好疫期业主生活保障

为帮助解决疫情防控阶段社区业主生活难的问题，多地区融创服务决定为业主提供多样化服务。

融创华中区：推出"融遇商城"选购平台，采购 2 吨蔬菜，分发给武汉的 2518 户业主。

融创东南区：推出"归心云菜场"，联合品牌商家、农户蔬菜基地，12 小时为业主送去时令蔬菜。

融创华北区：在天津精选优质供货商，新鲜蔬菜直达社区。

融创西南区：西南五省联合多家品质供应商，24 小时内完成蔬果的采摘、配送，为

业主送菜到家。

融创华南区：联合本来生活等优质电商平台，提供业主专属生态蔬菜宅配服务；在海南启动"菜篮子服务"，为隔离业主及住户集中代买食物及生活用品。

此外，各区域积极引入医疗资源，为业主提供健康呵护。号召在线上进行读书、绘画等，丰富业主居家文化生活。

校友孙宏斌致力于公益事业

融创中国持续推动公益事业创新发展，建立长效公益慈善机制，截至 2019 年，累计捐赠 21 亿元。

2018 年，融创中国发起成立融创公益基金会，围绕乡村振兴、教育扶智、古建保护等领域开展公益行动，同时，基金会携手员工、业主、专业人士及合作伙伴共同参与公益行为，践行"美好生活、社会公民"。

（据统计，疫情期间融创捐款 1.46 亿元，捐款捐物折合人民币共计 1.5 亿元。）

武大商帮、校友爱心捐赠

校友企业家联谊会捐赠武大校医院：5000 双手套、20 只防护面罩

校友蒋锦志和校友企业家联谊会捐赠上海援鄂医疗队物资：防护服 1000 套、医用口罩 5000 只、防护面罩 200 只、医用手套 15000 双、安睡裤 5760 条

武汉花博会董事长徐涛校友：捐赠带封条防护服 1400 件、瓶装酒精 500 瓶

中开控股集团在行动

2020-02-28

疫情发生以后，武汉大学校董黄发军不但自己积极抗疫，还发动在四川的湖北同乡加入抗击疫情的队伍中来。

身先士卒，积极发动募捐

黄发军作为四川省湖北商会会长率先发起全会捐款倡议，他个人先行捐赠给商会支援物资款现金15万元、楚商联合会5万元、荆州区红十字会10万元、鄂州10万元。

倡议获得全会各级成员响应：成都、黄冈、荆门、荆州、襄阳、宜昌、红安、孝感、仙桃、大冶、十堰、安陆、洪湖、咸宁、汉川、应城等各分会、老乡会、办事处、支部纷纷行动，据不完全统计，全会各级会员参与本次抗击疫情累计向湖北省各地市、县捐赠口罩、防护服、护目镜、消毒液、新鲜蔬菜等物资1000余万元，捐赠现金300余万元，四川楚商捐款捐物累计1500余万元。

疫情发生后，校董黄发军于1月31日提出捐赠倡议，呼吁员工献爱心，截至2020年2月1日中午12点，在组织初期的24小时内，员工爱心捐款额达15万元。

改变策略，捐赠急需物资

随着疫情向荆楚大地蔓延，防护物资越来越紧缺。黄发军得知情况后，立即改变捐赠策略，从捐款转向寻找紧缺防护物资。校董黄发军从全国各地甚至海外紧急采购物资，源源不断驰援荆楚大地。

截至 2020 年 2 月 28 日，中开控股集团捐赠 N95 口罩 163,400 只，普通医用口罩 466,000 只，合计 629,400 只。

黄发军：武汉大学校董、四川省湖北商会会长、中开控股集团有限公司董事长。

中开控股集团有限公司始创于 2000 年，经国家工商总局核准于 2012 年成立。公司以投资、建设、房地产、能源、文化五大产业为核心，是集金融投资、土地整理及开发、市政工程建设、装饰、园林、燃气经营、物业管理、文旅特色小镇、田园综合体、PPP 项目、设计咨询服务等产业于一体的多元化企业集团。

黄发军

"保障一线医护人员子女就业"战报

（一）活动升级

2 月 27 日，"致敬白衣天使·保障子女就业"工作推进会在武汉市招才局举行，会议就延长招聘年限、拓展招聘范围、精准施策、统一规范招聘等问题进行讨论，旨在进一步提升湖北战疫一线医务人员子女的就业保障。蹇宏秘书长在会议上说："由一线医护人员子女向家庭延伸，由一年期招聘延长到 3 年，由国内岗位向国外岗位拓展。"

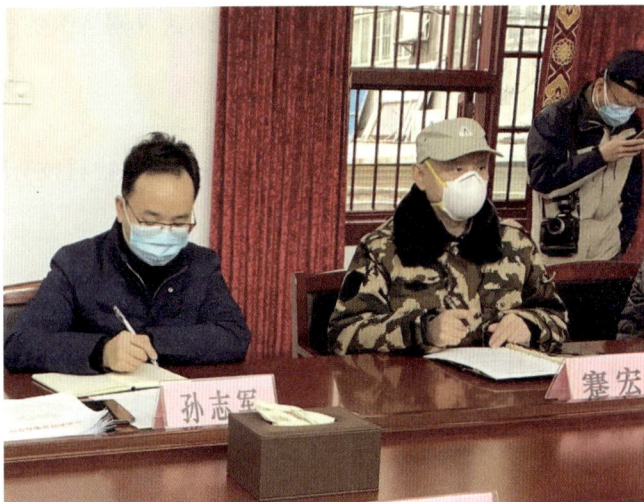

经过讨论，活动进行升级：招聘范围由一线医护人员子女延伸至家庭，招聘年限由1年延长至3年，就业范围由国内扩展至国外，招聘对象由应届拓展至社招。

截至2月28日下午5点，参与本次活动的企业83家，其中，世界500强3家，中国500强5家，共提供就业岗位17940个。

（二）泰康领先

截至2月28日，泰康保险集团"抗疫白衣战士"子女专项招聘计划招聘群已达307人，沟通答疑129人次，共收到简历133份，其中医护人员子女及家属简历58份，已发放录用通知书8人。

（三）武大商帮接力提供岗位

蓝月亮国际集团罗秋平校友：全国所有防疫一线医护子女通过面试后，同等条件下，优先录用。

京山轻机李健校友：与分、子公司共提供了84个工作岗位，地点涵盖武汉、京山、苏州、广东惠州地区，招聘人数合计336人。所有援鄂和湖北本地的医护人员子女、志愿者及子女同等条件下优先录取。

杭州铭师堂教育赵华锋校友：开放2000多个校招及社招岗位，优先录用医护一线人员的子女、家属。

奥山集团郐剑刚校友：提供"200+"工作岗位，优先面试，全国所有防疫一线医护子女通过面试后，同等条件下优先录用。

武大商帮、校友爱心捐赠

泰康保险集团、溢彩公益基金会向武汉同济医院、武汉大学人民医院、武汉大学中南医院各捐赠防护服4000件

由EMBA江明校友联系，湖南益好康生物科技有限公司捐赠的各类膏贴23箱送达武汉大学校医院

国微能源捐赠给武大人民医院400件、中南医院400件、武汉大学校医院200件，总计1000件红区防护服

东润公益基金会"抗击疫情突出贡献医护人员保障和子女教育专项基金"第九批资助名单公示

第九批共有 54 人次获得资助。其中，2 位因抗击疫情不幸殉职的一线医护人员，其家庭获得 30 万元的资助；29 位感染新冠肺炎的一线医护人员，获得了每人 2 万元的资助；23 位医护人员子女获得每人 1 万元的子女教育保障金。

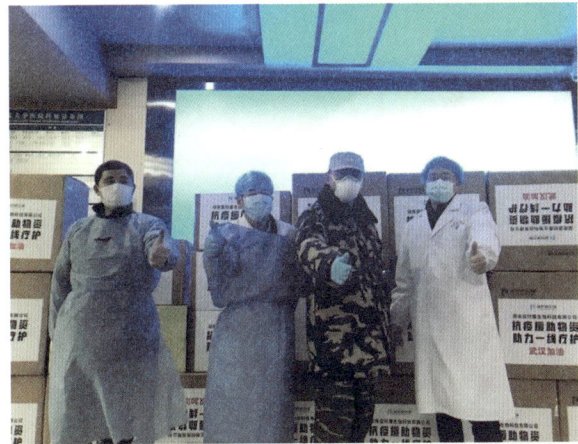

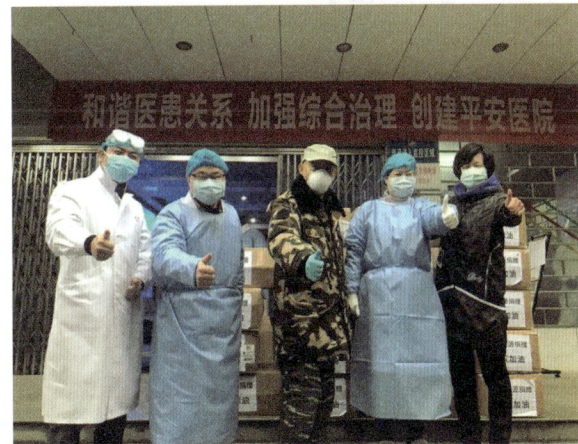

铭师堂，以互联网教育之名迎战

2020-02-29

像闪电快速出手

江城有难，母校受困。校友赵华锋毫不迟疑，像闪电快速出手，立即驰援荆楚大地和全国。

1月28日，赵华锋校友捐款130万元（其中100万元定向支援武大人民医院、中南医院；30万元捐赠给武大校友企业家联谊会应急小组，用于采购急需抗疫物资）。

1月30日，委托采购捐赠的莲花清瘟2000盒、抗病毒口服液450盒、奥司他韦1000盒、84消毒液30箱已到中南医院。

2月5日，赵华锋校友向新昌县人民医院捐赠医用口罩2万只。

2月8日，委托采购捐赠的84消毒液30箱、一次性医用检查手套8箱已到泰康同济（武汉）医院；84消毒液100箱、手套20箱已到中南医院、校医院、党政办等。

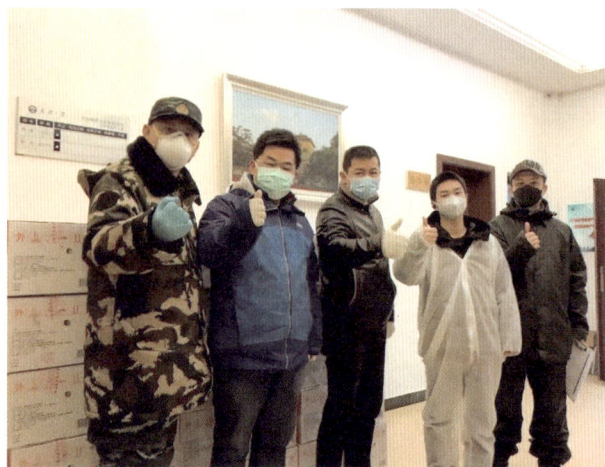

物资和款项代表不了我的心

赵华锋除了捐款捐物外，还把铭师堂教育收费项目捐出来，并增加免费项目。

1. 在疫情期间，旗下"升学 e 网通"向全国所有高中学校免费开放使用、旗下"开课啦"向全国人教版初中生免费开放相关课程。

2. 疫情之下人们的身心健

赵华锋：2001—2005 年就读于武汉大学经管院市场营销专业，获得管理学、法学双学士学位，2006 年创办铭师堂教育。武汉大学浙江校友会常务副会长、秘书长，杭州铭师堂教育科技发展有限公司创始人、董事长，武汉大学最年轻的 80 后校董。

杭州铭师堂教育科技发展有限公司是一家致力于为人的全面发展而服务的高科技在线教育企业。公司秉持"用互联网改变教育，让中国人都有好书读"的企业使命，致力于用"互联网＋教育"的科技手段让每个学生都能享有优质的教育，促进他们的更全面成长。旗下主要产品为"升学 e 网通"和"开课啦"，已获得教育部首批教育 APP 备案，并入驻"学习强国"、央视频等平台。目前，公司拥有各类人才 1500 多人，服务于全国 5000 多所学校，拥有 K12 领域最大付费用户量、中国最大的互联网中学生社区和国内最受欢迎的中学生心理类节目心晴 FM。疫情期间，公司已为 1000 多万中学生提供了免费公益学习（含学科学习和心理辅导）。

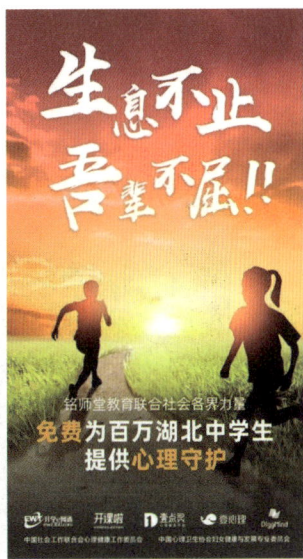

赵华锋

赵华锋校友被聘为校董

康问题不容忽视，尤其是首次面临大范围社会群体隔离和延迟开学挑战的青少年群体，因此铭师堂教育第一时间联合社会各界力量在疫情期间免费为百万湖北中学生提供心理守护，为广大师生的心理健康保驾护航。

3. 优先录用抗疫一线医护人员子女、家属。开放 2000 多个校招及社招岗位，优先录用医护一线人员的子女、家属。

校友赵华锋说，办法总比困难多，全力以赴调动一切资源，想尽一切办法，以必胜的信念、必胜的方法、必胜的行动，打赢这场必胜的战役。

铭师堂教育在疫情期间积极发挥互联网教育的平台优势和资源优势，并联合社会各界力量为中学生提供学习支持和心理辅导，让我们看到了互联网教育企业的社会责任与家国情怀。

"保障一线医护人员亲属就业" 2 月 29 日战报

截至 2 月 29 日下午 5 点，参与本次活动的企业 84 家，其中，世界 500 强 3 家，中国 500 强 8 家（含世界 500 强 3 家），共提供就业岗位 18145 个。

武大商帮、校友爱心捐赠

校友企业家联谊会捐赠校医院 5000 双医用手套，蹇丹校友捐赠 400 只医用口罩

2月29日，由武汉大学校友企业家联谊会和楚商联合会联系，辽商总会采购捐赠给武汉大学人民医院、中南医院、校医院的三辆华晨负压式救护车已运抵武大

余仲廉校友向泰康同济（武汉）医院军方医护人员捐赠1400份（每份西洋参、石斛、山楂粉各一盒）、泰康医护人员600份，共计2000份保健品已送抵医院

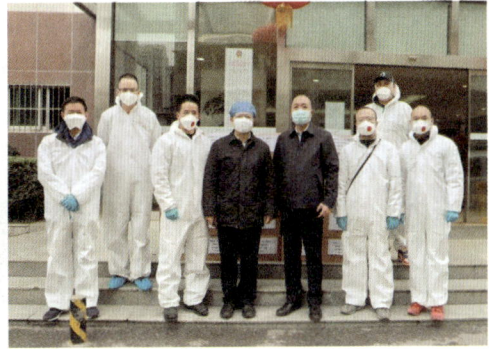

国微能源在行动

2020-03-01

永是珞珈一少年

2019 年 12 月 21 日，在武汉大学第六届校友珞珈论坛上，武大校友企业家联谊会发布"我为母校捐栋实验楼"倡议，号召校友企业家们为母校捐一栋科技实验大楼。张健校友完成了第一笔 3000 万元的捐赠。

2019 年 12 月 10 日，张健夫妇向东润基金会捐赠 30 万元，用于图书角项目。

在推进中国石化发展的奋进之路上，张健同样心系慈善，时刻不忘回报母校、回馈社会。新冠肺炎疫情发生以来，他屡次伸出援助之手，在一线防护用品最吃紧的艰难时期，历经千难从德国转伊朗送来防护服、口罩等紧缺物资，并在国内紧急采购 CT 机、呼吸机、温度计等物资，累计总价值 500 多万元，张健为武汉加油，为珞珈鼓劲，为抗疫续航，点燃了"永是珞珈一少年"的青春热情。

第六届校友珞珈论坛捐款现场

你要啥我捐啥

1月26日，张健向武大抗击新型肺炎基金会捐款100万元，定向捐赠给武汉大学人民医院和中南医院。

1月26日，张健向武大校友企业家联谊会应急小组捐款30万元，用于采购急需物资。

1月28日，张健委托采购的第二批药品到位，包括莲花清瘟2000盒、奥司他韦1000盒、莫西沙星1000盒、抗病毒口服液450盒、红外测温仪98支，均已抵达武汉校医院。

2月2日，张健校友再度捐赠13箱6500只、价值12万元的霍尼韦尔口罩，交给武汉大学党政办留给在校学生使用。

2月5日，向武汉大学人民医院捐赠1000件防护服（符合GB19082-2009，可进红区）、向武大校医院捐赠一台价值190万元的上海联影CT机。

张健：1995—1999年就读于武汉大学测绘学院印刷包装专业，武汉大学浙江校友会常务副会长、浙江国微能源有限公司董事长。

大学毕业后，张健和朋友远赴中东波斯湾寻找商机，从简单的小生意一路打拼，终于开辟了石油贸易之路。2017年2月，创办浙江国微能源有限公司并担任实际掌控人。

国微能源致力于石油、石油产品、天然气、石油化工及其他化工产品的销售、储运等，与SHELL、SABIC、Lukoil、伊朗国家石油、卡塔尔石化、马来西亚石油公司等都有稳定的业务合作。目前，在迪拜、伊朗、伊拉克、阿曼和伦敦设有经营机构。2019年，全年实现销售收入103亿元。

张健

2月9日，张健从德国紧急采购的5040件防护服运至人民医院、中南医院、泰康同济（武汉）医院和卓尔应急医院等医院。

2月18日，得知武汉大学中南医院、人民医院由于新增了2000余张重症病床却缺乏呼吸机，作为浙江校友会常务副会长的张健校友，不但第一时间捐赠10万元，还积极动员企业员工们捐款。

2月21日，仅仅3天时间，武大浙江校友会筹款购买的两批呼吸机就已到达武汉。第一批共25台，为可供中轻症患者使用的双水平无创呼吸机鱼跃YH830，第二批共3台，为可供危重症患者使用的高端无创呼吸机凯迪泰GA40。

2月23日，张健向武大校医院捐赠隔离服1000套，缓解了医院清洁、搬运等人员隔离服紧缺的问题。

2月24日，张健向东润公益基金会"抗击疫情突出贡献医护人员保障及子女教育专项基金"捐赠50万元。

2月25日，张健向浙江校友会追加捐赠15万元购买呼吸机。

2月25日，张健向武汉地区捐赠价值33万元的1000件医用防护服（符合GB19082-2009，可进红区），由校友企业家联谊会统筹分配。

2月27日，张健向东润公益基金会"抗击疫情突出贡献医护人员保障及子女教育专项基金"追加捐赠50万元。

石油不知防护服的难

随着疫情不断严峻，医护人员的防护设备奇缺。国微能源利用设在迪拜、伊朗、伊拉克、阿曼和伦敦等地的海外分支机构进行急需物资采购。在所有的物资中，医用防护服又最为紧缺。紧急时刻，他出资 20 万美元从英国、德国等国家采购了 10000 件高级医用防护服和 8000 只医用口罩。

张健开辟特殊绿色通道，紧急运送物资。货虽到手，但想把这些物资运回国内是更大的考验。虽然张健有长期海上运输的经验，但医用物资不同于石油，涉及部门众多。张健多方联系，这批物资从德国先运至伊朗，先后惊动了伊朗海关、外交部、卫生部等众多部门，历经千难万难和多次沟通协调，才将第一批 5040 件防护服由伊朗运至广州海关。张健以最快速度与红十字会取得联系并办完相关手续，最终这批防护服由宅急送专车在 2 月 9 日运至人民医院、中南医院、泰康同济（武汉）医院和卓尔应急医院等医院。

打破惯例，招聘应届毕业的医护人员子女

张健校友由于所处行业的特殊性，原则上不招聘应届生，而是需要有经验、历磨难的员工。陈东升理事长发布号召后，张健校友当晚决定：响应理事长号召，特事特办，打破不招应届生的惯例，初步招聘 22 人以上，涵盖各专业，工作地点在杭州、舟山、伦敦、迪拜、德黑兰。

张健说，只要防疫有需求、有困难，国微能源就将继续雪中送"油"，持续释放爱的能量和力量。

"保障一线医护人员子女就业"战报

截至 3 月 1 日下午 4 点，参与本次活动的企业 87 家，其中，世界 500 强 3 家，中国 500 强 8 家（含世界 500 强 3 家），共提供就业岗位 19274 个。

泰康保险集团、九州通医药集团、卓尔集团、联影集团、当代集团 5 家企业共收到 243 份医护人员子女及家属简历，共录用 25 人。

"致敬白衣天使·保障子女就业"简历、录用统计（截至 3 月 1 日）

用人单位	收到简历份数	医护人员子女家属简历份数	面试	录用
泰康保险集团	152	64	27	11
九州通医药集团	106	67	45	3
当代集团	164	35	19	0
卓尔集团	139	58	34	10
联影集团	44	19	19	1

武大商帮、校友爱心捐赠

陈佩斯夫妇和朱时茂夫妇向武大"珞珈白衣天使基金"捐赠 20 万元

本次疫情发生后，陈佩斯夫妇和朱时茂夫妇分别做过多次匿名捐助，支持武汉抗击疫情的工作。2 月 22 日，中央政法委公众号"长安剑"刊登了武汉校友及楚商在战疫行动中的报道，中央指导组副组长、中央政法委秘书长陈一新接见武汉校友代表黄立、阎志、曾文涛、塞宏、邓霞飞，并举行校友和楚商抗击疫情工作座谈会，充分肯定了武汉校友和楚商在这次抗击疫情中做出的贡献，并听取了大家的意见和建议。

陈佩斯夫妇和朱时茂夫妇看到了"长安剑"的报道后，立即和武大校友曾文涛取得联系，决定再次向武汉捐赠，向武大"珞珈白衣天使基金"联合捐赠 20 万元，表达和武汉人民共同抗击疫情的心愿。他们的捐赠行为近一步提振了武大校友们抗击疫情的信心和决心。

北航校友吴晓松向武汉大学医院捐赠 FFP2 口罩 540 只

校友企业家联谊会向珞珈山街道办捐赠防护服 100 件、口罩 1600 只、手套 1500 双

索芙特集团在行动

2020-03-02

紧急驰援江城武汉

索芙特集团是广东省防疫产品生产企业之一，集团创始人梁国坚校友在得知武汉医用物资严重匮乏的情况后，2月10日，亲自领导、组织、部署，克服推迟复工、包材原料物资紧张、生产人员急缺、物流交通防控封阻的重重困难，加班加点，将第一批约30万元卫优系列医用消毒抑菌物资迅速驰援湖北，为疫情最严重的武汉21家医院提供了及时的支援。

480万元物资再次驰援荆楚大地

学医出身的校友梁国坚知道，医院场所的公共卫生消毒、医生护士的个人卫生防护尤为重要，势必需要大量医院用消毒水和医生护士用消毒抑菌产品，第一次捐赠物资的数量远远不够。

2月20日，索芙特集团毅然决定再次向湖北捐助卫优品牌84消毒液、医用酒精消毒液和免洗抑菌洗手凝胶、便携式医用酒精喷雾等总价值约480万元的物资。

在复工条件以及生产能力逐步恢复的基础上，校友梁国坚动用了最广泛的行业资源、最专业的研发实力、最强大的生产能力，用4个昼夜完成第二批次的捐赠物资供应。物资紧急生产出来后，运输和分发的问题摆在了校友梁国坚面前。

湖北处于全面禁行状态，高速公路全部封闭，人员全部隔离，梁国坚校友想尽一切办法、动员一切关系解决困难。索芙特集团高层紧急与广州市从化区委、从化经济开发区管委会、湖北省卫健委、湖北省红十字会、武汉妇联、百仁基金、武汉转运义工、京东物流等众多政府部门和社会组织积极协调，高效沟通，紧密协作，组织有序，用实际

梁国坚：1979—1984年就读于武汉大学医学院。

索芙特是以美妆为主业的智慧产业集团，开展研发项目17项（含产学研项目），共转化科技成果32项，拥有20项发明专利、9项实用新型专利、35个特殊功能性化妆品生产许可证，是持有特证最多的日化企业，曾在业内被誉为"中国功能性化妆品第一品牌"，于2014年首次获得国家评审认可，并在2017年12月到期后再次获评"高新技术企业"。索芙特集团在医药医疗投资、金融证券、房地产、日化、医药及连锁等领域全面开花，业绩斐然。目前索芙特集团的投资及营销网络遍及全国238个城市和地区，产品及服务行销世界65个国家和地区，总资产逾百亿元，全资子公司十余家，已成为横跨诸多高技术领域并拥有众多知名品牌的跨国投资集团。

梁国坚

行动确保了以上物资在 2 月 26 日直达武汉、孝感、黄石、黄冈、咸宁、广水、利川 7 座城市的 70 家急缺消毒物资的医院。

送往利川市的 358 件捐赠物资已交接，通过利川市红十字会、义工团协助转运到利川 15 家医院（其中 2 家被征用为抗疫重点医院，1 家为利川小汤山医院），送往广水市的 877 件捐赠物资已交接，通过广水卫健局、义工团协助转运到广水 6 家医院（其中有 13 家乡镇医院由广水卫健局代分发）。

索芙特集团两次向湖北捐赠医用物资价值超过 500 万元，疫情不除、援鄂脚步不停歇。校友梁国坚说："这一次分发转运 70 家医院的物资，全部由各大妇联义工、共青团义工、个人团队义工免费无偿、任劳任怨地去完成，致敬为这次索芙特捐赠义举提供帮助的每一个人。"

"保障一线医护人员子女就业" 3 月 2 日战报

截至 3 月 2 日晚 7 点，泰康保险集团、九州通医药集团、当代集团、卓尔集团、联影集团、费森尤斯卡比、奥山集团、中开控股集团 8 家企业共收到 299 份医护人员子女及家属简历，共录用 37 人。

"致敬白衣天使·保障子女就业"简历、录用统计（截至3月2日）				
用人单位	收到简历份数	医护人员子女家属简历份数	面试	录用
泰康保险集团	163	82	37	16
九州通医药集团	121	71	50	6
当代集团	219	49	28	0
卓尔集团	161	69	40	12
联影集团	49	21	21	2
费森尤斯卡比	8	2	0	0
奥山集团	36	4	0	0
中开控股集团	83	1	9	1

武大商帮、校友爱心捐赠

国微能源有限公司张健校友向东润公益基金会捐赠 50 万元

兴安盟刘洋、马小纳夫妇向武汉大学校医院捐赠 FFP2 口罩 540 只

海特生物在行动

2020-03-04

积极捐赠，承担社会责任

疫情发生以后，海特生物立即行动起来。他们采购口罩等防护物资，开始进行有计划的捐赠。2020年1月22日海特生物向汉口火车站捐赠N95口罩及秋梨膏，1月28日向武汉市民政局捐赠医用口罩。在物资短缺的形势下，海特生物又先后向武汉大学医学院、蔡甸区红十字会、武汉经济技术开发区红十字会以及同济、协和、省人民、中南医院等医疗机构进行捐赠，累计捐赠N95口罩、医用口罩10余万只，秋梨膏4000余盒。

不仅如此，公司还紧急组织购买医用物资，于2月中旬向荆州市洪湖经济技术开发区、荆门高新区·掇刀区、泰康同济（武汉）医院、英山县人民医院捐赠医用口罩共计14万只，医用制氧机共计10台。

以人为本，关爱公司员工

海特生物工业园有大量员工，如果疫情扩散会造成不可估量的损失。校友陈亚和公司管理层立即进行疫情防控检查，组织学习抗击疫情知识，成立防控工作小组，建立疫情防控制度，落实疫情防护措施，保证园区工作人员的安全。

海特生物公司第一时间为1000多名员工统一参保新型冠状病毒肺炎险，将关爱员工落到实处。

感恩社会，争做志愿者

海特生物子公司的壹源堂健康科技（武汉）

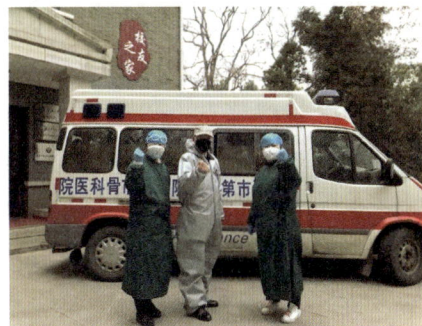

陈亚：武汉大学商学院研究生。

武汉海特生物制药股份有限公司是一家以打造中国最优的生物创新药企业为高新技术生物制药企业，主营业务为大分子生物药、小分子化学药、制剂以及原料药的生产及销售，提供CRO、CMO以及CDMO服务。目前，公司有生物制品和化学药品的生产文号24个。

武汉海特生物是湖北省高新技术企业。有经过国家人社部批准建立的博士后流动工作站，还有经过省科技部门批准设立的湖北省罕见病用药工程技术中心、湖北省高新技术创新型企业等，建立了五大基础技术工作平台、促进相关成果产业化和向市场高效转化的中试基地。

武汉海特生物秉承"敬畏生命，无畏创新"的企业宗旨，践行"正直、感恩、专业、进取"的企业价值观，力争将海特生物建成中国最优的创新药企业。

陈亚

有限公司涌现了这样一批志愿者：副总经理刘维雷不计报酬、挺身而出，积极为河南援汉医疗队组织生活物资；质量管理部部长陈思思不惧危险，义无反顾地加入运送物资的志愿者行列中；销售经理王畅一马当先，自告奋勇地担任小区防疫志愿者……

公益活动，涵盖教育、扶贫和抗疫

2019年海特生物在武汉大学设立了"海特生物奖学金"，每年对品学兼优的学生予以奖励。当年对武汉大学经济与管理学院、第一临床学院、第二临床学院和药学院等10名品学兼优的学生进行了"海特生物奖学金"颁奖，授予奖杯、奖章和每人5000元奖励。

2019年10月26日，公司党支部和建设银行武汉开发区支行党支部的37名党员前往公司扶贫基地——湖北省英山县雷家店镇老鹳冲村开展助力脱贫活动。本次助力脱贫活动中，全体党员在老鹳冲村村部会议室重温入党誓词，随即召开"扶贫路上你我面对面"座谈会，村支书介绍老鹳冲村整体脱贫情况及当前面临的主要问题；建设银行工作人员解读金融扶贫相关政策；在座谈会上与同村干部群众共商脱贫之策、共谋致富之路。

参加"保障一线医护人员亲属就业"活动，向抗疫白衣天使子女提供41个就业岗位（含3个博士后工作站），优先面试和录用抗疫医务工作者子女。

"保障一线医护人员亲属就业" 3月3日战报

截至3月3日下午5点，参与本次活动的企业89家，其中，世界500强3家，中国500强8家（含世界500强3家），共提供就业岗位19546个。

泰康保险集团、九州通医药集团、当代集团、卓尔集团、联影集团、费森尤斯卡比、奥山集团7家企业共收到366份医护人员子女及家属简历，共录用42人。

武大商帮、校友爱心捐赠

校友企业天风证券与华晨集团委托湖北省慈善总会、当代公益基金会携手将 2 辆华晨雷诺金杯负压救护车捐赠给武汉大学人民医院、武汉大学中南医院

校友企业家联谊会捐赠武汉大学后勤保障处防护服 100 件、护目镜 200 副、口罩 3200 只、手套 3000 双

校友企业家联谊会联系蒙牛集团捐赠给武汉大学 9000 箱常温纯牛奶

校友秦渊联系百世集团捐赠的 500 箱各类副食品、饮品已运抵武汉大学校医院

长飞光纤光缆股份有限公司捐赠 5000 只国外 N95 口罩给武汉大学校医院

校友袁勇刚捐赠 1000 箱羊奶给泰康同济（武汉）医院

博昊基金会在行动

2020-03-05

各种物资齐上阵

余仲廉校友先后多次发起和响应倡议，带头为湖北大学、华中师范大学、武汉大学捐款捐物，并一次性捐助给家乡抗疫物资共计 50 万元（博昊基金会向石首的捐赠物资：欧标防护服 100 件、医用防护服 1500 件、非外科医用口罩 35000 只、N99 口罩 100 只、N95 口罩 100 只、医用手套 4000 双、护目镜 30 副）。

2 月 18 日，两天两夜没合眼的他又收到家乡指挥部的委托函，来函称，鉴于石首的口罩等医用防护物资匮乏，委托其利用个人资源和渠道再为家乡排忧解难。收到告急函，余仲廉没有丝毫的犹豫，立马向国际友人发出求助，并个人出资 100 万余元，克服艰难险阻迅速购回 13 万只医用口罩等物资，委托石首市汉办运回石首。

300 万元滋补品护英雄

余仲廉长期超负荷经营企业和博昊基金

为石首捐赠

172

会等，呼吸道不是很好，即使这样，余仲廉校友也不下火线，始终战斗在一线。白天忙于联系、调集、购买紧缺物资，晚上和校友企业家联谊会秘书长蹇宏等人沟通疫情，和外界进行救助互动等。

救治患病病人的同时，校友余仲廉一直在思考如何增强免疫力，一天，他在朋友圈看到中国

捐赠滋补品

余仲廉：武汉大学经管院校友，武汉大学哲学博士，湖北博昊济学基金会理事长，武汉博昊投资集团董事长，华中珠宝博览交易中心董事长。

湖北博昊济学基金会作为湖北省成立最早的民间慈善组织之一，是由余仲廉及夫人张凡枝捐资，于2006年在湖北省民政厅注册成立的非公募基金会。基金会成立的初衷是弘扬中华民族重教助学的美德，通过资助高校品学兼优的贫困学生，关爱寒门学子，让他们渡过经济难关，顺利完成学业。同时，促使受助学生"因他助而生感激心，因感激心而助他求"，鼓励他们走上工作岗位后，在有能力的前提下对后续贫困学子进行接力资助，形成长久延续助学的慈善事业链。

"从今天的慈善看明天的希望，从明天的希望看中国的未来"，基金会成立以来，已先后在全国各地重点大学资助贫困学生逾千名，多数学子无论是在学业上还是在事业上，都发展为自己领域的优秀人才，成为中华民族复兴的精英、国家的栋梁。

余仲廉

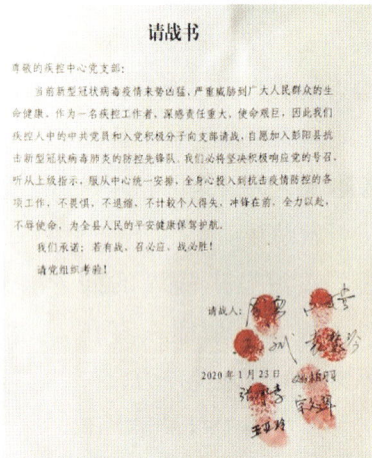

杨安忠做志愿者

受资助学子们的请战书

传统中医介绍，称人参、铁皮石斛、山楂等是最好的提高免疫力、增加抵抗能力的滋补药。余仲廉立即发动"博昊学子"们在网上四处寻找生产厂家，很快找到了湖北一正药业有限公司，便通过各种渠道找到了因春节和疫情还没有开工的一正药业董事长李进先生。

几次沟通中，一正药业李进董事长被余仲廉先生的情怀和善举深深感动。李进董事长连夜写报告，申请开工生产，紧急通知公司高管开会，立军令状，落实恢复生产。李进董事长主动承担了申请开工生产、解决工人缺乏两项最难的工作，在恩施市政府的大力支持下，从2月20日接到余仲廉校友的电话到工厂2月22日开工，李进董事长亲自率领工人们日夜加班，在短短一周如期出货。

2月28日，校友余仲廉订购的价值近300万元、7800盒2600份西洋参、铁皮石斛、极品山楂粉，从恩施运抵武汉，捐赠给武大人民医院、武大中南医院、武大校医院、泰康同济（武汉）医院等几家医院的医护人员，以增强体力和免疫力。

2000人、2亿元，博昊基金传递"爱"和"爱人"

校友余仲廉默默无闻地为家乡修桥修路、扶贫助学不计其数，为社会捐物捐款数不胜数，但他都如过眼烟云一般，从不宣传报道。湖北博昊基金会捐助特困、特优的大学学子，每人每年7500元助学金，帮助他们完成本科、硕士、博士的学业。截至目前，共捐助全国各地学子2000多人，捐助基金近2亿元。

疫情发生以后，校友余仲廉发扬大爱精神，号召博昊基金会参与志愿者活动，全力驰援各地抗击疫情。受博昊基金资助的学子们也积极行动起来回馈社会。

2002级同济医学院毕业的杨安忠所在的医院承担了恩施收治新冠肺炎病人的主要任务。因科室不同，他没有成为第一批前线治疗的医生，但他毅然向医院写下了请战书，随时听候前往一线的征召。他还在医院组织志愿者队伍，负责全医院的后勤和安检工作。

很多学子关心校友余仲廉的身体情况，在疫情升级后特地向他发来问候。学子的成长、关心和问候是他最开心的事，每逢如此，他都备感欣慰。博昊的事业做了十几年了，校友余仲廉认为这件事情做得很值。

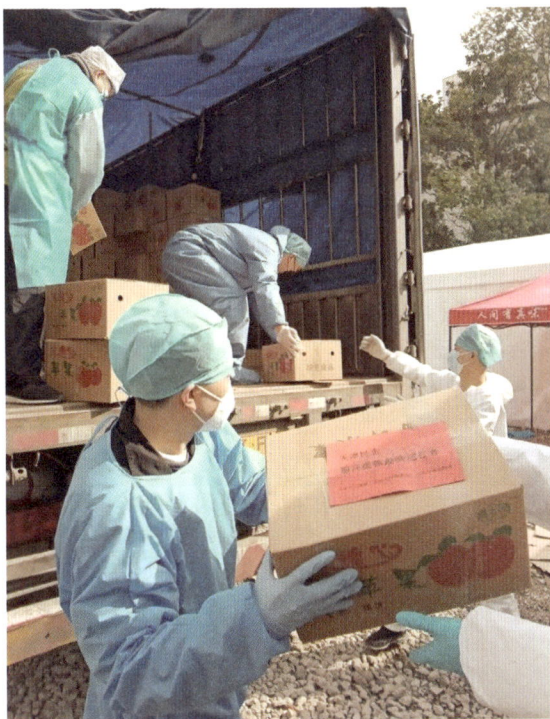

"武汉大学北京校友会公益基金"核准成立

3月4日，经武汉大学批准和授权，具有公募资质的"武汉大学北京校友会公益基金"在民政部备案批准成立。

1月23日，在武汉大学校友总会的号召下，武汉大学北京校友会面向北京校友发起了募捐筹款，为战斗在抗疫一线的医护人员采购急需的医疗防护物资。截至3月3日晚8点30分，收到捐款总金额超过3400万元，捐款人次超过13万。

为了"公开、透明、专业、高效"地运用该笔资金，在武汉大学校友总会的批准和支持下，在中华社会救助基金会的热诚邀约和指导下，北京校友会成立了"武汉大学北京校友会公益基金"，隶属于中华社会救助基金会，目前的工作是"战疫募捐"。

"保障一线医护人员亲属就业" 3 月 5 日战报

截至 3 月 5 日下午 5 点，参与本次活动的企业 100 家，其中，世界 500 强 3 家，中国 500 强 8 家（含世界 500 强 3 家），共提供就业岗位 19913 个。

泰康保险集团、九州通医药集团、当代集团、卓尔集团、联影集团、费森尤斯卡比、奥山集团、蓝月亮集团、小米集团、金山集团、中开控股集团、高德红外、利泰集团 13 家企业共收到 490 份医护人员子女及家属简历，共录用 56 人。

"致敬白衣天使·保障子女就业"简历、录用统计（截至 3 月 5 日）				
用人单位	收到简历份数	医护人员子女家属简历份数	面试	录用
泰康保险集团	264	108	57	18
九州通医药集团	193	100	91	13
当代集团	297	61	59	1
卓尔集团	214	91	54	17
联影集团	119	37	28	4
费森尤斯卡比	11	3	3	0
奥山集团	72	10	8	0
蓝月亮集团	108	16	10	0
小米集团	55	22	10	0
金山集团	47	16	8	0
中开控股集团	143	7	7	3
高德红外	97	14	11	0
利泰集团	16	5	1	0

武大商帮、校友爱心捐赠

天津湖北商会会长朱道六捐赠给武汉大学人民医院、武汉大学中南医院各 5 吨，共计 10 吨水果已运抵

校友企业家联谊会捐赠湖北省总工会防护服 200 件、医用手套 3000 双、医用口罩 3200 只、75% 酒精 10 箱、84 消毒液 5 箱

四川省湖北商会会长黄发军向武汉大学捐赠 1000 件隔离衣已运抵武大校医院

内蒙古兴安盟捐赠 400 公斤黄芪中药材已送到武汉大学人民医院

大道至简亲传弟子班 30 位同学和台湾陈亦纯先生共同捐赠给武汉大学 FFP2 口罩 2180 只

山河集团在行动

2020-03-06

山河大厦

作为湖北省民营企业的排头兵，有着50年历史的山河集团在建筑行业有口皆碑。"召之即来，来之能战，战之能胜"是山河人的标签，他们也因此被称为"建筑铁军"。危难时刻显本色，席卷全国的新冠肺炎疫情发生后，武汉大学校董，山河集团党委书记、董事长程理财第一时间挂帅，迅速成立了集团抗击疫情行动指挥部，号召全体山河人勇于担当，冲锋在前，哪里需要就去哪里。

"武汉加油！湖北加油！中国加油！"这不仅仅是一句口号，更是无数逆行者用行动筑起的防疫的钢铁长城。"非常时期，山河人一定要担起使命。"程理财的话掷地有声，他带领集团上下捐款捐物源源不断驰援一线，建设改造定点医院助力应收尽收，在战疫之路上贡献了积极力量。

硬核！日夜奋战助力 6 家定点医院

床位，床位，还是床位。在疫情防控吃紧的关键时期，为患者争取宝贵的时间，增加床位及时收治是重中之重。山河集团临危受命，在一个月内参与完成了 6 家定点医院的建设改造工程。"哪里有需要，哪里就有山河集团！"程理财对项目团队提出要求，

不管遇到多大的困难，都要想方设法克服，全力以赴坚决完成任务。1 月 27 日，武汉市第六医院改造；1 月 28 日，黄冈市中心医院大别山区域医疗中心改造；2 月 1 日，火神山医院建设；2 月 2 日，雷神山医院建设；2 月

助力火神山医院建设

程理财：武汉大学校董，山河集团党委书记、董事长，第十一届、十二届全国人大代表，湖北省工商联副主席，湖北省政协第十三届委员，湖北省楚商联合会常务副会长，全国五一劳动奖章获得者，湖北省"千企帮千村"十大标兵。

山河控股集团有限公司是一家以建筑产业、房地产业、投融资业务为主要业务板块的大型综合性企业集团，连续 6 年荣列中国企业 500 强，被中华全国总工会授予"全国五一劳动奖状"。集团拥有产业链上下游 30 余家子公司，业务范围遍及 20 多个省、自治区、直辖市及海外市场，具有从投资、开发、建设到运营管理的全产业链管控能力。

程理财

13 日，湖北省中山医院新建住院综合楼改造；2 月 26 日，黄冈市团风县中医医院新院区改造。

每一次出征都充满考验，每一分一秒都弥足珍贵，山河人用不胜不休的拼劲和时间赛跑，与病魔较量。

2 月 1 日，武汉第一座小汤山医院——火神山医院的建设到了冲刺阶段。按照住建部门要求，山河集团紧急调集 40 余名管理及水电施工人员前往增援。

2 月 2 日，集团又调集 40 余人，奔赴雷神山医院，负责医院病区 A、B、C 单元集装箱过道底板的铺装及隔墙墙板的安装。

2 月 5 日，集团再次派出一支近 70 人的水电安装"突击队"。昼夜不息的施工现场，洒满了山河人辛勤的汗水。

2 月 13 日晚，武汉市政府下达紧急任务，5 天之内将山河集团承建、即将竣工的湖北省中山医院新建住院大楼改造为定点收治医院，增加 700 张床位。

次日一早，集结号在风雨中吹响，董事长程理财亲

火神山医院施工现场

加班加点冲刺

雷神山医院施工现场

一丝不苟完成施工任务

研究施工方案

校董程理财亲自指挥中山医院紧急改造工程

风雪挡不住山河人的脚步

武汉市第六医院改造施工现场

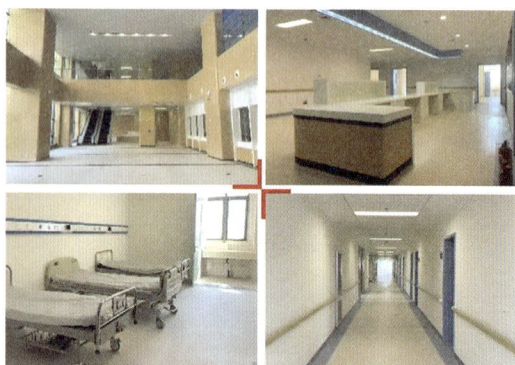

医院改造顺利完成

自前往现场坐镇，160余名项目管理及施工人员第一时间开始战斗。

山河集团一边联系电力、通信、天然气、水务等部门，确保通电、通网、通气、通水；一边快速调配物资，协调分包单位，全力推进工程进度。无论外面是大雪纷飞还是风冷雨骤，大家一刻也不敢停歇。

经过5天5夜的连续奋战，2月18日，改造工程顺利通过验收。业主方对质量非常满意，感动地说："你们真是召之即来、来之能战的铁军。"

一个月 6 家医院，在抗击疫情的最前线，山河集团交出了一份优异的答卷，彰显了企业的责任和担当。

暖心！捐赠 950 万元驰援战疫一线

疫情就是命令，现场就是战场。1 月 23 日，武汉宣布封城，武汉、湖北告急。山河集团连续几次追加捐赠资金，千方百计筹集防疫物资，用爱心建起抗击疫情的保障桥梁。1 月 26 日，山河集团通过湖北省慈善总会捐赠 100 万元爱心款，全力支持黄冈地区的疫情防控工作。

2 月 4 日，山河集团再次捐赠 400 万元，其中向武汉市慈善总会捐赠 200 万元，向湖北省慈善总会捐赠 200 万元，助力一线医护人员顽强应战。

山河集团各区域公司也纷纷参与到抗击疫情的战役之中，自发捐款捐物逾 340 万元。点点爱心如涓涓暖流，从祖国的四面八方涌来，形成一股强大的力量。

在医疗物资紧缺的阶段，山河集团立即成立了物资采购小组，青年志愿者们根据医院的实际需求四处奔波联系货源，区域公司也积极行动，先后将价值 110 万元的各类物资送到急需的医疗机构。

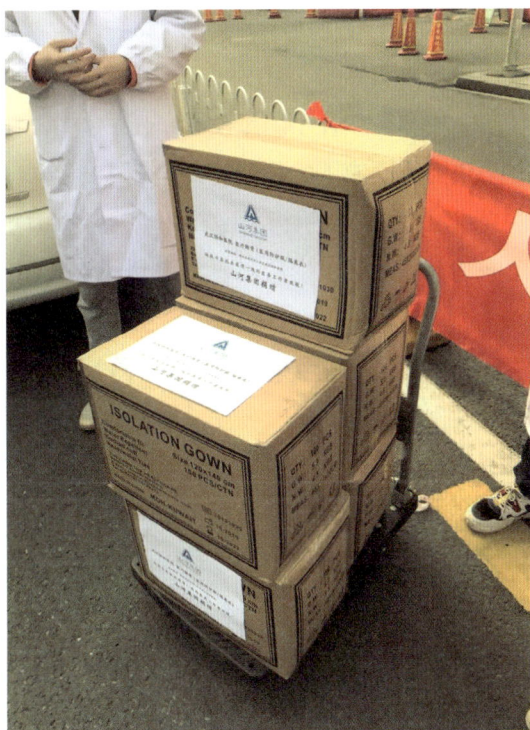

向协和捐赠防护服

山河集团向武汉协和医院及团风县人民医院捐赠 20 台医用移动空气消毒机，向黄冈市中心医院本部及大别山区域医疗中心捐赠 20 台空调柜机，向武汉及黄冈团风地区医院捐赠 7000 件医用防护隔离衣，向武汉、襄阳、团风等医疗单位捐赠 2.5 吨 84 消毒液、20000 只医用口罩、44000 双

捐赠团风县救护车

为领取物资的业主消毒

医用橡胶外科手套。山河集团云南公司还向团风县人民医院捐赠了 20 台制氧机、1 台负压救护车，填补了团风没有负压救护车的空白。

山河集团旗下的物业管理公司 128 名员工坚守一线，为 13 个在管项目近 4000 户业主提供服务，严格执行小区封闭管理，大力宣传疫情防范措施，加强消杀确保环境卫生，代购物资满足居民生活需要，得到了管理部门和居民的一致好评。

坚定！信心百倍战疫胜利再出发

当疫情汹涌而至，多座城市陆续按下暂停键，建筑行业也按下了慢放键。封城的消息刚一发出，山河集团立即制订疫情防控方案，向全体员工发出通知，提醒大家加强防范，要求工地场所加强疫情排查。办公室及时统计在汉及返乡人员信息，登记员工健康状况并每日通报，守护第一道防线。

2月6日，集团董事长程理财向全体山河人写下一封家书。信中写到，疫情对行业的影响是暂时的，也是有限的，要利用这段时间，做好各项工作重启的方案和准备工作，迎接工作和生活重回正轨。

连日来，国内的疫情防控取得了积极进展，湖北省外已经陆续开始复工复产。山河集团云南、西南、海南、江苏、深圳等区域公司按照当地住建部门的部署，一手抓牢疫情防控，一手做好复工准备，包括备足防疫物资、设置留观场所、全面进行消毒，组织管理人员和工人返岗等，为下一步工作夯实基础。

为保证疫情结束后各项工作有序开展，集团根据需求制订了招聘方案储备人才，开启线上云招聘，提供建造师、技术员、施工员、预算员、资料员、安全员等岗位，并将优先录用一线医护人员子女。

封城仍在继续，信心坚定不移。短暂的休整之后，山河集团将蓄势再次发力，为经济社会发展继续贡献山河力量。

感恩！大爱传承

山河集团永远在路上，承担起企业应有的历史使命。在祖国和社会需要的时候随时行动，是山河集团一直以来的坚守。为社会创造财富，为国家创造税收，为人民和公益慈善事业做贡献，是山河集团不懈的追求。

2014年4月15日，集团向团风县城关中学捐赠1000万元用于改扩建工程；2018年3月31日，向武汉大学捐赠1000万元支持"引凤筑巢"，引进高端人才；2019年8月20日，"湖北希望工程·山河助学公益基金"启动，向湖北希望工程捐赠1000万元，为优秀学子点亮梦想。

自2006年以来，集团连续14年接力开展"金秋助学"活动，累计捐赠助学资金超过4000万元，帮助6000余名寒门学子圆了大学梦。

在扶贫攻坚战场上，集团充分发挥劳动密集型企业的优势，大量吸纳贫困地区农民就业，全国400多个在建项目上，6万建设者中超过70%来自湖北黄冈。集团还对英山、团风、罗田、麻城等地的7个贫困村进行结对帮扶，通过资金帮扶、项目帮扶等途径，帮助农民脱贫致富。多年以来，山河集团始终不忘初心反哺社会，在各项公益事业中累计捐赠逾1.3亿元，被评为全国慈善会爱心

捐建团风县城关中学

与武大签署捐赠协议

2019年湖北希望工程·山河助学公益基金启动仪式

企业、全国就业与社会保障先进民营企业。

"保障一线医护人员亲属就业" 3月6日战报

截至3月6日下午5点，参与本次活动的企业共计100家，其中，世界500强3家，中国500强8家（含世界500强3家），共提供就业岗位19913个。

泰康保险集团、九州通医药集团、当代集团、卓尔集团、联影集团、费森尤斯卡比、奥山集团、蓝月亮集团、小米集团、金山集团、中开控股集团、高德红外、利泰集团、湖北格林森、亿纬锂能、海特生物、武汉第一口腔医院、湖北人文18家企业共收到567份医护人员子女及家属简历，共录用58人。

武大商帮、校友爱心捐赠

东呈国际集团向湖北捐赠警用电动车24台，价值160多万元；程新华、程移华兄弟二人还定向捐赠给崇阳县40万元

于刚、宋晓夫妇向武大捐赠杜邦防护服500件已送抵校医院

由校友企业家联谊会联系，武汉华夏精冲技术有限公司捐赠给武汉大学人民医院、中南医院各五台便携式冷链箱送达

"致敬白衣天使·保障子女就业"简历、录用统计（截至3月6日）

用人单位	收到简历份数	医护人员子女家属简历份数	面试	录用
泰康保险集团	357	138	67	18
九州通医药集团	196	105	96	13
当代集团	297	61	59	2
卓尔集团	234	96	56	17
联影集团	142	40	28	5
费森尤斯卡比	11	3	2	0
奥山集团	73	11	11	0
蓝月亮集团	108	16	4	0
小米集团	55	22	10	0
金山集团	47	16	8	0
中开控股集团	147	7	7	3
高德红外	97	14	11	0
利泰集团	16	5	2	0
湖北格林森	28	13	0	0
亿纬锂能	5	0	0	0
海特生物	18	4	2	0
武汉第一口腔医院	26	16	0	0
湖北人文	4	0	0	0

宇业集团在行动

2020-03-07

慈善排行榜的常客

周旭洲说："我们这一代人可能受传统教育更深刻，总觉得自己应该为国家有所担当，那时候都是想着把一生献给党，都是那种情怀。当自己真正下海的时候，想的就是怎么把国家建设好，怎么为国家和社会做贡献，真的是这种家国情怀比较重。"

周旭洲在创业的同时积极回馈社会。从1993年创业伊始，周旭洲与宇业集团累计为文化、赈灾、见义勇为、扶危济困等各项公益事业捐赠100余次。教育捐赠是周旭洲校友倾注精力最多的领域，近两年累计捐赠1亿多元（累计为武汉大学捐赠7000多万元，为安徽大学捐赠2000多万元，联合泰康人寿为湘潭大学捐赠3000万元，为湖南教育基金会捐赠1200万元等）。除大力支持教育事业，周旭洲与宇业集团还为湖南衡阳雪灾、岳阳泥石流、宁乡水灾、安徽芜湖水灾等捐赠数百万元。2018年、2019年宇业集团连续两年上榜福布斯中国慈善榜前百。

周旭洲当选武大第八届杰出校友

从国内买到国外，从捐物到捐款

周旭洲校友以中珈资本为载体，联合小米雷军、中诚信毛振华、景林资产蒋锦志、中珈资本CEO曾文涛、秘书长蹇宏实施了最大单笔的韩国大采购，除此之外，周旭洲校友单独或者联合湖南商会进行捐赠，一张张清单彰显出搏击疫情的拳拳之心。

1月27日，周旭洲紧急从瑞士采购10万只口罩、12万副医用手套、3360件防护服。

2月2日，加急在国外采购到1万只医用口罩和其他医疗物资。

2月3日，联合江苏省湖南商会发出"爱心捐助倡议"，筹得善款近50万元，并从国外采购7万只医用口罩（含N95口罩）、10万副医用手套、2000件医用防护服，于2月7日下午全部捐赠给湖南中南大学湘雅医院。

2月11日，宇业集团泗阳公司代表集团向泗阳县政府捐赠抗疫基金50万元。

2月17日，江苏省湖南商会

捐赠湘雅医院

周旭洲：1978—1982年就读于武汉大学图书馆学专业本科，1982—1985年就读于武汉大学图书馆学专业硕士。宇业集团、美瑞健康国际董事局主席，中珈资本董事长，武大兼职教授，武大校友企业家联谊会副理事长、长三角分会会长，安徽大学兼职教授、安大教育基金会副理事长，湖南（全球）异地商会联谊会名誉会长，江苏省湖南商会会长。

中国改革开放的巨轮滚滚向前，周旭洲毅然从湖南省委办公厅离职，前往香港发展事业，创办宇业集团，后又到皖江流域投资、创业。经过20多年的发展，宇业集团已成为地产、投资、医疗并存发展的大中型集团公司。

周旭洲

向湘雅医院和湘潭市人民医院捐赠2200件瑞士杜邦防护服等物资。

2月20日，发动和联合宇业战略合作伙伴深圳博林集团林友武、中珈资本CEO曾文涛校友，合计向"珞珈白衣天使爱医基金"捐赠500万元。

旭洲心，家乡情

2月20日，一辆满载校友周旭洲家乡情的2000件韩国产医用防护服、2万只N95医用口罩和2万双

向泗阳县政府捐赠

医用手套等的卡车运抵湖北省黄冈市大别山医疗中心，并将直接分拨黄冈地区湖南医疗队接管的10家医院。

2月18日，当听说湖南对口支援湖北黄冈抗疫医疗队的474名队员医用防护服告急时，校友周旭洲看在眼里急在心里，他将电话打给了在武汉的曾文涛校友，请他调度并落实集团从韩国订购的一批医用防护物资。2日20日上午，这批医用防护物资辗转几千里终于落地武汉，与此同时湖南援鄂医疗队黄冈前线指挥部后勤部部长吴国雄带着车辆到达武汉天河机场，吴国雄与校友曾文涛确认数量后，立即完成了交接手续。20日下午，当所有的物资抵达医院后，周旭洲这才松了一口气，也让湖南援黄冈医疗队总领队高纪平稍稍喘过气来。周旭洲校友表示："同江同舟同行，如果战疫战备有需要，宇业集团爱心捐赠还将继续。"

捐赠湖南医疗队

大师兄有大风范

校友周旭洲除了专注于企业的经营和慈善事业外，在武汉大学校友企业家联谊会理事长陈东升的感召下，积极推进校友企业家们之间的合作，共同为母校的教育事业发起捐助和建言献策。

周旭洲校友积极支持"武汉大学人才引进基金"工作，并担任理事长，已连续为该基金捐款5000万元。截至目前，周旭洲校友累计向母校捐赠超7000万元。

2017年，率先响应"资智回汉"号召，联合8位股东发起成立了中珈资本。

2020 年 2 月 26 日，对 2020 年通过高考录取到武汉大学的投身湖北省疫情防治一线的湖北和援鄂医务人员子女，每人给予 10000 元的关爱资助。

宇业集团向员工家庭涉疫或有大病患者发放专项补助金，并向抗疫一线所有关联社区物业人员捐发慰问金。

积极响应陈东升理事长号召，启动宇业集团"战疫情、稳就业"两年行动计划。今年春季，拟优先招聘参与抗疫、坚守一线的医务工作者子女 168 人。

疫情发生以来，校友周旭洲指挥宇业集团和美瑞健康国际、号召湖南商会等与疫情作战，始终坚定地和武大商帮一起抗击疫情，他带头捐款捐物，支持武大商帮的各种战疫活动，积极响应理事长陈东升的号召和建议。他身体力行地践行大师兄的模范带头作用，他是抗疫好劳模，他是我们的大师兄。

"保障一线医护人员亲属就业" 3 月 7 日战报

截至 3 月 7 日下午 5 点，参与本次活动的企业共 101 家，其中，世界 500 强 3 家，中国 500 强 8 家（含世界 500 强 3 家），共提供就业岗位 19964 个。

泰康保险集团、九州通医药集团、当代集团、卓尔集团、联影集团、费森尤斯卡比、奥山集团、蓝月亮集团、小米集团、金山集团、中开控股集团、高德红外、利泰集团、湖北格林森、亿纬锂能、海特生物、武汉第一口腔医院、湖北人文 18 家企业共收到 589 份医护人员子女及家属简历，共录用 60 人。

武大商帮、校友爱心捐赠

在"三八"妇女节来临之际，受陈东升理事长委托，窦宏秘书长代表校友企业家联谊会前往武汉大学中南医院慰问战斗在一线和省外救援队的校友们

九州通董事长、武汉大学校友企业家联谊会大健康产业联盟名誉会长刘宝林捐赠中药预防方汤剂共 250 件到武大校医院

由理事长陈东升的泰康溢彩公益基金会、张健校友的国微能源联合捐赠给伊朗人民的防护物资将于下周四飞抵德黑兰

金澳集团在行动

2020-03-08

700 余万元驰援家乡

作为湖北人，舒心心系湖北，经常关注荆楚大地，当得知湖北的疫情越发严重、防护物资极度缺乏时，舒心立即发动海外关系，联络海外人员，捐款捐物，开始了连续战疫之路。

1 月 26 日，舒心校友及时向德国、英国采购各类防护用品。

1 月 30 日，向监利县慈善总会捐款 100 万元。

金澳集团装置

189

2月5日，向潜江市、孝感市慈善总会和武汉大学"珞珈白衣天使基金"捐款300万元。

2月20日，向潜江市慈善总会追加捐款200万元。

2月24日，舒心校友在九州通医药集团股份有限公司采购到价值50万元的肺功能仪器1台和高流量无创呼吸湿化治疗仪8台捐至泰康同济（武汉）医院。

为疫情防控一线执勤人员购买食物，送上暖心关爱，向一线工作人员捐赠价值超过50万元的慰问物资。舒心校友情系荆楚大地和湖北人民，累计捐款捐物700余万元，用爱心彰显了企业家的社会责任与担当。

一封家书集团逆行

"受新型冠状病毒肺炎疫情影响，近期我省部分地区发生液化石油气供应紧张的情

舒心：武汉大学法学院经济法博士，湖北鄂州人，金澳控股集团董事局主席、金澳科技（湖北）化工有限公司董事长，全国政协十二届、十三届委员，湖北省侨联副主席，湖北省总商会副会长，香港侨界社团联会永远名誉会长等。

深圳金澳控股集团有限公司是集石油开采、提炼、批发零售、贸易、物流储运、新能源、矿产等业务于一体的综合型企业集团。集团总资产260多亿元，年炼油一次加工能力730万吨。

1997年，校友舒心抱着"以产业报国，为荣誉而战"的初心，整体收购经营难以为继的潜江市石化厂，改制成立金澳科技（湖北）化工有限公司。

1999年，在当地大力支持下，金澳科技先后投入数亿元进行技术改造和污染治理，顺利通过国家有关部门验收。这是国家清理整顿后，湖北省保留的唯一一家地方炼油企业。

23年来，他带领干部员工攻坚克难，开拓前进，企业生产能力增长110多倍、年销售收入增长200多倍，上缴税金年年递增，员工收入稳步增长，实现了"小炼油"向现代化大中型石化企业集团的巨变，为地方经济发展做出了突出贡献。

舒心

况，请你们高度重视，强化措施，确保疫情防控期间液化石油气供应保障工作……"收到湖北省能源局专程发给金澳科技的函件，校友舒心立即行动起来。这封来自家乡的"家书"让舒心校友开始了用生产战疫，可是现状让他五味杂陈：在全国人民待在家里就是为祖国做贡献的时期，如何动员1000多名员工不放假、提前上班？如何保证工作人员人身安全？

校友舒心知道，疫情就是命令，全国的医务人员逆行支援湖北，我们作为湖北的企业，成为省保障民生用气的重点企业是我们的荣幸。金澳科

舒心校友向泰康同济（武汉）医院捐赠

技党委召开紧急会议，动员全体干部员工提前上班。党员干部积极响应，甘当"逆行者"，不谈条件、不讲报酬，克服重重困难，纷纷从省内外赶回公司。

有的员工因为没有交通工具，步行十几小时，只为快点回到工作岗位。金澳科技是甲级防火、一级防爆企业，平时安全生产压力很大，疫情压力叠加，一方面要做好防疫工作，另一方面还要保障安全生产，每一个环节都不容许出现任何失误。此时，公司正面临着1000多人的生活物资供给压力和防护压力，同时还要缓解员工的心理压力。

舒心校友及时了解掌握公司员工及其家庭情况，紧急组织企业经营班子召开视频电话会议，要求企业坚持疫情不停产，既要全方位做好疫情防控工作，又要保障企业安全生产，同时还要千方百计地增加企业产量，急政府之所急。面对湖北地区疫情形势严峻复杂、道路运输不畅、原料价格上涨、人工成本增加等战疫之路艰难险阻的情况，金

做好防疫工作

金澳科技在户外组织召开疫情防控工作会议

澳科技 1000 多名干部员工积极响应政府号召，党员模范带头，员工坚守岗位，为确保民生物资的正常供应，坚持奋战在一线。

公司第一时间制定了《金澳科技新型冠状病毒疫情防控方案细则》，内容涵盖用餐、住宿、交往等工作和生活的方方面面，同时成立以轮值总裁为组长的疫情防控领导小组及工作专班，多措并举，确保企业疫情防控科学合理、不留盲区。

在疫情防控物资紧缺的情况下，舒心带领公司想方设法安排采购各类防护用品及应急防控物资，确保各岗位员工每天的口罩、消毒水、酒精等防控物资按需足量发放。

企业壮大，爱心更大

舒心校友在经营企业的同时，致力于公益慈善事业。近年来，他向社会公益慈善事业捐款捐物总额突破 1.6 亿元。回馈社会事无巨细，覆盖广泛，受到各界广泛赞誉。2017 年 11 月 5 日，"星光耀金澳 辉煌再启航"金澳科技改制 20 周年大型公益慈善晚会现场爱心涌动，金澳控股集团旗下 16 个分公司向湖北省慈善总会金

开展疫情防控

金澳科技消杀

捐款现场

校友舒心捐资修建湖北金虹希望小学

扶贫捐赠

澳爱心基金捐赠爱心善款 1000 万元。

一直以来，舒心校友都热心慈善公益事业，曾先后捐建了多所希望小学、电教室、敬老院和爱心图书室，发起成立"金澳爱心俱乐部""湖北省慈善总会金澳爱心基金""笑玮儿童血管瘤胎记治疗基金""谈淑兰助学爱心基金"，经常性开展精准扶贫、关爱孤儿、捐衣赠物、无偿献血等爱心公益活动。

在舒心校友的指导下，企业党委、工会坚持每周走访至少一户员工家庭，深入了解员工家庭实际情况，对有特殊困难的家庭进行登记，并跟踪帮扶、解决实际困难。员工结婚生子时，公司党委、工会会送去祝福；生病住院时，上门慰问；员工子女金榜题名时，上门送上祝福与礼金。舒心校友还多次出资支持当地文化、扶贫等活动，为地方文化教育事业发展贡献了金澳力量。

武大商帮有你更精彩

作为武大商帮上榜"中国企业 500 强"的校友，舒心一直积极参与武大商帮的活动，积极响应理事长陈东升的号召。

1. 联合发起成立"珞珈白衣天使基金"，并捐款 100 万元。

2. 积极响应陈东升理事长的号召，300 个岗位招聘一线医护人员子女。舒心校友说："为了感恩一线医务人员的无私奉献，帮助他们解决后顾之忧，金澳集团公司将提供300 个优质工作岗位，在同等条件下，优先录用抗疫医护人员子女，这是我作为一个企业家必须尽的责任。"疫情还没有结束，金澳集团将会和师兄弟、师姐妹一起继续战疫，只要有需要，金澳集团一定会义无反顾地支援抗疫。我们相信，疫情结束后，金澳集团在校友舒心的带领下，抗疫的成绩单一定会是满分。

"保障一线医护人员亲属就业" 3 月 8 日战报

截至 3 月 8 日下午 5 点，参与本次活动的企业共 101 家，其中，世界 500 强 3 家，中国 500 强 8 家（含世界 500 强 3 家），共提供就业岗位 19964 个。

"三八" 妇女节校友企业家联谊会送温暖

今日是"三八"妇女节，武汉大学校友企业家联谊会联合公牛集团、美瑞健康国际，向武汉大学人民医院、武汉大学中南医院和武汉大学校医院的一线女性医护工作者送去总价值 180 余万元的 6000 多盒面膜，以此感谢奋战在抗疫一线的女战士们。你们用勇敢与坚忍守护生命，希望这份礼物能为你们带来节日的温暖，节日快乐，你们辛苦了。

易方达基金在行动

2020-03-09

易方达基金携手共抗疫情

疫情期间，易方达持续关注前线需求，多批次通过捐款和捐物的形式为荆楚抗疫提供支持，公司及员工总计捐款 1035 万元。

1 月 26 日，看着疫情开始扩散，作为国内最大的基金管理公司负责人，同时也身为武大校友的易方达基金董事长詹余引、总裁刘晓艳便当即决定启动公司内部紧急决策程序，首批捐款 500 万元为武汉及周边城市提供医疗援助，其中以易方达基金的名义向武汉慈善总会捐赠 200 万元、以易方达教育基金的名义会向武汉大学教育基金会"抗击新型肺炎专项基金"捐赠 200 万元、向湖北省慈善总会捐赠 100 万元。

2 月后，防控形势仍然严峻复杂，防控物资仍然紧缺，鉴于此，易方达基金和员工一起再次捐赠 534 万元，成立了抗击新冠肺炎疫情专项基金。当时医疗物资紧缺、人手紧张，不是光有资金就能够解决的。公司便发动全员，自己寻找货源、自己采购、自己安排运输，争分夺秒、集中火力，最快速地向武汉直接输送医护人员最需要的防护物资。公司成立了以董事长詹余引、总裁刘晓艳为总指挥的专项工作小组，紧急抽调了公司各方面的精锐力量，设立了 7 个小组，20 多位同事全力投入专项工作。同时，湖北籍员工主动联络身在前线的亲朋好友，这批"外援"也成为捐赠小组了解一线情况的信息通道。

全球采购防护服　送达前线医院

在医疗防护物资极度紧缺的情况下，要找到可以迅速配货的货源绝不是一件容易的事，且市面上流通的货源大多是通过渠道从境外调集的存货，应用标准从欧标到美标形形色色，增加了鉴别的难度。在此情况下，公司专门成立了防护服鉴别小组，不仅调集了从母公司研究部到子公司在内的 5 名医药板块投资研究人员，对口发挥其专业背景优势，而且联系了疾控中心、前线各医院采购负责人，并求助了从事医疗物资采购工作的员工亲属，全力完成防护服鉴别工作。在整个过程中，身为武大校友的詹余引董事长和刘晓艳总裁得到了武大校友们的鼎力支持，例如，在确认货源合法性的过程中，曾担任易方达基金独立董事的武大校友朱征夫律师提供了极大帮助。

确认每一批物资合格后，接下来是极为紧张的采购工作。由于医用防护物资完全是卖方市场，采购可以用争分夺秒来形容，可能上午刚谈好的 5000 件防护服，转眼间到下午就只剩 4000 件。在采购工作最紧张的几天，易方达法务、财务、内审等各环节员工均保持随时在岗应答，从采购谈判、合同签订到财务拨款的每一个环节都做到了极限速度，保证了全流程"不在易方达人手上耽搁一分钟"。

货物出舱后，还需要现场验货。专项工作小组找到的三批防护服分别由广州、上海、成都发货，全部由公司当地的员工现场验货、分贴箱标，再寄送物流。这个环节中不仅要求验货人员检查清关文件、产

易方达基金员工认真封装、检查防护物资

易方达基金是国内领先的综合型资产管理公司，通过市场化、专业化的运作，为境内外投资者提供专业的资产管理解决方案，努力实现投资者资产持续稳定的保值增值。截至 2020 年 3 月 31 日，公司总资产管理规模近 1.6 万亿元，其中非货币非短期理财公募基金管理规模排名行业第一。凭借规范的运营与持续稳定的业绩，易方达赢得社会各界的广泛认可，在市场上牢固树立起了"专业、规范、稳健、绩优"的品牌形象。

品说明书等资料，还要求做实物比对，甚至通过视频直接连线湖北前线的医生鉴定是否符合需求。鉴定的过程也得到了众多武大校友的倾力支持，其中第一批货物由广州发货，验货当天时值大雨，一位有防护服鉴定经验的校友全程陪同验货，确保了货物的有效性。

短短一周内，易方达从广州、上海找到成都，从美国、墨西哥找到危地马拉，甚至一路找到土耳其，最终找到6000余件防护服。

一边是物资采购，一边是积极对接前线医院需求，这一过程中武大校友始终在积极提供线索。刘晓艳总裁通过校友会找到了多家武汉医院联系方式，很快建立起一个易方达对接医院需求微信群。每确认一批可得物资后，易方达的工作人员就会立刻将信息发布到群中，统计各医院需求、进行分配并收集物流地址，全过程不超过1小时。

信息传播得越来越广，易方达的视线也越来越宽远。校友嘉海霞提供了一项紧急援助信息，她告知新洲医院急缺医用级别防护服。这个信息促使易方达基金开始关注武汉重点医院之外曝光度较低的中小医院和湖北其他地县级医院的需求。这些医院受到的支持较少，且当地物流不便，在每天防护服用量多达数百至数千的情况下得不到足够增援，境况十分艰难。于是，在第二批4000件防护服到货后，易方达向新洲医院及罗田县、松滋市、武穴市、黄梅县等各地医院分别捐赠了一批防护服。

物流运输也面临疫情期间武汉封城、出入人员需要隔离的难题。2月17日，易方达在广州采购到第一批防护服后就面临送不出去的难题。此时，武大校友再次伸出了援手，宅急送董事长王洪涛亲自协调，不仅派遣司机专车护送物资去往前线，而且主动免去运输费用。

为前线医护人员提供生活物资

除了医疗物资，易方达也在积极关注前线医护人员的生活物资需求。有的医院需要消毒用品，易方达立刻买齐送出。在广东援鄂医疗队出发前，易方达得知武汉当地气温较低，紧急搜寻了广州各大商场的库存，为赴武汉的医疗队员配送了质量上乘的多功能羽绒被和保温水杯，解决医疗队员的后顾之忧。由于并非严格的医疗物资，这些生活物资均

宅急送车辆满载着易方达捐赠的防护物资准备出发

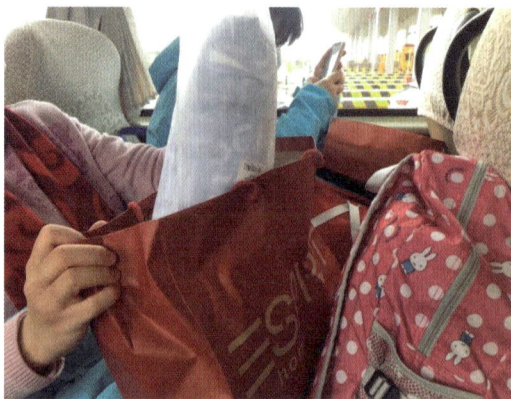

易方达为前线医护人员准备的多功能羽绒被

生活物资通过顺丰小哥送到医护人员手中

由易方达基金另外出资，并未使用员工捐赠的专项基金。

在捐助过程中，易方达遵循的原则是"只要医护人员需要，我们就做"。2月15日，新民周刊报道了武汉顺丰快递小哥汪勇牵头建立医护服务群、为医务人员解决生活难题的事迹，看到报道后易方达基金迅速联系到汪勇本人，得知许多援鄂医护人员住在酒店中，但存在生活用品严重匮乏的问题。

对照汪勇提供的所需物资清单，易方达的工作人员次日即将消毒洗衣液、除菌香皂等一批生活物资买齐，并迅速组织人员完成装箱分配。这批物资重达10吨、共计330余箱，每一箱都是由易方达的员工手动检查封箱的。因为体量过于庞大，这批物资再次遇上运输难题，最终仍是由宅急送安排专车才得以运送。经过一天一夜的奔驰，物资顺利抵达武汉，并由汪勇转交到住在各个酒店的医护人员手中。随后，易方达仍然和汪勇保持着密切的联系，持续响应医护人员对其他物资的需求。

号召员工以实际行动支持武汉

易方达基金在公司内部号召、组织全体员工积极行动，为支持武汉、战胜疫情尽自己的一份心力。公司党总支携员工联谊会在集团内部发出了专项募捐倡议书，党员、领导带头，员工们积极响应，最终公司与员工携手再次捐赠534万元，成立了专项援助基金。

在公司的感召下，易方达基金众多员工加入了援助武汉的行动中，其中广东省总经理助理艾灵志在疫情发生后牵头成立了广州抗疫捐助志愿队，召集了海内外近200名志愿者，成为抗疫行动的"先行者"，其抗疫捐赠行动得到了社会各界的广泛好评，收到了湖北省委统战部、宜昌市卫健委、襄阳市卫健委、孝感市防控指挥部和一线医院等发来的感谢信，并被湖北团省委评选为2020年"湖北省向上向善好青年"。

守望春山：疫后建设的易方达力量

随着冬日远去，春意逐渐漾满了珞珈山。历史再一次证明，相信未来、携手相助，终将迎来春暖花开。"疫后建设也需要社会各方力量参与，我们会持续关注、尽己所能。"刘晓艳总裁说，作为一名中国人和曾经的武汉大学的学子，面对疫情她无法平静，只能真心实意为荆楚人民做点事情，为迎接春暖花开的到来贡献自己的力量。

易方达专项基金的剩余资金，疫后将继续用于对医院、参与抗击新冠肺炎疫情的医务人员、新冠肺炎患者康复等方面的援助。

我们守望的，是共同的家园；我们期待的，是未来的一个又一个春天。

"同心相助 抗击疫情"专项募捐倡议书

易方达基金向全体员工发出的捐款倡议

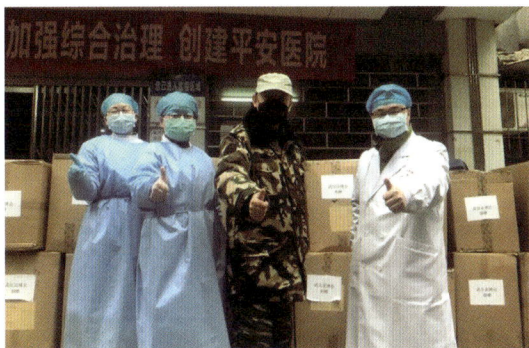

"致敬白衣天使·保障子女就业"简历、录用统计（截至3月8日）

用人单位	收到简历份数	医护人员子女家属简历份数	面试	录用
泰康保险集团	357	138	67	18
九州通医药集团	215	105	96	13
当代集团	297	61	59	2
卓尔集团	256	112	59	17
联影集团	143	40	28	5
费森尤斯卡比	11	3	2	0
奥山集团	73	11	11	0
蓝月亮集团	108	16	4	0
小米集团	87	32	16	2
金山集团	87	23	8	0
中开控股集团	147	7	7	3
高德红外	97	14	11	0
利泰集团	16	5	2	0
湖北格林森	28	13	0	0
亿纬锂能	5	0	0	0
海特生物	18	4	2	0
武汉第一口腔医院	26	16	0	0
湖北人文	4	0	0	0

"保障一线医护人员亲属就业"3月9日战报

截至3月9日下午5点，参与本次活动的企业共113家，其中，世界500强3家，中国500强8家（含世界500强3家），共提供就业岗位20425个。

泰康保险集团、九州通医药集团、当代集团、卓尔集团、联影集团、费森尤斯卡比、奥山集团、蓝月亮集团、小米集团、金山集团、中开控股集团、高德红外、利泰集团、湖北格林森、亿纬锂能、海特生物、武汉第一口腔医院、湖北人文18家企业共收到600份医护人员子女及家属简历，共录用60人。

武大商帮、校友爱心捐赠

武汉花博汇徐涛校友向武汉大学校医院捐赠1000件防护服

天风证券在行动

2020-03-10

武汉大学百廿风雨，精神土壤中厚植着家国大义。在此次疫情之下，以校友余磊为董事长、由众多武大校友担任高管和骨干的天风证券传承及展现出匡时济世的家国情怀，团结一心，奋力支持，只为坚决打赢疫情防控的人民战争。

家国情怀，企业担当

自疫情发生以来，天风证券心系疫情，迅速反应，成立了由校友余磊董事长任组长的抗疫工作领导小组。疫情之下，余磊向全体员工发出"一封家书"，提出"苟利国家生死以，岂因祸福避趋之"，号召大家在非常时期以高度的责任意识、担当意识、专业态度和敬业精神，

天风证券大楼（在建）

坚定信心，积极应对。

在防疫形势最严峻的当口，天风证券与当代科技、人福医药、恒泰证券等股东单位、伙伴企业纷纷慷慨解囊，捐款超过 3500 万元；在百余个跳动的微信工作群里，天风志愿者天南海北搜寻紧缺医疗物资，联系物流通关过隘；在封城后短短 5 天时间内，天风志愿者购置 700 多万元物资送至湖北地市州医院；在凌晨 0 点的天风总部大厦门口，借着路灯，天风志愿者接收、清点、分装物资，把一批批药品、护目镜、防护服、口罩送到防疫最需要的地方。

自除夕起，天风证券研究所的分析师和研究员们便依托金融生态圈，咨询伙伴企业，"扫荡"各医疗公司工厂里的防疫物品存货。但采购量仍远远无法满足一线医务人员的需求，于是，天风证券采取"曲线救国"的方式，从德国采购了一批价值 360 万元人民币，包含 7 万只 FFP2 口罩、1 万件防护服和 6000 副护目镜的高标准防疫物资。日前，天风证券已与伙伴企业共采购 26 万余只口罩、2.28 万副护目镜、21.69 万顶圆帽、13.44 万双鞋套、58.6 万双手套、6.09 万件防护服、500 桶次氯酸钠浓缩液、1358 瓶免洗洗手液、3000 桶过氧乙酸消毒液、1600 桶 84 消毒液、1.2 万只防护面罩并陆续送往武汉市定点医院、隔离点，武汉周边新冠肺炎防控指挥部、"三区三州"深度贫困地区贫困县及国家级贫困县等 76 家一线防疫单位。

余磊：武汉大学法学院 1996 级经济法学士，2001 级刑法硕士，博士学位。现任天风证券股份有限公司董事长，兼任华泰保险集团股份有限公司董事、武汉当代科技董事、中证报价南方股份有限公司董事、恒泰证券股份有限公司非执行董事等。

天风证券成立于 2000 年，总部设于湖北省武汉市，是一家拥有全牌照的全国性综合类上市证券公司。公司坚持以证券业务为核心，以客户需求为出发点，统筹推进各个业务板块协同发展，积极推动业务链条的横向拓展和纵向延伸，不断完善多元金融业务布局。公司已在全国重点区域和城市设有 15 家分公司及超百家证券营业部；拥有多家全资及控股一级子公司，包括一家境外子公司，员工超过 3000 人，为客户提供立足国际视野、辐射全国的综合金融服务。

余磊

天风证券与"三区三州"深度贫困地区及国家级贫困县的渊源颇深，在余磊校友的带领下，天风证券持续参与精准扶贫、助力脱贫攻坚已有5年。目前，天风证券已与8个国家级贫困县开展"一司一县"结对帮扶，在8个"三区三州"深度贫

夜色降临，天风志愿者搬运到汉的防疫物资

困地区贫困县推进专项帮扶计划，在40余个国家级贫困县实施产业扶贫、智慧扶贫、消费扶贫、公益扶贫帮扶项目。截至2019年年底，通过发挥证券公司优势，创新金融产品已累计帮助贫困地区融资75.5亿元，帮助30余种消费扶贫产品上架第三方消费扶贫平台，累计认购消费扶贫产品489.32万元，推荐销售总额超3000万元。

反哺母校，同袍情谊

众志成城，助力抗疫一线医疗机构是天风证券作为企业的社会责任担当，而向武大附属医院的捐赠是天风证券校友作为武大人的拳拳心意。

1月23日，武汉封城当日，天风证券便通过各种渠道联系合作伙伴筹措物资。在得知武汉大学附属医院消杀物资不足后，大年初二就捐献了合计40.08万元的格利特消毒液给武汉大学人民医院和武汉大学校医院。天风证券的志愿者表示："每隔1~2天，我们就会送一趟给这些医院，跟负责物资对接的老师已经成了朋友。"

截至目前，天风证券共向武汉大学人民医院、武汉大学中南医院、校医院等派送一次性医用手套19.95万双、一次性圆帽5.2万顶、鞋套2.8万双、DELTA防护服1700件、一次性口罩4800只、FFP2口罩6000只、二级防护服1500件、过氧乙酸消毒液2.74吨等，价值共计80.49万元。

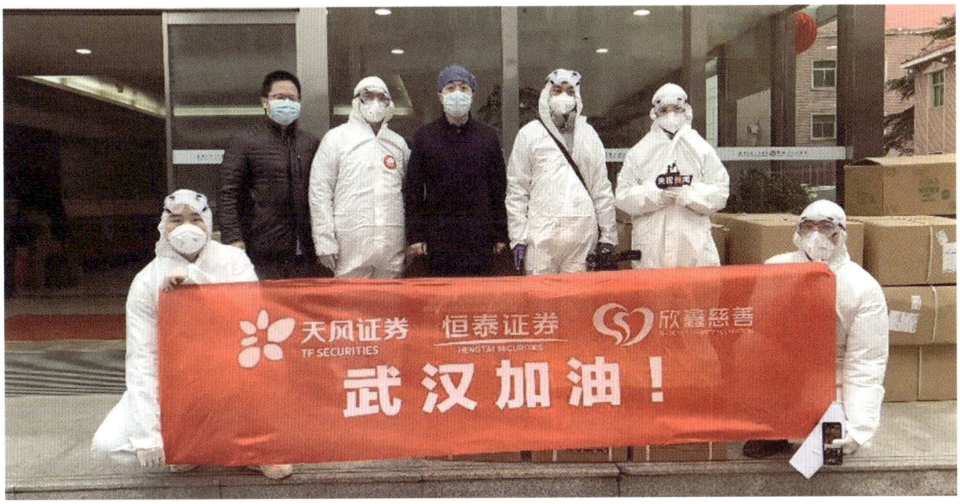

央视新闻报道天风志愿者向武汉大学人民医院运送防疫物资

志愿行动，需求为先

为了保障员工志愿者的安全和权益，天风证券加入了当代集团和当代基金会成立的当代志愿者团队，给志愿者们购买了保险，保障周全的疫情防护，并提供适当的志愿补助。随着全国的复工复产，各地医疗队的八方支援，各医院的物资供应慢慢恢复。天风证券把志愿工作下沉到社区服务，除继续向隔离点、社区发放防疫物资外，还关爱社区老人，为困难家庭送去米、油等生活物资。

天风证券、当代公益基金会为一线医疗队捐助爱心便当

为感谢外地来汉的医疗工作者，天风证券陆续与江西、陕西、安徽、福建、内蒙古、宁夏等多地援鄂医疗队取得联系，将生活物资、工作物资和防护物资送到医护人员手中，为他们消除生活、工作和防护方面的后顾之忧，让他们可以全力在抗疫一线救治患者。同时，当代集团等11家伙伴企业计划招聘209个就业

岗位共 805 人，所有岗位均全部优先面试、优先录取援鄂医疗队及一线医护人员家属，向英雄的白衣天使致敬。

为帮助滞留武汉的困难群众，天风证券向武汉市救助站及武昌区、硚口区、新洲区等地救助中心捐助生活物资以改善生活。协助站外的流浪人员对接救助站、联系医院或者给予补助。

为了保障一线工作者餐饮，天风证券与当代公益基金一同联系爱心餐馆为火神山与雷神山建筑工人及武汉市第三医院、协和医院、汉阳医院等单位医护人员、安保工作者提供爱心便当。

为进一步帮助隔离点的确诊患者、方舱医院中的轻症转重症患者及时转移救治、提高治愈率，天风证券与华晨集团向武汉大学人民医院、武汉大学中南医院、湖北省妇幼保健院等单位捐助负压救护车。

天风志愿者按照校友余磊董事长的指示"指哪儿打哪儿"，做到"哪里需要帮忙我们和伙伴们就冲到哪里，召必应，战必胜"。

余磊校友始终坚持金融价值报效祖国，除捐资赠物提供志愿服务以外，天风证券以保障公司员工生命健康安全为前提，科学有序地做好恢复生产工作。公司在疫情期间已帮助当代明诚、武汉港航发展集团、鄂旅投等湖北企业发行近 90 亿元公司债，并将在监管部门的指导下进一步落实新证券法要求，通过综合金融服务等方式与湖北当地企业、投资者共渡难关。

天风证券就是这样一家充满家国情怀和社会责任感的校友企业。感谢天风证券的武大校友，武汉大学为这群不改初心、重道义肯担当的校友自豪。

"保障一线医护人员亲属就业"3月10日战报

截至 3 月 10 日下午 5 点，参与本次活动的企业供 113 家，其中，世界 500 强 3 家，中国 500 强 8 家（含世界 500 强 3 家），共提供就业岗位 20425 个。

泰康保险集团、九州通医药集团、当代集团、卓尔集团、联影集团、费森尤斯卡比、奥山集团、蓝月亮集

"致敬白衣天使·保障子女就业"简历、录用统计（截至3月10日）

用人单位	收到简历份数	医护人员子女家属简历份数	面试	录用
泰康保险集团	711	145	75	19
九州通医药集团	237	106	97	14
当代集团	309	62	59	2
卓尔集团	287	118	64	17
联影集团	248	52	28	5
费森尤斯卡比	15	4	4	0
奥山集团	135	16	16	0
蓝月亮集团	172	19	4	0
小米集团	119	40	28	3
金山集团	125	32	9	0
中开控股集团	226	9	9	4
高德红外	136	17	14	0
利泰集团	23	6	0	0
湖北格林森	38	14	0	0
亿纬锂能	5	0	0	0
海特生物	30	5	3	0
武汉第一口腔医院	30	17	0	0
湖北人文	8	4	0	0
公牛集团	55	8	1	0

团、小米集团、金山集团、中开控股集团、高德红外、利泰集团、湖北格林森、亿纬锂能、海特生物、武汉第一口腔医院、湖北人文、公牛集团19家企业共收到674份医护人员子女及家属简历，共录用64人。

武大商帮、校友爱心捐赠

由邓江校友联系，嘉兴市饶峰贸易有限公司捐赠给武汉大学的灭菌手术衣400件、隔离服100件已送抵校医院

人福医药保供应、担使命

2020-03-11

  人福医药集团股份公司是湖北省疫情防控指挥部指定的防控物资主力储备配送企业，在公司董事王学海校友及领导班子的带领下，人福医药集团第一时间成立疫情防控工作领导小组，带领员工日夜奋战，在药品生产供应、防控物资配送、社会责任担当等各方面冲锋在前，用忠诚和担当打通了"防控物资保供生命线"。

  春节至今，人福医药集团旗下医药工业企业重点产品生产不停息，坚决保障药品供应；旗下医药商业企业全力保储备、保配送，有力地支持了湖北省、武汉市的防控物资保障工作。截至3月9日，人福医药集团及旗下公司累计捐款捐物（含现金、药品、医疗设备、医用防护物资、慰问物资等）总价值4000多万元。

人福医药集团股份公司

人福医药深夜在机场接收空运物资

人福医药物流中心储备配送防控物资

疫情为令　吹响保供集结号

公司于 1 月 21 日受命加入省防控指挥部物资保障组后，立即成立防控领导小组及应急指挥小组，并成立抗疫临时党支部，组建"党员先锋队"紧急奔赴一线。在党员先锋队的率先带领下，组织 30 多家集团成员企业 300 多人，组成采购运营小分队、仓储搬运小分队、一线配送小分队、一线工程师装机小分队、志愿者小分队等 5 个小分队和 70 多台配送车辆奋战抗疫保供一线，后全集团保供队伍增加到近千人。

"医疗物资供应紧张，但原则问题绝不放松，一定要确保质量！"公司迅速成立保供工作前方指挥部，第一时间工作组集结到位，经过连续的日夜奋战，紧急采购防控医用物资，配合省防控指挥部与国家工信部、发改委等协调各省物资的接收、分配和送达，按省防控指挥部的要求做好海内外捐赠物资的接收、抽检、分配、送达等工作，严把采购质量关，对于欧标、海外的产品，及时协调药监部门抽检，保证送达到医疗机构使用的产品符合国家药监部门的标准。

人福医药集团股份公司成立于 1993 年，是湖北省医药工业龙头企业、中国医药工业 20 强企业、全国科技创新示范企业、中国医药制剂国际化先导企业、国家认定企业技术中心、国家重大新药创制专项承担单位。公司以研发为先导，致力于打造国内一流的新药研发产业化平台。坚持"做医药细分市场领导者"战略，立足于核心产品线，在国内的麻醉药、生育调节药、维吾尔药等多个细分领域建立了领导地位；同时，发展医药商业，稳步推进国际化进程，实现了在美国、非洲等全球范围内的研发、市场及产业布局。

在医疗物资捉襟见肘的紧急时刻，抗疫一线的全体员工克服重重困难，通宵达旦地研究和确立解决方案，积极协调和整合国内及海外的优势资源，通过卓有成效的工作保质保量地完成了防控指挥部下达的任务。2月1日，人福医药集团联合GE公司，通过项目工作组3天不眠不休的努力，确保了远安县人民医院新院区CT检查室以最快的速度投入疫情防控；2月19日，又是3天时间，完成一批方舱医院的方舱CT紧急采购工作。

全力保配送　打通物流生命线

武汉封城被按下了暂停键，而湖北人福物流中心却被按下了快进键。在武汉封城的当天，公司火速成立湖北人福疫情防控临时党支部。在现有的物流体系基础上，公司通过发动党员干部和员工，新组成了一支员工志愿者运输队。既要合乎规程，又要准时送达，哪怕是凌晨吹响集结号。集团充分发挥公司在湖北省内的配送网络优势，为武汉市、湖北省各地市州医疗机构特别是定点医院、火神山医院、雷神山医院以及各方舱医院抗击疫情起到了重要的战略支援作用。公司疫情期间配送口罩、防护服、呼吸机等防护物资及医疗设备4500多万件（套/台），服务武汉市及湖北省内所有二级及以上200多家医院，有效保障了抗疫一线的物资需求。

为医患服务　践行社会责任

由于春节期间物流停运、工厂停工及厂家备货量不多等多重因素，公司代理的呼吸机产品在各个医院变得极度短缺。人福呼吸机团队成员每天根据医院及医疗单位的需求，确认设备型号、数量，再根据公司及厂家的设备库存量进行订货、收货、紧急出库。呼吸机的相关设备专业性强，团队成员不仅要自己送货，还要到各个医院进行设备安装调试，给医护人员进行操作培训。"早一分钟装好呼吸

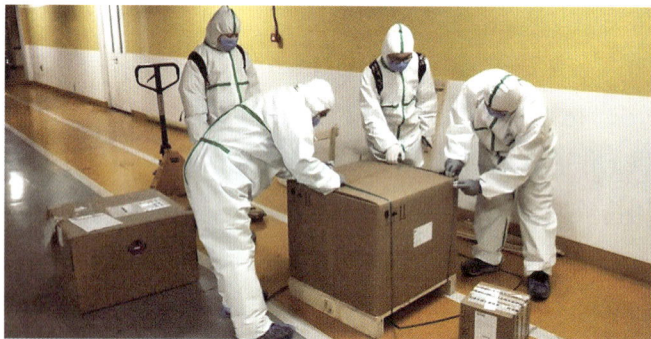

人福医药集团员工志愿者配送物资

志愿者深夜集结忙配送

机，早一分钟投入使用，就能多收治一批患者，我们责无旁贷！"

让生命之树常青，是人福医药的企业使命。抗疫期间，无论是行在最险处、往返于医院收取污染布草，还是不分昼夜、配送急需医疗物资，还是出入医院隔离区、争分夺秒安装呼吸机，都有人福人忙碌的身影。在奋战一线、服务医患的同时，人福医药集团积极组织捐赠，驰援一线疫情防控工作。人福医药集团捐赠了价值1000多万元的120台呼吸机和2000件抗病毒口服液，向武汉市东湖新技术开发区新冠肺炎防控指挥部捐赠价值115万元的30万只医用口罩、5000件防护服、520桶乙醇消毒液和3000瓶1%

人福医药援助安装呼吸机

人福医药集团捐赠

活力碘；宜昌人福药业先后捐赠550万元现金、价值225万元的术能产品以及大量的医用防护物资、医疗器械及慰问物资，并向武汉市各大医院捐赠一批价值100万元的一次性使用无菌加强型气管插管，助力武汉抗疫一线的危重症患者治疗。

"保障一线医护人员亲属就业" 3 月 11 日战报

截至 3 月 11 日下午 5 点，泰康保险集团、九州通医药集团、当代集团、卓尔集团、联影集团、费森尤斯卡比、奥山集团、蓝月亮集团、小米集团、金山集团、中开控股集团、高德红外、利泰集团、湖北格林森、亿纬锂能、海特生物、武汉第一口腔医院、湖北人文、公牛集团 19 家企业共收到 686 份医护人员子女及家属简历，共录用 69 人。

"致敬白衣天使·保障子女就业"简历、录用统计（截至3月11日）

用人单位	收到简历份数	医护人员子女家属简历份数	面试	录用
泰康保险集团	717	154	78	23
九州通医药集团	246	106	97	14
当代集团	309	62	59	3
卓尔集团	294	121	65	17
联影集团	248	52	28	5
费森尤斯卡比	15	4	4	0
奥山集团	135	16	16	0
蓝月亮集团	172	19	4	0
小米集团	119	40	43	3
金山集团	125	32	11	0
中开控股集团	226	9	58	4
高德红外	151	17	14	0
利泰集团	23	6	2	0
湖北格林森	38	14	0	0
亿纬锂能	5	0	0	0
海特生物	32	5	3	0
武汉第一口腔医院	30	17	0	0
湖北人文	8	4	0	0
公牛集团	55	8	3	0

武大商帮、校友爱心捐赠

辽宁溢涌堂生物科技有限公司和时代（中国）有限公司通过武汉大学健康产业联盟对接，向武汉大学人民医院捐赠物资

其中时代（中国）有限公司捐赠异旨康蛋白固体饮料 181 大箱，计 6516 盒、每盒 30 包。辽宁溢涌堂生物科技有限公司捐赠胶原蛋白沙棘果汁饮品 330 大箱，共计 3300 盒、每盒 8 瓶，溢涌堂生姜穴位贴和薰衣草穴位贴共 50 箱计 600 盒、每盒 50 贴，益生菌粉 2500 盒。两家企业本次捐赠物资价值折合 500 多万元。

宅急送：倾力支援湖北抗疫，捐赠物流价值逾千万元

2020-03-12

在这次疫情中，当武大校友会、武大商帮、武大校友的爱心捐赠源源不断到达医护人员手中时，请不要忘记：有个企业不分天南海北，不论白天黑夜，不看道路封闭，不思风雨劳苦。他们做的事就是：一定免费把校友们的爱心送到。这就是成立于1994年的宅急送。

1991级校友王洪涛带领宅急送默默无闻地做着幕后英雄，当陈东升理事长表扬他、武大商帮在群里为他点赞时，他无暇关注，他关注的是校友的爱心怎样才能准时、安全、最快到达。

3月10日是宅急送开启抗疫公益运输的第45天，在上午召开的宅急送全网2月经营工作总结视频会上，宅急送董事长兼CEO王洪涛校友做的第一件事是通过视频向宅急送的兄弟姐妹深深鞠了一躬。王洪涛说："我要向一直奋战在疫区一线的、整个春节期间为疫区服务的干部员工，以及开展公益物流保障的专项工作团队表示感谢，并致以我最崇高的敬意！"动情之处，王洪涛的眼圈红了……

从1月25日宅急送成立专项工作领导小组、开通公益物流绿色通道，1月26日面向全国各地武汉大学校友会免费提供抗疫物资运输服务并承接第一批运输派送委托开始，截至3月8日，宅急送累计公益物流（运输、仓储、配送）抗疫应急物资813吨计5.1万件，为武汉当地政府分拣配发蔬菜粮油等物资700余吨，贡献公益物流服务总价值

宅急送出征车辆图

1020.1 万元。此外，宅急送还为湖北疫区捐款 25 万余元，其中王洪涛个人捐款 10 万元。

宅急送和湖北一起战斗

疫情就是召唤，为了解决武汉各大医院紧缺的医护物资，全国乃至海外捐助的抗疫

王洪涛：武汉大学 1991 级物理专业本科，1995 级经管院研究生。宅急送董事长兼 CEO。

宅急送 1994 年成立于中国北京，经历 26 年的成长，现在已经成为一家全国性的综合物流服务公司，分支机构遍布全国。宅急送以"便捷百姓生活，推动商业发展"为目标，致力于为品牌商提供线上线下一站式综合物流服务。作为中国最早的民营快递企业之一，宅急送是专业的快递、运输、仓储及资金服务的发源者和领导品牌，并持续以技术为驱动力，围绕客户的商业诉求，为客户提供集物流、信息流、资金流为一体的高品质、高性价比的综合物流服务。

王洪涛

物资迅速集结，无奈因春节物流运输企业放假和疫情封路，快速打通到疫区的物流通道就成了首先要解决的问题。

宅急送是楚商企业，也是武大校友企业，倾全网之力支援湖北抗疫成了董事长王洪涛扛在肩上的责任。大年三十下午2点，校友王洪涛在微信群发起紧急会议，指示开通公益物流绿色通道，对外发布公告："宅急送要尽全力为全国各地驰援武汉等地的疫情防控物资提供公益物流运送服务。"

集结号吹响，王洪涛亲任总指挥，负责与各大公益组织对接，统筹全局。集团运营事业部联合客户服务中心、湖北分公司即刻成立"湖北抗疫公益物流小组"。为了提高效率，除了开通专线电话外，运营事业部总经理、客服中心总监的个人电话也临时变成了公益电话。整个春节王洪涛一刻也没有闲下来，为了抗击疫情殚精竭虑，为武大校友捐赠医疗物资免费物流、为楚商捐赠免费物流、为泰康捐赠免费物流、为公益机构免费物流、为华大基因找出货物流通道……在王洪涛的带领下，宅急送人践行初心使命，慷慨赴险，毅然决然最强逆行。

截至3月8日，宅急送公益运输全国始发至湖北专车近200趟，短驳运输143次，湖北周边地县物资派送450余次，武汉—长沙专车99趟；公益运送防护物资347万件（手套/鞋套/帽子151.3万个，医用口罩129.9万只，防护服31.4万件，消毒液17.6万桶/瓶，

宅急送帮张健校友送防护服

疫情期间宅急送公益服务送达的医院

宅急送为武大校友会运送物资到武大校医院

防护面罩 8.9 万只，护目镜 5.1 万副，手术服 2.8 万件)、医药及器械 9.7296 万盒 / 台（药品 6.1 万盒，医用器械 3.4 万台 / 件，核酸试剂检测盒 2296 箱)、生活物资 5 万份 / 件；公益物流出发地涉及湖北、湖南、北京、天津、河南、山东、河北、广东、浙江、江苏、重庆、上海、福建、深圳、山西、广西、江西、吉林、辽宁、安徽、四川 21 省区市，宅急送 700 余位干部员工牺牲个人假期，投身到这项公益工作中，为各地救援物资快速到达湖北，以及华大基因核酸检测试剂盒从武汉快速发往全国发挥了最大的力量。

只要有需要，我就肯定在；只要有需求，无条件保障

从接单第一批委托开始，抗疫公益物流小组上升为指挥中心，常务副总裁刘江涛、总裁助理兼运营事业部总经理赵占涛协助总指挥工作，对接各公益组织具体需求，分配任务清单，调动和统筹一切资源。指挥中心分华东、华北、华南、综合、武汉 / 长沙五个专项小组，按照责任区域分别与武大校友总会、武大北京校友会、泰康集团、楚商商会、华大基因、亚布力企业家论坛等公益组织成立专项微信组群直接对接需求，运营总经理赵占涛驻五个组群全面协调统筹，14 位成员 24 小时服务待命，总分联动，与时间赛跑，不分昼夜精准调度每一辆货车、每一批次抗疫物资的取件、运输、中转、仓储和派送，搭建起一条条绿色公益物流通道，保障抗疫物资安全快速送达最需要的地方。"只要有需要，我就肯定在；只要有需求，无条件保障"成为宅急送公益物流保障团队的工作信仰。

宅急送运送物资

逆行使者没有漂亮的豪言壮语，只有真实的行动。"支援武汉？我报名。""我开长途物流有经验，让我来。""我是共产党员，必须第一个上！"得知公司启动赴武汉的公益物流，春节值守的物流

宅急送收到的感谢信、表扬信和赞誉

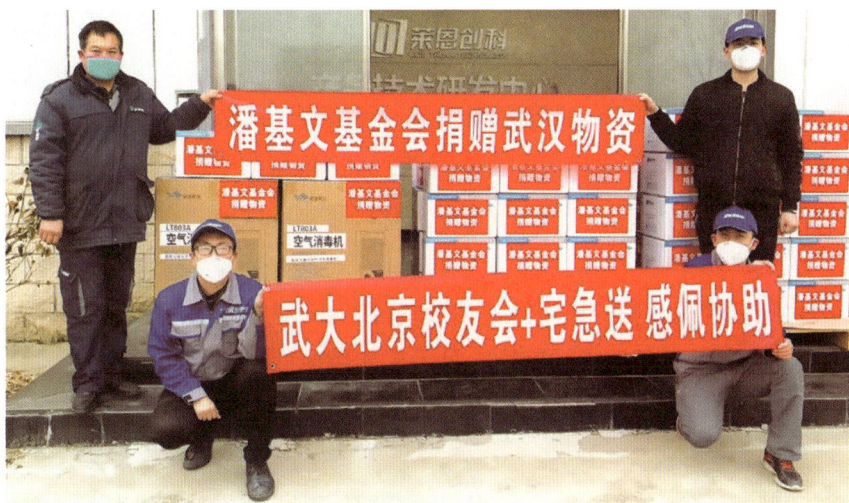

宅急送为潘基文基金会运送物资

司机们纷纷踊跃报名。但由于各地的交通管制和疫情限制，各分公司可以执行长途物流任务的司机捉襟见肘，于是，运营经理、行政主管、分拨站经理主动担当，与有经验的老司机们一起投入逆行。深圳司机李锦辉、上海司机吴长振第一次返回执行 14 天隔离后，又义无反顾地第二次、第三次逆行武汉；深圳运营副经理李润峰为了最短时间把核酸检测试剂送达，20 小时水米不沾、32 小时完成往返两批次华大基因需求；广州司机彭斌、寇彦荣往返 2000 多公里，仅靠 4 桶泡面 6 个面包硬扛 43 小时完成海外捐赠物资运输；上海行政主管王琪 800 公里走单骑，8 小时车轮不停完美送达；北京司机王立友、薛帅从武汉执行完任务返京，为了能连续执行任务不被隔离耽搁，选择不回家，蜷缩在漆黑的货车车厢里忍饥受冻挨过寒冷的冬夜。

为了尽快把源源不断来自全国乃至海外的抗疫物资送到医生们的手中，宅急送湖北分公司总经理陈宗云、运营部经理郑金涛带领 8 位春节留守司机连续奋战 40 余天不休息，火神山、雷神山、协和医院、武大人民医院，荆州、黄冈、天门，哪里疫情严重，哪里就有他们的身影和汗水。

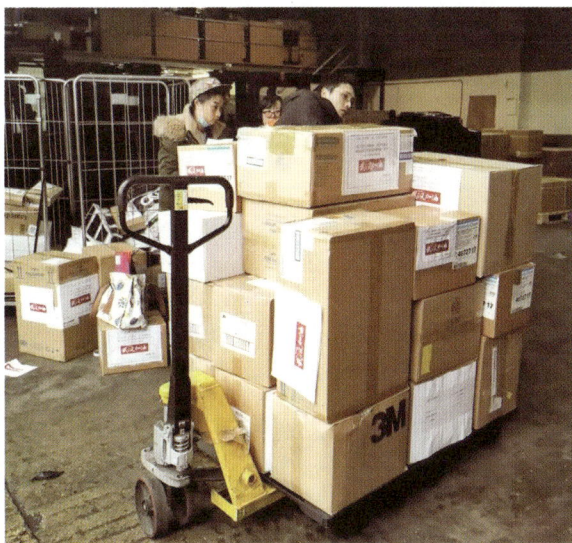

为英国校友会运送物资

随着大量抗疫捐赠物资源源不断地涌入，宅急送将武汉基地设立为"抗疫物资物流支援基地"，用于捐赠抗疫物资在武汉的存储集散和分拨派送，并指派专人对接管理和运维。1名安检员、1名分拣理货员和1名干线班长，虽然只有3名职守人员，但在基地总经理朱杰锋的直接指挥和部署下保障了500多吨抗疫一线物资的正常运转，装卸物资数百辆车，物资分拣2万余件，同时，还保障了当地政府700多吨粮油蔬菜的分拣配发。

为什么甘愿冒着被感染的风险驰援武汉疫区？50岁的天津司机刘海泉说出了全体宅急送人的心声："虽然我们不是医护人员，不能像他们一样在前线战斗，但是宅急送人以自己的方式为国家分担责任。"

疫情不解除，战疫不停步，为华大核酸检测试剂走出国门做好支持

1月26日，华大集团旗下的华大基因和华大智造的新型冠状病毒检测试剂盒和DNBSEQ—T7测序系统正式通过国家药监局应急审批程序，成为首批正式获准上市的抗击疫情的检测产品，其中新冠病毒检测试剂的生产地就在武汉。

1月29日下午5点10分，由于新冠病毒检测试剂原本在武汉对外寄送的渠道已经关闭，宅急送接到华大基因总部紧急求助，寻求火速支援。王洪涛指示湖北抗疫公益物流小组对华大基因的检测试剂和检测仪器无条件保障，启动为华大基因新冠肺炎检测试剂公益运送专项服务，专人负责华大的全国统筹调配，与华大基因一起迅速建立一级沟通响应机制。下午5点41分，华大下达首次业务需求：从深圳—武汉，专车运输100箱检疫物资，要求最晚31日送达。晚7点50分，华大下达第二个业务需求，从武汉发全国50箱新冠病毒试剂盒，内有干冰，不能发航空，72小时内送达。

1月30日，宅急送为华大基因检测试剂等医药物资输送打通了长沙—武汉运输通道，迅速组建长沙临时运转中心，为华大基因提供全国急件中转服务，首批16箱新型冠状病毒核酸检测试剂盒从长沙机场起飞，第一时间为全国11家疾控中心提供病毒检测工具。

截至3月9日，宅急送共承运华大基因业务需求99起，涉及病毒检测物资2437件、防疫物资2000余件。随着疫情在全球范围的蔓延，华大基因的核酸检测试剂也在源源不断走出国门、支援海外，宅急送的服务通道也随之扩大，从单一的武汉—长沙往返业务，拓展到武汉—深圳、武汉—北京等多个口岸的陆转空业务。

王洪涛在3月10日的讲话中表示，在这场疫情中，宅急送人用最高效、最有效、最适配的公益物流服务，贡献物流服务总价值1000多万元，为湖北的抗疫工作做出了应有的贡献。

宅急送抗疫公益物流大事记

1月24日，成立专项小组，开通公益物流绿色通道。为了全面支持湖北武汉等地抗击疫情，集团总部联合湖北分公司成立"湖北抗疫公益物流小组"，发布《宅急送公益提供至武汉地区救援物资运输的公告》，全力为全国各地驰援武汉等地的疫情防控物资提供公益物流运送服务。

1月25日，启动免费为武大校友会和校友企业运输抗疫物资专项服务。宅急送集团与武大北京校友会联合成立物流志愿组，组内全体成员24小时在线办公、协调安排。同日承接第一批来自佛山、深圳的运输派送委托。

1月26日，首批公益运输物资从北京运往湖北武汉。当日，第一车润美康药业向武汉紧急捐赠的药品从宅急送出库，两位宅家人踏上驰援武汉的征程。

宅急送运送物资

1月28日，为武大校友会发出第一趟免费运送专车。上午9点，接武大河南校友会委托运送3820瓶消毒液至武汉中心医院，29日10点安全送达。1月28日，启动免费为泰康溢彩公益基金、泰康建投和泰康同济（武汉）医院运输抗疫物资专项服务。当日承接泰康第一批10500只医用口罩到武汉各大医院的运输派送委托。

1月29日，启动为华大基因新冠肺炎检测试剂公益运送专项服务。深圳华大基因是国家卫健委指定的新冠病毒肺炎疫情防疫第三方医学检测机构，宅急送特别为华大基因开通多地新冠肺炎病毒检测试剂盒、仪器等医用物资的公益运输。

1月30日，为华大基因检测试剂等医药物资输送打通长沙—武汉运输通道，组建长沙临时运转中心。为华大基因提供全国72小时急件中转服务，首批16箱新型冠状病毒核酸检测试剂盒从长沙机场起飞，第一时间为全国11家疾控中心提供病毒检测工具。1月30日，为武大北京校友会发出第一趟免费运送专车。11点武大校友会发布消息，总计10吨的398桶84消毒液要从天津送到武汉大学人民医院等3家医院，宅急送两位司机晚9点20分取货出发，15小时星夜兼程直驱武汉，31日中午送达武汉大学人民医院，同批送达的还有北京校友会协调捐赠给武汉大学人民医院等5家医院的100箱消毒液。宅急送的高效物流赢得武大校友会一片赞誉。1月30日，启动免费为全球武大校友会捐赠物资境内公益运送专项。当日完成第一单英国校友会捐助武汉医院医用物资的境内专车直取直送，此后又分别接受并完成英国校友会、美国校友会、日本校友会、瑞士校友会等多个武大海外校友会团体捐赠物资的境内公益运送。

1月31日，免费物流服务送达地由武汉市下沉到湖北省地县。随着湖北各地疫情日益严重，捐助地需求由武汉一地拓展至湖北省内多个市县。宅急送在复岗司机严重不足的情况下，采用基地中转＋长途／短途直送等多种方式全力保障抗疫物资的配送。

2月2日，启动免费为楚商商会运输抗疫物资专项服务。当日承接第一批楚商商会企业居然之家的抗疫物资运输派送委托，本次委托共5单总计28吨，取货地点分别为上海、天津、河北衡水、浙江长兴和江苏南京等地，派送地为湖北罗田、襄阳和黄冈三地，取货地点和派送地点都很分散，且当时公司按照政府要求尚未正常复工，因而操作难度大，但也在集团抗疫公益物流专项小组的统筹下圆满完成。2月4日，将宅急送武汉基地设为公益"抗疫物资物流支援基地"，用于捐赠抗疫物资在武汉的存储集散和分拨派送，并指派专人对接管理和运维。截至目前，经宅急送武汉基地免费存储、中转派送公益物资500余吨，分拣配送粮油蔬菜700余吨。

2月6日，启动免费为亚布力中国企业家理事成员企业运输抗疫物资专项服务。当日接受亚布力中国企业家理事成员企业从美国到湖北省的第一批医疗物资国内段运输派送委托，2月11日货物落地上海浦东机场，15日中午货物完成清关后在机场提出，当日下午5点上海专车直送武汉，16日完成派送。

2月20日，协送潘基文基金会捐助武汉抗疫物资。联合国前秘书长潘基文先生的基金会通过武大北京校友会向武汉大学所属医院及雷神山医院、泰康同济（武汉）医院捐赠一批抗疫物资，并委托宅急送承运送达。宅急送感佩潘基文基金会对中国的爱心援助，志愿提供无偿协送，并于2月22日晚完成全部配送。

3月8日，宅急送累计承接抗疫物资公益物流（运输、仓储、配送）服务达813.2吨。

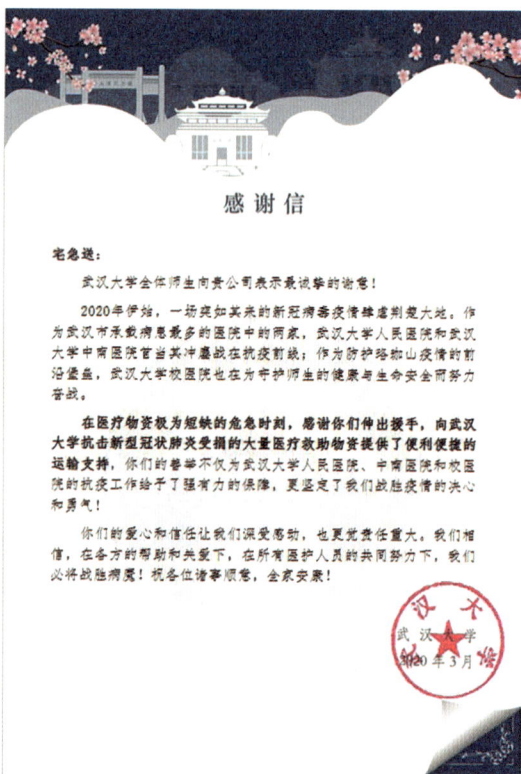

武汉大学感谢信

"保障一线医护人员亲属就业" 3 月 12 日战报

截至 3 月 12 日下午 5 点，参与本次活动的企业共 115 家，其中，世界 500 强 3 家，中国 500 强 8 家（含世界 500 强 3 家），共提供就业岗位 20449 个。

泰康保险集团、九州通医药集团、当代集团、卓尔集团、联影集团、费森尤斯卡比、奥山集团、蓝月亮集团、小米集团、金山集团、中开控股集团、高德红外、利泰集团、湖北格林森、亿纬锂能、海特生物、武汉第一口腔医院、湖北人文、公牛集团 19 家企业共收到 699 份医护人员子女及家属简历，共录用 74 人。

"致敬白衣天使·保障子女就业"简历、录用统计（截至3月12日）			
用人单位	收到简历份数	医护人员子女家属简历份数	面试	录用
泰康保险集团	751	161	80	25
九州通医药集团	253	106	97	14
当代集团	317	63	59	4
卓尔集团	298	123	65	17
联影集团	248	52	28	6
费森尤斯卡比	15	4	4	0
奥山集团	135	16	16	0
蓝月亮集团	223	21	4	0
小米集团	119	40	43	3
金山集团	125	32	13	0
中开控股集团	229	9	66	5
高德红外	174	18	17	0
利泰集团	23	6	2	0
湖北格林森	38	14	0	0
亿纬锂能	5	0	0	0
海特生物	34	5	3	0
武汉第一口腔医院	30	17	0	0
湖北人文	8	4	0	0
公牛集团	55	8	3	0

武大商帮、校友爱心捐赠

武汉大学校友企业家联谊会捐赠给洪山区珞南街狮城名居社区工作人员、志愿者、下沉社区党员等防护服 200 件、护目镜 100 副、手套一箱、口罩 1000 只

九州通在行动

2020-03-13

　　1985 年开始创业的刘宝林，在医药流通领域已经干了 35 年。作为中国最大的民营医药商业流通企业——九州通的创始人，刘宝林一路走来，面对创业的艰辛、守业的坚持、拓展业务的艰难抉择，刘宝林时刻保持着一颗初心，也就是守护民众健康的初心。在这场看不见硝烟的疫情阻击战中，九州通勇于站在多数人看不到的一线，为阻击疫情提供药品以及防护物资，保障医务人员和百姓生命健康的最前线，逆行保供，初心不变。

九州通人逆行战疫情

　　1 月 20 日，九州通医药集团紧急召开新型冠状病毒肺炎疫情防控工作电话会议，董事长刘宝林要求，立刻启动业务、仓储、配送 24 小时值班服务机制，及时汇总药品库存和供应情况，确保春节期间的客户药品采购需求第一时间反馈、第一时间解决，第一时间协调各省市相关疫情防控药品及物资的配送保障工作。

　　1 月 22 日，九州通召回员工、取消春节假期、正常营业。公司一有召唤，九州通人立即从四面八方汇集到江城武汉，汇集到各自所在区域的工作岗位上。当天，湖北公司 11 家分公司管理者全部返岗。

　　1 月 23 日，武汉封城。九州通人已经开始正常工作，他们顾不上旅途劳累，立即投入抗击疫情的工作中。九州通每天几十趟运输车在政府临时通行的支持下，往返武汉调拨药品，全力保障民众生命健康。

从 1 月 22 日起到现在，九州通从春节期间的 15000 多人增加到 18000 多人奋战在抗击疫情第一线，他们一天都没放假，全体员工加班加点抗击疫情。

到岗布置工作

"四个保证"抗疫情

生于斯长于斯，武汉和湖北的疫情深深牵挂着刘宝林的心。疫情发生时正值全国放假，道路交通阻断，人员隔离，人手严重不足，刘宝林从 1 月 20 日就开始思索九州通要怎么做。

在刘宝林的带领下，九州通找到了答案。刘宝林做了"四个保证"的承诺：保证供应、保证流通环节不加价、保证质量、保证服务。在这样的保证下，九

九州通运送医药物资

州通从上到下行动起来了，他们众志成城把"四个保证"贯穿到抗击疫情的始终。

1. 保证供应。春节期间，位于武汉市东西湖的九州通物流中心，数百名春节留在武汉及陆续赶回支援的仓储、配送、业务、管理人员正夜以继日地在一线作业，一天都没

刘宝林：九州通医药集团创始人、董事长，湖北省第十届政协常委等。

九州通医药集团股份有限公司是一家以中西成药、医疗器械、中药材以及相关健康产品为主要经营范围，以提供现代医药物流、医药电子商务等增值服务为核心服务内容的大型医药商业企业集团，是中国最大的民营医药商业流通企业，也是湖北最大的民营企业，就业员工 3 万余人。

刘宝林

有休息。仓库每天的药品和医用防护物资入库量约 3.1 万件，出库量约 2.6 万件，每天承担着 40 多家医院和 460 多家药店的配送工作。

2. 保证流通环节不加价。疫情期间成本极高，加上交通受阻，人力及运输成本是平时的几倍，但无论付出再大代价，九州通依然信守承诺，不加价。有的品种

奋战在一线的九州通人

基本上是亏本销售，如阿比多尔、可威以及口罩、酒精等紧缺药品和器材，对于抑制和稳定市场价格起到了重要作用。

3. 保证质量。对疫情品种严格把控入口关，进、出检验，流程操作规范，没出现一例伪劣商品。因口罩、防护服等防治物资需求量猛然增加，公司采购人员开辟大量新的进货渠道，为了保证产品质量符合标准，集团质管总监昂明嵘带领团队主动返岗，加班加点审核厂家资质，严把质量关，并针对全集团陆续下发《医疗机构所需物资标准要求》《进一步加强品种质量管控》《加强疫情防护用品销售管理》《加强防疫用品质量与价格管控》等红头文件。

4. 保证服务。武汉好药师各门店均不休息，疫情期间，居民需要的口罩、消毒水等防护物资要在药店购买，大量的居民拥入药店。店员坚持保供，超负荷工作。同时，好药师麦迪森旗舰店作为武汉首批新增的 8 家门诊重症慢病定点药店之一，在疫情期间还向重症慢性病患者提供预约购药及上门送药服务。

东西湖仓库奋战的九州通人

风雪中坚持运送医药物资

了解中药品质

1月28日大年初四，好药师药店正常营业

九州通抗疫大事件

依托药品采购、物流运输等便利，九州通成为湖北省疫情防控物资主力储备配送企业，承担武汉市疫情防控指挥部应急医疗物资采购配送任务。他们每天通宵达旦地联系、采购、检测、运输、配送等，除此之外，九州通还积极承担责任和使命，积极捐款捐物，关爱医护人员和援鄂医疗队。

1月26日，九州通捐赠1000万元用于抗击武汉新型冠状病毒肺炎疫情。其间，九州通陆续向几十家医疗机构和政府捐赠大量防护用品。

1月30日，九州通与前来支援武汉的27个省份的138支医疗队陆续取得联系，组建专班为他们运送紧急物资，大到一台电脑、一台打印机，小到一瓶消毒液、一包棉签，都要确保第二天能送到医疗队手中。

2月19日，九州通与便利蜂联手打通援鄂医疗队后勤保障"最后一公里"。由便利蜂提供的10万份营养餐点，经过12小时长途运送，从上海送抵武汉后，再通过九州通冷链运输系统，由专人专车配送至援汉的北京、上海、山西、新疆、河南等20支医疗队手中。

2月26日，九州通向武汉慈善会捐赠鲴鱼和小龙虾。这些产品陆续送往武汉市以及湖北省各地县市，主要捐赠给天津、河南、陕西等援汉医疗队以及社区工作人员、孤寡老人、困难群众。捐赠产品总价值600万元。

九州通九信中药集团针对国家中医药管理局、国家卫健委公布的《新型冠状病毒感染的肺炎诊疗方案（试行第五版）》以及各有关医疗机构要在医疗救治工

九州通捐赠1000万元

捐赠咸宁交警总队一线值班干警

九州通捐赠鮰鱼等

捐赠新疆医疗队物资

作中积极发挥中医药作用的要求，全面部署方剂生产。针对两个中药预防方进行深入分析研究，从源头采购、组织生产，九信煎药中心严格按照煎药相关规定，执行浸泡、先煎后下等相应操作程序，保证煎液质量。位于武汉东西湖的湖北九州通煎药中心，90 多台机器马力全开，日夜不停，审方、调配、煎煮、灌装……继向武汉市防控指挥部保障组、雷神山医院捐赠中药方剂后，进一步保障方舱医院、社区隔离点及广大市民的用药需求。截至 2 月 18 日，九信在全国的煎药中心合计已生产 162.4 万袋预防方汤剂和 21 万袋治疗方汤剂。

与时间和生命赛跑的物流配送

东西湖物流中心全力保障定点医院、两山医院、方舱医院、各隔离点紧急物资配送，不惜一切代价保障供应。员工主动请缨，春节期间坚守岗位，完成了平时 3 倍量的抗疫物资的出入库和配送工作。

2 月 2 日，武汉火神山医院、雷神

九州通配送车辆

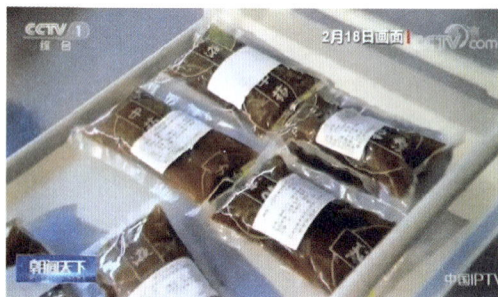

九信中药汤剂登陆央视报道

雷神山建设者领取中药

山医院、方舱医院即将竣工，根据武汉市新型肺炎防控指挥部统一部署，九州通相继向火神山医院、雷神山医院以及武汉客厅、武汉会展中心、洪山体育场三处方舱医院配送药品、器械等物资，为收治病人提供医药保障。

1月31日，受武汉新冠肺炎防控指挥部委托，九州通物流总公司开始协助被临时征用为红十字会仓库的汉阳国博中心，分装医疗防护物资。在国博仓库，所有捐赠物资由武汉城投负责卸货，九州通负责入库分类堆码，所有产品质量和是否符合医用标准由市场监督管理局派驻人员负责，产品数量由市交通局派驻人员统计，待核验无误后，三方在入库单签字确认。

九州通理货，分类好后将药品、器械、重点器械产品数据交市卫健委分配，非药品类交市交通局分配。在收到上述单位的出库下发调拨指令后，由九州通自主研发的九州云仓系统开据出库单、打印出库拣货单，拣选完成后，按照配送单位投放出库暂存区，最终由邮政完成配送。

春节期间，东西湖物流总公司300多名留守的家人和从武汉各地赶来支援的九州通人，在物流仓库与武汉的40多家医院、460多家药店间架起了一座生命之桥。

东西湖物流中心配送

协助红会

外套汗湿的九州通人

招聘医护子女和协助复工复产

1. 九州通响应号召，参加"保障一线医护人员子女就业"活动，提供766个岗位，涵盖营销、采购、技术、财务等，工作地点在武汉及全国。

2. 响应复工复产。九州通保障企业复产复工，积极采购口罩、额温枪、医药等物资。

刘宝林说："这次疫情对大家都是场考验，九州通人全力以赴，用实际行动告诉武汉，告诉全国人民：抗击疫情，我们每天都在。"

打好打赢经济发展第二仗的集结号已吹响

3月12日，中央指导组副组长、中央政法委秘书长陈一新在卓尔书店与武汉校友和楚商企业家代表座谈。

中珈资本CEO曾文涛和秘书长蹇宏参加会议，远在外地的校友代表泰康保险集团董事长陈东升、小米科技董事长雷军、融创集团董事长孙宏斌、中诚信集团董事长毛振华通过视频连线的方式积极献计献策。

陈一新说："武汉抗疫进入了扫尾期，打赢抗疫扫尾仗和打好武汉经济发展'第二仗'迫在眉睫。在抗疫的第一仗，广大武汉校友和楚商捐款捐物超过20亿元，又发起'白衣天使就业保障计划'，拿出超过2万个岗位专门提供给一线医院医护

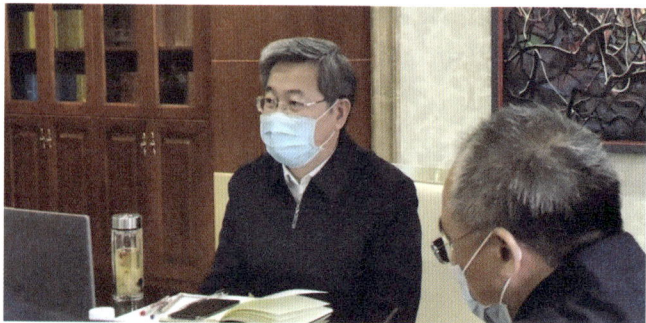

人员的子女。疫情防控的'第一仗'大局已定、胜利在望，要打好打赢大疫之后武汉经济发展的'第二仗'。"

理事长陈东升通过视频连线说："'第一仗'里我们为武汉父老乡亲尽了应尽之力，在接下来经济发展的'第二仗'里，我们更要再接再厉发挥主力军的作用。""办好企业，提供稳定就业岗位，心无旁骛做好我们企业家该做的事，才能为武汉经济做出更大的贡献。"

在座谈会上，就加大扶持企业融资力度、降低企业税费、推动疫后重建机会平等、提高政府办事效率等问题，雷军、孙宏斌、毛振华、曾文涛、塞宏等立足各自领域，纷纷提出了意见建议。

"我们要拿出办法，千方百计把武汉的人气再聚起来，把武汉的经济生态重塑起来，让外面的人回来，里面的人不想走。"陈一新的话语让大家充满希望。

在听取大家的发言后，陈一新针对经济发展"第二仗"谈了想法。陈一新说，武汉打下民营经济的基础来之不易，初步建立了大中小企业协调发展的良好经济生态，如果广大中小企业不能安然渡过疫情的考验，那么武汉整个社会经济民生都会再次遭受重大影响。武汉要加紧研究解决好六个问题——如何尽快复工复产的问题、优化产业结构调整的问题、扶持政策细化落地的问题、重塑城市发展氛围的问题、校友楚商在汉发展的问题和抢占国际发展先机的问题。

"武汉这片热土上你们依然大有可为。大家把企业越办越好，才能给武汉市民提供更多更稳定的就业机会，城市才能有更大的发展，老百姓的日子才会越过越好！"陈一新勉励大家说。

本次座谈会，陈一新务实的话语、坚定的决心，让校友楚商备感振奋。

"保障一线医护人员亲属就业"3月13日战报

截至3月13日下午5点，参与本次活动的企业共115家，其中，世界500强3家，中国500强8家（含世界500强3家），共提供就业岗位20449个。

泰康保险集团、九州通医药集团、当代集团、卓尔集团、联影集团、费

"致敬白衣天使·保障子女就业"简历、录用统计（截至3月13日）

用人单位	收到简历份数	医护人员子女家属简历份数	面试	录用
泰康保险集团	920	173	96	29
九州通医药集团	256	106	97	15
当代集团	317	63	59	4
卓尔集团	324	139	66	17
联影集团	92	58	28	6
费森尤斯卡比	18	4	4	0
奥山集团	173	18	18	0
蓝月亮集团	223	21	4	0
小米集团	119	40	43	3
金山集团	125	32	13	0
中开控股集团	308	11	70	5
高德红外	181	19	2	0
利泰集团	36	6	2	0
湖北格林森	52	17	0	0
亿纬锂能	5	0	0	0
海特生物	38	5	3	0
武汉第一口腔医院	31	17	0	0
湖北人文	8	4	0	0
公牛集团	87	10	3	0
宇业集团	26	8	2	0

森尤斯卡比、奥山集团、蓝月亮集团、小米集团、金山集团、中开控股集团、高德红外、利泰集团、湖北格林森、亿纬锂能、海特生物、武汉第一口腔医院、湖北人文、公牛集团、宇业集团 20 家企业共收到 751 份医护人员子女及家属简历，共录用 79 人。

武大商帮、校友爱心捐赠

寒宏秘书长代表武大校友企业家联谊会捐赠武汉市社会福利院

此次捐赠物资包括 84 消毒液 6 箱、75% 酒精 5 箱、蓝月亮洗手夜 6 箱、食用油 2 箱、大米 6 袋、秋梨膏一箱、一次性手套 4 箱。

亿纬锂能在行动

2020-03-14

在这次疫情中，校友刘金成博士率领亿纬锂能同心战疫，成为校友企业的楷模。

亿鼎新能源发电车为火神山医院提供电力保障

为缓解现有医疗资源不足、进一步加大新冠肺炎患者救治力度，武汉市参照北京小汤山医院模式紧急建设火神山医院，湖北移动与湖北铁塔也迅速行动，展开配套通信基站建设。

1月26日，火神山医院两处基站基础设施建设完毕，但这两个5G塔房一体化宏站因医院现场外接市电暂时未能引入，基站不能投入使用。

仅4天成功交付第一批红外测温仪电池

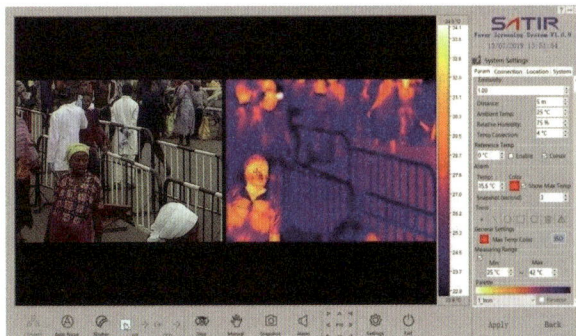

229

时间就是生命！当晚，在接到客户对武汉火神山医院的静音发电车需求后，亿鼎新能源克服困难，立即调配车辆，于 27 日上午完成交付，并通过电话沟通第一时间完成应急发电的操作培训，远程协助铁塔电源专家实现了电源接入，为武汉火神山医院 5G 基站的调测及正常开通提供了电力保障。

亿纬锂能在获悉飒特红外关于红外测温仪专用电池的紧急需求后，第一时间开展生产方案沟通，克服困难，召集春节留厂员工火速复工，在做足疫情防控措施的基础上，集中资源、保质保量、加班加点赶制完成订单交付。

1 月 31 日，亿纬锂能成功交付第一批红外测温仪专用电池，紧急发往广州用于对抗疫情，客户广州飒特红外股份有限公司于 2 月 1 日成功签收，并高度肯定与疫情赛跑的"亿纬速度"。

红外测温仪利用非接触式红外测温方式，能够对大规模移动人群进行快速体温测

刘金成：1990—1993 年武汉大学理学硕士（电化学），惠州市工商联主席，惠州市总商会会长，亿纬锂能董事长。

戴着眼镜、相貌谦和的刘金成透着一股学者气质。直到现在，刘金成校友一直参与一线研发工作，是一位典型的技术男，拥有博士学历的他是创业板上市企业中为数不多的博士老板。

30 年前，校友刘金成还是一家国营工厂的技术人员。如今，他把一个锂电池企业做到行业先进。这已不是一个跟金钱有关的励志故事，而是一个对国家工业进步和技术创新抱有强烈责任感的人如何去实现梦想的历程。目前，亿纬锂能的锂原电池销量位居世界前列。刘金成校友说："中国给了我们这样一些通过读书、打工走上创业之路的人很多机会。所以不管用什么眼光去看待社会，都应该去感激它。同时，没有母校的培养，就不会有我们的今天，所以我很感谢母校。"

亿纬锂能创立于 2001 年，于 2009 年在创业板首批上市，专注于锂电池的创新发展，拥有锂原电池、消费锂离子电池、动力储能电池 & 系统核心技术，致力于为物联网、能源互联网提供绿色高能、安全可靠的电源解决方案。

刘金成

定，在机场、火车站、地铁站、医院等人流密集场所通过快速扫描完成人体温度测定，帮助安检及医护人员提高疫情检测与防护效率，从而有效控制疫情，保证地区人员安全，筑起疫情防控的"第一道防线"。亿纬锂能锂电池驱动红外测温仪安全稳定运行，助力打赢疫情防控阻击战。

众志成城共克时艰，凝聚抗疫强大正能量

2月26日，亿纬锂能党委向公司全体党员干部发出了"众志成城，共抗疫情"的捐款倡议，亿纬锂能全体党员积极响应。涓涓细流汇成大海，点点星光照亮银河。此前，亿纬锂能及子公司凝聚力量、寻求资源，通过捐物、捐款履行企业的社会使命担当，支持国家抗疫工作。

向掇刀区红十字会捐赠

1. 医院外科口罩 10000 只。

2. N95 口罩 1000 只。

3. KN95 口罩 1980 只。

4. 50 万元。

向湖北沙洋红十字会捐赠

1. KF94 口罩 5350 只。

2. 额温枪 67 把。

亿纬锂能党员踊跃捐款

向惠州市医院及红十字会捐赠

1. 向中信惠州医院捐赠 75% 酒精 0.8 吨。

2. 向惠州市红十字会捐赠 KN95 口罩 1000 只。

3. 向惠州市红十字会捐赠 KF94 口罩 1084 只，84 消毒液 30 桶。

向各地公交运输公司捐赠

1. 向惠州交投巴士有限公司捐赠口罩 1000 只，消毒液 2 瓶。

2. 向南宁市宾阳县新兴运输有限责任公司捐赠医用口罩 1000 只。

3. 向田阳县宏运公交出租运输有限公司捐赠医用口罩 1000 只。

4. 向防城港市超大公共交通有限责任公司捐赠医用口罩 1000 只。

5. 向平南县粤西公交运输公司捐赠医用口罩 1000 只。

6. 向鹤山市鸿运公共汽车有限公司捐赠医用口罩 1000 只。

感谢信中的浓浓抗疫情

一封封来自战疫中的感谢信，鼓舞着亿纬锂能及子公司继续贡献力所能及的力量，坚守岗位，巩固阻击疫情的防线。

堡垒无言，却能凝聚强大力量；旗帜无声，却能鼓舞磅礴斗志；血肉之躯，筑成防疫钢铁长城。这，是亿纬锂能战斗的力量！

有序复工复产，主动承担社会责任

2月10日，亿纬锂能总部在做足疫情防控措施的基础上有序开工。亿纬锂能及子公司扎实落实科研、生产各项重点工作，坚决把时间抢回来，为经济发展贡献力量。

各厂区出入口设立防疫检查处，检查入厂人员的健康申报表、假期往返证明文件及个人体温，筑起了安全的"第一道防线"。错峰上下班安排、标准化上下班测温通道、错峰就餐、每日集中配送员工家庭所需蔬菜肉类、每日发放2只口罩及1瓶灌装消毒水、每日疫情防控知识宣传……

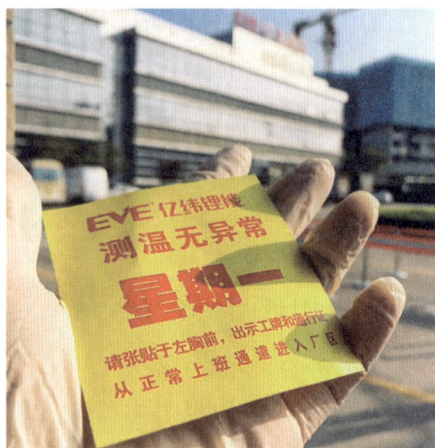

回报母校 筑梦前行

除在此次疫情中展现的亿纬担当外，校友刘金成博士一直都积极主动回报母校，时刻传递着一名校友的关怀与热爱。

2015年10月16日，刘金成校友向武汉大学捐资1000万元，指定用于武汉大学化学与分子科学学院亿纬电化学楼（暂冠名）的修建工程，并资助化学学院电化学学科的

2016年度助学现场

签约现场

建设发展。

2015 年，亿纬锂能在武汉大学化学与分子科学学院设立了"武汉大学—亿纬化学电源奖"，每年捐赠 10 万元，持续 4 年，指定用于武汉大学化学与分子科学学院教育事业，激励优秀青年学子积极投身电化学能源研究领域。具体包括以下方面：亿纬助学金、亿纬化学电源奖学金、经捐资人同意的其他方面所需。

2015 年 11 月 10 日，校友刘金成联合发起的"珞珈创新天使基金"在武汉大学设立。基金首期资金规模 1 亿元，旨在扶持武大师生创新创业，促进科技成果转化，部分可对社会开放。

"保障一线医护人员亲属就业" 3 月 14 日战报

截至 3 月 14 日下午 5 点，参与本次活动的企业共 115 家，其中，世界 500 强 3 家，中国 500 强 8 家（含世界 500 强 3 家），共提供就业岗位 20449 个。

泰康保险集团、九州通医药集团、当代集团、卓尔集团、联影集团、费森尤斯卡比、奥山集团、蓝月亮集团、小米集团、金山集团、中开控股集团、高德红外、利泰集团、湖北格林森、亿纬锂能、海特生物、武汉第一口腔医院、湖北人文、公牛集团、宇业集团 20 家企业共收到 778 份医护人员子女及家属简历，共录用 80 人。

"致敬白衣天使·保障子女就业"简历、录用统计（截至3月14日）

用人单位	收到简历份数	医护人员子女家属简历份数	面试	录用
泰康保险集团	920	173	96	29
九州通医药集团	256	106	97	15
当代集团	329	64	60	4
卓尔集团	333	142	66	17
联影集团	292	58	28	6
费森尤斯卡比	18	4	4	0
奥山集团	173	18	18	0
蓝月亮集团	223	21	4	0
小米集团	170	54	43	3
金山集团	180	41	13	1
中开控股集团	308	11	70	5
高德红外	181	19	18	0
利泰集团	36	6	2	0
湖北格林森	52	5	3	0
亿纬锂能	5	0	0	0
海特生物	38	5	3	0
武汉第一口腔医院	31	17	0	0
湖北人文	12	4	2	0
公牛集团	87	10	3	0
宇业集团	26	8	2	0

武大商帮、校友爱心捐赠

武汉大学校友企业家联谊会捐赠武汉市社会福利院一次性手套 10 箱（10 盒／箱）、75% 酒精 10 箱（20 瓶／箱）、84 消毒液 7 箱（30 瓶／箱）

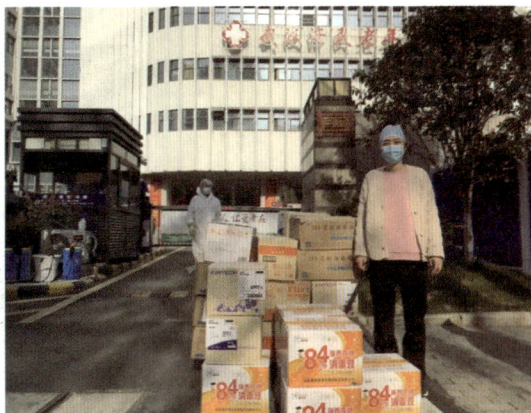

利泰集团在行动

2020-03-15

　　1983 级法律系校友江黎明掌舵的利泰集团共 9000 多名员工，至今实现零感染。这份不易的成绩来自江黎明校友的运筹帷幄和从始至终无比坚定的抗疫决心，更来自全体利泰人众志成城的责任和担当。新冠肺炎疫情发生以来，作为从珞珈山走出的湖北同乡，他一直被疫情牵动着心。

　　江黎明校友积极行动起来捐款捐物，和当地联防联控，携手投资、参股、伙伴企业支援抗疫。作为中珈资本的股东，江黎明全力支持校友史上最大批次的韩国大采购，并向利泰 9000 多名员工承诺：不裁员，不减薪！他在接受媒体采访时表示，大疫当前，每一位利泰人都应该具备高度的家国情怀，利泰集团更应该积极担当起社会责任，想办法为战胜疫情贡献力量，尽可能地出钱出力，"这不是我一个人的事，是全体员工的共同心愿"。

捐赠仪式

统一思想，成立防控小组全面部署

疫情发生以后，利泰集团高度重视疫情防控工作，于大年初二成立集团新型冠状病毒肺炎疫情防控小组，由集团副总裁带队负责统一指挥部署全集团的疫情防控工作，设法采购、筹集防疫所用物资，并多次发出相关紧急通报，要求集团各公司人员务必提高思想认识，高度重视疫情防控工作，实时更新员工动向，确保各项防控措施落实到位，实现全公司上下一盘棋，坚决遏制疫情蔓延势头。

利泰集团旗下4S店子公司携手当地街道办和社区，在做好自身防护的同时，发挥自身优势，将车辆改造成流动宣传车。在疫情防控最关键时期往返穿梭于城区各主干街道等，员工担当志愿者，循环播放疫情防护知识，使防疫知识更加深入人心。

利泰宣传车

江黎明：1983级武汉大学法律系专业，利泰集团有限公司董事长，广东省光彩事业促进会副会长，广东省社会组织总会执行会长，广东省湖北商会终身会长，武汉大学校友企业家联谊会副理事长兼泛珠三角分会执行会长，全国工商联汽车经销商分会常务副会长等。

利泰集团有限公司成立于1998年，是以汽车业务为主（包括上游汽车零部件制造、下游汽车品牌专营业务和水平业务），其他业务为辅的综合性企业集团。集团旗下子公司、控股公司达到130余家，其中有98家4S店，经营范围覆盖广东、湖北、江西、安徽、云南、山东、福建、内蒙古等7省1自治区合计34个地区。2019年，利泰集团位列中国民营企业500强第425位、中国百强汽车经销商第18位、广东企业500强第89位、广东民营企业100强第33位、广东流通业100强第10位，连续多年被评为广东省最佳诚信企业、广东省诚信示范企业、广东省最佳雇主企业等荣誉称号。

江黎明

支持博昊基金会防控疫情

捐款捐物，联手抗疫

1.200 万元驰援荆楚。利泰集团通过南海慈善会"防控疫情南海慈善在行动"慈善项目捐赠 200 万元，驰援湖北抗击疫情。

利泰集团本次捐赠的 200 万元，分两笔各 100 万元进行定向捐赠，第一笔于 1 月 30 日捐予湖北省黄冈市罗田县慈善会，用于支援当地医院抗疫工作，另一笔于 2 月 7 日捐予武汉大学教育发展基金会，注入"珞珈白衣天使基金"，以支援一线医护人员，包括向为战疫牺牲的医护人员的亲属提供一定生活资助。

2.旗下投资企业积极抗疫。利泰集团有限公司投资企业湖北祥源新材科技股份有限公司是一家位于湖北孝感汉川的科技创新型企业，为抗击疫情捐款 100 万元。集团投资企业湖北一正药业有限公司是一家位于湖北恩施宣恩的科技创新型中小企业，为抗击疫情捐款 12 万元的同时，捐赠价值 290 万元的抗疫物资。集团投资企业武汉小药药医药科技有限公司，自 2 月 12 日起，受湖北省新冠肺炎疫情防控指挥部办公室的委托，对湖北省仙桃市生产的所有民用口罩进行统一采购、配送和结算，并确保每天向社会市场销售的口罩不少于 800 万只。

子公司捐赠保障物资，支援一线警务工作

利泰集团旗下子公司新余利隆东风日产 4S 店向新余交警高新大队值班执勤人员捐赠保障物资。

利泰集团旗下子公司赣州吉泰长城 WEY4S 店向南康区交警大队驻龙岭段卡哨执勤的防护人员捐赠口罩等执勤保障物资。

利泰集团旗下子公司广州宝升行宝马 5S 店为坚守在抗疫一线的警务人员捐赠口罩等抗疫物资。

利泰集团致敬逆行白衣天使

利泰集团参与"致敬白衣天使·保障子女就业"活动，全面启动抗疫医护人员子女专项招聘计划，提供 20 个校招岗位，需求人数 390 人；提供 32 个社招岗位，需求人数 788 人。本次招聘涉及汽车、医药、制造、金融四大类合计 1178 个优质岗位。同等条件下优先录取所有参与抗疫的医务工作者子女，以实际行动向白衣天使致敬。同时，利泰集团捐款参与"爱心果蔬卡"活动，温暖白衣天使。

坚持公益，回馈社会

利泰集团在取得巨大进步的同时，始终不忘热心公益。他们以身作则，带头践行社会主义核心价值观，为社会传播正能量，吸引更多单位或个人献出爱心。

2014 年 9 月 24 日，校友江黎明设立"江黎明讲席教授基金"，用于学校高端人才队伍建设，至今累计捐赠逾 1000 万元。

捐资助学。2004 年，利泰集团与广交院签订了 12 年的奖学金合作协议，捐赠 100 万元用于资助品学兼优的学生。同年，与佛山禅城区教育局签定了 3 年的助学协议，捐赠 200 万元，资助 236 名贫困学生顺利完成学业。

面对这场没有硝烟的疫情阻击战，利泰集团及其关联企业勇于承担责任，敢于担当大义，共同凝聚起战胜疫情的磅礴力量，彰显了江黎明校友强烈的家国情怀和企业家的责任担当。

设立"江黎明讲席教授基金"

"保障一线医护人员亲属就业" 3 月 15 日战报

截至 3 月 15 日下午 5 点，参与本次活动的企业共 115 家，其中，世界 500 强 3 家，中国 500 强 8 家（含世界 500 强 3 家），共提供就业岗位 20449 个。

泰康保险集团、九州通医药集团、当代集团、卓尔集团、联影集团、费森尤斯卡比、奥山集团、蓝月亮集团、小米集团、金山集团、中开控股集团、高德红外、利泰集团、湖北格林森、亿纬锂能、海特生物、武汉第一口腔医院、湖北人文、公牛集团、宇业集团、海王集团 21 家企业共收到 780 份医护人员子女及家属简历，共录用 81 人。

"致敬白衣天使·保障子女就业"简历、录用统计（截至3月15日）

用人单位	收到简历份数	医护人员子女家属简历份数	面试	录用
泰康保险集团	920	173	96	29
九州通医药集团	256	106	97	15
当代集团	329	64	60	4
卓尔集团	334	143	67	18
联影集团	292	58	28	6
费森尤斯卡比	18	4	4	0
奥山集团	173	18	18	0
蓝月亮集团	223	21	4	0
小米集团	170	54	43	3
金山集团	180	41	13	1
中开控股集团	308	11	70	5
高德红外	181	19	18	0
利泰集团	36	6	2	0
湖北格林森	52	17	0	0
亿纬锂能	10	0	2	0
海特生物	38	5	3	0
武汉第一口腔医院	31	17	0	0
湖北人文	12	1	2	0
公牛集团	87	10	3	0
宇业集团	26	8	2	0
海王集团	6	1	4	0

蓝月亮在行动

2020-03-16

共克时艰，义不容辞

疫情就是命令，防控就是责任。当公共医疗物资告急，医疗系统承受巨大压力时，每个人都在尽自己的力量和所能抗击疫情。作为中国洗涤用品引领企业，蓝月亮自疫情发生以来亦迅速行动，为支援疫情防控贡献力量。

时值春节，在获悉一线急需消毒类产品时，蓝月亮高层多次召集生产、销售、物流等专业部门召开紧急会议，系统部署公司内部疫情防控工作，火速召回生产线员工，全

蓝月亮国际集团有限公司总部大楼

力投入消毒类产品的规模生产与调集工作。在盘点协调全国各大仓储库存资源后，蓝月亮迅速调集了价值525.4万元的抑菌洗手液、含氯漂白水等产品捐赠至武汉等地，以解一线医护人员及广大民众消杀用品的燃眉之急。

蓝月亮捐赠至一线的含氯漂白水

春节无休，全力以赴保供应

春节期间，随着疫情向全国扩散，市场上消毒类产品需求急剧增长，许多地区都出现供不应求的情况。为保障一线及民众对消毒杀菌清洁防护用品的需求，在严格落实政府疫情防控各项要求、确保员工健康安全的前提下，蓝月亮公司数百名一线工人及二线管理人员

蓝月亮捐赠的首批抗疫物资装车运往湖北

罗秋平：1980级武汉大学化学学院有机化学系校友，蓝月亮国际集团有限公司总裁兼CEO，武汉大学校友企业家联谊会理事、校董。

1988年，罗秋平校友进入日化行业，创立广州道明研究所。1992年，他创立著名日化品牌"蓝月亮"，并带领蓝月亮多次掀起中国洗涤市场变革，推动洗涤行业实现"洗衣粉"转"洗衣液"和"普通洗衣液"转"浓缩洗衣液"的两次跨越式升级，为中国消费者提供专业的洁净方案。

在罗秋平校友的带领下，蓝月亮至今已实现连续10年（2009—2018）中国洗衣液市场综合占有率第一，品牌力指数连续9年（2011—2019）第一。秉承着"一心一意做洗涤"的宗旨，蓝月亮以优质产品为根本、科技创新为驱动力，走出了一条中国品牌独有的发展壮大路径。

罗秋平

蓝月亮返岗工人加班加点生产衣物消毒液

全速运行的蓝月亮 84 消毒液生产线

积极响应号召，提前结束休假，在大年初一初二陆续返岗，紧锣密鼓投入消毒类产品的规模生产工作中。

1 月 26 日，蓝月亮广州工厂正式复工，加班加点生产 84 消毒液、漂白水、抑菌洗手液、衣物消毒液等防疫产品。在政府的大力支持和上下游供应商的协同助力下，自 2 月 2 日起，蓝月亮实现 24 小时连续生产，倾力保障消毒杀菌清洁防护生产线的全面复工。

除了通过 24 小时连续生产来提升效率、保障供应外，蓝月亮积极挖潜改造，通过增加大包装规格，提高生产线效率。疫情期间，蓝月亮在原有包装规格（600g 和 1.2kg）的基础上，新增了 5kg 和 25kg 两种消毒液产品规格。这一安排，成为保障消毒产品供应的又一有力举措。

固守初心，聚力坚守产品质量线

越是战疫攻坚时期，越是要求一线生产企业在保供稳价的同时，严守核心价值观，积极践行社会责任，持续保障防疫物资的供应及质量。

蓝月亮一直以来都十分重视产品的质量管理，以"精雕细琢，完美无瑕"为质量方针，以"品质超群，有口皆碑"为质量目标，获得了广大消费者的真诚信赖。在蓝月亮公司内部，流传着这么一句话："我们万分之一的缺陷，带给顾客的却是百分之百的损失。"所以，出厂产品 100% 合格是蓝月亮最基本的标准。

疫情期间，虽然面临产量激增、人员紧张等复杂情况，蓝月亮依然严格按照《消毒产品生产企业卫生规范》和全面质量管理的要求进行生产质量控制。首先，通过加强源头预防，加大对上游供应商的质量管控，坚持对每批到货的原材料进行检验，以保障原材料持续符合要求；其次，通过合理规划生产流程和质量控制方案，统筹集团检验资源，加强对生产过程的质量控制，从而杜绝过程异常情况的出现；最后，在成品放行前对产品再次进行检测，确保每批出厂产品均符合规范及标准要求。

慎终如始，则无败事。正是在固守初心、多措并举的助推下，蓝月亮不仅打造出质量过硬的产品，更通过强化和完善内部质量管理，构建起科学高效的质量保障体系，在此次疫情大考中向社会向民众交出了一份合格的答卷，充分展现出企业责任。

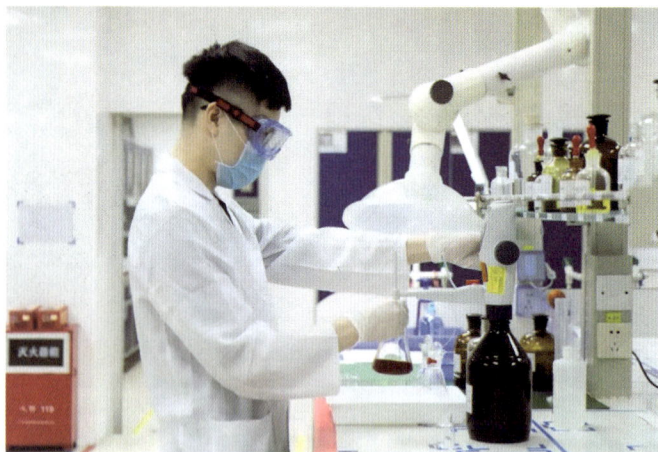
蓝月亮化验员在实验室进行产品检测

注重传递知识，引导全民科学防疫

特殊时期，各种信息纷繁复杂，不少防疫、清洁误区甚至谣言随意四散。为此，除了全力生产保证供应外，蓝月亮第一时间组织了产品与研发方面的专家，通力合作，从消费者角度出发，制作了疫情时期的家庭清洁防护指南、消毒产品使用卡、洗手指南等传播素材，并通过微信微博等官方平台进行发布，及时回答了"回家之后衣物如何处理""家居环境如何消毒""如何正确洗手"等消费者迫切想要了解的家庭清洁防疫知识。

同时，为了更好地服务消费者，蓝月亮还对内部的专业清洁顾问进行了专题培训，通过400热线24小时在线服务、微信等途径远程与消费者深入沟通，普及84消毒液、漂白水、除霉去渍剂等含氯产品的科学使用方法、注意事项，深入传播"科学洗手七步曲"等防疫知识，保证消费者用对、用会相关消毒杀菌清洁防护产品。

同气连枝，共盼春樱满江城

蓝月亮在抗疫过程中迈着低调而坚实的步伐奋力前行，受到了公众、媒体的关注及认可。2月19日，广东省委宣传部携人民日报、新华社、中央广播电视总台、日本NHK电视台等中外媒体记者团实地探访蓝月亮复工复产情况，展示了蓝月亮防疫用品的生产保障情况，为大众提振信心、安心抗疫注入了强心剂；3月6日，蓝月亮迎来了广东省卫生监督所、广州市卫生监督所的联合监督检查，获得高度肯定，并以实际行动展现了企业在全力保障消毒产品生产供应的同时，如何多措并举，严格把好产品质量关口，全力以赴打赢这场疫情防控阻击战。

助力疫情防控，蓝月亮有信心也有决心。罗秋平校友表示，蓝月亮将携手武汉及全国人民砥砺前行，齐心打赢这场疫情防控阻击战。

荆楚前程远，光辉岁月长。我们坚信，因为有无数一线工作者冲锋在前，因为有无数蓝月亮一样的企业以大爱驰援武汉、湖北人民，更因为有英雄的武汉和湖北人民自强不息、齐心抗疫，

中外媒体记者团参观蓝月亮复工复产情况

江城上空的阴郁终将消散，待到春和景明，荆楚大地定会再焕生机。

"保障一线医护人员亲属就业" 3 月 16 日战报

截至 3 月 16 日下午 5 点，参与本次活动的企业共 115 家，其中，世界 500 强 3 家，中国 500 强 8 家（含世界 500 强 3 家），共提供就业岗位 20449 个。

泰康保险集团、九州通医药集团、当代集团、卓尔集团、联影集团、费森尤斯卡比、奥山集团、蓝月亮集团、小米集团、金山集团、中开控股集团、高德红外、利泰集团、湖北格林森、亿纬锂能、海特生物、武汉第一口腔医院、湖北人文、公牛集团、宇业集团、海王集团 21 家企业共收到 803 份医护人员子女及家属简历，共录用 86 人。

"致敬白衣天使·保障子女就业"简历、录用统计（截至3月16日）			
用人单位	收到简历份数	医护人员子女家属简历份数	面试	录用
泰康保险集团	931	182	100	32
九州通医药集团	261	106	97	15
当代集团	329	64	60	4
卓尔集团	335	143	67	19
联影集团	292	58	28	6
费森尤斯卡比	20	4	4	0
奥山集团	217	21	21	0
蓝月亮集团	264	25	4	0
小米集团	170	54	43	3
金山集团	180	41	13	1
中开控股集团	373	11	70	5
高德红外	233	18	18	1
利泰集团	38	7	4	0
湖北格林森	72	20	0	0
亿纬锂能	71	0	23	0
海特生物	49	6	3	0
武汉第一口腔医院	31	17	0	0
湖北人文	12	4	2	0
公牛集团	108	11	3	0
宇业集团	32	10	2	0
海王集团	6	1	4	0

青山一道　吴越同舟

武大校友企业家支援韩国救援物资抵达首尔

3 月 16 日凌晨 3 点 06 分，由武汉大学校友企业家联合采购的救援物资搭载专用货运机 CK259 航班从上海起飞抵达仁川机场。这批物资由小米公益基金、中诚信集团、

景林资产、中珈资本以及蹇宏联合出资 400 多万元采购，包括医用口罩 50 万只、3M 口罩 10 万只、防护服 1 万件、防护面罩 1 万个。

武大校友企业家联谊会陈东升理事长得知校友的行动后，指示泰康保险集团也加入本次援助行动。泰康集团紧急出资 100 万元采购的救援物资也搭载本次航班抵达仁川机场。

本批救援物资不仅是武大校友企业家对韩国的支持，更是对韩国政府和人民在武汉疫情最危险时伸出援手的回报和感谢。

这批物资采购价格为 391 万元，其中小米集团出资 195 万元、中诚信集团出资 62 万元、景林资产出资 62 万元、中珈资本出资 62 万元、秘书长蹇宏个人出资 10 万元，加上泰康集团捐赠的物资和运费，本批物资的价值超过 500 万元。

这批物资主要在江苏采购，上海校友会、常州校友会、无锡校友会和韩国校友会主动担负起了物资的筹集报关工作，由宅急送专门负责运输。充分体现了"天下武大一家人"的全球校友通力合作的精神。同时江苏工信厅、上海市经信委、上海浦东机场、东方航空也给予了大力支持。

何绍军和德赛、东方雨虹在行动

2020-03-17

奔跑着参加抗疫

疫情发生以来，校友何绍军几乎是奔跑着加入抗疫的队伍中来。他率先以德赛名义向"珞珈白衣天使基金"、武大上海校友会、武汉亚心总医院、武汉亚洲心脏病医院、汉川市人民医院捐款捐药价值115.2万元，并动员和带领德赛系列、东方雨虹纷纷献爱心，累计捐款捐物价值700多万元。

1. 第一个向"珞珈白衣天使基金"捐款100万元。听闻一线医护人员不断有人感染生病、不断有人累到趴下，何

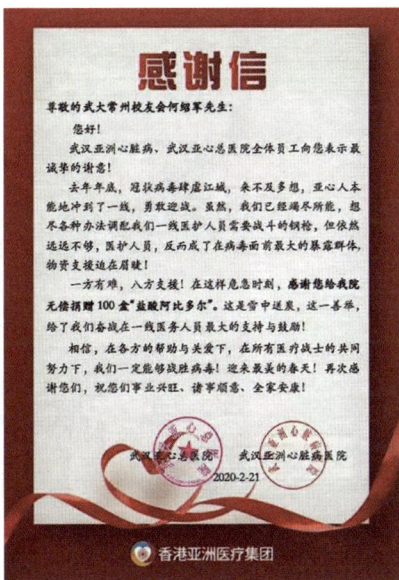

绍军甚为担忧。为此，他积极响应陈作涛、毛振华、喻杉发起的"珞珈白衣天使基金"的捐赠倡议，第一个捐款 100 万元。

2. 带动德赛捐赠。何绍军校友还联合珠海陈力校友以德赛律师事务所的名义捐赠 200 万元、广州闵卫国校友以德赛资产管理集团的名义捐赠 100 万元。

德赛系除了向"珞珈白衣天使基金"捐赠以外，还向其他机构捐赠近 200 万元，累计捐赠近 600 万元。

3. 生命速递的"保命药"：十分紧缺宝贵的 1100 盒盐酸阿比多尔，让许多"最美逆行者"流下感动的泪水。

当疫情肆虐江城之际，还在家中隔离观察的何绍军听说武汉亚心总医院和武汉亚洲心脏病医院的医护人员急需盐酸阿比多尔药品时，便动用国内外一切人脉关系紧急搜索。常州传来有货，可惜有校友已经捷足先登。人命关天，救命要紧，找，找，继续找。最终，何绍军校友终于在河南找到 100 盒盐酸阿比多尔，二话没说立即下单，火速寄送。

当听说湖北汉川成为疫情重区、急需盐酸阿比多尔时，何绍军联合武大上海校友会副理事长、申港证券总裁周浩校友紧急搜购 1000 盒，第一时间捐给汉川市人民医院。周浩校友十分感慨："何师兄组织的药品，并捐赠一半多的钱款，我仅参与了部分捐赠。何师兄与汉川并无直接渊缘，只是因为我上次捐赠时找过他了解情况，就一直记在心上，实在令人感动。"

何绍军：湖南常德桃源人，1988 年毕业于武汉大学，获法学、文学双学士，1999 年获武汉大学法学博士学位。1996 年和 1999 年先后赴美国芝加哥大学和瑞士比较法研究所从事国际金融法、国际私法研究。武大校董，武大商帮长三角分会轮值会长，武汉大学上海校友会常务副理事长兼创业分会会长，上海市湖南商会副会长，现任东方雨虹集团副董事长、上海东方雨虹防水材料有限责任公司董事长、上海君士德赛智能科技有限公司董事长。

何绍军

发动东方雨虹全力驰援火神山医院建设

何绍军校友发动东方雨虹积极投身火神山医院建设的行列，累计驰援武汉及全国其他地区 14 家应急医院项目建设，捐赠防水材料、医疗物资等价值 100 万元左右。

1 月 23 日，武汉市城建局紧急召集中建三局等单位举行专题会议，将参照北京小汤山医院模式，10 天内在武汉蔡甸建设一座火神山医院。作为建筑建材系统服务商，东方雨虹在何绍军校友的推动下第一时间迅速响应，并联合兄弟公司高能环境和东方雨虹全资子公司天鼎丰成立紧急工作小组，参照 2003 年援建小汤山医院的经验，自筹物资和人力，临时组建运输、施工、后勤保障组，以及含技术总工、项目经理、施工工人在内的项目团队，驰援火神山医院建设，承担防水、防渗、防护工程建设。

时间紧，任务重。东方雨虹努力克服武汉疫情迅速蔓延、施工现场交叉作业、各地封路材料难运等困难，重点攻克地下防水。经多方沟通，迅速敲定地下防水防渗用两道 600g 土工布和一道 2mmHDPE 防渗膜的技术方案，为防渗漏起到有效保障。与此同时，东方雨虹紧急调配物资、全力支援 6.3 万平方米土工布，为火神山医院做好防水、防渗、防护。同时，东方雨虹为武汉火神山医院和雷神山医院提供了 3 万平方米的"自粘沥青防水卷材"的双

重防水保障。东方雨虹、高能环境及天鼎丰运用高科技专业系统"锁住"医院污水，确保污水滴水不漏，得到武汉建工集团的高度认可。

东方雨虹还积极参与全国12家应急医院项目建设：驰援湖北孝感、荆门掇刀、苏州、西安、黑龙江、江西丰城6家应急医院项目建设，提供2.8万平方米的防水卷材及施工服务。同时，驰援蚌埠市第五人民医院防疫应急项目建设，提供2500平方米HDPE抗渗膜；驰援贵阳市公共卫生救治中心应急项目，提供50吨防水涂料；驰援山东临沂费县人民医院新型冠状病毒病房楼，提供2000平方米自粘防水材料、6吨非固化、2.5吨聚氨酯防水涂料及15人组成的施工队伍；驰援山西省晋中市传染病医院，为CT检查室用房增设SBS改性沥青防水卷材。东方雨虹子公司孚达科技为珠海中山大学附属第五医院提供6000平方米XPS eco环保型挤塑板产品。

除了提供优质服务以外，还为武汉火神山医院无偿捐赠2mm厚HDPE膜7560平方米、土工布62000平方米，为江西丰城人民医院捐赠3000平方米防水卷材，为广西百色市公安、交警、消防、医疗系统及田林县政府等捐赠4.5吨酒精类消毒物资，总计价值100万元左右。

疫情不除，决不收兵。东方雨虹将继续与各分、子品牌一起，以速度和效率，最终夺取疫情防控阻击战的全面胜利。

回报母校

2017年，何绍军以东方雨虹的名义为武大引进人才基金捐赠1000万元。

2012年至今，累计为武汉大学上海校友会及足球队、合唱团、爱心分会、老年分会、创业分会捐赠超过70万元。

何绍军校友说："我们定当好好做人，努力干事，多挣点钱，不辜负自己，不辜负家人，不辜负校友，不辜负朋友，不辜负社会，不辜负民族，当然还有非常重要的一点，就是不辜负母校，力争做一个合格的'珞珈人'。"

"保障一线医护人员亲属就业" 3 月 17 日战报

截至 3 月 17 日下午 5 点，参与本次活动的企业共 115 家，其中，世界 500 强 3 家，中国 500 强 8 家（含世界 500 强 3 家），共提供就业岗位 20449 个。

泰康保险集团、九州通医药集团、当代集团、卓尔集团、联影集团、费森尤斯卡比、奥山集团、蓝月亮集团、小米集团、金山集团、中开控股集团、高德红外、利泰集团、湖北格林森、亿纬锂能、海特生物、武汉第一口腔医院、湖北人文、公牛集团、宇业集团、海王集团、斗鱼 22 家企业共收到 873 份医护人员子女及家属简历，共录用 87 人。

"致敬白衣天使·保障子女就业"简历、录用统计（截至 3 月 17 日）

用人单位	收到简历份数	医护人员子女家属简历份数	面试	录用
泰康保险集团	931	185	100	33
九州通医药集团	275	106	97	15
当代集团	361	69	63	4
卓尔集团	342	143	67	19
联影集团	333	63	28	6
费森尤斯卡比	20	4	4	0
奥山集团	217	21	21	0
蓝月亮集团	264	25	5	0
小米集团	226	61	43	3
金山集团	264	56	21	1
中开控股集团	373	11	70	5
高德红外	233	18	18	1
利泰集团	38	7	4	0
湖北格林森	72	20	0	0
亿纬锂能	71	0	0	0
海特生物	60	6	3	0
武汉第一口腔医院	38	18	0	0
湖北人文	13	2	3	0
公牛集团	108	11	3	0
宇业集团	32	10	2	0
海王集团	6	1	4	0
斗鱼	229	36	13	0

武汉大学健康产业联盟在行动

2020-03-18

皇皇武大，巍巍珞珈！武汉大学健康产业联盟充分展示出武大学子的爱心与担当，在这次抗疫阻击战中，出钱出力，协同配合，齐心贡献自己的力量。

武大健康产业联盟在行动

由武大学子发起成立的健康产业联盟，充分发挥专业优势，积极组织各界力量。元明资本合伙人、迈胜医疗董事长田源会长，111集团执行董事长、联合创始人、卓尔发展集团于刚监事长，浦瑞生物医药总经理杨正茂秘书长等校友高度重视，多次开会组织动员。

在陈东升名誉会长、田源会长、杨志执行会长、于刚监事长、蹇宏常务理事、杨正茂秘书长等的领导下，成立了战疫协调小组，采取了一系列行动。

——组成工作联系班子，与蹇宏及秘书处建立日常联系。

——向全体健康产业联盟理事、会员发出通知，号召大家各尽所能，汇集资源，积极支持抗疫工作。

——以于刚监事长的公司牵头协调医疗物资，包括3万种药的国内外采购工作。

——以田源公司牵头联合纽约校友会协调美国方面的采购与相关工作。

——以杨正茂秘书长牵头协调国内外顶尖医疗界专家对治疗方案进行咨询。健康产业联盟充分发挥跨地域、跨专业、跨学科的优势，校友李大林、陈剑春、肖强海等积极协调上海、北京、纽约校友会以及全球各地资源的采购和分配。

多方筹集医疗物资

元明资本筹集物资并研发相关药物。元明资本携手旗下企业迈胜医疗迅速展开行动，在元明资本合伙人、迈胜医疗董事长田源博士的领导下，组建了以武汉公司为主的应急团队，负责全球范围的物资采购，统筹协调。截至目前，元明资本与迈胜医疗共采购 2400 副医用护目镜、5000 套医用隔离服和 10000 只防护面罩，先后向华中科技大学同济医学院附属同济医院、武汉大学人民医院、武汉大学中南医院、武汉市第八医院等医疗机构进行捐赠。

武大健康产业联盟会长田源博士

田源博士协调采购、捐赠医疗物资

武大健康产业联盟监事长于刚博士

于刚博士紧急调集的 10 万只医用口罩

1 药网三个"第一"战疫情。作为国内领先的互联网医药流通企业，1 药网及创始人于刚博士挺身而出，发挥自身企业的优势，创造了三个国内"第一"。

1 月 24 日，武汉的医疗物资急缺，大批一线医疗人员的防御保障工作受阻。1 药网仅用一天时间，便将抗击疫情必备的 10 万

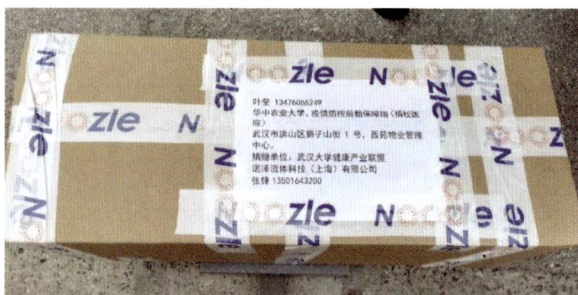

张锋校友以健康产业联盟的名义向华农医院捐赠防护服、N95 口罩、手套

只医用口罩调集于疫情中心，成为第一个打通生命通道，将宝贵的医疗物资以最快速度送到疫区前线的互联网企业。不仅如此，在于刚博士的决策下，1 药网率先向湖北地区免费开放在线问诊，成为第一个向大众开放医疗公益服务的互联网企业。1 月 26 日起，湖北省内的患者只要登录 1 药网发起问诊，就可享受 1 药网互联网医院提供的免费问诊服务，同时还第一个向全社会开放了慢性病免费远程续方服务。

健康产业联盟其他会员纷纷响应，吴文忠校友定向捐赠雷神山医院 100 万元，王文校友向武汉大学医院捐赠沙棘维生素 C 口服液 5000 支，马永鑫校友向武汉大学医院捐赠石斛手工皂 2500 块，李信校友向武汉大学医院捐赠氯喹啉 2000 盒，九瑞健康股份向泰康同济（武汉）医院等医院捐赠价值 100 万元的甘草酸注射液。在华农医院的求助下，张锋校友向其捐赠防护服、N95 口罩、手套一批。校友企业宅急送、百世汇通给健康产业联盟会员提供免费优质配送服务。

通过武大健康产业联盟对接，时代（中国）有限公司捐赠异旨康蛋白固体饮料 181 大箱共计 6516 盒，每盒 30 包。辽宁溢涌堂生物科技有限公司捐赠溢涌堂胶原蛋白沙棘

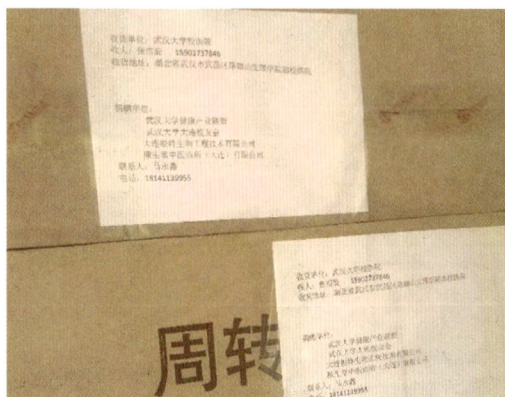

马永鑫校友以健康产业联盟的名义向武汉大学医院捐赠手工皂

王文校友以健康产业联盟的名义向武汉大学医院捐赠沙棘维生素 C 口服液

武汉大学医院物资接受函

通过健康产业联盟对接，时代（中国）有限公司及辽宁溢涌堂向武大人民医院捐赠

果汁饮品330大箱3300盒、每盒8瓶，溢涌堂生姜穴位贴和薰衣草穴位贴共50箱600盒、每盒50贴，益生菌粉2500盒。两家企业本次捐赠合计价值500多万元，定向捐赠给武汉大学人民医院。

武大浙江校友会2月18日开始众筹，第一批共计25台可供中轻症患者使用的双水平无创呼吸机（鱼跃YH830）捐赠给中南医院，1药网直接到厂家生产线截留现货，拿到最优底价并及时从昆山发出。

纽约、北加州及全球各地校友会纷纷慷慨解囊、身体力行采购运送医疗救助物资支援湖北、支援武汉，一起谱写了武大学子的青春礼赞、家国情怀。

支持医疗治疗

联盟利用专业优势成立学术顾问团，领军人为武汉大学病毒学国家重点实验室主任蓝柯，浙江大学生命科学研究院院长冯新华，清华大学医学院院长、中科院院士董晨，武汉大学基础医学院院长候炜，马里兰大学刘阳，MIT陈建柱，UCLA程根宏等免疫学专家，以及西南医学中心李国民、肿瘤专家等海内外知名专家教授，积极探讨新冠肺炎的治疗、预防等科学问题。同时利用多个微信群及时科普相关专业知识，为广大校友和家人提供防治及科普知识。针对网上各种不实言论和谣言提出专业的见解和剖析，阻断错误言论的传播。

感谢信

武大健康产业联盟、时代生物科技（深圳）有限公司、时代（中国）集团公司：

武汉大学全体师生向你们表示最诚挚的谢意！

2020年伊始，一场突如其来的新冠病毒疫情肆虐荆楚大地。作为武汉市承载病患最多的医院中的两家，武汉大学人民医院和武汉大学中南医院首当其冲擂响战疫抗疫前线；作为防护珞珈山疫情的前沿堡垒，武汉大学校医院也为守护师生的健康与生命安全而努力奋战。

在医疗物资极为短缺的危急时刻，感谢你们伸出援手，向武汉大学抗击新型冠状肺炎捐赠了大量的医疗救助物资，你们的善举不仅为武汉大学人民医院、中南医院和校医院的抗疫工作给予了强有力的保障，更坚定了我们战胜疫情的决心和勇气。

你们的爱心和信任让我们深受感动，也更觉责任重大。我们相信，在各方的帮助和关爱下，在所有医护人员的共同努力下，我们必将战胜病魔！祝各位诸事顺意，全家安康！

武汉大学
20 年3月

武汉大学对捐赠单位发出感谢信

浙江校友会捐助的呼吸机

为抗疫献计献策

除了企业家、产业界校友尽其所能为抗疫贡献力量，联盟的专业人士集思广益为新冠肺炎的防治积极献言献策，为政府采取相关措施发挥了重要的智库作用。1月20日，在疫情一线战斗的1982级周荣校友就建议武汉、黄冈等重点地区由政府尽快征用便民经济型酒店作为发热病人首诊隔离医学观察点，以及改进确诊病人的判断标准。常荣山校友前往疫情严重的黄冈市蕲春，为抗疫一线事业贡献专业力量，作为最美逆行的代表为武大学子垂范。

贴心关怀医护人员

中国社会科学院学部委员、校友朱玲研究员表示，从抗疫行动开始，性别研究妇女研究圈就在讨论，50%的医生及90%的护士是女性，但她们的女性用品需求一直难以

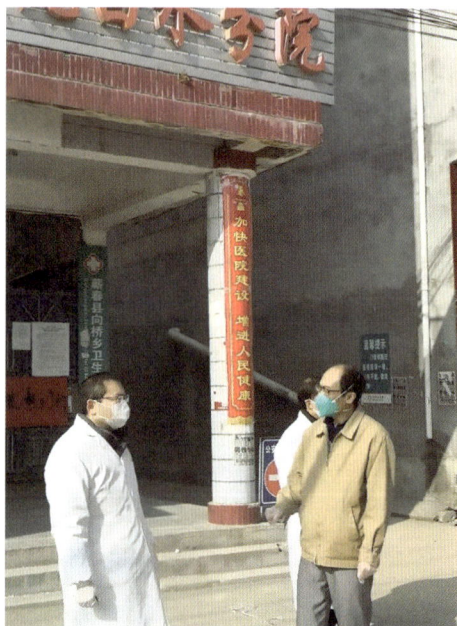

常荣山校友前往疫情严重的黄冈市蕲春县

得到满足。此次在新冠肺炎疫情中，朱玲研究员个人捐助了两个月的工资，同时健康产业联盟高度重视，协调联系采购了稳健医疗的全棉安心裤向泰康同济（武汉）医院、武汉大学人民医院、校医院等进行捐助。

健康产业联盟还计划申请泰康公共卫生基金，开展医护人员及家属照顾，支持新药开发，发动校友力量支持病毒学国家重点实验室、基础医学公共卫生和生命科学等学科的发展。

陈东升发出优先保障应届毕业医护人员子女就业的动员后，健康产业联盟会员单位积极响应，为广大一线医护人员子女提供工作岗位，致敬白衣天使。

天下之本在国，国之本在家，家之本在身。正是靠着这份家国情怀，一群可爱而无私的武大人进行着爱的传递，用爱的接力奋力守护生命通道，书写出一篇又一篇的生命赞歌。

"保障一线医护人员亲属就业" 3 月 18 日战报

截至 3 月 18 日下午 5 点，参与本次活动的企业共 115 家，其中，世界 500 强 3 家，中国 500 强 8 家（含世界 500 强 3 家），共提供就业岗位 20449 个。

泰康保险集团、九州通医药集团、当代集团、卓尔集团、联影集团、费森尤斯卡比、奥山集团、蓝月亮集团、小米集团、金山集团、高德红外、利泰集团、湖北格林森、亿纬锂能、海特生物、武汉第一口腔医院、湖北人文、公牛集团、宇业集团、海王集团、斗鱼 22 家企业共收到 875 份医护人员子女及家属简历，共录用 89 人。

"致敬白衣天使·保障子女就业"简历、录用统计（截至3月18日）

用人单位	收到简历份数	医护人员子女家属简历份数	面试	录用
泰康保险集团	932	186	100	33
九州通医药集团	275	106	97	15
当代集团	361	69	65	4
卓尔集团	343	144	67	19
联影集团	351	63	28	6
费森尤斯卡比	20	4	4	0
奥山集团	217	21	21	0
蓝月亮集团	264	25	5	0
小米集团	226	61	43	3
金山集团	264	56	21	1
中开控股集团	376	11	76	5
高德红外	237	18	18	2
利泰集团	38	7	4	0
湖北格林森	72	20	0	0
亿纬锂能	71	0	0	0
海特生物	65	6	3	1
武汉第一口腔医院	38	18	0	0
湖北人文	13	2	3	0
公牛集团	108	11	3	0
宇业集团	32	10	2	0
海王集团	6	1	4	0
斗鱼	229	36	13	0

天壕集团在行动

2020-03-19

捐赠 500 万元联合发起成立"珞珈白衣天使基金"

新冠肺炎疫情危急时刻，白衣天使不怕死、不惧累，无畏前行在抗击病毒的第一线，不断有医务工作者因感染病毒而倒下的新闻传来。校友陈作涛听闻此事，感恩他们的奉献，一直在想能为他们做点什么。

经过思索后，陈作涛决定对表现突出和不幸感染的临床一线医护人员进行奖励和慰问，解除他们的后顾之忧。他与毛振华校友、喻杉校友共同发起成立"珞珈白衣天使基金"。

2 月 1 日，校友陈作涛以个人名义捐赠 500 万元。从 1 月 31 日初步构想到 2 月 1 日基金落地，基金设立所用

为奋战在一线的医护人员做点事吧！

天壕投资集团捐赠500万元，助力武汉抗击疫情

致敬最美逆行者｜天壕投资集团捐赠500万元设立专项基金支持一线医护人员

新型冠状病毒感染的肺炎疫情，牵动着全国人民的心。天壕投资集团有限公司对此高度关注，竭尽所能为抗击疫情献出一份力！

2020年2月1日，由天壕投资集团董事长陈作涛先生（捐赠500万元人民币）、中诚信投资集团董事长毛振华先生、共识传媒出品人喻杉女士、辛尔拉股董事长同志先生、东方仙虹黑刚剧董事长何绍军先生、文科园林董事长李从文先生等共同发起，在母校武汉大学基金会向下设立一支专项用于补助和奖励奋战在疫情一线的医护人员的专项基金—珞珈白衣天使基金，用于补助和奖励奋战在一线的医护人员、研究人员对抗击疫情做出的突出贡献，致敬最美逆行者！

众志成城、同舟共济，天壕投资集团将持续关注疫情，与社会各界共同努力，为抗击疫情贡献更多力量！在此也望有更多有能力的企业和个人加入我们，一起支持一线医护人员！

武汉加油，湖北加油，中国加油！

关于"珞珈白衣天使基金"的捐赠倡议

新型冠状病毒感染的肺炎疫情，牵动着全国人民的心。危急时刻，有一群白衣天使，咬紧牙关、分秒必争，不怕死、不惧累，无畏前行在抗击病毒一线。其实，他们也和我们一样，只是一个个有血有肉的普通人，换了身衣服，便化为天使，和死神抢人。他们，饱含着视死如归的奉献精神，忠诚坚守着自己的使命职责，是疫情中最美的逆行者。

为回馈一线医护和研究人员为抗击疫情做出的突出贡献，致敬最美逆行者，在天壕投资集团董事长陈作涛先生（捐赠500万元人民币）、中诚信投资集团董事长毛振华先生、共识传媒出品人喻杉女士等校友的共同倡议下，武汉大学教育发展基金会决定设立"珞珈白衣天使基金"，专项用于奖励和补贴武汉大学附属医院一线医护人员、支持学校相关学院及附属医院开展疫情防治相关领域的科学研究。

在此，我们呼吁武汉大学校友及社会各界爱心人士关注、支持本基金项目，为一线医护和研究人员全力抗疫提供保障，为我们的"第二故乡"武汉、为我们的湖北、为我们的祖国献出一份力量！

倡议人：陈作涛 毛振华 喻杉
2020年2月1日

时间不足 24 小时。基金的倡议一经发起，理事长陈东升立即支持，校友们积极响应：周旭洲、阎志、曾文涛、何绍军、李从文、蒋锦志、舒心、易法锡、陈力、江黎明、郭水尧、程辉、罗爱平、赵兵、闵卫国等与各界爱心人士一起加入了联合发起人的行列。

截至目前，基金共募集资金近 3000 万元，第一批奖励慰问计划拟对武汉大学人民医院、中南医院和校医院在新冠肺炎临床救治中表现突出的临床一线医护人员进行奖励，并对在新冠肺炎临床救治中不幸感染的临床一线医护人员进行慰问，奖励慰问总人数达 630 人，总额 1370 万元，根据医院报送的奖励、慰问名单，奖励慰问金将及时发放至医护人员手中。

赞助武汉大学樱花诗赛活动

战地更需要诗歌！大学期间，陈作涛做过三年半的校报学生记者，曾参与樱花诗歌邀请赛，并见证它一步步成为全国高校著名文化品牌。缘于深厚的母校文化情结，从第30 届开始，陈作涛连续十年赞助全国大学生樱花诗歌邀请赛，努力将之打造为国内第

陈作涛：1992 年毕业于武汉大学管理学院企业管理专业，天壕投资集团执行董事，天壕环境股份有限公司董事长，聚辰半导体股份有限公司董事长，天壕新能源有限公司董事长，湖北珞珈梧桐创业投资有限公司董事长，北京云和方圆投资管理有限公司董事长，北京湖北企业总商会常务副会长，北京福建企业总商会常务副会长，资智回汉杰出校友，武汉大学校董等。

天壕投资集团有限公司成立于 1997 年，专业投资节能环保、新能源等新兴产业公司，旗下实体企业有天壕环境股份有限公司、聚辰半导体股份有限公司、天壕新能源有限公司。

湖北珞珈梧桐创业投资有限公司由武汉大学校友企业家联谊会及楚商商会骨干成员发起，创始合伙人有陈东升、雷军、毛振华、阎志、田源、艾路明、陈作涛、楚天舒等。珞珈梧桐以风险投资、产业并购、资产管理为主要业务方向，产业创新，资本助力，合力打造一批具有创新精神、工匠态度、极致产品、良好口碑的行业龙头企业。

陈作涛

第三届天壕珞珈新闻奖颁奖

签约现场

一校园诗歌品牌，成为高校文化盛事、全国大学生的诗歌狂欢节。经与《诗刊》主编李少君商议，2020年武汉大学第37届樱花诗赛不因疫情而中断，本届樱花诗赛以"诗咏战疫志，歌回九州春"为活动主题举办，注重讴歌新型冠状病毒肺炎疫情防控阻击战中的大国担当、感人事迹，积极反映全面建成小康社会、实现第一个百年奋斗目标及脱贫攻坚决胜战中的突出成就，积极弘扬社会正能量。

回报母校

向湖北省希望工程实施机构湖北省青少年发展基金会捐助500万元，用于赞助武汉大学樱花诗赛、设立"天壕珞珈新闻奖"资助武汉大学贫困学生、在武汉大学经济与管理学院设立"天壕奖学金"奖励优秀学子。向武汉大学捐赠1000万元成立人才引进基金，用于支持武汉大学人才引进项目。

资智回汉奖牌

积极参与社会公益

2010年，天壕环境捐资1000万元，与中华环境保护基金会合作发起设立"清洁发展基金"，在青海玉树等西部地区推动"金太阳援助工程""萤火行动"，在玉树余震不断的恶劣环境下为灾区安装太阳能路灯，建设"天壕爱心学校""天壕爱心村"，给西部边远地区带来光明和希望。

目前，陈作涛校友仍在积极为"珞珈白衣天使基金"募集善款，希望基金将来能惠及更多的一线医护人员。

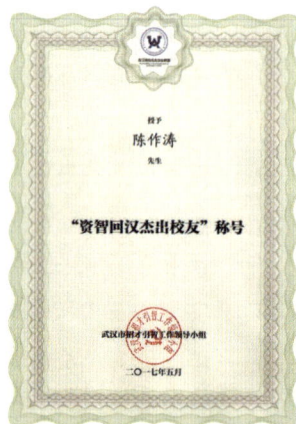

"保障一线医护人员亲属就业" 3 月 19 日战报

截至 3 月 19 日下午 5 点，参与本次活动的企业共 115 家，其中，世界 500 强 3 家，中国 500 强 8 家（含世界 500 强 3 家），共提供就业岗位 20449 个。

泰康保险集团、九州通医药集团、当代集团、卓尔集团、联影集团、费森尤斯卡比、奥山集团、蓝月亮集团、小米集团、金山集团、高德红外、利泰集团、湖北格林森、亿纬锂能、海特生物、武汉第一口腔医院、湖北人文、公牛集团、宇业集团、海王集团、斗鱼 22 家企业共收到 892 份医护人员子女及家属简历，共录用 90 人。

"致敬白衣天使·保障子女就业"简历、录用统计（截至3月19日）

用人单位	收到简历份数	医护人员子女家属简历份数	面试	录用
泰康保险集团	1131	191	105	34
九州通医药集团	275	106	97	15
当代集团	361	69	65	4
卓尔集团	344	144	67	19
联影集团	352	63	28	6
费森尤斯卡比	20	4	4	0
奥山集团	217	21	21	0
蓝月亮集团	333	31	5	0
小米集团	226	61	49	3
金山集团	264	56	22	1
中开控股集团	438	14	80	5
高德红外	237	18	18	2
利泰集团	46	8	4	0
湖北格林森	83	22	0	0
亿纬锂能	71	0	0	0
海特生物	72	6	3	1
武汉第一口腔医院	38	18	0	0
湖北人文	13	2	3	0
公牛集团	108	11	3	0
宇业集团	32	10	2	0
海王集团	6	1	4	0
斗鱼	229	36	13	0

美年大健康集团郭美玲一行看望、慰问校友企业家联谊会抗击疫情应急小组

3 月 19 日下午，美年大健康集团副董事长郭美玲、湖北公司总经理段泽彪一行到访武汉大学校友之家看望、慰问在一线的校友企业家联谊会抗击疫情应急小组，并送来防护服、水果、食物等物资。

秘书长蹇宏代表应急小组感谢美年大健康集团的关怀，并表示在理事长陈东升的部署下，应急小组疫情不除、战斗不止。

京山轻机在行动

2020-03-20

防疫管控，上下同心

　　1月23日，京山轻机成立疫情防控应急领导小组，李健总裁担任总负责人。公司向员工宣传疫情防治相关措施，疏导员工心理。从春节假期开始，每天以子公司为单位，检测员工身体状况、发布公司相关工作安排、内部协调各项资源；与此同时，对员工集中居住的小区进行轮值制防御。远在江苏和广东的晟成光伏、三协精密等集团兄弟公司向湖北总部寄送口罩、红外测温仪、消毒水等紧缺物质。

　　2月3日，公司全员在线云办公，远程为客户服务。2月15日，公司协助社区对四类人员进行摸底排查，号召公司2600多名湖北员工及家属做到不出门、不聚会。公司设置了 10 余个涵盖产品知识、技工技能、销售技巧管理知识、政策制度等内容的多项培训，员工在收获知识的同时也能避免外出，有效阻隔疫情。同时，公司第一时间落实湖北健康码管理，号召所有员工申领湖北健康码。公司国际销售团队向客户发送三封信，正面宣传中国、湖北、武汉抗击疫情所做的努力以及取得的成效，维护中国形象，坚定客户信心。

两个家乡，多份心意

疫情发生后，李健多次筹措物资，驰援家乡疫情防控。京山轻机向京山市慈善总会捐款 100 万元，用于一线医护人员奖励；向武汉红十字医院捐赠 2552 件进口防护服和 25 瓶克力芝；向华中科技大学协和京山医院捐赠 2000 件进口防护服和 25 瓶克力芝；向武汉大学捐赠 10 万元现金；向湖北省武警特勤处捐赠 300 只防护面具和 10 箱电动口罩；向惠环社区捐赠 100 只电动口罩；向马家塝社区捐赠 500 件防护服和 2000 只一次性口罩；员工自发捐助现金万余元。

除夕夜，京山市人民医院找到李健，希望能帮忙解决一批口罩。李健二话没说，迅速打听相关资源，从校友那里得知卓尔集团从海外找到了一批口罩和防护服。经过紧急协商，80000 只口罩和 5000 件防护服于 25 日晚从海外运抵武汉，连夜转运到了京山。

李健：武汉大学 1997 级经济学学士，2004 级工商管理硕士。湖北京山轻工机械股份有限公司总裁，湖北雄韬电源科技有限公司董事长，湖北荆楚粮油有限公司董事长，十二届全国人大代表，十二届湖北省政协常委，湖北省工商联副主席。

京山轻机秉承"千锤百炼、铸就辉煌"的企业精神，从一个乡镇小厂发展成为湖北省民营百强企业之一。集团下辖 20 余家控股公司和合资企业，其中京山轻机 1998 年在深交所主板上市、雄韬股份 2014 年 12 月在深交所中小板上市。集团还拥有国宝桥米、荆楚粮油、三协精密、晟成光伏等行业内知名的大型企业，产业涵盖了智能装备制造和现代农业两大板块。一直以来，京山轻机立足于走产业多元化发展之路，将企业逐步做大做强，力争发展成为大型集团公司。

李健

公司旗下京源国际公司接到了武汉防疫指挥中心特别委托的境外防护物资采购任务，公司立刻调动内部资源，全力配合完成任务，为武汉购得 30000 多件防护服。

一次齐心协力的小善举

2月1日下午1点，李健看到一条新闻说武汉金银潭医院附近的一家小餐馆在疫情期间没有歇业，一直为金银潭等医院的医护人员提供热食。看到这条暖心的新闻，他的内心很受触动，决定为餐厅捐赠大米和食用油。武汉封城，道路交通不便，京山轻机的同事通过一小段一小段近四小时的接力，为餐厅送去了115袋大米和28瓶食用油。

复工复产，共克时艰

3月15日，京山轻机陆续复工复产。复工前一天京山轻机对所有的工作区域进行了全面消杀。复工后，每天上班都进行消杀；员工进出厂区，统一在门岗处登记测量体温，无异常并更换口罩后方可进入厂区，所有在岗人员每四小时更换一次口罩；食堂延长中晚餐供应时间，各部门实行分批就餐；公司实行错峰上班，班车分批次接送员工。

京山轻机上下同欲、同舟共济，一定和武汉人民、湖北人民一起打赢这场疫情保卫战。

"保障一线医护人员亲属就业" 3 月 20 日战报

截至 3 月 20 日下午 5 点，参与本次活动的企业共 115 家，中国 500 强 8 家（含世界 500 强 3 家），共提供就业岗位 20449 个。

泰康保险集团、当代集团、卓尔集团、小米集团、金山集团、高德红外、利泰集团等 22 家企业共收到 923 份医护人员子女及家属简历，共录用 91 人。

"致敬白衣天使·保障子女就业"简历、录用统计（截至3月20日）

用人单位	收到简历份数	医护人员子女家属简历份数	面试	录用
泰康保险集团	1300	200	114	34
九州通医药集团	275	106	97	15
当代集团	371	69	66	5
卓尔集团	344	144	67	19
联影集团	352	63	28	6
费森尤斯卡比	26	4	4	0
奥山集团	266	26	26	0
蓝月亮集团	333	31	5	0
小米集团	226	61	49	3
金山集团	264	56	22	1
中开控股集团	438	14	80	5
高德红外	237	18	18	2
利泰集团	46	8	4	0
湖北格林森	83	22	0	0
亿纬锂能	71	0	0	0
海特生物	84	7	3	1
武汉第一口腔医院	38	18	0	0
湖北人文	13	2	3	0
公牛集团	108	11	3	0
宇业集团	38	14	6	0
海王集团	6	1	4	0
斗鱼	297	48	15	0

国宝桥米和荆楚粮油在行动

2020-03-21

  校友李健作为武汉大学 MBA 校友会会长和中欧国际工商学院湖北校友会的会长，号召武汉大学 MBA 校友会和中欧国际工商学院湖北校友会参加抗疫，两个校友会积极行动，他们捐款捐物，和湖北人民一起战疫。

  截至目前，武汉大学 MBA 校友会校友累积捐赠资金和物资合计金额超过 1000 万元。其中为武汉大学中南医院、人民医院、武汉亚心总医院等全省 80 余家医院，李兰娟院士医疗队，苏、川、沪等九省市援鄂医疗队，江岸区慈善总会等组织合计捐赠水果、牛奶、鸡蛋等生活物资超过 100 吨，医用口罩、防护镜等物资若干。参与的 MBA 校友人数超过 1000 人，其中武汉大学 MBA 校友会向泰康公益基金捐款合计逾 5 万元。

  李健校友同时作为中欧国际工商学院湖北校友会的会长，疫情发生以来一直和全球、全国和湖北的中欧人一起积极参与抗疫工作，驰援湖北及武汉等。截至 2020 年 3

武漢大學醫院

感谢信

尊敬的秦皇岛醇德一家生物科技有限公司、武汉大学武汉校友会：

  您们好！

  武汉大学全体职工及在校生向你们表示真诚的谢意！

  2019 年底新冠病毒偷偷肆虐江城，全市人民来不及多想，全民架起"钢枪"抗疫情，在"一方有难，八方支援"秦皇岛醇德一家生物科技有限公司负责人赵广豪和武汉大学武汉校友会陈向前秘书长带领下，硚口区党校副书记袁勇同志，武汉大学 MBA 校友会常务副会长黄恩东，秘书长陈向前，龙波、普龙、张红军等志愿者，迅速成立领导小组，联系接收医院、车辆运输对接、通行证的办理、市内物流运输等相关事宜，这一善举给了我们一线医务人员最大支持和鼓励。

  衷心的感谢您们的辛苦付出，给我们送来 24 吨（1450 箱）新鲜苹果，相信在以习主席领导的党中央正确领导之下，以及社会各界人士的热心关爱，各级党委的共同努力，我们医务工作有能力克服种种困难，一定能战胜病毒打赢没有硝烟的战争。

  再次感谢您们！预祝：身体健康，万事如意！

月 17 日，中欧湖北校友会对接校友捐赠口罩 351650 只、一次性手套 521500 双、护目镜 8450 副、防护服 35840 件、84 消毒水 9.96 吨合 3299 桶、酒精 1250 桶、核酸试剂盒 10000 个、其他日用食品及物品若干。

此外，作为京山轻机双轮驱动战略之一的农业板块也一直在行动。京山轻机集团的农业板块有两大控股公司：湖北国宝桥米有限公司和湖北省荆楚粮油股份有限公司。1 月 30 日，国宝桥米和荆楚粮油共同向湖北疫区捐赠 100 万元。

国宝桥米保供应

湖北国宝桥米有限公司是一家以生产优质大米——桥米而闻名全国的农业产业化国家重点龙头企业，公司集种植、存储、加工与销售于一体，实行"公司＋农户"的合作模式，通过打造全产业链业态的现代农业产业园，实现从农场到餐桌全程安全可追溯，从而为消费者提供安全、营养、健康的系列产品。它是湖北省委、省政府确定的湖北"一袋米"工程主体，是省委、省政府"四

生产的第一批 150 吨大米送往武汉

武汉国宝桥米货源充足

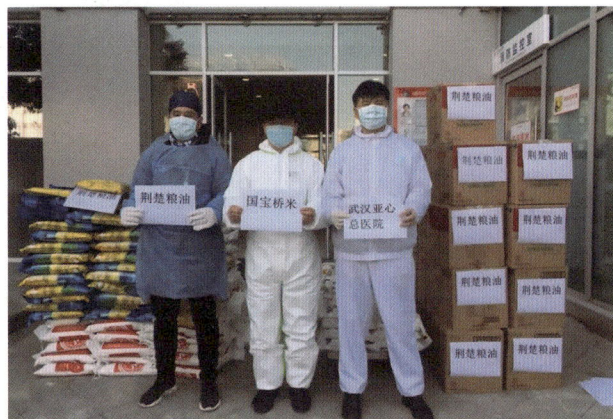

个一批"工程重点培育的农产品加工企业。

面对武汉疫情，1月23日国宝桥米召开应对疫情管理层会议，确定疫情期间"保供应，不断货，不涨价"，时刻保证800吨的地方应急储备粮任务，随时配合国家调货。

——1月25日组织员工加班加点生产优质大米200吨。

——1月28日，首批150吨国宝大米作为供应武汉市场应急保障物资连夜发往武汉，稳定市场大米价格，全力满足人民群众日常需求。

——1月30日，再次发送三车大米到武汉。

驰援抗疫英雄

2020年2月14日，武汉亚心总医院紧急呼吁社会各界，急需生活物资。国宝桥米获得消息后，第一时间安排专人对接，迅速组织捐赠工作。2月16日，国宝桥米联合荆楚粮油向武汉亚心总医院捐赠国宝桥米、荆楚大地菜籽油、荆楚大地优质灿米一批，发扬"守护生命，共抗疫情"精神，为战斗在抗击疫情第一线的医护人员落实"米袋子"，紧急提供生活物资后援保障。

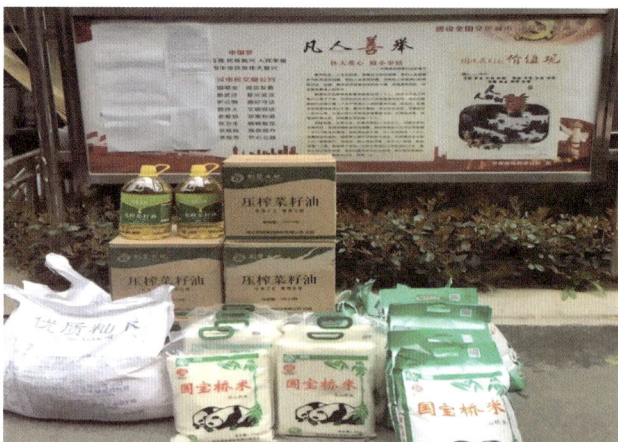

保障群众供应

作为本省龙头大米加工企业，要保障作为整个防疫攻坚战终端环节的社区粮油供应，国宝桥米一直在行动。3月9日下午，省委组织部相关领导一行慰问了对应的下沉社区——张家湾小区和鸿玺社区，详细地询问了疫情防护的有关事宜，了解面临的困难及需要协调解决的问题，对近期的有序防护工作给予充分肯定。

当天，国宝桥米联合省荆楚粮油积极组织货源、人员和物流车辆，分别为张家湾社区和鸿玺社区送上一批国宝桥米和荆楚大地菜籽油，为战胜疫情贡献一份自己的力量。

此外，国宝桥米对顺丰志愿者、水果湖机安社区也进行了捐赠活动。

荆楚粮油参与保障

湖北荆楚粮油有限公司是在湖北省粮食局引导下，由京山轻机控股有限公司控股，省内13家重点粮油流通及加工企业出资1.13亿元组建的混合所有制企业，负责组织实施"湖北放心粮油"市场体系建设工程。

1月27日，荆楚大地水果湖旗舰店作为"全国放心粮油示范店"恢复营业，增加蔬菜等物资保供稳价，为周边群众提供生活物资供应。

1月31日，荆楚粮油全体人员启动远程办公机制，统筹协调全省放心粮油市场体系运营，保障省内粮油市场稳定。

荆楚粮油支援一线

自2月4日起，荆楚粮油启动应急预案，远程组织调配货源，紧急抽调在汉员工支援仓库工作，协调相关单位提供交通支持，为武汉市14家福利院及殡仪馆开展粮油物资紧急捐赠物资供应及配送工作。

此次紧急供应的粮油物资合计大米8000袋（20吨）、食用油1000斤，配送地点遍布武汉三镇，配送周期长达7天，荆楚粮油紧急抽调省公司和国宝桥米公司的工作人员积极响应，克服种种困难，在做好安全防护工作的情况下全力完成配送任务。

社区作为整个防疫攻坚战的终端环节，承担了防疫、民生的重要职能。社区书记、网格员及下沉到各社区的公务员队伍长期在一线工作，为此次战疫胜利奠定了坚实的基础。荆楚粮油公司根据指示精神，组织购买了口罩3600只和防护服20件，3月10日和15日为茶港社区、幸福社区分别进行了口罩（各300只）及防护服（2件）的捐赠；3月19—22日将剩余的3000只口罩和防护服捐赠给相应的六大社区，为疫情的全面胜利助力。

"保障一线医护人员亲属就业" 3月21日战报

截至3月21日下午5点，参与本次活动的企业115家，中国500强8家（含世界500强3家），共提供就业岗位20449个。

泰康保险集团、九州通医药集团、当代集团、卓尔集团等22家企业共收到932份医护人员子女及家属简历，共录用92人。

"致敬白衣天使·保障子女就业"简历、录用统计（截至3月21日）

用人单位	收到简历份数	医护人员子女家属简历份数	面试	录用
泰康保险集团	1300	200	114	34
九州通医药集团	285	106	97	16
当代集团	371	69	66	5
卓尔集团	351	148	67	19
联影集团	397	66	35	6
费森尤斯卡比	26	4	4	0
奥山集团	266	26	26	0
蓝月亮集团	333	31	5	0
小米集团	226	61	49	3
金山集团	264	56	22	1
中开控股集团	438	14	80	5
高德红外	237	18	18	2
利泰集团	46	8	4	0
湖北格林森	83	22	0	0
亿纬锂能	71	0	0	0
海特生物	84	7	3	1
武汉第一口腔医院	43	20	0	0
湖北人文	13	2	3	0
公牛集团	108	11	3	0
宇业集团	38	14	6	0
海王集团	6	1	4	0
斗鱼	297	48	15	0

武大商帮、校友爱心捐赠

光大金融租赁公司向武汉大学附属医院、泰康同济（武汉）医院捐赠救护车

3月20日，光大金融租赁公司向湖北医疗机构捐赠10台负压式救护车，其中三台分别捐赠给武汉大学人民医院、武汉大学中南医院和武汉大学校医院，二台捐赠给泰康同济（武汉）医院。全部车辆已送抵并举行交车仪式。

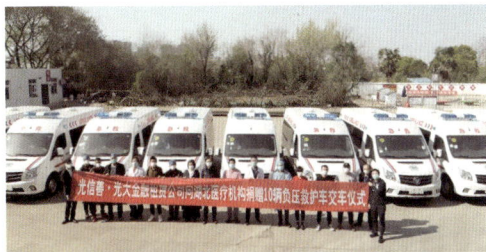

蓝月亮罗秋平校友向武汉大学捐赠10000瓶洗手液

3月21日，蓝月亮国际集团有限公司总裁兼CEO罗秋平校友再一次向武汉大学捐赠10000瓶洗手液，用于开学后每个学生宿舍的配备，目前该批洗手液已送抵武汉大学。

澳新分会在行动

2020-03-22

2月25日，武汉市中心医院接收了来自武汉大学新西兰、澳大利亚校友会的捐赠物资，这是澳新分会援助的第二批物资，这批物资从大洋洲到武汉，跨越万里来到了中心医院。

自武汉发生疫情以来，澳新分会（武汉大学校友会澳大利亚、新西兰分会，校友企业家联谊会澳大利亚、新西兰分会）的校友们身在万里之外、心在祖国，他们第一时间发起联合募捐，拉起一条跨越大洲的驰援之路，守护着自己深爱的"第二故乡"。

在大洋洲武大校友们的积极协调和昼夜运作下，截至2月9日，大洋洲武大校友的联合捐赠行动共募集善款66,567.80澳元、66,800新元、152,532美元、14.3万元人民币，采购物资共计超19万件，已向国内援助11批物资。

澳新分会第一时间组建了采购运营核心团队，主要成员有：

武汉大学校友企业家联谊会澳新分会会长叶青（武大1986级校友）

武汉大学澳大利亚校友会会长周建（武大1995级校友）

全球采购专家海尔集团澳新大区总监晏小明（武大1994级校友）

武汉大学新西兰校友会会长董杰（武大1984级校友）

医药界资深高管邵芸（武大1994级校友）

澳纽集团副总经理殷钢（武大1979级校友）

德勤高级税务经理屈郡（武大1999级校友）

医药界青年才俊罗及（武大 2012 级校友）

澳大利亚红酒出口商陈霞（武大 1995 级校友）

祖国召唤，立即征战

1 月 25 日，武汉大学校友企业家联谊会澳新分会、武汉大学澳大利亚校友会、武汉大学新西兰校友会正式共同发起联合捐赠行动，三个武大校友组织的成员们，在第一时间组建了一个高效、专业的采购运营团队。

捐赠行动启动当天，校友企业家联谊会澳新分会会长叶青率先个人捐款 5 万澳元。

1. 新西兰校友会积极行动。董杰会长与叶青校友、晏小明校友、副会长 Hannah Zhou、秘书长方玲、新西兰最大的华人媒体集团中文先驱媒体集团总经理于露等校友参与宣传、募捐和财务管理活动。

从发起捐赠活动以来，新西兰校友会参与捐赠活动共 48 人次。晏小明校友发动了新西兰中国商会、新西兰建行、海尔新西兰等中资企业和社会团体参与新西兰的捐赠活动。

在陈东升理事长发布总动员令后，董杰会长积极响应，发动新西兰校友 14 人向泰康溢彩基金捐赠人民币 19900 元。

2. 澳大利亚校友会积极行动。澳大利亚校友会在周建会长号召下，在澳大利亚发动募捐。周建会长与陈霞校友、罗桢校友、澳纽集团副总经理殷钢等一道在澳大利亚校友、华人、华侨中进行宣传，号召为祖国捐款，并用筹集的款项及时采购急缺的医疗物资发往国内。

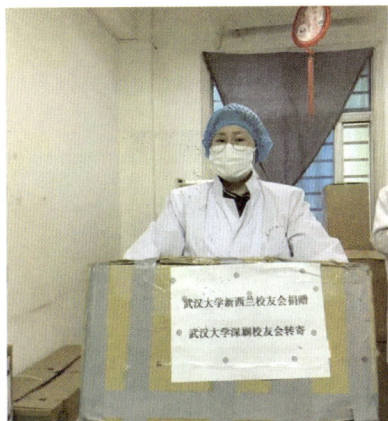

新西兰校友会捐赠

澳大利亚校友会采购的物资

不负使命，驰援祖国

武大 1994 级校友、全球采购专家海尔集团澳新大区总监晏小明介绍，募捐的第一天，他们在国内买的 4500 只口罩已寄出。他说："在为祖国募捐和采购的过程中，发生了很多感人的事情。在兄弟校友会帮助下，有爱心商家赔本卖给我们近 2 万件防护服，并且所有货款他还要捐出去。全球采购团队到处寻找货源，在校友们帮助下千方百计在日本买到超过 2000 件防护服。"

"校友雷军旗下小米公益提供无私支持，因为澳大利亚公共假日耽误了银行转账，英国校友会二话没说马上协助共同认捐 1 万英镑。这仅仅是开始，疫情不结束，我们还在继续努力，我从未觉得无能为力，因为有这么多老朋友、新朋友或者不知名的朋友在支持我们！"晏小明说。

随着全球医疗防护物资的逐渐紧缺，大洋洲校友的采购行动也遇到了很多困难，但通过充分调动相关行业协会、校友会联盟的所有校友会、各地同乡会、华人商会，最终成功筹集到了口罩、隔离服、防护服等大量澳大利亚本土物资。

武汉大学澳大利亚校友会会长、1995 级环境生物学校友，同时也是此次联合募捐行动主要负责人之一周建说："这次三个组织是第一次合作，调动了大洋洲全体校友的积极性和力量，特别感谢校友们的捐款出力，同时，非常幸运我们有一个专业的团队，比如，海尔集团的澳新大区总监晏小明校友，他的采购经验和现成的全球采购网络发挥

澳新分会采购的物资驰援武汉

采购的物资

了至关重要的作用。"

一次，周建会长通过澳大利亚武汉籍好友的介绍找到了 5 万只口罩的货源，当供应商听说是澳大利亚校友会捐给武汉的物资，直接决定按成本价把这批货留给校友会。几天后，这 5 万只医用口罩顺利运抵武汉，并在第一时间送到一线医务工作者手上。

除了校友们的义气支持，在全球采购紧缺医疗物资过程中，不断地有热心机构加入联合采购。

澳新分会各会长、校友寄语

特别希望表达我们对于一线医务人员的敬意，他们是这个时代全世界的英雄。

——武大校友企业家联谊会澳新分会会长叶青

身为曾经的武大人，我们骄傲！今天我们是武大澳大利亚校友会、武大新西兰校友会的一员，我们自豪！武汉加油，战疫必胜！

——武汉大学澳大利亚校友会会长周建

守卫武汉，守护我们可敬的医护人员。也许力量微薄，但我们从未放弃。

——武大 1994 级校友、全球采购专家海尔集团澳新大区总监晏小明

作为一个武大校友、一个湖北人、一个海外华人做我们该做的事：为中国加油，为湖北加油，为武汉加油，为珞珈山加油。

——武大新西兰校友会会长董杰

"保障一线医护人员亲属就业" 3 月 22 日战报

截至 3 月 22 日下午 5 点，参与本次活动的企业 115 家，中国 500 强 8 家（含世界 500 强 3 家），共提供就业岗位 20449 个。

泰康保险集团、九州通医药集团、当代集团、卓尔集团等 22 家企业共收到 932 份医护人员子女及家属简历，共录用 92 人。

用人单位	收到简历份数	医护人员子女家属简历份数	面试	录用
泰康保险集团	1300	200	114	34
九州通医药集团	285	106	97	16
当代集团	371	69	66	5
卓尔集团	351	148	67	19
联影集团	397	66	35	6
费森尤斯卡比	26	4	4	0
奥山集团	266	26	26	0
蓝月亮集团	333	31	5	0
小米集团	226	61	49	3
金山集团	264	56	22	1
中开控股集团	438	14	80	5
高德红外	237	18	18	2
利泰集团	46	8	4	0
湖北格林森	83	22	0	0
亿纬锂能	71	0	0	0
海特生物	84	7	3	1
武汉第一口腔医院	43	20	0	0
湖北人文	13	2	3	0
公牛集团	108	11	3	0
宇业集团	38	14	6	0
海王集团	6	1	4	0
斗鱼	297	48	15	0

"致敬白衣天使·保障子女就业"简历、录用统计（截至3月22日）

Part 2

战疫企业回头看

武大商帮战疫大回顾

2020年1月22日，理事长陈东升明鉴万里，部署成立了武汉大学校友企业家联谊会抗击疫情应急小组。60天后，疫情进入打扫战场阶段，胜利就在眼前。

60个日日夜夜里，我们同悲共喜！

60个日日夜夜里，我们白昼犹在！

60个日日夜夜里，我们携手战疫！

60个日日夜夜里，我们情同手足！

在重心转移到经济发展上的时候，我们共同回忆一起走过的60天。

武大商帮有力量

1. 捐款捐物。据统计，疫情期间武大商帮共向武汉大学（含珞珈白衣天使基金、附属医院、接管医院等）、武汉、湖北省及全国各地、韩国、伊朗等捐款、捐物折合人民币超过11亿元。

备注：（1）泰康同济（武汉）两次改造费用未计入，泰康未公布的不计入。（2）泰康理赔超790万元未计入。（3）个人及校友企业捐赠物资未折合人民币的部分未计入。（4）校友及校友企业为抗疫减免的费用，未折合人民币的不计入。（5）以企业上报和企业官方微信公众号数据为准。（6）不重复计算，企业将物资折合成人民币计算的不作为捐助的物资进行统计。（7）校友、校董企业计入，其他企业未计入。

2. 捐献物资。口罩（含 N95、医用、KF94 等）和防护服（含防护服、隔离衣、手术服等）等应急、抗疫、预防物资超 3000 万件，救护车超 10 辆，消毒液超 100 吨，奥司他韦等药品、提升免疫力滋补品超 5 万盒，水果超 20 吨，大量物资不计其数。

备注：（1）根据每日通报和企业上报数据整理。（2）只记录大宗物资，其他小宗物资未公布。（3）校友爱心捐赠品类繁多，摘录部分作为代表。（4）不重复计算，企业将物资折合成人民币计算的不作为物资进行统计。（5）数据仅供参考。

战疫第一阶段（1.22—2.13）大事记：珞珈山不相信眼泪

成立应急小组

2020 年春节临近，武汉的空气里充满着异样。经历过 2003 年"非典"的理事长陈东升和秘书长蹇宏怀着企业家天生的敏感，决定未雨绸缪，成立武汉大学校友企业家联谊会抗击疫情应急小组。

从这一天起，武大商帮战疫的大幕拉开。

在整个战疫期间，理事长陈东升是武大商帮的核心和灵魂。平时他的大部分精力放在社会、家乡和母校身上，"为天地立心，为生民立命"是理事长陈东升最好的写照。

秘书长蹇宏是整个战疫的执行者，"你好，我是蹇宏"成为疫情期间最美的声音，他的电话成为求助者最后的希望。理事长陈东升和武大商帮的一句"把蹇宏推向感动中国人物"，成为他在战疫期间的写照。

武大商帮的所有会员、校友、家属，在战疫期间的众志成城，是巍巍华夏千百年来"士人"精神的完美诠释。

物资，物资，还是物资

在整个战疫期间的第一阶段，物资成为永恒的主题。

我们忘记不了张健校友 5040 件防护服的曲折经历，忘不了周旭洲校友在外国开会还采购口罩邮寄回国的经历，忘不了蒋锦志校友为了韩国大采购全额垫资的担当，忘不了泰康同济（武汉）医院开业、众校友从米面到 CT 机的支援，忘不了海外校友、华人和

理事长陈东升

华侨对祖国的支持……

武大商帮筹集物资的高潮是韩国最大单笔防护物资的采购：1月30日第一批8.4吨防护物资到达，1月31日第二批7.8吨防护物资到达，2月4日第三批85吨防护物资到达，2月20日凌晨第四批防护物资到达。四次到货共计180余吨。这笔物资在战疫最艰苦的时候给了医护人员最大的信心：我们不是一个人、一家医院在战斗。

3月16日，面对韩国疫情，武大校友采购391万元物资捐赠给韩国。其中，小米集团雷军出资195万元，中诚信集团毛振华出资62万元，景林资产蒋锦志出资62万元，中珈资本代表周旭洲、曾文涛等出资62万元。

秘书长蹇宏

泰康集团陈东升理事长听说后，立即捐赠100万元物资，和武大校友们一起捐给韩国。"青山一道，吴越同舟"，武大商帮心怀感恩。

泰康火线开业

整个战疫期间的高潮是泰康同济（武汉）医院的火线开业，这次开业是以理事长陈东升为代表的武大商帮率先打响的反攻战。

2月8日，泰康同济（武汉）医院提前开业，这次的开业没有锣鼓喧天和鞭炮齐鸣，有的是视死如归的责任和前赴后继的勇气。泰康医院边建设、边收治，武大商帮全员支持，各种物资源源不断。执行院长肖骏说：这是一场硬仗，泰康（同济）医院的开业获

韩国大采购物资

捐赠韩国物资

泰康同济（武汉）医院出征

得极大的社会反响，从中央媒体到地方媒体纷纷点赞。

战疫第二阶段（2.14—3.23）大事记：总攻战打响

理事长陈东升发布打响总攻战动员令

2月13日，疫情防控工作到了最吃紧的关键阶段。理事长陈东升发布打响总攻战动员令，号召武汉大学校友企业家联谊会、武汉大学校友和楚商联合会参与到这场斗争中来，特别是要发挥在全球的物资采购能力，积极驰援武汉进行总攻。

武大商帮和武大校友群雄激昂，他们在第一阶段成绩的基础上百尺竿头、更进一步，他们毫不懈怠，继续驰援武汉，驰援荆楚大地，为武汉总攻战殚精竭虑。

理事长号召关怀一线医护人员

2月23日，针对武汉抗疫形势的好转，物资、医护、床位已经基本到位。理事长陈东升说，现在最重要的就是保障医护人员的战斗力和关爱医护人员。

武大商帮和楚商联合会积极参与到"爱心果蔬卡"和保障医护人员子女就业上来。武大商帮纷纷响应，针对医护人员子女开绿灯，优先录用。

光荣榜

在战疫期间，还有很多校友、爱心人士捐款捐物，和武大商帮一起积极战疫，特别鸣谢以下企业、校友、爱心人士（部分摘录，排名不分先后）。

3月19日，武汉和湖北双清零。理事长陈东升为武汉祝福：这一次武汉经济受到重创，是暂时的。新一线城市的方向没改变，武汉还会飞起来。

序号	时间	名称	捐赠
1	1月27日	金山软件	捐款130万人民币
2	1月27日	奇致激光	向武汉红十字会捐赠50万
3	1月27日	即刻公司	向武大抗击新型肺炎基金捐赠100万
4	1月27日	徐涛校友	捐赠100万支持蔡甸抗击疫情，后续还捐助大量酒精、防护服等物资
5	1月29日	源启科技	向湖北慈善总会捐款50万元
6	1月29日	深圳展博投资	捐款200万
7	1月30日	刘松、刘鹤	捐款100万
8	1月30日	中企辉耀文化（北京）	捐款10万元给武大抗击肺炎基金
9	1月30日	巨成公司	向武大抗击疫情专项资金捐款20万元
10	1月30日	君悦律师事务所	捐款38万

序号	时间	名称	捐赠
11	1月31日	曾文涛校友	1、捐赠30万美元给纽约校友会。2、捐100万为武大珞珈爱医基金
12	2月1日	芒果V基金	捐赠首批物资共计806428元
13	2月2日	EMBA户外协会	向武大抗击疫情专项基金捐赠10万元
14	2月4日	湖北午时药业	向武大三家医院捐赠103万的抗病毒类药品
15	2月8日	袁夫稻田	捐赠两万斤有机大米，有机羊奶一千箱
16	2月8日	罗爱平校友	通过泰康溢彩基金会向天门捐赠200万用以抗击疫情
17	2月12日	张洪涛校友和张贵宝校友	捐赠给武昌社区医院230台制氧机
18	2月13日	良品铺子罗静枫校友	在第一轮为武大三家医院捐赠价值100多万各类食品外，2月13日晚再次给泰康同济医院捐送各类食品850件
19	2月13日	格林森童军	捐赠300台空气净化器
20	2月14日	广东宏巨投资	为武汉抗击疫情捐款15万

序号	时间	名称	捐赠
21	2月16日	海华永泰律所和QIANJIANG-KEEWAY	7500件防护服
22	2月17日	智莱科技董事长干德义	向母校人民医院和中南医院各捐50万、咸宁市中心医院30万元，共计130万元人民币
23	2月21日	兴安盟	兴安盟驰援百吨生活物资
24	2月24日	全国戈友会	捐赠卫生巾、甜睡裤共计528箱
25	3月3日	蒙牛集团	捐赠给武汉大学9000箱（250MLX24盒）常温纯牛奶
26	3月3日	校友秦渊	联系百世集团捐赠500箱各类副食品、饮品等
27	3月3日	校友袁勇刚	捐赠一千箱羊奶给泰康（武汉）同济医院
28	3月4日	天津湖北商会会长朱道六	捐赠给武汉大学人民医院、武汉大学中南医院各5吨，共计10吨水果
29	3月5日	兴安盟	捐赠400公斤中药材—黄芪
30	3月5日	大道至简亲传弟子班	30位同学和台湾陈亦纯先生共同捐赠武汉大学FFP2口罩2180个
31	3月7日	深圳博林集团林友武	向"珞珈白衣天使爱医基金"捐赠200万
32	3月8日	校友企业家联谊会联合公牛集团、美瑞健康国际	给武大三个医院送去总价值180余万、6000多盒的面膜
33	3月11日	辽宁溢涌堂生、时代中国	捐赠物资价值折合500余万人民币
34	3月20日	光大金融租赁公司	三台救护车分别捐赠给武汉大学人民医院、武汉大学中南医院和武汉大学校医院，二台救护车捐赠给泰康同济（武汉）医院

"保障一线医护人员亲属就业"3月23日战报

截至3月23日下午5点，参与本次活动的企业115家，中国500强8家（含世界500强3家），共提供就业岗位20449个。

泰康保险集团、九州通医药集团、当代集团、卓尔集团等22家企业共收到932份医护人员子女及家属简历，共录用94人。

"致敬白衣天使·保障子女就业"简历、录用统计（截至3月23日）				
用人单位	收到简历份数	医护人员子女家属简历份数	面试	录用
泰康保险集团	1320	202	114	34
九州通医药集团	285	106	97	16
当代集团	383	71	67	5
卓尔集团	351	148	67	19
联investment集团	397	66	35	6
费森尤斯卡比	30	4	4	0
奥马集团	266	26	26	0
蓝月亮集团	333	31	5	0
小米集团	283	69	51	3
金山集团	341	66	24	2
中开控股集团	473	15	85	0
高德红外	301	22	18	2
利泰集团	46	8	4	0
湖北格林森	101	28	0	0
亿纬锂能	74	0	0	0
海特生物	93	7	3	1
武汉第一口腔医院	46	20	0	0
湖北人文	13	2	3	0
公牛集团	108	11	3	0
宇大集团	38	14	6	0
海王集团	24	2	10	0
斗鱼	297	48	15	0

宅急送坚守岗位忙复工

2020-03-24

3月23日，受陈东升理事长的委托，武汉大学校友企业家联谊会秘书长蹇宏慰问位于蔡甸区的宅急送湖北分公司，了解复工的状况和困难。

宅急送成立于1994年，现有员工2万多人，车辆2000多辆，湖北分公司有员工500多人，从抗击疫情开始直到现在60多天，一直坚守物流生命线，一天都没有休息过。宅急送为社会各界特别是广大武大校友捐赠的物资免费运输，在2019年业务转型、结构调整的情况下，垫付了1000多万元的运费。

蹇宏秘书长代表陈东升理事长和校友企业家联谊会对宅急送在抗击疫情中的重大贡献和付出表示感谢，并表示全力支持宅急送的复工，将协调当地政府对接具体工作，同时赠送了

1600 只医用口罩、1000 双手套和 4 箱酒精。

随后蔡甸区政府常务副区长赵永强和商务局局长胡田涛受蹇宏秘书长邀请一同考察了宅急送的物流中心，仔细了解复工后的困难和急需的支持。蹇宏秘书长说："根据陈东升理事长的指示，我们已转入经济恢复与发展的第二战役，武大校友企业家联谊会和楚商联合会将一同为武汉乃至湖北地区的复兴继续战斗。"

"保障一线医护人员亲属就业" 3 月 24 日战报

截至 3 月 24 日下午 5 点，参与本次活动的企业 115 家，中国 500 强 8 家（含世界500 强 3 家），共提供就业岗位 20449 个。

泰康保险集团、九州通医药集团、当代集团、卓尔集团等 22 家企业共收到 932 份医护人员子女及家属简历，共录用 95 人。

"致敬白衣天使·保障子女就业"简历、录用统计（截至3月24日）

用人单位	收到简历份数	医护人员子女家属简历份数	面试	录用
泰康保险集团	1503	209	118	34
九州通医药集团	285	106	97	16
当代集团	383	71	67	5
卓尔集团	354	150	67	19
联影集团	432	67	35	6
费森尤斯卡比	30	4	4	0
奥山集团	301	26	26	0
蓝月亮集团	393	31	6	0
小米集团	283	69	51	3
金山集团	341	66	24	2
中开控股集团	473	15	85	6
高德红外	301	22	18	2
利泰集团	52	7	3	0
湖北格林森	101	28	0	0
亿纬锂能	74	0	0	0
海特生物	98	7	3	1
武汉第一口腔医院	46	20	0	0
湖北人文	13	2	3	0
公牛集团	141	11	4	1
宇业集团	38	14	6	0
海王集团	24	2	10	0
斗鱼	297	48	15	0

东呈集团湖北区域砥砺前行

2020-03-25

在这次疫情中，酒店业深受重创，东呈集团也不例外。但东呈集团湖北区域受到的是深深的重创，因为湖北区域参与抗疫程度最深、区域最广、损耗最大。

今天，我们把重心由战疫转移到经济发展上来，疫情之下战疫企业的经营发展问题就显得无比重要。3月24日，受陈东升理事长委托，蹇宏秘书长走访了东呈集团湖北区域，湖北区域总裁来世明接待了蹇宏秘书长一行，并详细介绍了东呈集团湖北区域在董事长程新华关怀下战疫回顾及复工和后续经营情况。

东呈集团在湖北酒店业影响力居前

东呈集团在全国有3000多家酒店，其中湖北有400多家。旗下有城市便捷酒店、宜尚酒店、万枫酒店、怡程酒店等，在湖北酒店业的规模、收益和影响力排名居前。

目前怡程酒店入住190人，被青山国电公司征用。万枫酒

秘书长蹇宏、来世明总裁等交谈

秘书长蹇宏走访宜尚酒店

秘书长蹇宏走访万枫酒店

店被征用，北京大学附属人民医院医疗队133人入住。江苏医疗队81人于2月9日入住宜尚酒店，3月17日撤离武汉。酒店在3天内收拾一新，目前被民政局征用，农科院志愿者入住。

东呈集团湖北区域战疫大回顾

1月21日，东呈国际集团成立疫情防控总指挥部，创始人程新华担任总指挥。东呈集团湖北区域作为程新华董事长的故乡，又是疫情重地，程新华董事长亲自挂帅指挥。程新华董事长了解到一线医护人员和援鄂医疗队没有地方入住的情况后，立即为白衣天使们免费提供住宿服务，并提供相关便利，解决援鄂医疗队的后顾之忧。

截至3月24日，东呈集团湖北区域超过3000人一直坚守岗位，东呈集团湖北区域90%左右的酒店已经营业，陆续提供超20000间客房。湖北省全省超250家酒店被征用，其中武汉市超过180家酒店被征用，超过20家酒店被改造成隔离酒店。东呈集团协和医院店截至今天还在免费。

疫情期间，东呈集团湖北区域拿出300万元现金奖励员工：100万元奖励疫情期间先进员工，100万元补助困难员工家庭，100万元补助员工。

如果湖北区域全部更换布草（床单、毛巾、被罩等）并计入损耗，将超2亿元。湖北各地政府于2月10日陆续补助酒店房费，2月10日前东呈集团湖北区域为一线医护人员免费提供的住宿、餐饮等费用超过1000万元。为湖北省和武汉市各酒店采购的消杀用品等费用超500万元。

东呈集团湖北区域在整个战疫期间，为武汉市、湖北省预损失超过2亿元。对东呈集团湖北区域来讲，这是一场流着血参加的战役！

3月21日，程新华董事长发出《致员工的一封信》，信中说：因为有你们，我充满信心。各位东呈的同事,让我们为自己做出正确的选择、做对的事情,使自我更为强大。"

三座大山压肩

目前战疫已经进入收尾阶段,东呈集团湖北区域正在着手恢复日常运营。虽然东呈集团湖北区域砥砺前行,但"想说爱你不容易",房租、员工、损耗这三座大山压在东呈集团湖北区域的肩上。

第一座大山:房租。目前,国营企业和央企、大的民营企业,进行了不同程度的租金减免。但对于东呈集团湖北区域来讲,房东基本为私人企业或个体,房租无法减免。国家对于房租减免政策没有明确出台,两个月及后续的几个月,会是东呈集团湖北区域经营爬坡的艰难阶段。

第二座大山:员工成本。东呈集团湖北区域非常关注员工及团队建设,在疫情期间,因疫情不能上班的员工,东呈集团湖北区域员工工资照发。疫情期间加班的员工,东呈集团湖北区域给予相关费用。

第三座大山:损耗费用。东呈集团湖北区域超过20000间客房被征用,如果湖北区域全部更换布草、计入损耗等,目前预计损失超2亿元。

经营爬坡自救措施

这次疫情对酒店业打击沉重,疫情好转后,又面临着传统的淡季。东呈集团湖北区域可能面临有史以来最艰难的经营爬坡阶段。

东呈集团和湖北区域通过多种措施进行自救。

1.严格执行防控措施。严阵以待,全面执行消杀,控制饮食卫生,配发口罩,检测顾客和员工体温,关闭酒店公共区域等防疫措施。

2.加盟商费用减免。东呈集团湖北区域对湖北的加盟店进行费用减免,共克时艰。

3.金融支持。东呈集团联合金融机构,面向加盟商推出"改造升级"专项贷款10亿元,"新店装修"贷款30亿元,"股东周转"贷款10亿元,共计50亿元。

4.联合采购。东呈集团推出"酒店物资降本采购"政策,发动东呈商城采购平台130家合作供应伙伴,对东呈集团旗下各品牌酒店的物资采购给予降本支持,最高降低15%。

5.缓本降息。东呈集团联合金融机构对加盟商提供"缓本息、降利率"的特殊金融支持。特别对湖北区域本金延期6个月,利息延期3个月,阶段降息3个月。其他区域本金延期4个月,利息延期3个月,阶段降息2个月。

两个问题致敬东呈集团

即将离开时,我们问了来世明总裁两个问题。

第一个问题:东呈的加盟商愿意免费参加抗疫吗?

来总说:"加盟商对东呈集团和程新华董事长有着高度的信任,大家非常团结。程新华董事长与大家沟通并发出号召后,加盟伙伴立即响应。全部参加到抗击疫情的战斗中来,没有怨言。"

第二个问题:湖北区域今天遇到经营爬坡的困难,后悔吗?

来总说:"湖北作为董事长的故乡,程新华董事长亲自挂帅指挥,并提供资金、物资等进行全方位支持,我们湖北区域由衷感谢程新华董事长。抗击疫情,不单是国家的事、政府的事和医院的事,也是我们企业和个人的事情。程新华董事长说国家繁荣昌盛,社会和谐进步,百姓丰衣足食,东呈集团才会发展得更快,发展得更好。如果让董事长再选择一次,我相信他还会像今天一样参加抗疫。"

我们坚信,在企业的自身努力和拼搏下,有楚商与校友企业的抱团,加上政府如果能及时出台一系列扶持企业、刺激市场的政策,我们一定能渡过难关。祝福以东呈国际为代表的酒店业,祝福程新华校友。

卓尔智联携手商户，跑步创新搞活经济

2020-03-26

受陈东升理事长的委托，3月25日，蹇宏秘书长、楚商联合会副秘书长沈丹走访了卓尔智联旗下的汉口北国际商品交易中心（以下简称"汉口北"）。卓尔智联副总裁、汉口北集团总裁曹天斌接待了蹇宏秘书长和沈丹副秘书长一行，并向他们通报了汉口北复工复产的进度，重点介绍了汉口北携手商户准备依靠快跑创新、走出疫情阴霾的措施。

秘书长蹇宏走访汉口北

全国排名居前的汉口北

汉口北原规划占地 3800 余亩，建设超过 800 万平方米的批发市场，是目前全国新建市场规模最大、交易额最多的商品交易中心。2019 年全年线下销售额超 870 亿元。

2019 年汉交会上，中国商业联合会、中国市场学会等机构这样评价汉口北：转型升级的典范、创新引领的样板和发展平台经济的先锋。

汉口北抗疫大回顾

集团长子战疫情

汉口北是卓尔控股的"长子"，在卓尔控股旗下历史悠久，人员众多，员工对企业的认同度很高。在这次疫情中，汉口北交出了让人满意的答卷。

1 月 25 日，汉口北集团接到校友阎志的战疫指令，立即组建 45 人的志愿服务队，依托商品货源、渠道优势和供应链整合能力，全力支援方舱医院和应急医院运行保障工作，并关爱医护人员。

2 月 3 日，汉口北志愿者闻令而动，通宵达旦支持武汉客厅方舱医院建设。

2 月 7 日，卓尔盘龙城应急医院设立后，汉口北派驻工作团队进驻提供保障，持续配送约 10 万件应急医疗物资、设备及生活用品，确保了医院平稳运行，还为医护人员配送零食、饮品，化解他们紧张战疫的心理压力。

应急医院使命完成后，志愿者们又转战盘龙城康复驿站多次捐送面膜、剃须刀、洗面奶、食品，慰问、关怀驻扎在汉口北酒店的吉林援鄂医护人员。

3 月初，汉口北志愿者将包含口罩、大米、书籍的 5000 份"爱心礼包"送往盘龙城、滠口街部分社区楼栋与家庭，助力"无疫情社区"创建。

同心牵手，共战疫情

在汉口北集团的感召下，汉口北商户踊跃捐款捐物，全力保障防护物资供应，使汉口北成为支持战疫的"粮草大营"。数百商户发挥自身经营特色，为抗疫一线捐送大量消毒液、酒精、口罩、手套、饭盒、蒸饭车、暖手宝、保温箱等自营商品。

当志愿者提出采购需求时，众多商户克服货物集运困难，以最低价格最快速度供货，人在外地的商家甚至允许撬锁取货，支持汉口北集团多次在 24 小时内完成数十大类、数万件应急生活物资的及时供应任务，骑骥贸易、阳光商贸等一批商家还主动捐赠大量饼干、面膜

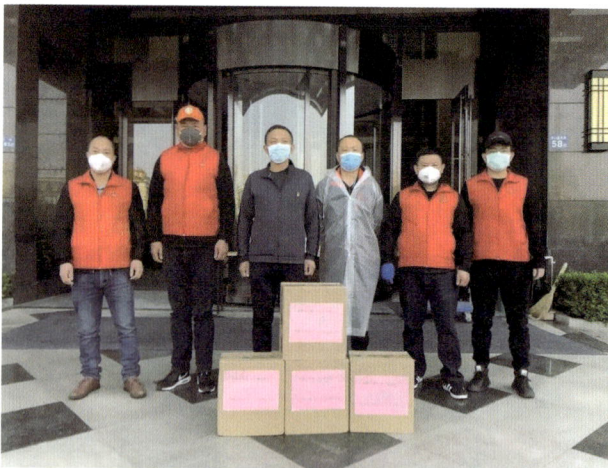

汉口北商户捐赠

等商品，为做好抗疫后勤保障、关爱医护人员贡献了力量，彰显了社会担当。

携手商户快跑创新

今年，中小企业和小微企业的生存是个大问题，校友阎志说："跟着我们的人，首先保证想办法让人家活下来。虽然汉口北一直走在创新的路上，但这次疫情倒逼我们更加快速转型升级。我们本来就要进行调整，但是现在调整的步伐更快。"他们通过四大项措施，积极带领商户走出疫情影响。

云开市助力

1. 线上订货会。线上业务在疫情期间照常进行，现在发货量超过 2019 年同期水平的发货量，也高于疫情前正常情况的发货量。积极拓展线上订货会，是汉口北和广大商户今年不受疫情影响的保证。

2. 和线上平台交互共赢。和单品类网站建立联系，例如爱陶瓷、外贸牛等，拓宽线上渠道。目前已经和 300 多家单品类的网站建立了联系，其中有五六十家明确表示在汉口北建立体验馆或旗舰店。汉口北提供场地，提供终端，同时汉口北商户可以做供应商。专业的网站对应专业的供应商，达到共赢的目的。

3. 直播带货。汉口北 3 月初开始和国内多家专业直播平台为商户做培训，进行直播带货方面的经验传授。3 月 28 日开市就有部分商户进行直播带货，同时，汉口北将打造直播大基地，为商户进行直播培训、交流等提供便利条件。

汉口北有做线上交易的先天优势，物流和仓储在国内是一流的，仓储有 100 万方，同时物流可以到达全省乡镇，而且在武汉率先开通点对点物流，服装企业开通广州、杭

州到武汉的货运专线等。

做好防控

1. 全面消杀。汉口北国际商品交易中心已经全面消杀，3月21日起进一步做好消毒措施，并进行设施检验、维护和修理。

2. 防护物资供应充足。目前汉口北已经准备10万只口罩，隔离衣、手套等备货充足，可以满足正常复工需要。

3. 源头把控。检测顾客、员工和商户的体温，进门办理手续，一律佩戴口罩，建立可防可追溯体制。

4. 电梯、手扶梯、洗手间、地面等及时消毒，高频次进行消杀和垃圾清理。

众邦银行支持贷款

为支持小微企业抗疫复产，众邦银行推出利率优惠的专项产品"战疫云贷"。截至3月18日，众邦银行"战疫云贷"产品已投放近4000万元，支持19家小微企业加速复工复产。该产品主要面向单户授信在1000万元及以下的小微企业、个体工商户发放，利率低于市场3～4个百分点，办理手续简便，实现全流程线上办理，可采用信用、保证等多种灵活的担保方式，帮助受疫情影响的小微企业有效缓解短期流动资金难题。

为应对此次疫情，帮助湖北民营中小企业，众邦银行设置了50亿元信贷规模，对于受疫情影响，虽有发展前景但暂时出现资金困难的企业，做到落实"不抽贷、不断贷、不压贷"，通过贷款展期、无还本续贷等方式，全力支持其恢复生产经营，截至目前已经受理4000家小微企业延期还款申请，涉及贷款金额达47亿元；新增小微企业贷款579笔，贷款余额8.9亿元。

众邦银行

主动减免所有商户2020年第一季度物业费

做线上交易的建议

卓尔智联的线上业务近几年突飞猛进，中农网的食糖交易量占全国交易量的30%以上，化塑汇、桌钢链等业务发展良好。

线上交易看上去很美好，但稍有不慎就会半途而废。因此线上交易不要贸然进入，一定要有基础。卓尔智联之所以线上交易突飞猛进，是因为：（1）汉口北本身作为批发市场有两条线，线下（汉口北等地众多商户）和线上都有平台（卓尔购、中农网等）。（2）仓储、物流是现成的，物流已经做到全面覆盖和点对点直达，而且在大的区域都有自己的仓库。

建议：（1）找到靠谱的合作伙伴，仓储的成本不能高，物流要便捷、高效。（2）可以多花精力研究直播带货，随时直播，控制好库存量。（3）上游厂家或供应商可靠。

同心战疫

在走访汉口北市场的时候，我们发现有一家企业——湖北一未环保实业有限公司，在总经理陈光明先生和爱人彭婷女士的坚守下，整个疫情期间默默无闻地为武汉市环卫和清洁系统提供消毒液。

陈总介绍说："封城前夜，我连夜去河南调物资，此后一直坚持在这里为湖北省、武汉市清洁环卫行业一线企业提供防疫物资保

默默无闻的英雄陈总（穿红马甲者）

障。"2月10日前，他和爱人每天发货五六十吨到100吨之间，2月10日后，疫情形势好转，每天发货二三十吨。在整个疫情期间他们两人发货上万吨，经手的物资有1000多万元，并且为武汉抗疫捐了100余万元的物资。作为消毒液供应商，爱人在疫情保供工作中因氯气中毒，两次住院治疗，出院后立即投入岗位。在抗疫形势最严峻时期，如果他们不坚守的话，武汉市环卫清洁系统可能会暂时缺乏消杀物资。

陈总说："政府部门和汉口北集团很支持我们。在疫情期间，酒精等属于管控物资，同时交通受到管制，在盘龙城经济开发区管理委员会帮助和支持下，他们进行多方协调支持我们，有力保障了物资供应和交通顺畅。高峰期各种车辆在门口排队领物资，汉口北集团协助办理各种手续。因为整体休市，汉口北集团专门为保供开通专用通道并派员工主动负责维护秩序。"

在疫情期间，校友阎志和汉口北集团为医护人员和武汉市带来了战疫必胜的信心，我们坚信，在阎志校友和汉口北的战略下，卓尔智联一定会最先走出疫情的影响。

九信中药集团：用"良心药"壮大

2020-03-27

3月26日，受理事长陈东升的委托，秘书长蹇宏调研了九州通武汉东西湖现代医药物流中心（以下简称"物流中心"）和九州通旗下的九信中药集团（以下简称"九信中药"）。九州通医药集团湖北物流事业部副总经理田向阳和武大1998级企业管理专业校友、九信中药集团总经理朱志国接待了蹇宏秘书长一行。

蹇宏秘书长调研九州通物流

目前亚洲最大的单体医药物流中心

九州通武汉东西湖现代医药物流中心于2014年9月正式上线运营，是目前亚洲最大的单体医药物流中心和九州通集团最先进的物流仓储与调度中心，2018 年被确定为"国家智能化仓储物流示范基地"。

目前，物流中心总存储能力达 70 万箱，年吞吐量 1680 万箱，支持年销售额 120 亿元，年订单处理能力 2300 万条，80% 货物可全自动入库，50% 实现全自动出库，货物整箱采用托盘集装化达 90%，拆零拣选采用周转箱达 100%。智能化、信息化仓储物流设备和技术的投入应用，推动基地服务湖北区域的物流能力提升 300%，物流效率提升 50%。

物流中心接到刘宝林董事长的战疫指令后，全员无休直到现在。疫情之下，出库数量猛增，由于武汉封城员工不能及时返岗，最困难的时候家属上阵帮忙从事物流工作。

参观智能物流园

调研九信中药（金贵中药为九信子公司）

"做良心药"的九信中药集团

本次疫情中，中药治疗方的 2 号方（清肺排毒汤）和中药预防方 3 号方（宣肺败毒汤）由九信中药生产、煎煮和配送。

2019 年 4 月 8 日，在世界大健康博览会中国中药高峰论坛会议上，九州通旗下中药领域的全新品牌"九信"作为其重要战略板块正式推向市场。

1998 级企业管理专业校友朱志国总经理说："发展中药市场最大的障碍是行业的规范化和标准化。九信通过建立一个规范化和标准化的业务流程，在此基础上形成有效的质量把控来发展中药的全产业链。中药生产涉及多个环节，一个环节出错就会影响到终端产品，因此各个环节都应该加强品牌建设，才能保证生产出质量放心的产品。"

做中药最讲究"做良心药"，中药的药材选取、质检等相当重要，也是决定中药品质好坏的关键。九信中药成立了中药研究院，专门研究和攻关市场上不容易合格的产品，

参观生产车间

金贵名字的来历——孙思邈《千金方》

通过技术研发争取做合格，而且质量更优，含量更高，品质更好。为保障药材质量，在中药材主产区建立近 20 家药材公司，规范化种植基地面积达 15 万亩。这次为抗疫生产的中药产品，就是因为有自己众多的药材基地和生产工厂，才保证了货源和药效。

九信中药抗疫大回顾

1 月 23 日，湖北省发布了两个中药预防方；2 月 5 日，国家卫健委、国家中医药管理局发布了中药治疗方。之后，在武汉的患者逐步加大中医药的应用，推行"5+3"方案，"5"指的是 5 个中成药，"3"指的是 3 个中药汤药，5 个中成药在武汉市主城区和远城区的配送由九州通物流公司完成，3 个中药汤药分为 1 号方、2 号方（清肺排毒汤）和 3 号方（宣肺败毒汤），2 号方和 3 号方由九州通九信中药集团生产、煎煮和配送。

为保障患者对中药汤剂的需求，位于武汉的九信中药湖北煎药中心全天候 24 小时连轴运转，机器每天只休息 2 小时，保障每天几万份的中药汤剂供应。

截至 3 月 25 日，九信中药向全市 6 个区、39 个隔离点、7 家医院、10 家方舱医院生产、煎煮、配送了中药汤药 84 万袋，其中 2 号方清肺排毒汤 39.7 万袋、3 号方宣肺败毒汤 17 万袋、康复方 27.3 万袋。累计采购中药材品种 255 个、728 批次、1600 余吨，共发货 108 次，不惧风雪、路障、行驶 10 多万公里，除了满足湖北供应之外，还面向全国的 33 家中药材需求企业进行抗疫品种的供应。

九信中药走出国门

目前，国外新冠肺炎肆虐，九信中药将湖北 1 号方（茶饮）走出国门，已经出口美国、非洲、澳大利亚共6000人份，且订单还在继续。

随着我国卫生与健康事业发展进入了新时期，在新形势下老百姓的健康需求发生变化，互联网、大数据、人工智能等新技术新潮流的涌现发展，必将为医疗服务提升优化释放出巨大空间。九信在中药材流通领域进行着一系列的技术创新和集成应用创新，旗下中药材现货交易平台——珍药材网是九信重点打造的中药行业第三方服务平台，珍药材以"聚好药商，卖珍药材"为宗旨，专注于为中药行业提供采购报价、产区直供、现货交易、在线金融、中药溯源、三方质检等优质服务。

央视报道九信中药汤剂

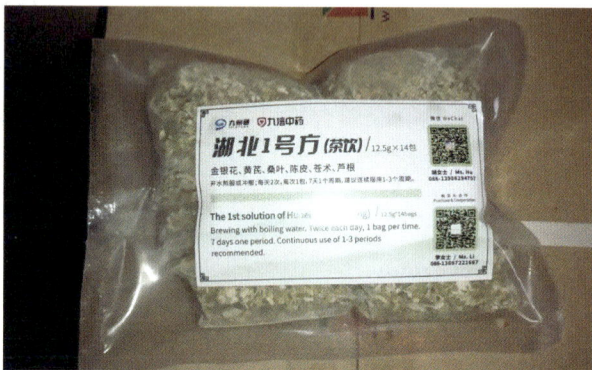
出口的预防类中药

未来，九信将通过珍药材平台为客户提供数字化、智能化、一站式服务，实现中药材交易"人在家中坐、交易天下货"，构建诚信、高效、开放、共赢的中药生态圈。

"保障一线医护人员亲属就业"3月27日战报

截至3月27日下午5点，参与本次活动的企业116家，中国500强8家（含世界500强3家），共提供就业岗位20588个。

泰康保险集团、当代集团、卓尔集团、小米集团、金山集团、高德红外、利泰集团等23家企业共收到998份医护人员子女及家属简历，共录用97人。

"致敬白衣天使·保障子女就业"简历、录用统计（截至3月27日）

用人单位	收到简历份数	医护人员子女家属简历份数	面试	录用
泰康保险集团	1564	210	120	34
九州通医药集团	291	108	98	17
当代集团	391	73	69	5
卓尔集团	364	152	68	19
联影集团	447	67	35	6
费森尤斯卡比	34	5	4	0
奥山集团	341	26	26	0
蓝月亮集团	436	36	6	0
小米集团	283	69	51	3
金山集团	341	66	24	2
中开控股集团	473	15	85	6
高德红外	316	23	20	2
利泰集团	52	7	3	0
湖北格林森	117	31	0	0
亿纬锂能	75	0	0	0
海特生物	119	7	3	1
武汉第一口腔医院	49	20	2	0
湖北人文	16	3	0	0
公牛集团	141	11	7	2
宇业集团	45	18	10	0
海王亮集团	30	4	17	0
斗鱼	297	48	15	0
湖北京山轻工	156		5	0

海特生物有序复工

2020-03-28

3月27日，受陈东升理事长的委托，蹇宏秘书长一行走访海特生物，就复工复产问题和过程中遇到的困难进行调研。海特生物董事长、总经理陈亚校友接待了蹇宏秘书长一行，陈亚校友就恢复生产、全面防控等问题向蹇宏秘书长进行了通报。

海特生物抗疫大回顾

凭着生物制药企业的敏感，1月22日，海特生物就捐赠了预防物资，对火车站等人流量大的区域捐赠N95口罩等，未雨绸缪，提前预防。

截至3月27日，累积捐赠N95口罩、医用口罩24万余只，

海特科技园

297

秋梨膏 4000 余盒，医用制氧机 10 台。此外，海特生物还发布大量关于预防新冠肺炎的小知识，提醒民众及时做好个人防护。

蹇宏秘书长调研海特生物

从线上办公到有序复产

疫情对国民经济造成了一定影响，对于海特生物来讲，主要客户是在医院，疫情期间绝大多数医院积极抗击新冠肺炎疫情，对海特生物第一季度的业绩会有一些影响。海特生物目前积极准备复工，把疫情造成的损失尽快弥补回来。

精准复工

海特生物严格按照武汉市政府的要求进行精准复工，不盲目复工。复工一定要做好防控措施，在防控做好、做到位的基础上考虑复工，否则造成的后果和影响会很大。

有序复工

作为生物制药公司，有些特种设备不能停工，在整个疫情阶段，海特生物都有员工值班，对值班的员工制定了严格的防控措施。截至今天，值班人员无一人感染。

同时，海特生物子公司——天津汉康医药公司和珠海海泰生物公司在 2 月中旬被批准复工。天津汉康和珠海海泰复工后作为演习基地，对防控措施进行全面检验。目前，天津汉康和珠海海泰共 600 余人，无一人感染。

参观制药工厂

在前期做好防控演习的基础上，海特生物制订了复工计划，进行有序复工。

第一阶段（2 月底—3 月 23 日）：1/3 的员工复工。

第二阶段（3 月 24 日—3 月 30 日）：1/2 的员工复工。

在严格做好防控和检验后，4 月 6 日做到全面复工，恢复正常运营。

线上办公规划的落地

陈亚校友说："2020 年是海特生物厚积薄发的一年。2 月 3 日正式上班就启动了线上办公，完成了相关的规划图、招标等线上可以进行的工作，例如，完成了在荆门投资 10 亿元原料药厂的设计、招标等工作，完成了珠海诊断试剂研发（含新冠试剂）的工作。"

同时正在进行诊断试剂欧盟标准注册的工作，也和法国领事馆取得了联系，欧盟标准的注册流程走完，将捐赠一批诊断试剂，支援法国抗击疫情。

陈亚校友说："在抗击疫情的过程当中，武汉大学各位校友、武汉大学校友基金会在困难面前众志成城、全力以赴，展现出的精神力量给了我们很多的启示和巨大的鼓舞。我们要把这种精神力量嫁接传承到公司，成为企业的文化财富，未来在经济工作当中发挥更大的作用。"

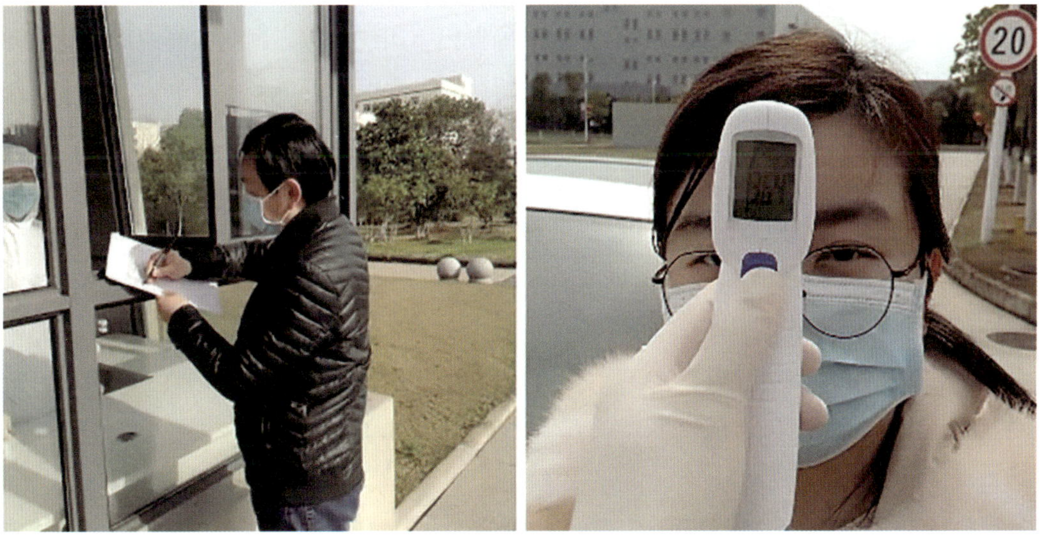

严格落实防控措施

金澳科技：众志成城战疫情　全力以赴保民生

2020-03-29

疫情突袭，形势严峻，前所未有。为了确保民生用气供应，湖北省能源局紧急通知金澳科技公司，要求企业加大生产量，为疫情期间民生保障工作多做贡献。

逆行者出征

疫情发生后，金澳集团积极履行企业社会责任，特别是在疫情防控最艰难、企业安全生产面临重重困难的关键时期，集团全体党员、干部、员工积极响应，纷纷放弃休假，甘当抗疫"逆行者"，不计得失、不谈条件、不讲报酬，用实际行动凝聚起众志成城、共克时艰的强大合力。

金澳科技原本就是"甲级防火、一级防爆"单位，在疫情面前，既要做好个人及家庭成员的防护工作，还要保障企业的安全生产；既要确保1000多人的生活物资供应，还要保障1000多

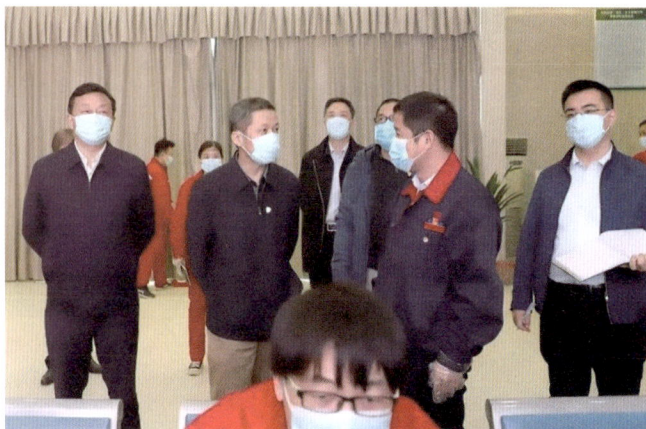

中央指导组物资保障组一行来金澳科技调研

人的防护用品配备。在"待在家里都是做贡献"的时候，金澳人不忘初心、勇于担当，心往一处想、劲往一处使，克服重重困难，每天坚持上下班，比平日里工作得更认真、更扎实。

抗疫、生产两手抓

为保障员工生命安全及身体健康，企业第一时间成立了以轮值总裁为组长的疫情防控领导小组，下设宣传指导组、人员跟踪组、后勤保障组、检查督办组4个工作专班，分别由党委书记、工会主席、分管人力资源部门的公司高管担任负责人，严抓疫情防控工作落实。

同时制定了《金澳科技新型冠状病毒疫情防控方案细则》，内容涵盖了用餐、住宿、交往等工作和生活的方方面面，在保障企业安全生产的前提下，最大限度地压缩在岗人员密度，全面取消各类会议及人员聚集活动，严格做好人员、车辆进出管控及消毒工作，确保员工上班8小时内体温检测

湖北省疫情防控指挥部企业服务组来金澳科技调研

举行室外会议

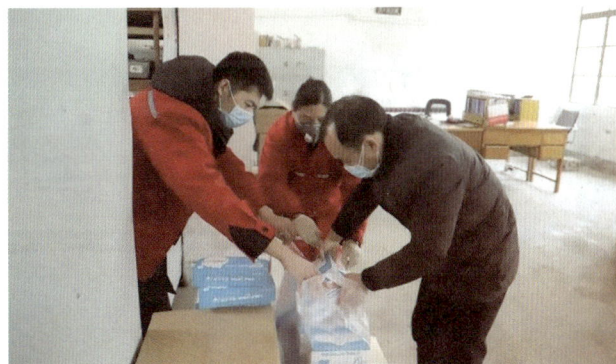

做好防控

不低于5次；职工食堂取消集中就餐，实行套餐供应分餐管理，远距离流动取餐和送餐，对厨师实行全封闭式管理，有效减少人与人传播的途径和概率；为确保防疫工作落到实处，企业疫情防控检查督办组每天雷打不动地深入车间、班组，检查各岗位防护措施落实情况，发现问题及时责令整改，不放过任何一个细节。

传播金澳正能量

疫情期间，企业生产经营秩序井然，民生物资供应稳定，员工身体健康，未出现一例疑似或确诊病例。目前，企业人员到岗率98%以上，向湖北、湖南、四川、重庆、广东等多个地区提供民生能源、生产原料和动力能源，为打赢疫情防控人民战争、总体战、阻击战贡献了应有的力量。

运输车辆消杀

为表彰在此次抗疫防疫工作中舍小家、顾大家，坚守岗位、无私奉献的干部员工，金澳控股集团授予参与抗疫的1163名干部员工"最美逆行者"荣誉称号，充分展示了金澳人上下同心、团结奋进的强大正能量。

作为集生产、贸易、物流储运等于一体的集团化企业，金澳控股集团将始终坚持"以产业报国，为荣誉而战"的初心，勇担使命、奋力作为，切实履行企业社会责任，为地方经济社会发展做出新的更大贡献。

利泰集团：逐步稳妥复工复产

2020-03-30

利泰集团作为中国百强汽车经销商，其子公司、控股公司超过130余家，员工超过9000人。疫情过后，利泰集团的复工有着标杆意义。随着当地政府复工政策的颁布，利泰集团再次部署公司复工安排，从线上办公，到分批次复工，再到如今有条不紊地全面复工，利泰集团通过多项举措保障员工复工安心、客户进店安心。

利泰集团抗疫大回顾

新冠肺炎疫情发生后，江黎明校友不仅以利泰集团名义捐赠200万元驰援湖北，他还发动集团旗下投资企业，向湖北捐赠112万元现金和价值290万元的物资。江黎明校友作为中珈资本的股东，全力支持武汉大学校友史上最大批次的韩国物资大采购。

捐赠现场

成立防控小组全面部署复工复产

疫情伊始，利泰集团高度重视疫情防控工作，集团高层迅速启动应急预案，在董事长江黎明校友的部署下，于1月28日成立了以副总裁为组长的"集团新型冠状病毒肺炎疫情防控小组"，全面统筹部署集团各公司的疫情防控和日后复工复产等相关工作。同日，集团下属各公司亦成立了以总经理为组长的疫情防控小组，对接落实集团部署的各项疫情防控和日后复工复产工作。

员工零感染是复工重要前提

员工是企业最宝贵的财富，为了确保日后能够全员复工，以"员工零感染、内部零传播、经营生产影响最小化"为疫情防控目标，迅速制定了一系列防控措施。

1. 编制疫情防控应急预案：疫情防控领导机构、人员职责分工、疫情监测预警、疫情排查上报、防疫物资采购分发等。

2. 汇编疫情防控知识手册：及时更新疫情防控常识、制作利泰员工疫情防控小视频、全员微信群宣导布达、不定期视频会议学习等。

3. 每日上报员工身体状况：由各公司人力资源部每日了解并上报员工居家期间的体温监测数据、有无咳嗽发烧症状、有无接触疑似或确诊病例等，确保及时掌握所有员工的身体状况，一出现异常立即采取对应措施。

4. 全员重视疫情防控工作：及时分享各地各类防疫政策、疫情数据，强化员工的疫情防控意识；保持与员工的线上互动，及时给予员工心理疏导，提高员工的归属感。

利泰集团
LITED GROUP

利泰集团疫情防护手册

制作：利泰学院

时间：2020.02.09

5. 储备防控物资：积极寻找各种渠道，采购储备口罩、消毒水、免洗洗手液、护目镜、防护服等防疫物资，以确保恢复营业后，员工和客户都得到有效的防护。

经过一系列精准防控措施的全面落实，利泰集团9000多名员工实现零感染，为日后恢复正常运营、员工顺利到岗打下了坚实的基础。

"云办公"推动企业稳妥复工

在疫情期间，利泰集团创新利用"云办公"等现代科技手段积极稳妥复工，如视频会议、电话会议等，通过线上办公，助力企业复工复产。

从2月5日起，每天在抖音、懂车帝、西瓜视频等线上平台进行汽车直播，为客户展示各款车型和介绍功能，当地销售人员还就留下联系方式的意向客户进行后续跟进，为足不出户的客户及时提供汽车销售服务。

（一）小视频挑战赛

3月12日，正值利泰集团成立22周年之际，利泰集团联合懂车帝发起主题为"利泰美好车生活"抖音小视频创作挑战赛，活动持续至4月12日结束。通过视频挑战赛的形式，向广大客户宣传各品牌车型、购车优惠活动、售后养护知识、集团企业文化等。截至目前，参与挑战赛的视频有991条，共达到658万次的播放量。利泰集团在复工复产期间，利用时下火爆的短视频平台，大幅增加了曝光量，提高了旗下各品牌在市民心中的知名度。

（二）线上团购会

3月14日，利泰集团旗下

佛山金利丰店参与厂家云团购活动

赣州昌泰直播卖车单日关注量过万，新增意向线索34条

佛山利隆店美女网红直播

佛山金利丰广汽丰田店参与广汽丰田厂家华南四省共 93 家店的线上联合促销活动，通过专属直播平台进行区域线上团购，让客户足不出户即可享受到看车、知车、懂车、买车的服务，零接触，轻松购车。

直播期间奖品丰富，如现金红包雨、四轮现金红包 10000 元奖励、直播随机截屏互动、车型知识趣味有奖问答瓜分 4600 元红包、直播平台线上支付 199 元送一年交强险 + 价值 1000 元新车礼包，还可现场多轮幸运大抽奖，抽取消毒柜、空气净化器、55 寸曲面屏 4K 电视、75 寸超级 4K 电视等豪华家电等。

借此活动，佛山金利丰店在一周内获得 63 台订车的成绩。

（三）单店直播卖车

赣州昌泰 2 月 2 日开始通过抖音等平台直播卖车，单日在线人数由第一天的 23 人增长到 210 人，单日关注量由 624 人增长到 10183 人。粉丝量开播以来增长了 672 人，后台私信数达到 200 条、新增意向线索 34 个，通过直播平台邀约到店 10 批，成功销售 2 台。

（四）美女网红直播

利泰集团旗下东风日产利隆店在抖音、西瓜视频两个平台开展直播活动，单场在线人气最高达到 3 万，粉丝量开播以来增长到 2155 人，单次后台私信数达到 103 条，新增意向线索 20 条。

疫情之下，利泰集团主动出击，将业务由线下搬到线上，并整合利用各种网络、网上平台、直播等，为企业复工开辟了新的渠道。

分批次逐步有序复工复产

利泰集团针对湖北地区分公司的员工，由各公司人资部牵头、所在部门经理配合，每日反馈员工身体情况，定期为员工做好心理疏导。对湖北已解封区域的员工，在满足当地及公司所在地隔离措施的基础上，利泰集团积极协助员工办理复工手续。

利泰集团广东及江西区域各公司在当地政府颁发复工指引后，分批次、逐步进行复工申请，并按照集团疫情防控小组的指引，落实复工期间的各项疫情防控措施。第一批于 2 月 10 日通过复工申请并陆续复工，可复工人数为 2770 人，实际复工人数为 684 人，复工率为 18%。第二批于 2 月 17 日通过复工申请并陆续复工，可复工人数为 2922 人，实际复工人数为 1186 人，复工率为 33%。第三批于 2 月 24 日通过复工申请并陆续复工，可复工人数为 3247 人，实际复工人数为 2176 人，复工率为 60%。

截至 3 月中旬，除湖北地区外，集团各子公司已全面复工。

免费汽车消毒安心复工出行

利泰集团多家子公司从 2 月 10 日起陆续复工，对于可复工且已通过复工申请的公司，采取办公场所定期消毒、车辆进出通道消毒、公共区域全面消毒方式，保障员工和客户所处的环境符合防疫要求；落实全员佩戴口罩、每日体温监测、用餐间距要求、隔离场所设置、防疫物资储备等方式，保障员工复工安心。

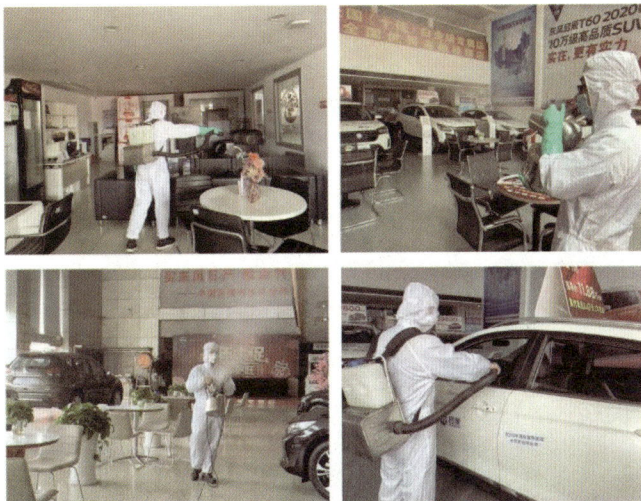

汽车及 4S 店区域消毒

利泰集团还为每一位到店的客户提供免费的臭氧消毒，让客户进店安心，放心出行。

集团疫情防控小组通过线上反馈防疫物资采购储备情况、突击检查各公司复工现场、落实整改各项防疫措施、及时调配集团防疫资源等方式，保障各公司顺利、平稳、安全复工。

政企厂商同心吹响复工号角

不负好春光，复工复产忙。全国上下打响复工复产保卫战，利泰集团复工复产的号角已吹响，各业务正稳步推进。

利泰集团及时向到访的当地政府和汽车厂家就疫情防控工作的落实以及复工复产工

作的推进进行汇报，双方还就如何做到科学防控、精准施策，积极稳妥有序推进复工复产交换了意见，确保疫情防控与经济发展"双战双赢"。

2月17日，佛山市禅城区副区长李溟一行莅临利泰集团开展企业暖春行动，调研企业复工复产和疫情防控工作，并送来1000只口罩。

2月17日，东风启辰总经理马磊一行，莅临利泰集团启辰佛山禅车城专营店就疫情期间防控工作和复工复产进行调研，表示将针对广大客户出台强有力的购车政策。

2月20日，佛山市政协副主席骆毓林一行莅临利泰集团开展企业暖春行动，调研疫情防控和复工复产等工作，听取企业声音。

3月4日，东风汽车有限公司党委书记赵书良一行莅临利泰集团旗下佛山利泰海八路专营店调研复工复产。

3月20日，东风日产汽车销售有限公司副总经理张继辉一行莅临利泰集团旗下南昌汇恒专营店调研复工复产，表示会尽力解决车源等问题。

3月25日，佛山交警支队党委委员、车管所所长李健毅，副所长何若娟一行莅临利泰集团南庄车城机动车登记服务站，调研企业复工复产和疫情防控工作，同时对进口车注册登记试点工作进行考察调研。

武汉花博汇：疫情不改乡村振兴使命

2020-03-31

作为湖北大集建设集团董事长和武汉花博汇董事长，武汉大学校友徐涛怀着振兴家乡、共同富裕的理想，在故土打造了武汉旅游业的另一张名片——花博汇。

在这次疫情中，徐涛校友饱含着对故土的热爱、对母校的眷恋、对社会的责任，跑步参加抗疫。为了感恩援鄂医疗队和让武汉市民拥抱新生活，徐涛校友率领花博汇坚守在一线并争取早日复工。

3月30日，受陈东升理事长委托，蹇宏秘书长一行走访校友企业武汉花博汇，就复工复产及遇到的问题进行调研。徐涛校友向蹇宏秘书长通报了战疫情况和复工复产进度。

以旅游、观光、玩乐为主的花博汇，受疫情影响较大。同时，为了防控需要，花博汇要限制人流，无疑又成为企业全面振兴的羁绊。但徐涛校友有信心在维持企业日常运营的

秘书长蹇宏一行调研花博汇

与蔡甸区领导进行交流

调研花博汇

徐涛：湖北大集建设集团董事长、武汉花博汇董事长。

武汉花博汇被誉为"三乡工程（湖北省政府第十一次党代会部署市民下乡、能人回乡、企业兴乡）"的湖北样板，是湖北省颁布的首批"特色小镇""武汉十大景点""武汉十大赏花游景区""湖北省中小学生研学旅行实践教育基地"。项目总规划面积5300亩，计划总投资50亿元。目前一期已建成，占地面积2300亩，于2017年10月1日起对外正式开放。

花博汇所在的天星村原本只是武汉近郊普通的农村，房屋破旧、道路狭窄、田园荒芜、村容村貌破败。2017年，在武汉市实施的"三乡工程"的推动下，花博汇始终坚持"不大拆大建"的理念，保留了原有土地上的村湾、农田、房屋、水系、树木，在维持乡村肌理的基础上完成了改造升级，在不改变农民宅基地所有权的前提下，对村里的闲置住房进行个性化改造，将天星村打造成为一个集花卉旅游观光、创业农业体验、田园养生度假、亲子休闲娱乐、美丽乡村体验、文创产业传承于一体的田园综合体。

徐涛

基础上快速走向正轨。

3月下旬，中央指导组副组长、中央政法委秘书长陈一新，武汉市长周先旺先后到花博汇实地调研项目防疫防控情况和复工复业准备工作，指出要继续优先安排援鄂医疗队员到花博汇休整调养，让春天的花海转述武汉人民对最美逆行者的感恩之情。同时，明确要求花博汇尽快有序恢复对外营业，让战胜疫情的武汉人走进生机勃勃的花海，拥抱新的生活。

按照预定计划，花博汇将在4月3日开园，已经制作了《关于武汉花博汇景区恢复营业公告》等提示，营业时间为上午9点至下午5点，医务工作者凭医师执业证、乡村医生执业证、护士资格证免费入园。现阶段景区单日限流1000人，目前园区1/3的员工已经到岗，做花卉护理、清洁保养等，4月3日开园时一半的员工将到岗，4月8日全员到岗。

花博汇抗疫回顾

1月26日，武汉花博汇景区向蔡甸区慈善会捐款100万元，款项由蔡甸区新冠肺炎防控指挥部统一调配，专门用于新型冠状病毒肺炎疫情的防治。

1月28日，徐涛校友积极组织员工募捐，共募集资金108500元，用于支援蔡甸区疫情抗击工作。当得知武汉市及蔡甸区防护物资急缺时，徐涛校友立即转向防护物资的筹集。

1月30日，徐涛校友向蔡甸区人民医院定向捐赠防护服6000件、N95口罩4000

调研花博汇

捐款现场

只等物资，累计价值 50 万元。

1 月 30 日，徐涛校友向大集街办事处捐赠防护服 800 套、各类医疗仪器数百件，累计价值数十万元。

2 月 7 日，徐涛校友通过各种渠道购买紧缺医疗物资送往街道办事处。

2 月 13 日，在陈东升理事长发出总攻战号召后，徐涛校友带领花博汇捐赠 50 万元抗疫物资给武汉大学，含能进红区的防护服、酒精等。

2 月 15 日，徐涛接到指令建设蔡甸区方舱医院，任务紧、物资缺、无人工，徐涛校友亲自挂帅，各项目经理全体上阵，克服重重困难，想尽一切办法，连续奋战 5 天 5 夜，交付方舱床位 1600 张，完成病房、四个护士站、工作区在内的 12000 平方米的建设任务。

2 月 17 日，徐涛校友在得知周边村镇抗疫物资紧缺的情况后，及时向火焰村定向捐赠抗疫防护物资。

截至 2 月 17 日，徐涛带领花博汇捐款 100 万元，募集资金 108500 元，克服重重困难，多次捐赠防疫物资、防护服、N95 口罩、酒精、医疗器械等价值 150 万元的各类医疗用品，捐款捐物共计 260 万余元。

徐涛还带领大集建设集团全体上阵建设火神山医院，在时间紧、任务重的情况下交付方舱床位 1600 张，完成病房、四个护士站、工作区在内的 12000 平的建设任务。

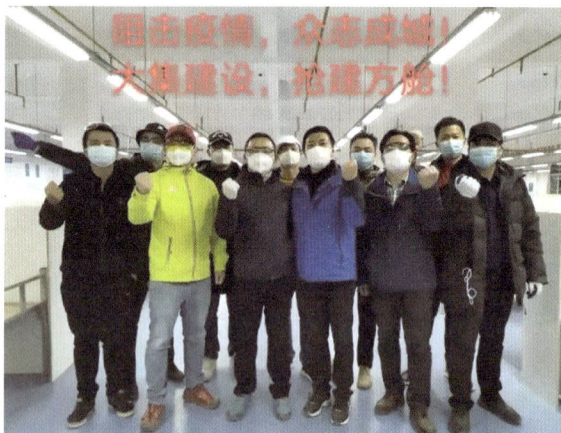

圆满完成方舱建造任务

花博汇致敬最美逆行者

花博汇为防疫一线干警提供住宿

2 月 27 日，花博汇清宿酒店及民宿房间被征用，提供给防疫一线警务执勤人员住宿。景区值守人员严格按照新冠疫情防控预案要求，对清宿酒店、民宿房间再次进行了

干警入住

花博汇以最美花海礼遇援鄂医疗队员

全面清洁和消杀等，为防疫一线干警提供洁净舒适的休息场所。

最美的花海献给最美的逆行者

3月8日，吉林第一医疗队一行100余人来到武汉花博汇游览，舒缓在抗疫前线的紧张和疲劳，白衣天使们在景区度过了一个特殊的三八妇女节。

2020年3月24日，来自湖南、山西医疗队的近90名医护人员乘坐大巴来到蔡甸区武汉花博汇进行短暂休整。截至目前，花博汇已经接待来自辽宁、山西、江苏、湖南、北京等地的援鄂医疗队员3000余人。

此外，至2020年12月31日，花博汇景区将为全国医务工作者提供免票入园服务。

徐涛校友致力于公益

校友徐涛说，近年来集团公司的快速发展离不开社会各界的大力支持和帮助，集团一直把公益事业视为企业义不容辞的社会责任，倡导"帮助他人，成就自己"的核心价值观。

近年来，大集集团和武汉花博汇在爱心助学、精准扶贫、扶危救困、生态环保、抗洪救灾、救助弱势群体等方面，进行了一系列有益的公益探索和实践，累计捐赠金额超过1000万元。

闭园时期的措施

1. 员工值守。园区有50人的值守人员，主要从事园艺管护、园区设备检查维修，以及运营恢复前的消杀、准备工作

2.员工保障。疫情期间，出台"不停发、不扣发、不缓发工资"的决定，在这个特殊时期给予员工及其家人最实际的生活保障，给大家信心和力量。

有序、渐进式复工

商业渐进式开放

园内部分商户将在4月3日复工，以户外游乐项目为主，堂食暂不开放。景区提供营养套餐电话预订服务，设置有户外用餐点，一桌仅限一人用餐。

园区酒店、民宿目前还按照政府要求提供给一线抗疫公安入住，预计4月3日撤离，然后进行消杀，预计4月8日恢复对外营业。

严格做好防控

徐涛校友说，受疫情影响，目前武汉的旅游景点处于关闭或有限度开放状态。武汉花博汇景区每日实行严格的疫情防控措施，做好消杀等工作，以战时状态时刻迎接武汉全面解封那一天的到来。

园区值守人员每日实行"一进一测一登记"制度，工作人员进入景区及办公场所都要进行体温检测、做好实名登记等工作。

景区每日都安排消毒工作人员对景区厕所、景鸿游乐园游乐设施、问茶村、古戏台等公共区域进行两次全

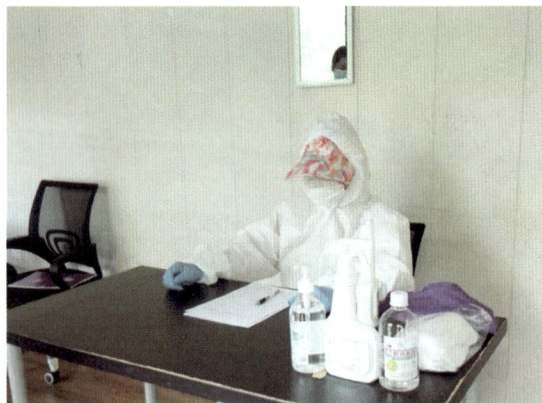

面消毒，并专门开辟出隔离室，一旦发现景区工作人员有突然体温升高的情况马上可以进行隔离。

"我们时刻准备着！"景区管理部经理黄斌告诉我们说，现在正值春暖花开之际，花卉和植被都需要养护，因此景区有几十名园艺师傅和值守的工作人员在工作，景区也时刻监测着他们的体温状况。

制订预案和开园提示

1. 目前花博汇景区已经制订了相应应急预案，随时等待解封开园。开园后将采取限流、无接触式购票等方式，全面保障景区开园后的安全、有序运行。

2. 花博汇规划了"2020第三届武汉乡村旅游节方案"，用以提振武汉旅游行业信心，加快旅游企业恢复元气，满足市民对放松游、健康游、生态游的强烈愿望。目前正待相关部门批准。

3. 制定开园公告。内容涵盖园区开放区域、运营时间门票政策、入园须知、用餐服务、限流数量、距离提醒等。

在徐涛校友的努力下，花博汇已经成为武汉旅游业的一张名片。我们相信徐涛校友会在复工复产的路上快速奔跑；我们也相信，花博汇的春天一定会提前到来。

人福医药集团：持续奋战，夺取保供复工双胜利

2020-04-01

"对生命永怀敬畏和热爱之心。"每个人福医药员工入职的第一天，都会在员工手册中看到这句话。这绝不仅仅只是一句口号。一家在武汉本土孕育出来的民营上市公司、湖北省医药工业龙头企业，一家在医药市场稳扎稳打20多年、稳步迈进国际化的医药细分领域龙头企业，从未忘却作为医药企业的初心和使命：造福于亿万患者，让生命之树常青。

在新冠肺炎疫情战场上，他们是应急防控物资配送的千里逆行者、紧缺医疗设备的配送安装者、医院感染布草的收集洗涤服务者……他们携手医护人员共战一线，部分志愿者不畏风险每天出入医院隔离区。武汉正在重启，社会经济秩序逐渐恢复，但他们仍然不敢放松，立即转战经济保卫战的第二

人福医药集团总部

战场，持续发挥着企业的光和热。

3月31日，受陈东升理事长的委托，秘书长蹇宏一行走访人福普克药业（武汉）进行调研、学习和慰问。

作为一家出口型药企，由于海外疫情大暴发，订单猛增。在获批复工复产后，人福普克药业不仅要履约先有订单，还要克服种种困难，落实防疫防控系统工作，开足马力生产，同步保障海外市场供应。

人福医药集团副总裁、董事会秘书李前伦，人福普克药业副总经理安永宏，副总经理张德名接待了秘书长蹇宏一行，并向蹇宏秘书长通报了人福普克药业满负荷生产进行国内保供和国外保供的情况，并对企业立足武汉、振兴武汉等相关工作举措进行了介绍。

位于武汉光谷生物城的人福普克药业是湖北省第一家零缺陷通过FDA审计的制剂药品生产企业、中国出口美国软胶囊药物最多的生产基地。这

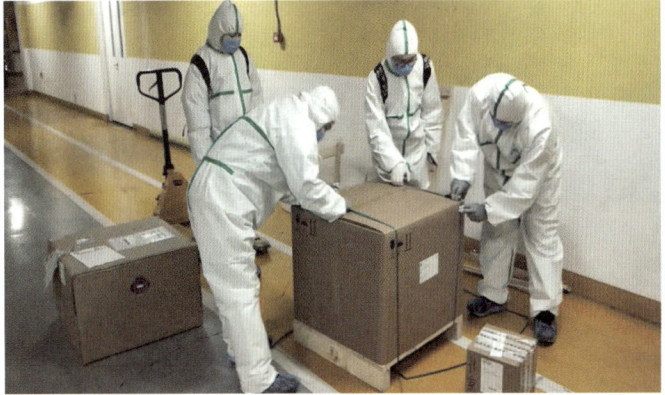
人福医药员工志愿者们配送医疗防控物资

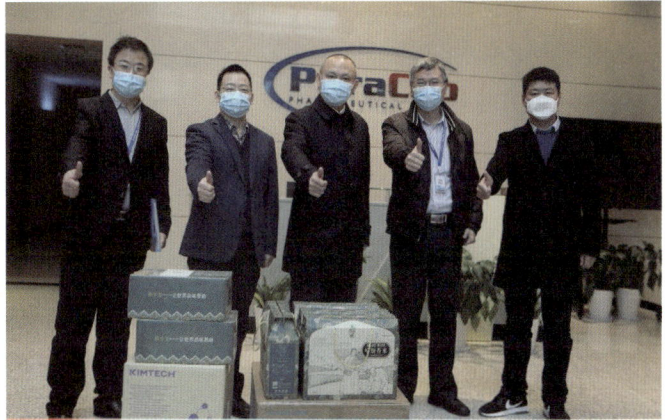
秘书长蹇宏调研人福普克药业

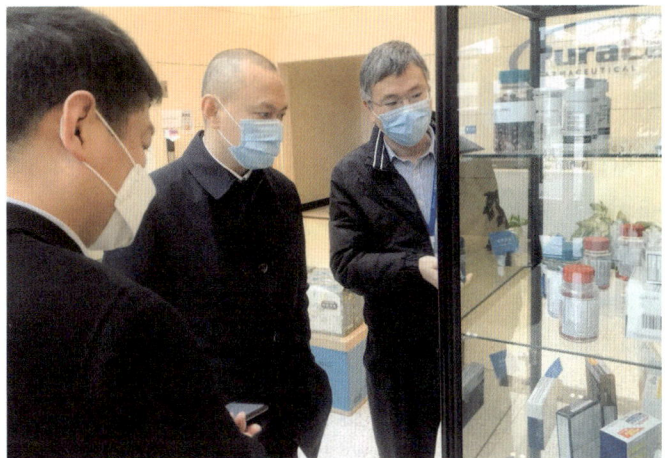
公司产品介绍

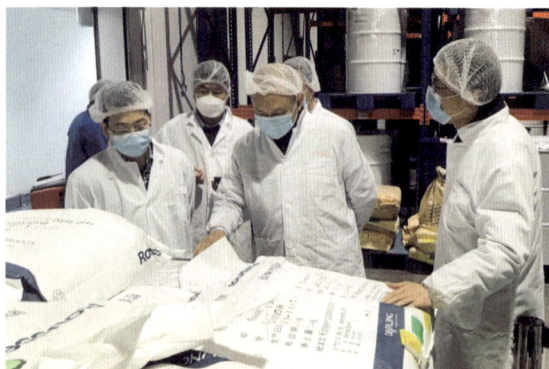

蹇宏秘书长参观生产车间

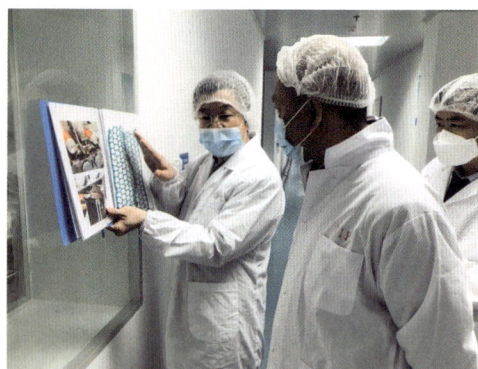

品质管控介绍

家生产出口药品的企业，为全球战疫保供，体现着一家中国制药企业的担当。生产最困难的时候，企业也遭遇了供应商没有完全恢复运营、物流限制带来的原料供应问题，交通封锁带来的员工无法顺利返岗等一系列难题。在政府相关部门支持以及全集团的团结互助下，这些问题都陆续得到缓解。

虽然肩负全球订单需求不断增长、困难挑战不断需要解决的双重压力，药品生产的质量关却不能有丝毫松懈。为了能让产品在第一时间出货，每天有大量的药品生产所需原料、辅料和生产后送检的产品需要检测放行。"生产保供是对客户的承诺，品质是作为医药人的天职。"

人福医药组织保证抗疫情

作为湖北省新冠肺炎疫情防控应急物资的主力储备配送企业，湖北省、武汉市两级新冠肺炎疫情防控指挥部物资供应平台公司，人福医药集团全力做好防控物资储备配送，有力地支持了湖北省、武汉市的防控应急物资保障工作。

公司第一时间火速成立临时党支部，组织 30 多家集团成员企业的党员及志愿者快速组建了一支遍布全省近千人的保供队伍，坚持 24 小时轮班作业，充分发挥公司在湖北省内的配送网络优势，千方百计管采购、全力以赴保配送，为武汉市、湖北省各地市州医疗机构特别是定点医院、火神山医院、雷神山医院以及各方舱医院抗击疫情起到了重要的战略支援作用。

人福医药争分夺秒保供应

截至目前，公司采购配送各类防护用品 2000 多万件、消杀用品 50 多吨、各类医疗耗材设备等 10000 多件，服务武汉市及湖北省内所有二级及以上 200 多家医院。

公司的工程师、技术人员队伍，深入医院最前线、出入隔离区，为全省近百家医院完成近千台呼吸机、超声、移动 DR、移动 CT 等设备的安装、调试工作，保障了救援工作的顺利开展，并组织搬运队伍为火神山医院、雷神山医院建设搬运物资，有力保障疫控工作有序开展。

同时，人福医药集团积极组织公益捐赠，驰援抗疫一线。截至目前，人福医药集团及旗下公司累计捐款捐物（含现金、药品、医疗设备、医用防护物资、慰问物资等）总价值近 4000 万元。

人福医药集团生产企业春节奋战至今保生产

人福医药复工复产强管理

生产保供应，全力保配送。抗疫期间，以湖北人福公司为代表的集团下属医药商业公司承担疫情应急防控物资的全省采购配送任务，疫情期间一直高效运营。春节至今，为了最大程度满足抗疫一线的临床需求，确保医院及市场的药品供应，以宜昌人福药业、葛店人福药辅公司、河南百年康鑫药业、新疆维吾尔药业等为代表的医药工业生产企业，克服重重困难，严格执行各地、各级防控指挥部的指导政策，以最低现场工作人数实现企

防控物资储备配送责任在肩

防控宣传

业各项职能平稳运行及药品生产，竭尽全力保供。

自2月底以来，集团其他下属企业也在获得政府部门批准、做好疫情防控及复工准备的前提下逐步复工。截至目前，集团一级子公司80%以上已获批复工复产。

人福医药防疫复工两手抓

在全面复工复产的新战场，人福医药集团遵循防疫复工两手抓，夺取抗疫和复工的"双胜利"。

1. 集团领导小组统筹。公司从全局出发，成立防疫及复工复产专项工作领导小组，整体部署协调复工复产准备工作，一手坚决落实疫情防控，一手稳步推进复工复产，保障企业的正常生产运营。领导小组制定了坚持部署在一线、督导在一线、落实在一线的一线工作原则。在领导小组和一线指挥部的坚强领导下，集团下属各公司、全体员工众志成城，筑起了一道同心战疫、稳保复工的钢铁城墙。

集团从员工健康监测、复工防疫知识宣传、安全保卫管理、防控应急预案、防疫物资储备分发等各个层面全面立体化部署复工防疫工作。抓到细处，做到事事都有负责人；落到实处，做到防控管理无死角。

2. 下属公司专班管理。在集团疫情防控工作领导小组的统一指导下，准备复工复产的各地企业均设立企业疫情防控专班。疫情防控专班下设疫情防控、安全保卫、人员信息、后勤保障等各个专业小组，负责落实疫情防控具体工作。公司通过人员信息核查、人员车辆出入、消毒防疫、集中住宿、分餐制五大措施，保障员工安全健康，保证复工复产有序进行。

3. 以人为本关爱员工。人福始终把员工的生命健康摆在第一位，以完善的防疫管理体系和员工关怀政策，当好保卫员工健康、让员工安心工作的坚强卫士。建立员工健康

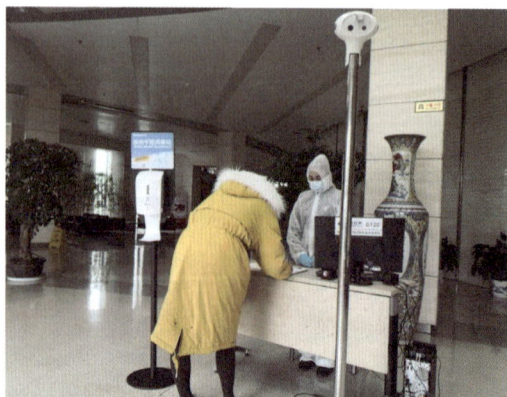

防控落到实处

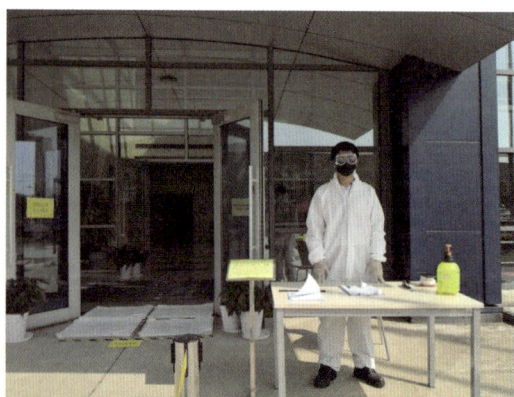

防控落到实处

档案，做好复工复产前返岗人员的健康统计监测及各项防控工作；建立复工复产期间的员工健康监测机制，安排专班负责，确保在岗人员每天健康状况有记录。

4. 成立医护小组，为员工提供日常医护服务和防护物资，提供心理辅导及援助，疏导工作与情感压力。疫情期间，虽分隔各方，但关爱不断，公司持续发布线上关爱小贴士，从疫情期间的网上办公、线上学习、心理健康、防护知识等各个层面，细致入微地为员工提供知识辅导和咨询服务。

人福医药会更好

团结、善意、坚毅，是这家医药上市公司的企业文化内核，也是凝聚 15000 余名人福人召必来、来必战、战必胜的强大精神力量。当前，在抗疫阻击战的关键决胜时期和复工复产、经济社会秩序恢复的关键阶段，人福人必将以更加坚定的决心、更加饱满的热情、更加扎实有效的工作，发挥医药产业龙头企业的积极作用，为经济社会发展贡献力量、再立战功。

奥山集团：协力同心，各大产业开启复工模式

2020-04-02

以"让生活充满阳光"为品牌理念的奥山集团，在这次抗击疫情中，像阳光一样击穿病毒，把温暖洒向武汉三镇。在复工复产的路上，奥山集团把员工、消费者和客户的安全放在第一重要位置，全面筑好安全的防火墙。

建立应急联络工作体系

1. 奥山集团及各产业分别建立相应的责任体系和工作机制，成立应急工作联络体系。应急小组牵头组织，全面掌握员工健康状况，为复工提供必要保障，落实各项防疫措施。

2. 写字楼管控。启动错峰上下班制，隔位就坐办公，写字楼加强出入人员管控并做好登记管理，确保早晚两次体温检测，定期发布健康公告，保障办公环境。

电梯防控

3.员工安全。奥山集团及各产业配备员工复工防护包，对办公室进行每日消毒保洁，加强办公室通风换气，确保办公室公共卫生安全。

奥山地产：线上线下联合复工

1.随着疫情发展，奥山地产迅速反应，积极调整，启动线上线下联合复工模式。

线上看房、直播卖房等多措并举，实现3月业绩指标完成率99.64%的优异成绩。如今疫情趋势向好，奥山地产各区域项目全面推进复工复产步伐，全国项目楼盘热势不减，优惠组合拳接连出击，销量持续上升。

2.置业经理直播讲解。置业经理化身人气主播，帮助客户进一步了解产品，解决客户置业需求。

3.项目启动模式。全国化布局棋盘重新激活，项目井然复苏，营销、工程双线并举，阜阳·铂悦府、嘉兴·禾堂樾里等项目重启。

湖北地区多盘齐发，复工大潮即将来临。光谷澎湃城、光谷世纪城、汉口澎湃城、经开澎湃城等即将复工。

其他区域营销中心开放

线上看房

置业经理直播讲解

项目启动

奥山冰雪：创新模式，教学工作时刻在线

以线上培训教学工作始终不间断为前提，奥山冰雪创新多种互动模式，开展社群互动、鼓励打卡运动，在寓教于乐中提升客户黏性的同时，为学员持续传授冰雪知识。此外，奥山冰雪积极开展线上问卷调查，收集服务与改善意见及建议，时刻敦促自我提升，不因疫情而懈怠。同时，各大冰场已逐步进行消杀和返岗准备，严格进行人员管控、制定应急措施。

奥山商业：3月31日全面开启营业模式

为了与客户健康安全地重逢，奥山世纪广场全力准备，用行动落实多重防护保障，全力以赴保障客户的购物安全。

奥山酒店：3月24日餐饮外卖恢复营业

在拓展新业务的前提下，奥山酒店利用疫情空当期苦练内功，加强各部门员工理论知识培训工作。酒店管理层统一参加"先知学院"和"酒店高效赋能平台"等线上课程学习并组织研讨会。通过学习了解疫情后的酒店市场走向，提前布局赢得市场先机。安排酒店员工在线学习酒店运营软件，为复工后更好地开展工作打好基石，为全方位复工做好各项准备。

酒店打造安全专属空间

配备齐全的防护物资，每天对公共区域重点部位不间断消毒。执行疫情防控"五个必须"，所到之处、目之所及，安全无死角。保洁用具专区专用，专物专用。

安心享用美味，外卖送餐上门

消杀、通风，严格保证安全用餐环境，对每位员工与用餐客人进行体温检测与登记；菜品传递过程加盖防护，将

防疫全覆盖

卫生放在首位；响应"减少接触密集人群"，外卖送餐上门，食品装餐配送安全追踪。

严格采购，追溯食品安全链

严格把控食材源头，实施进货查验及索证索票制度，对野生动物坚决说NO；对收货平台定时消毒、货品存储日常检查并记录。

健康厨房，打造舌尖上的安全保障

酒店厨房物品用前用后全面杀菌消毒；员工接受专业培训后上岗，每日两次测量体温并登记；规范食品加工制作及储存流程；垃圾分类放置，定期消毒，集中清理。

奥山旅游：4月2日梭布垭石林景区正式恢复开园

经恩施市新型冠状病毒肺炎防控指挥部办公室批准，梭布垭石林景区4月2日起正式恢复开园。

景区全面落实疫情防控主体责任和各项防控工作措施，切实做到防控机制、员工排查、设施物资、环境消杀、安全生产"五个到位"，并实行"实名预约购票、限量限流"，100%执行线上预订制。

复工复产是一个复杂的过程，也是一个系统性过程。精准有序扎实推动复工复产，是当务之急。疫情带来危机与考验，积极作为、精准研判、做好规划，才能转危为机，加速发展。

打造健康厨房

酒店消杀

景区消杀

Part 3

附 录

让家乡的烟火再旺起来

2020-04-09

4月8日，在"速冻"76天后，武汉终于"重启"。上午11点，武汉市举办"云招商"大会，迈出恢复生产、恢复经济的第一步。作为湖北人、武汉校友，也作为楚商联合会会长、武汉大学校友企业家联谊会理事长和亚布力企业家论坛理事长，陈东升和他领导的泰康保险集团没有缺席抗疫的任何一个关键环节。

在武汉"云招商"大会上，陈东升依然对武汉信心十足，指出武汉的三重优势没有变，"一定会沿着自己的脚步，成为新一线城市的一个优秀代表"。

以下为讲话全文（略有调整）。

尊敬的王忠林书记、周先旺市长，各位领导、各位企业家：

大家好！

4月8日是武汉的开城日，同时也是武汉云招商日，真是"而今迈步从头越"，市委市政府这一举动让我们家乡人、让我们的楚商、让我们的这些企业家感到振奋和高兴。所以我今天也代表楚商、代表武汉大学校友企业家联谊会，还有亚布力论坛的所有企业家，向书记和市长问好！向武汉人民和英雄的城市致敬！

这次疫情发生来，我们虽然不在武汉，但其实和书记、市长，和我们英雄的武汉人民紧密地战斗在一起。特别是我们楚商联合会、武汉大学校友企业家联谊会在这次抗疫斗争中捐款捐物价值超过20亿元，为驰援武汉和湖北的全国医护人员子女提供了2万个就业岗位。我们亚布力的企业家捐款捐物达到了40亿元，现在正在组织采购武汉和湖北的农产品。

这一次泰康保险集团第一时间给武汉市捐款捐物捐保险，我们累计捐款捐物超过1亿元。特别是我们在汉阳的泰康同济（武汉）医院提供了最急需的1060张床位。本来是准备在世界大健康博览会期间开业，在这样一个特别的时期，这所医院在战火中诞生，在战火中投入战斗。前天1400位解放军官兵正式撤离我们的医院，等于4月5日我们清零了。这一次泰康同济医院共接收2060位患者，仅次于火神山和金银潭医院。我们下午也会召开医院的会议，迅速地再改造医院，要投入服务武汉的经济发展中。

同时，我们对武汉的信心从来没有变，因为武汉有三个优势没有变。第一，武汉的产业基础、产业门类、产业水准，应该说在全国也是数一数二的；第二，

武汉处在中国经济地理"弓形"结构弓箭的发力点上，加上"米"字形高铁、黄金水道，三重叠加，这个区位优势没有变；第三，武汉的科教优势、人力资源优势也没有变。所以武汉一定会沿着自己的脚步，成为新一线城市的一个优秀代表。

向英雄的人民、英雄的城市致敬！希望家乡武汉和湖北尽快恢复生产、恢复经济、恢复烟火气！

陈东升

为了支持武汉重启经济，在武汉重新恢复生产的过程中，我们承诺继续做好三件事。第一个是楚商联合会坚定地继续支持武汉办好世界大健康博览会。第二就是泰康保险集团作为中国大健康旗舰头部企业，我们会继续推进大健康产业基金和大健康产业园建设的落地，推进大健康产业在武汉立体性、多方位发展。第三，在这次疫情中，泰康保险集团成立了"公共卫生和流行性病防治基金"，我们前天联合哈佛大学和武汉大学开了一个高水平的国际研讨会；我们会在大健康产业园建立医学院和护理学院，把这个基金打造成一个一流的公共卫生和大健康的智库，来促进全球顶尖的医学组织、公共卫生机构和武汉对接，不仅仅在大健康体系上建设，还要在高的智能的层次上来推进武汉的发展。

再一次祝贺我们家乡武汉"开城"，也再次祝贺各位领导、各位企业家在下一步的工作中共同推进我们武汉的发展。用我们的家乡话说"让烟火再旺起来"！谢谢大家！

资本逆行！天风证券 50 亿元助力湖北经济重振

天风证券宣布拟携手湖北省高新产业投资集团有限公司等合作伙伴设立总额 50 亿元规模的湖北省抗疫稳发展基金，通过综合金融的方式帮助在鄂企业抗击新冠疫情，解决流动性问题，支持其复工复产和开拓展业。

公司负责人表示："湖北、武汉人民是英雄的人民，天风证券作为湖北的法人金融机构，自 2008 年迁至武汉以来，得到了各级党委、政府和社会各界的关心和支持，全力支持抗疫一线、帮扶困难群众是义不容辞的责任和义务，天风必须竭尽所能、扎实持续帮助湖北企业复工复产、帮扶贫困地区脱贫摘帽，资本逆行助力湖北经济重振。"

下一步，天风证券还将积极协调金融同业资源，集聚国内主流金融机构的力量，适时举办"金融助振兴——湖北行动"活动，邀请更多金融机构重回

湖北，共同加大对湖北的资金投放和支持，助力经济发展和企业经营回归健康常态。

据财政部和工信部数据，2月湖北财政收入同比下滑98.5%。截至3月28日，湖北省规模以上工业企业平均开工率达95%，人员平均复岗率约为70%，经济有一定程度复苏，但湖北省尤其是武汉市作为疫情重灾区，恢复进度明显滞后于国内其他地区，这为疫后重振经济发展带来了更大的困难。天风证券表示："企业因疫情出现经营问题，除了影响经济外，还将导致就业率降低等系统性问题，直接影响人民生活水平和质量。天风证券必须竭尽所能助力湖北经济重启，扎实地推进湖北省抗疫稳发展基金助力湖北企业复工复产、帮扶贫困地区脱贫，是公司当前最重要的责任和义务。"

天风证券为湖北省抗疫稳发展制订了一揽子的帮扶计划，拟陆续成立系列基金，以面向不同体量、不同类型的湖北企业需求。公司负责人介绍说："今年是脱贫攻坚的收官年，很多贫困县受到了疫情影响延缓了其脱贫速度，设立基金，就是要与他们共渡难关，帮助其尽早'摘帽'。"同时，还将推出适当的产品帮扶省内上市公司、中小企业和民营企业复工复产和开拓展业，这些基金将帮助省内上市公司等产业龙头企业，增强其流动性，通过产业龙头企业带动全省产业恢复发展，同时解决中小企业和民营企业融资难、融资贵问题，帮助其恢复生产，进而支持更多省内优质企业IPO实现跨越式发展。

与此同时，天风证券投行、债券、研究所、财富管理和资产管理等主营业务将和省内外合作伙伴开展合作，助力湖北经济重振。

一位武汉企业家的邀约书

2020-04-10

"每一份关切、每一份关注，都是武汉重新振兴、恢复繁荣的动力。"4月8日武汉解除离汉通道管控措施。晚7点30分，卓尔控股董事长阎志通过网络直播向全国网友动情推介武汉，介绍武汉的城市历史和复兴之梦，表达对城市的深厚情感和坚定信心，希望大家关注武汉、投资武汉、旅游武汉，支持武汉发展。

回望武汉战疫历程，全程参与其中的阎志一度哽咽。阎志认为，因疫情防控，短时踩下了刹车，但武汉制造业优势、科教优势、区位交通优势、生态优势、开放优势等根本的支撑条件并未改变。生生不息、顽强生长是这座城市不灭的灵魂，武汉仍然坚定地走在城市复兴的道路上。

面对245万围观网友，阎志化身为武汉旅游、餐饮带货达人，如数家珍般介绍黄鹤楼、湖北省博物馆、东湖绿道、热干面、小龙虾等武汉人文、美景、美食。疫情让人

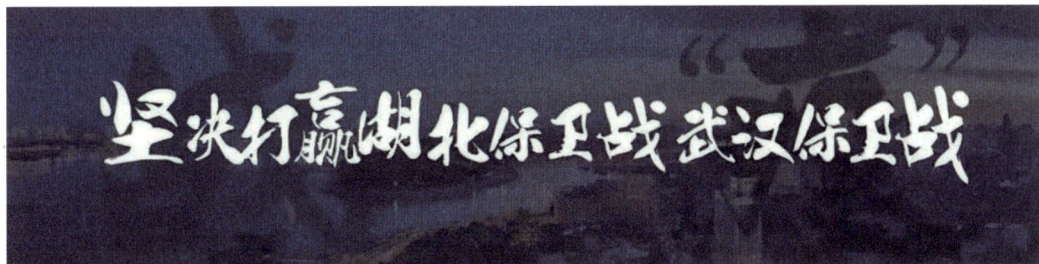

坚决打赢湖北保卫战 武汉保卫战

们重新思考与城市的关系。阎志说，当我们与这座城市患难与共，风雨相守，对这座城市的热爱更加深厚，更加生死相依，难以分割。他在直播中向全国、全世界的朋友发出真诚邀请，希望大家多来武汉投资兴业、多支持武汉发展。"如果你走过武汉的一条路，有过武汉的一个朋友，听说过武汉英勇抗疫的故事，请你支持武汉！"

以下为直播实录（节选）

从1月23日到4月8日，这是所有武汉人难以忘怀的76天。武汉人不容易，武汉人不会忘记！

在武汉生活的人们，通过自己的努力给世界其他地区战疫争取了宝贵的时间；武汉人和驰援武汉的医护人员为世界贡献了至关重要的抗疫经验。

现在，我们正在重新把一座平安之城、健康之城、开放之城还给中国和世界。

开放、自由和包容是武汉最根本的气质，生生不息、顽强生长是这座城市不灭的灵魂。这次疫情绝不会改变武汉人的城市复兴梦想。武汉更希望能因为大家的到来，再度车水马龙，再度飘散浓烈的烟火气息。

作为一个武汉工商业人士，我想通过我的介绍让您了解武汉光荣的城市传统和从来未曾改变的伟大雄心。我希望能通过这一小时，帮助大家读懂这座城、亲近这座城、爱上这座城。

大武汉的不朽史诗

商城盘龙：3500年建城史

这次疫情抗击中，想必大家对武汉客厅方舱医院留有印象。就在武汉客厅向北几百米处的府河对岸黄陂叶店一带，3500年前的商朝先民在这里营建城垣，今天人们称作"盘龙城"。

盘龙城被视为武汉的"城市之根"。从盘龙城转运铜矿铜器开始，武汉货物流通与商业功能的雏形已经初现，武汉也就是在盘龙城的注视和护佑下，开启了3500年的伟大建城史。

名镇之首：初显商业繁荣

明代中期，汉水改道，汉口兴起，三镇鼎立的城市格局正式形成。

这一时期的汉口占据水陆交通枢纽，万商云集、商品争流，尤其以盐、茶、

米、木、布、药六行著称，汉口以"四大名镇"之首名扬天下，出现武汉历史上第一个商业高峰。

正是南船北马、五方杂处的汉口，奠定了武汉开放的城市基因，使武汉成为一座因商业而伟大的城市，也形成了城市包容、宽厚的品格。

风气之先："东方芝加哥"

1861年汉口开埠，成为首批开埠对外通商口岸，被称为"东方芝加哥"享誉国际。

1889年，张之洞督鄂施行新政，大兴洋务，兴办实业，改良农业，发展商业，改革金融，广开社会风气。汉阳铁厂成为中国历史上第一家近代钢铁企业。

武汉从身处内地的一座中心城市，完成了由传统形态向近现代都市的转型，成为中国乃至亚洲非常重要的一座现代化大都市。这个时期的武汉，是城市发展历史上最辉煌的阶段。

辛亥革命：首义精神辉耀千年

如果大家有机会来武汉，可以到武昌首义路的南端，那里有一组红色楼房。武汉人叫它红楼，它是武昌起义军政府旧址。

辛亥武昌首义的一声枪响，使武汉成为"首义之地""共和之都""民主之城"。经过汉口开埠和张之洞的洋务新政后，一批新知识分子产生。可以说，这时的武汉拥有了工商业、文化、教育、军队汇合而成的近代文明基础，也成为辛亥首义成功的前提。

救亡图存：保卫大武汉

在中国近现代历史上被冠以"大"为名号的城市有两座：一座是大上海，一座是大武汉。"大武汉"之称由来已久。

抗日战争时期，武汉一度成为全国抗战中心。武汉保卫战是中国抗战正面战场上投入兵力最多、规模最大、持续时间最长的一次会战。

随后，每当武汉面临危难的时刻，"保卫大武汉"都会成为最响亮的口号。这次抗击疫情也是如此。

老"武字头"：武汉工业的黄金时代

新中国成立后，整个中国百废待兴，国家确立了优先发展重工业的战略，武汉迎来了历史机遇。

武汉承载了我国第一个五年计划时期（1953—1957）的一大批重要投资项目，国家在汉重点投资建设了一批重工业企业——武钢、武重、武锅、武船等响当当的"武字头"企业，也是新中国最大最好的工业项目。

老"武字头"重点企业扛起了武汉乃至整个国家的经济脊梁。

天下第一：500年商贸传承

20世纪80年代，汉正街敢为人先，成为改革开放的尖兵。

1982年8月，《人民日报》发表了题为《汉正街小商品市场的经验值得重视》的社论。20世纪80年代，汉正街崛起，作为中国小商品市场的发源地，领市场经济之先声。

汉正街小商品市场升级迭代，传统批发业务正在搬迁到汉口北。疫情过后，汉口北成为第一个全面复市的综合批发交易市场，为武汉恢复城市集散功能率先按下了启动键。

大武汉的恢宏梦想

复兴大武汉

2013年7月，国家领导人在武汉考察时曾三次提及"复兴大武汉"，是激励，更是鞭策。

武汉正越来越现代化。在"一带一路"、长江经济带、中部崛起等国家重大战略聚焦下，崛起了光电子信息、生物医药及医疗器械三大世界级产业集群，诞生多个国内有影响力的高科技及互联网企业。

武汉正越来越国际化。从武汉出发，已开通直飞伦敦、巴黎、莫斯科等城市的60多条国际及地区航线，水港可联通日本、韩国、东盟等国家和地区，陆港可抵达欧亚大陆34个国家。

武汉正越来越生态化。东湖绿道环抱33平方公里的盈盈湖水，总面积近600万平方米的两江四岸江滩滨水空间已建成，武汉园博园成为城市生态明珠。

中国社会科学院《中国城市竞争力第17次报告》显示，2018年武汉综合经济竞争力排名全国第8位，在代表未来的科研能力上，武汉位列全球第19位，中国第4位。

大光谷　大车都

2010 年 11 月，武汉市提出"工业倍增"计划，3 年后，武汉工业总产值突破 1 万亿元。

"中国车都"是国家重要的汽车生产基地，汽车年产量超过 170 万辆，连续 9 年成为武汉第一大支柱产业。

"中国光谷"形成"芯—屏—端—网"万亿级光电子产业链，光纤光缆产销规模全球第一。

大临空　大临港

依托武汉交通区位优势，大临空、大临港产业成为武汉重要增长极和支柱产业。2019 年年末湖北省发改委规划，将在武汉设立 27 个临空产业创新节点，重点发展机场运营保障、航空运输、现代物流、高科技制造等产业。武汉临港产业依托武汉的长江中游航运中心地位，港产城一体，发展铁、水、公、空相融合的多式联运交通网络及临港物流、制造产业基地。

大学之城

武汉坐落着门类齐全的 89 所高等院校，有在全国名列前茅的武汉大学和华中科技大学。130 多万大学生在武汉求学，相当于武汉每 10 个城市居民中就有一个在读大学生，这样的规模和比例在全球首屈一指。

2017 年，武汉启动"百万大学生留汉创业就业工程"，两年来共新增留汉大学生 109.5 万人，增加了高质量人才储备，奠定了城市发展的潜力。

枢纽之城

以武汉为中心，形成了中国高铁"米"字网络，武汉升级成为中国的"高铁之心"，武汉成为链接东西、畅通南北的纽带和桥梁。

武汉开通的国内外定期航线 198 条，其中国际航线 63 条，形成了与国内、东南亚主要城市"4 小时航空交通圈"，与全球主要城市"12 小时航空交通圈"。

创新之城

2019 年 12 月，科技部《国家创新型城市创新能力监测报告 2019》显示，在全国 72 座创新型城市中，武汉创新能力排名位居全国第五。

最近，国家发改委公布了第一批 66 个国家级战略性新兴产业集群名单，武汉集成电路、新型显示器件、下一代信息网络和生物医药 4 个产业集群入选，数量与上海市并列第一。

未来之城

美国《国家地理》杂志曾评选未来十大超级城市，武汉名列第三。武汉是一座富有无限想象力的城市。

武汉以高水平规划建设长江新城为核心，打造未来之城。同时以长江为时空主轴，建设长江之门、长江之心。

大武汉的秀美诗篇

宽容直率的城市气质

"大江大湖大武汉"是武汉山川形胜的写照，也是武汉人直爽、宽容、率真的个性气质的彰显。

曾有人形容，武汉人像长江一样宽广，武汉人像火炉一样热情，武汉人像波浪一样大气。很少有哪座城市的人像武汉人这般棱角分明，又给所有人敞开了开放、友好、包容的胸怀。

一城秀水半城山

作为一个在武汉生活了 26 年的湖北人，我向大家推荐来武汉一定要打卡的 3 个地方：黄鹤楼、东湖、湖北省博物馆。另外，归元寺、古德寺、问津书院、木兰山等都是不错的选择。

东湖之于武汉，犹如西湖之于杭州，密歇根湖之于芝加哥。喜欢历史的朋友一定要来湖北省博物馆感受长江文明、荆楚文化，还有距今 2000 多年的曾侯乙编钟。

古德寺融合了哥特式、古希腊、伊斯兰、印度、缅甸、道教六大建筑风格，被誉为"佛教胜地一大奇景"。到了汉阳，就一定要去归元寺数罗汉。

春暖花开，正是去木兰景区游玩的好时节，这里印刻着勇敢、智慧、坚毅、大义的木兰精神。我想这也是武汉人精神的重要源流。

天南海北美食融于一城

武汉人的每一天是从"过早"开始的，特殊时期，很多武汉人将能吃上一碗热腾腾的热干面，作为生活回归正常的重要标志。

三鲜豆皮、面窝、糯米包油条、糯米鸡、米粑、鱼汁糊粉、烧卖、欢喜坨、发糕、牛肉粉、小笼包、汤包、生煎包、馄饨……有人说，一座城市的幸福指数与早餐的丰富程度成正比，大家如果想幸福感爆棚，一定要来武汉。

风雨后的武汉　真诚欢迎你

武汉是座英雄的城市，也是这次疫情中遭受了重创，付出了巨大牺牲的城市。城市的经济彻底复苏，社会心理的康复仍然任重道远。

刚刚过去的 70 多天，是武汉最艰难的时刻。我真诚希望全国、全世界的朋友疫情之后多到武汉来投资兴业、旅游参观，多多支持武汉发展。

再次真诚感谢所有帮助过武汉、帮助过我们的朋友，特别是这次疫情中全国各地驰援武汉的医护人员，特别感谢在疫情中大义支持武汉的各地企业家，特别感谢所有的志愿者。当然我要谢谢我们武汉人，再次谢谢你们，谢谢。

"保障一线医护人员亲属就业" 4 月 10 日战报

截至 4 月 10 日下午 5 点，参与本次活动的企业 116 家，中国 500 强 8 家（含世界 500 强 3 家），共提供就业岗位 20588 个。

泰康保险集团、九州通医药集团、当代集团、卓尔集团等 24 家企业共收到 1150 份医护人员子女及家属简历，共录用 101 人。

我相信武汉明天会更好

2020-04-16

"武汉所有的优势都没有变，武汉发展向好的基本面没有变！"泰康保险集团董事长、武汉大学校友企业家联谊会理事长、湖北省楚商联合会会长陈东升表示，还将加码在汉投资。

"武汉已经发展为国内的'新一线'城市，格力将继续青睐武汉。"格力电器董事长董明珠透露，疫情过后，格力武汉工厂将再建立一个全新的专业化生产基地。

上规模工业企业复工率97.2%、上规模服务业企业复工率93.2%，在经历了一场经济"速冻"后，武汉的经济生产活动已稳步重启。一批"硬核"企业家为武汉经济建设重启注入强劲动力。

武大校友企业家联谊会理事长陈东升表示，武汉所有优势都没变，我对这座城市充满信心。作为湖北籍中国知名企业家，也作为楚商联合会会长、武汉大学校友企业家联谊会理事长和亚布力中国企业家论坛理事长，他为武汉代言，为武汉经济的"重启"冲锋在前。

捐款捐物价值过亿元，武汉战疫不缺席

在过去的两个多月里，不在武汉的陈东升一直未置身事外。他用实际行动诠释着"危难当头，匹夫有责"的家国情怀与担当。

在他的带领下，泰康保险集团第一时间给武汉市捐款、第一个完成向武汉医护人员捐赠保险、最早将防护物资送到对口医院。泰康还是行业内完成首例医护人员理赔的企业、首家设立"公共卫生及流行病防治基金"的企业。

在他的谋划下，在医护物资极度缺乏的情况下，泰康溢彩公益基金会组织生产了200多万元的紧急医用物资，赶在雷神山医院投用前送达。目前，泰康累计捐赠款物价值已超1亿元。

2月2日，陈东升向武汉市委市政府递"请战书"，希望将原计划在3月底开业的泰康同济（武汉）医院提前开业，收治新冠肺炎确诊患者。

2月8日，泰康同济（武汉）医院获批提前投用，成为新冠肺炎确诊病例治疗点。2月14日，军队医疗队全面进驻，医院承担起救治中重症患者任务。4月5日，医院所有病区患者清零。经过58天的艰苦奋战，该院共收治新冠患者2060名。

在武汉战疫中，企业家陈东升和泰康保险集团没有缺席任何一个重要环节。

武汉是除北京总部外投资最多的城市

"武汉所有的优势都没变，我对武汉充满信心。"陈东升用三个"没有变"来形容重启的武汉。

第一，武汉在中国经济地理格局的地位没有变。根据中国经济格局的"弓箭"理论，"粤港澳""长三角""环渤海"增长极组成一张弓，以武汉为代表的"中三角"正处于发力点上；第二，武汉交通枢纽的优势没有变，高铁经济和长江经济带发展战略带来新的发展机遇；第三，武汉的科教、人才优势没有变。特别是中国经济从高速度转向高质量，开始从出口、投资驱动转向消费、内需驱动，中国经济地理的中心就开始从沿海转向内部。武汉的这些优势，让其成为新的"沿海"。

"这次疫情是全世界、全中国的一次大考，让整个世界、整个社会都认识到健康的重要性，都来关注公共卫生和健康医疗。"陈东升说，2019年4月我们成功举办了首届武汉世界大健康博览会，应该说武汉或者湖北在发展战略、政策、资源、人才、资本上都有很好的基础。最核心的问题是要有更多顶级的医疗资源和领军企业，需要创造良好的环境吸引顶尖的医养人才和企业在武汉布局。

陈东升介绍，武汉是泰康除北京总部外投资最多的城市。从1998年泰康系统内第一家分公司入户武汉以来，泰康保险集团及各子公司在武汉全面布局，累计及计划在武汉投资金额近1000亿元。

陈东升透露，接下来，泰康主要推动3件事情来支持武汉经济社会发展：一是通过泰康"公共卫生与流行病防疫基金"推动武汉大学与哈佛大学的合作，为武汉公共卫生与大健康产业建设引入全球智慧；二是加快推动和武汉市政府合作的大健康产业基金和大健康产业园落地，包括与武汉大学合作建设医学院和护理学院；三是联合楚商联合会支持第二届世界大健康博览会，与更多大健康领域的企业一起努力，确立武汉在大健康领域的领先优势。

融创中国董事长孙宏斌

"武汉是我的第二故乡，我热爱武汉这座英雄的城市。"孙宏斌说。他表示，武汉必将迎来更好的、更高质量的发展。未来，融创将与英雄的武汉人民一起，打赢疫情之后经济高质量发展的第二仗。

武汉 4 月 8 日解封，4 月 7 日，孙宏斌到达武汉。在武汉的四天三夜里，孙宏斌见见见、签签签，身体力行地挺武汉。

融创签约

在保卫大武汉的战疫中，不论是爱心捐助、商户免租，还是社区防控，作为头部企业的融创都走在前面。疫情期间，融创累计向武汉捐款 1.1 亿元。

4 月 7 日下午，孙宏斌与黄陂区区委书记曾晟、区长何建文等领导沟通了"融创·武地·长江文旅城"项目的投资情况；又与武汉地产集团总经理付明贵见面，共商进一步签订全面深化合作框架协议，以及联合投资建设黄陂区"长江文旅城"项目事宜。

下午 4 点，他赶到武汉大学拜会武汉大学党委书记韩进、校长窦贤康，交流如何进一步帮助武汉抗击疫情及更好建设武汉等事宜。

4 月 8 日，他上午签约"融创·武地·长江文旅城"，下午与武汉地产集团签约，并受到武汉市委书记接见。

4 月 9 日，孙宏斌与湖北省主要的国资平台公司——省宏泰集团党委书记、董事长曾鑫，党委副书记、总经理陈志祥见面，沟通合作事宜；随后，与武昌区区委书记刘洁等主要领导，沟通华中金融城二期项目启动事宜。下午，与武汉市委常委、武汉开发区工委书记、汉南区委书记彭浩等领导就融创·首创武汉经开国际智慧生态城市项目建设及集中开工活动进行沟通。

4 月 10 日，融创·首创武汉经开国际智慧生态城项目开工。

"武汉九省通衢、生态环境优美、科教资源丰富、产业基础雄厚，发展动力十足。疫情的影响只是短暂的，经过此次抗击疫情的大考，我们相信，武汉必将迎来更好的、更高质量的发展。同时武汉在交通、商务成本、产业机会、教育等方面的优势还将继续吸引大量产业和人口，武汉必将快速发展成为 GDP 超 2 万亿元、人口超 2000 万的特大城市。"孙宏斌在集中开工仪式上说。

近年来围绕消费升级和产业升级进行高起点布局的融创，目前已形成地产、服务、文旅、文化、会议会展、医疗康养六大战略板块。自 2015 年进驻武汉之后，融创华中便与湖北及武汉开展了一系列务实合作，有力提升了城市品质，完善了城市功能，为武汉城市建设与经济发展做出了重要贡献。

作为中国家庭美好生活整合服务商，融创华中持续以高品质发展和业绩稳健增长反哺城市和区域。以武汉为原点，融创华中区域集团如今已布局湖北、湖南、江西三大省 11 座城市，打造了约 50 个精品项目。

其中在汉投资项目逾 30 个，涵盖高端住宅、会议会展、酒店、商业商办综合体、文化旅游城、科创产业园、特色小镇以及历史遗迹保护等多元业务领域，已成为武汉城市共造者。

格力电器董事长董明珠

投资加码，格力武汉工厂将再建专业化生产基地。

"武汉的疫情，牵动着全国人民的心，格力愿与武汉人民站在一起。经过疫情考验后的武汉，一定会发展得更好。"格力电器董事长董明珠表示。

她是武汉校友，曾在中南财经政法大学求学，在武汉有较大投资，对武汉充满感情，多次称自己为武汉人。

董明珠

在此次战疫中，格力第一时间捐赠大批空气净化器和空调，应用到火神山、雷神山医院隔离病房，其中包括格力新研发的杀新冠病毒空气净化器，应用在金银潭医院和泰康同济医院等抗疫一线。格力公司还内部募集善款，用于湖北疫区防疫物资的购买。

格力 200 多名安装师傅志愿报名组建空调抢装"先锋队"，高质量完成火神山医院和雷神山医院空调安装任务，此后，还为方舱医院抢装分体式空调。

2 月 11 日，格力集结一支 19 人的焊工"突击队"再度驰援雷神山医院，完成南区 15 个分区上千个焊点的焊装工作，被称赞为"能打硬仗的队伍"。

2 月，格力专门成立了子公司——珠海格健医疗，加紧生产温度计、护目镜、口罩等一系列抗疫产品，缓解物资紧张，助力疫情防控。

董明珠透露，疫情过后，格力武汉工厂将再建立一个全新的专业化生产基地，用自主研发的"硬核"科技产品，守护更多人的健康。

为何青睐武汉？"武汉是国内的'新一线'城市，地理位置优越，人才资源丰富，发展潜力很大。在这个互联网时代，武汉正在把自己打造成科技含量更高、更有创造力、对国家更有贡献的城市。"董明珠表示，今后，愿继续与武汉人民一起努力。

2010年，格力投资30亿元建设武汉工厂。2019年，格力武汉工厂实现产值110亿元，是武汉重点制造业企业。目前，格力武汉工厂已全面复工，正在加快恢复产能，全面打响空调旺季攻坚战。

卓尔控股阎志

卓尔着力发展新贸易方式、新制造方式、新生活方式。

疫情发生以来，阎志和卓尔全力以赴支持抗疫，外界用"一口气捐了10家医院、上亿元物资"进行概括。

卓尔的复工复产稳步推进，阎志对未来发展充满信心。他说，卓尔投资管理的企业要在复工复产的同时坚定不移转型升级，根据新形势，借助新技术，嬗变成为一个更加侧重于线上发展的

阎志

产业生态；一个采取更多无接触模式，却能够深入体察与满足产业及消费需求的企业集群；一个能够感知时代脉搏，与区域发展同频共振、命运与共的国民企业。

阎志认为，武汉具备扎实的工业基础，是高新技术创新的高地；武汉拥有宝贵的人才资产，这也是武汉能够恢复经济发展、能够尽快步入良性发展轨道的信心源泉。武汉宜大力发展"新贸易方式""新制造方式""新生活方式"等产业形态，尽快恢复经济与城市发展活力。

坚定不移打造中部强大市场，建设全国供应链管理中心。依托武汉坚实的商贸传统和得中独优的区位优势，大力推进产业互联网应用，加快构建和拓展以区块链为平台底层，以物联网、人工智能、大数据为支撑的新型智能交易方式，构建中国重要的供应链管理枢纽。

制造业是受到疫情冲击影响最小、长盛不衰的产业。武汉可加大光电子、智能制造、数控机床、新一代汽车、通用航空等高端制造业发展，推动传统制造向工业互联网的转型升级，大力发展以数字化、网络化、智能化为标志的新制造方式。

疫情更加呼唤人与自然和谐相处的健康生活方式。武汉宜着力构筑"农、文、旅、体、养"五位一体的产业发展模式，依托各地生态优势，发掘文化内涵，打造一批低密度特色小镇和生态景区景点、康养基地，加大力度建设"宜居、宜游、宜业、宜养"的

城市生态人居环境，构建新的生活方式，丰富人们生活体验，满足安全、健康生活的需要。

8日晚，阎志在"空中亚布力"企业家论坛网络直播中向全国网友讲述大武汉的光荣与梦想，按武汉建城历史、城市气质、复兴梦想、魅力人文、风景美食等多个篇章介绍武汉光荣的城市传统和发展之梦，诉说他与武汉相依相伴的城市情感，让大家读懂这座城、亲近这座城，多多关注武汉、投资武汉、游玩武汉，支持武汉发展。

当代集团董事长艾路明

搭把手，为城市经济发展注入企业动力。

"有人说，世界工厂，'世界'没了，工厂焉存？所以，现阶段非常考验各个企业自身的复产能力以及产业链的供应能力，首先要保障'工厂'与'世界'相连，"当代集团董事长艾路明说，"我在这城市63年，我挺这座城。有当代，有众多优秀的企业，大家搭把手，一起渡过这道难关。"

当代集团的总部设在武汉，是一家大型的民营产业集团，也是武汉民营支柱企业之一，已在医药、消费、文化等领域布局。在武汉战疫中，当代集团协同伙伴企业一直奋战在抗疫一线，如旗下人福医

艾路明

药集团，作为省市两级新冠肺炎疫情防控应急物资主力储备配送企业，全力支撑了省市防控物资的确保供应；在捐款捐物的同时，当代集团利用企业专业优势、协调各方资源，为纾解疫情困境贡献力量，到目前为止整体捐赠超过7000万元。

当代集团结合所在行业和自身实际，早在疫情之初即精准有序推动线上线下复工复产。目前，当代要求给复工员工进行核酸检测，开放区域全面消毒；同时，联合11家伙伴企业，开展线上招聘，提供超过200个岗位，合计招聘800余人，所有岗位优先面试、录用援汉医疗队及一线医护人员亲属。

危中寻机，艾路明判断，国内的消费需求会慢慢提升，比如，和民众生活相关的文旅行业仍有较大发展空间。"中国成为目前生产制造能力最强、最稳定的地方，现阶段非常考验各个企业自身的复产能力以及产业链的供应能力，我们只有自己一步步做实，加强和稳固核心竞争力与优势，才有可能把握住机遇。"

艾路明说："我们相信武汉这座城市的生命力，当代将为恢复经济发展注入动力，为建设好武汉发挥企业的力量。"

泰康公卫基金支持中外医疗同行交流抗疫经验

2020-04-19

随着国内疫情逐渐稳定，中国民间医学界正积极开展全球交流合作，用"中国温度"温暖世界。4月18日，国内大健康产业领军企业泰康保险集团发起的泰康公共卫生及流行病防治基金携手武汉大学北京校友会，邀请四位一直奋斗在抗疫一线的中国著名专家童朝晖、邱海波、杜斌、曹照龙通过网络会议方式，与海外同行在线交流新冠肺炎重症患者救治经验，全球超100万名医护人员、网友在线观看。

来自美国、加拿大、尼泊尔、印度、新加坡、伊拉克、英国、马拉维、南非等国家的医生通过视频连线，就新冠肺炎救治过程中遇到的问题向中国四位专家提问。他们当

由左至右：杜斌教授、童朝晖教授、邱海波教授、曹照龙教授

中有外籍医生、华裔医生以及中国援外医疗队的医生，他们大都是呼吸科、ICU、感染科、外科等科室的一线医生。

四位分享经验的中国专家都是重量级的：童朝晖教授是著名呼吸危重症专家，北京朝阳医院副院长，中国抗击新冠疫情中央指导组专家组成员，2020年1月19日，作为第一批援助专家进驻武汉至今，一直在一线参与和指导武汉危重患者的抢救。邱海波教授是著名重症医学专家，中国卫生健康委专家组成员，东南大学附属中大医院党委副书记，也是中国抗击新冠疫情中央指导组专家组成员，他也已经在武汉奋战了80多天。杜斌教授是北京协和医院内科ICU主任，著名重症医学专家，中国抗击新冠疫情中央指导组专家组成员，这次新冠疫情来袭后，他也是第一时间到达武汉前线，在武汉一线坚持至今。著名呼吸内科专家曹照龙教授是北大人民医院新冠肺炎防控专家组组长，在北大人民医院负责新冠肺炎病区疑难重症的会诊工作。

目前新冠肺炎的肆虐，已使200多个国家200多万人经受病毒折磨。病毒没有国界，医学同样没有国界，人道和专业救治是全球医生的天职，面对新冠病毒这个始料不及的凶猛敌人，中国医生向全球同行分享专业救治经验，贡献出一份自己的力量。

中国援马拉维国家医疗队的姆祖祖分队队长牛锦全就提出了一个他们最关心的问题：怎么给新冠肺炎患者进行外科手术？北京朝阳医院童朝晖院长从几个层面进行了回答。第一，首先确定是否是确诊患者；第二，是否有必要进行手术，能否推后；第三，如果必须手术，也没必要恐慌，做好必要的三级防护，有条件的带上正压头罩，是完全没有问题的。

来自美国纽约的医生对假阴性患者的管理问题进行了咨询。北大人民医院曹照龙教授提出他的见解，临床中由于采集标本的局限性与试剂的一些原因，检测的假阴性率是比较常见的。但是我们面对出现症状的患者，即使检测时是阴性，也应该采用阳性的办法应对。

东南大学附属中大医院邱海波教授对插管的时机给出了非常具体的意见，有一些都是我们早期的经验教训，特别是要警惕"沉默性低氧血症"，早期插管还是可以避免插管延迟造成的

多个国家医生与中国专家连线

高死亡率的。北京协和医院杜斌教授就居家隔离病人对轻重症处理的问题进行了详尽的回答，什么情况下应该赶紧去医院，什么情况下可以在家隔离。

随着直播的进行，全球医生与专家的互动越来越深入，直播后台的提问也非常多，比如，抗病毒药物的选择、肿瘤病人的治疗、激素药物与抗凝药物的使用，甚至人体分泌物汗液精液是否有传染性等大家最关注的问题，专家们都一一进行了回答。他们将自己的经验毫无保留地与海外同行分享。海外医生表示，中国杰出专家的宝贵经验，对于世界各地的新冠肺炎患者的救治有积极的作用。

据了解，此次新冠肺炎中国顶尖专家临床经验分享进行了全球直播，由泰康云直播平台统一推流，分流到泰康健康大讲堂、人民日报健康客户端、网易新闻客户端、现场云、健康界、医学界和微医乐问同步直播。直播期间有上百万名来自世界各地的网友通过各直播平台参与了这次交流活动。

泰康保险集团创始人、董事长兼CEO、武汉大学北京校友会会长陈东升表示："这场活动的发起源于一个偶然的想法。原本是想在武大校友之间做一个交流，后来我们想，校友之间交流当然非常好，但我们能不能把它扩大到全球，特别是邀请疫情重的地方的核心医院、核心医护人员一起做个交流，请中国一线著名专家第一时间分享临床救助经验呢？所以我们就发起了这个活动，没想到会这么成功。相信这次实实在在的交流，一定会对全球医生们抢救因新冠肺炎危及的生命发挥积极的作用。"武汉大学北京校友会执行会长喻杉、泰康保险集团总裁兼首席运营官刘挺军也在京参与了交流活动。

北京会议室现场

此次交流活动的发起方之一泰康保险集团在此次抗击疫情期间，不仅在短时间内投入泰康同济（武汉）医院，收治新冠患者2060名，成为武汉定点治疗医院中收治量第三的战疫主力军，并累计向疫情严重地区捐款捐物超1亿元，更认识到加强公共卫生建设是一个需要长远打算、长期投入和持续推动的大工程。1月30日，泰康宣布设立1亿元公共卫生和流行病防治基金，资助基础卫生体系建设和流行病的防治体系建设。2月18日，发布首批资助项目申报指南，面向国内外研究机构公开征集研究课题，并于4月5日组织了"中美医疗系统应对新冠病毒疫情"学术研讨会，分享了中美科学家在临床治疗和科研方面的经验。

泰康保险集团表示，泰康公共卫生及流行病防治基金将作为长期项目，建设成为重要的智库，推动国家基础卫生体系建设和流行病防治体系建设事业的发展。受到社会各界、国际伙伴的支持与认可，泰康公卫基金已逐渐成为中外医学界沟通、交流的平台与资助方。

卓尔公益基金会向绥芬河捐赠医疗物资

4月19日上午，由卓尔公益基金会捐赠的52000件医疗物资抵达黑龙江绥芬河。此次捐赠的物资包括2000件可进红区的高级别医用防护服和50000只灭菌型医用口罩。

当武汉从疫情中逐渐恢复之际，东北口岸绥芬河成为外防输入的战疫要地，形势严峻。卓尔公益基金会迅速启动援助行动，于4月19日凌晨将物资运到哈尔滨太平国际机场，在亚布力中国企业家论坛和绥芬河市疫情防控指挥部的支持下紧急送抵绥芬河市。卓尔公益基金会会密切关注绥芬河疫情防控情况，随时准备继续援助、支持一线抗疫。

发挥商协会在应对疫情及复工复产中的积极作用

2020-04-20

2020 年 4 月 18 日，武大校友企业家联谊会秘书长、楚商联合会秘书长蹇宏就《发挥商协会在应对疫情及复工复产中的积极作用》进行公益大讲堂，以下是根据直播内容整理的文章（有增减）。

商会、协会是应对疫情的重要力量

商会、协会在新时代的功能和作用

商会、协会（以下简称"商协会"）是改革开放以来，尤其是在新时代发展壮大起来的社会组织。作为党和政府社会治理的有效补充，它具有公共性的社会力量，是公共事务的参与者与社会共治的行动者，担负着一定的公共责任和社会责任。

在 2020 年这一场突如其来的疫情面前，武大校友企业家联谊会和楚商联合会迅速行动起来，参与疫情防控，提供后勤保障，捐款捐物，体现了商协会自然的和必然的社会责任与担当。

新时代商会组织的三个必然

武大校友企业家联谊会和楚商联合会在这一次战疫中表现突出，多次受到中央指导组、省委省政府、武汉市委市政府的表扬，这与武大校友企业家联谊会和楚商联合会在陈东升会长进行组织建设与发展中的认识与做法分不开。

在新时代，我们怎样做大做强商会？陈东升会长提出了很多要求，其中最重要的是要认识到三个必然。

1. 政治上，坚持党建引领商会建设。商协会是党的统建工作的重要组成部分之一。我们要坚定不移地"感党恩，听党话，跟党走"。商协会做大做强第一要坚持党的领导。

2. 新经济时代，打造共同发展的生态链与产业链。以大数据、大健康、大环保等为代表的新经济时代已经来临，单打独斗的时代已经过去。商协会要在新经济时代扮演资源整合、扮演上下产业链整合、打造生态链整合的平台和角色。

3. 文化上，坚定三个家的认识。第一个家：故乡的家。无论我们走多远，无论做多大多强，我们的根在湖北、在武汉；我们的母校在湖北、在武汉。我们感恩家乡，回报家乡，建设家乡。这是义不容辞的责任和义务。第二个家：事业奋斗所在地。我们只有热爱事业所在地才能更好地融入当地；我们只有为事业所在地付出，才能得到当地政府的信任、包容与支持。我们不仅仅要报效家乡，也要热爱、建设事业所在地，因为这是我们的第二故乡。第三个家：国家。国家有难，匹夫有责。在这一次重大疫情灾害面前，我们校友企业家联谊会和楚商联合会充分展示了对国家这个大家的家国情怀。我们能够积极组织并行动起来，是基于这几年，在楚商、校友企业家联谊会组织建设过程中，倡导国家情怀，热爱国家这个大家。

有"三个必然"的认识，就形成了我们的价值观和做法，用来打造建设我们的商协会组织。

商协会组织的独特优势，转化成疫情防疫的科学优势

1. 发挥了高效的决策能力和行动能力。

1月20日，武汉市委市政府成立了抗击疫情防控指挥部，当天我给陈东升会长进行相关情况汇报。陈东升会长在21日指示，迅速响应党和政府的号召，成立楚商全面防控新冠肺炎疫情领导小组，开启抗疫行动。1月20日晚，高德红外在武汉站安装红外测温设备，九州通发布不涨价公告。22日，泰康保险集团设计出针对武汉医护人员的保险并捐款1000万元。23日陈东升会长号召全球楚商总动员，发起捐款捐物倡议。

武汉大学校友企业家联谊会22日早上成立抗击疫情应急小组，第一批捐赠给学生的口罩，在22日凌晨到达武大。

2.专业的事情由专业的人来做。

这次疫情阻击战，涉及很多专业领域，比如说药品、防护物资采购等，楚商、校友企业家联谊会本次充分发挥了专业的作用。

武大纽约校友会在王学海亲自组织协调下，从国外采购、运输、报关、分发一条龙进行；武大北京校友会有医学分会，他们承担用于一线防护物品的采购。卓尔、当代有产业链，有全球化的布局，他们从采购、包机运输到专业的报关、发放，展现了高效的运作。九州通帮助红会，用两小时完成接收发放。

我们之所以能够迅速完成物资采购和及时到汉，与政府进行无缝对接是因为我们以前就与政府部门建立了良好的互动，我们在疫情前期184吨最大批次的韩国大采购，在通关过程中没有任何障碍。这就展示了商协会的专业作用。

3.机制灵活，随时调整。

疫情后期，我们随时根据中央指导组指示、省委省政府要求，调整我们的资源和后勤保障。中央指导组到来后，在党中央的关怀支持下，湖北、武汉的医疗物资紧缺状况得到缓解。我们及时响应中央指导组的号召，关爱、致敬一线医护人员。我们再一次发动楚商和校友捐款，募集了1306万元现金，拿出1015万元现金，进行果蔬送到家活动。

我们同时进行了招聘一线医护人员子女活动，后期招聘范围扩大到亲属，并把招聘时间延长到3年。我们共提供了20588个岗位，收到1188份简历，发出108份录取通知。

4.本次疫情，楚商和校友企业家联谊会展示出惊人的组织动员能力、资源整合能力，在供应链、采购链、物流运输、分发等方面一条龙完成。

在陈东升理事长号召下，武大校友企业家和楚商谱写了英雄的篇章。在这次抗击疫情过程中，楚商捐款捐物合计超17.12亿元，现金超10亿元。校友企业家联谊会款物合计超8亿元，楚商加武大校友企业家联谊会捐款捐物超过20亿元，武汉地区校友加楚商捐款捐物超25亿元。

发挥商会、协会在复工复产中的作用

我们要充分认识到复工复产的重要性

首先，商会与协会的角色扮演。在抗击疫情的第一场战役中，医护人员是主力部队，商协会扮演后勤保障、协助、支持的角色。而在进入恢复经济、发展经济的第二场战役中，我们的企业家就是主角，就是主力部队，是复工复产的组织者、策动者、协同者和坚强后盾。

其次，复工复产的重要性。复工复产的重要性不言而喻，复工解决就业根本，复产解决恢复、发展经济。

1. 从全球层面来说，复工复产事关国家命运和世界繁荣稳定。

2. 从国家层面来讲，复工复产事关社会经济稳定，关系社会综合治理、社会风险释放和人民的生计。

3. 从企业层面来讲，复工复产事关企业发展生存的根本。

在疫情后期，我们就在考虑复工复产问题。2月22日参加完陈一新秘书长与楚商校友座谈会后，我们先后发出2600多份调查问卷进行调研。我们采用问题导向制，复工复产遇到什么问题，我们就针对这些问题提出解决建议和措施，向各级政府反映。根据调查问卷，我们形成了我们的报告建议书，分别递给了武汉市政府、省政府、工商联、统战部、中央指导组。为中央复工复产决策提供建议。3月4日成立复工复产领导办公室，提出全面复工复产建议。3月23日，我们率队走访企业，调研、慰问、座谈，了解企业复产复工遇到的重要问题。

目前，这些重要问题主要集中在以下方面。

（1）疫情结束的不确定性，导致许多企业不敢全面复工复产。

（2）面对疫情的潜在威胁，一些员工选择辞职，尤其是关键岗位的辞职；同时招工招人难，成本增加，大学生留不住。

（3）复工不复产。复工企业遭遇材料端、供应端、物流端、销售运输端等问题。

（4）复工复产了，市场没有恢复景气，客户没有复工复产，造成产品销售不畅。

（5）湖北、武汉的许多供应链企业，由于封城和疫情不确定性，被排除在原有供应链体系之外，失去销售端，直接被淘汰出局。

（6）流动性困难，这几乎是90%以上企业遇到的问题。

（7）部分出口企业面对全球疫情更是举步维艰，无工可开。

（8）还有一些行业（餐饮、影剧院等）属于防疫政策限制甚至不允许复工复产的企业。

针对这些问题，校友企业家联谊会、楚商联合会分别成立复工复产帮扶领导小组，发布《关于有序复工复产的建议》，有针对性地提出复工复产建议与指导，并提供相应物资保障。针对复工复产遇到的问题，我们采取以下措施。

1. 坚定信念，恢复信心，提振士气。

受疫情影响，广大中小企业确实面临极大困难与挑战，但同时也要看到，民营经济的发展正处于三期交汇的有利时机。

一是战疫成果巩固期。防控取得阶段性胜利和重要成果，复工复产好于预期。与常态化防控相适应的社会经济秩序正加快恢复。

二是发展动能缓释期。湖北、武汉区位优势明显，基本面与趋势不变，疫情冲击下催生的新经济模式尤其是线上经济、数字经济等提速，给企业创新、技术改进、产业升级带来新的机遇。

三是政策机遇窗口期。党中央、国务院和有关部委非常关心湖北,中央和有关部委为支持湖北、武汉疫后重建,将出台一揽子专项支持政策,湖北、武汉将成为政策洼地。

我们在走访企业过程中,要帮助广大楚商和校友企业把握大势,告诫我们广大的企业家:保持定力,坚定信心,准确识别,科学应变,主动求变,危中寻机,化危为机,加快发展步伐,不断做大做强。

2.有了信心,什么问题都有智慧和办法解决。

(1)疫情不确定问题。泰康在线和保险公司推出了复工保险,大力推荐我们的企业购买保险将不确定性变成确定性。同时我们提供防疫物资,九州通和高德红外进行成本价保供应。

(2)员工返岗问题。我们和各级政府协调,和商会协调,前后组织80多辆包车接送企业复工人员。楚商有人力资源平台,协助进行复工复产的人力资源招聘和提供咨询、帮助等服务。

(3)供应链端等问题。我们会整合自己的上下游企业,互相帮助,互相提携,尽快恢复。流动性困难方面,银行、证券公司等进行授信,进行帮扶。出口企业遇到的问题,我们帮扶进行转型,或者通过海外分会,进行业务扩展。限制性行业方面,争取政府政策支持。

疫情后商协会发展方向

疫情对商协会工作的影响

这次全球范围内的疫情所形成的外部环境,对商协会工作造成两个不确定性的影响。一是由于疫情演化的不确定性影响,商协会要学会在疫情防控常态化条件下开展工作。二是疫情对企业生存发展造成的不确定性影响。经济冲击下的萧条将伤害商协会会员的基础,部分会员可能会经营困难。

疫情后商协会发展方向

认识到了困局,我们要主动调整自己,进行商协会发展的三个重构:重构商会价值、重构商会运行方式、重构商会的服务产品。

1.重构商会价值:为政府提供服务价值;为社会,服务基础功能不动摇;为会员,使命不动摇。

2.重构商会运行方式:坚持互联网思维模式,改革商会体制、机制,促进商会由单一传统聚集性工作方式向"商会+互联网"模式转型升级。

3.重构商会的服务产品：坚持产品大于营销原则，整合资源，优化资源，将做好产业链、生态链的配套合作为主要内容，利用商会平台进行产品销售与品牌推广。

商协会工作方法的转型升级

一是紧急上线网上会员系统，加强线上服务，打造线上服务系统，完善组织架构。二是完善线上培训系统、线上会议系统、线上产品营销与品牌推广系统。三是打破靠会费吃饭的传统运营模式，进行商会功能再探索。例如，政府招商引资奖励，提供政府采购服务，助力企业营销、品牌推广，为会员定制服务，等等。

结束语

感谢浙商、辽商、川商、秦商等商会，在疫情期间的大力支持与协作。

保持定力，增强信心，苦难是暂时的，趋势是向好的。我们坚信，在党中央和各级政府的大力支持下，我们楚商与校友企业家将不畏艰险，迎难而上，跟上全国大发展步伐。商会、协会随着民营经济的发展也将迎来高质量发展的春天。让我们不负韶华，为恢复与发展经济做出应有贡献。

共抗疫情
阿拉善 SEE 生态协会企业家会员彰显责任担当

2020-04-23

新型冠状病毒肺炎疫情发生以来，牵动着全国人民的心，阿拉善 SEE 生态协会作为国内最大的企业家公益群体数次在急难时刻挺身担当，此次第一时间捐赠善款采购医疗物资急援湖北，累计捐赠 8,474,880 元，共向湖北 68 家医院及单位发放捐款购买及会员捐赠的呼吸机、呼吸面罩、波纹管、医用口罩、消毒灭菌物资、隔离衣等医疗物资，总价值 12,561,258.90 元。

同时，阿拉善 SEE 生态协会当地企业家支持建设方舱医院、设立应急医院及康复驿站，为抗击疫情创造了中国经验。超 150 家企业家会员组织、发起捐助行动，据不完全统计，各地企业家通过不同渠道捐资捐物近 10 亿元，并积极调动资源、协调渠道采购物资，参与一线志愿行动。同时，为助力全球疫情防控、彰显中国企业家担当，3 月 17 日，阿拉善 SEE 生态协会援助意大利的首批价值 100 万元的有创 / 无创呼吸机、空压机、医用口罩、护目镜、面罩等医疗物资通过意大利驻华大使馆转交意大利红十字会，目前已随包机运抵意大利。

急援湖北，共抗疫情

1 月 24 日除夕晚，阿拉善 SEE 生态协会理事会经紧急讨论，号召向全体会员筹集首批善款 200 万元，用于捐助湖北各医院急需的大小呼吸机设备 30 台，仅半小时，200 万元已认捐完毕；1 月 25 日，阿拉善 SEE 援助的 30 台呼吸机入库，捐赠到武汉市两家医院并迅速安装投入使用。1 月 28 日至 31 日，阿拉善 SEE 捐助的 1,081,000 只医用外科口罩发放至 47 家湖北医院及单位。

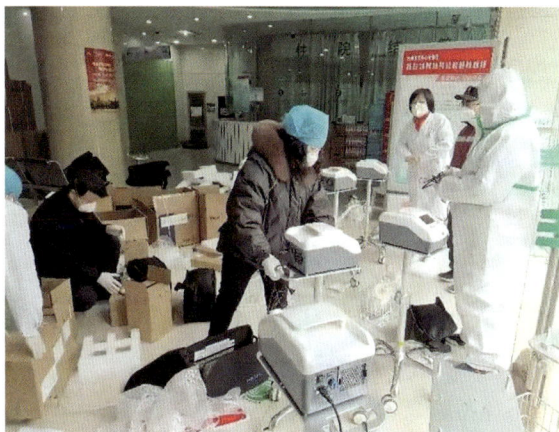

截至目前，阿拉善 SEE 生态协会 342 位会员捐款合计 8,474,880 元，已使用资金 8,464,861.30 元，余额 10,018.7 元，执行率 99.88%；共向湖北 68 家医院及单位发放捐款购买及会员捐赠的呼吸机 215 台、呼吸面罩 500 只、波纹管 500 根、医用口罩 1081260 只、消毒灭菌物资 5553 瓶、测温仪 100 台、药品 36846 盒 / 瓶 / 只、安心裤 52680 包、垃圾袋 324000 个、75% 乙醇洗手凝胶 15000 瓶、隔离衣 5000 套，物资总价值 12,561,258.90 元。

在此急难时刻，不论身在本地或是千里之外，阿拉善 SEE 企业家会员持续捐款捐物，积极调动资源、协调渠道采购物资，心系湖北，驰援一线。值得一提的是，阿拉善 SEE 湖北当地会员成为湖北抗疫的主力企业，除捐款捐物外还派出志愿者深入疫情防控第一线，更支持建设方舱医院、设立应急医院及康复驿站，为抗击疫情创造了中国经验。

其中，阿拉善 SEE 会长艾路明所在当代集团及伙伴企业快速响应，竭力调动各方资源，将集团参与投资建设的青山区全民健身中心改造成青山楠姆方舱医院，总面积 1.5 万平方米，床位 616 张，并改建 2 所康复驿站，总计 5980 间房；阿拉善 SEE 湖北中心主席阎志先生所在的卓尔集团设立的 7 家卓尔应急医院共收治新冠肺炎患者 3926 人（含疑似），治愈患者 2833 人（含疑似），旗下武汉国际会展中心、武汉客厅等自有物业改建成 3 座方舱医院，救治新冠肺炎轻症患者 3663 人，助力武汉实现患者"应收尽收"。

身为湖北籍企业家，阿拉善 SEE 终身会员陈东升先生所在泰康保险集团在抗击疫情的战斗中，将原计划 2020 年上半年开业应诊的泰康同济（武汉）医院提前开业，成为新冠肺炎确诊病例治疗点，为武汉市抗击新冠肺炎紧急提供了 400 位医护人员和 800 张床位，同时泰康之家楚园康复医院和护理中心 300 张床位也紧急加入进来，为武汉抗击新冠肺炎疫情合计提供了1100张床位；阿拉善SEE湖北会员企业、九州通医药集团协助武汉红十字会启用武汉汉阳国博中心A2、A3馆，承担武汉红十字会捐赠物资的物流运营管理。

阿拉善SEE终身会员郭广昌先生的复星医疗集团发挥国际化供应链渠道优势，1月24日第一时间启动全球医疗物资调配计划，截至目前援助医疗防护物资总计243.5万件。

阿拉善SEE和文峰集团共同向湖北医院捐赠第一批40台呼吸机后，文峰集团、文峰股份各捐资1000万元，设立疫情专项基金，并出资1.5亿元设立专项帮扶资金，对集团与文峰股份各类供应商分别进行定点帮扶、救助；阿拉善SEE创始终身会员王石先生所在万科集团旗下万科公益基金会向武汉红十字会捐赠1亿元，帮助武汉抗击新型肺炎疫情。据不完全统计，阿拉善SEE超150家企业家会员组织、发起捐助行动，通过不同渠道捐资捐物及专项基金近10亿元。

自疫情发生以来，阿拉善SEE生态协会企业家会员、公司员工还组织成立志愿者队伍，奔走在疫情防控第一线，调度、采购、运送……尽己所能，奉献绵薄之力。阿拉善SEE会员徐广煜成立"亚瑞应急支援机动队"，找志愿者、运转物资，大年初一就深入疫情一线。他的事迹，被央视和人民网相继报道。

截至目前，当代集团与伙伴企业、卓尔集团、九州通医药集团以及阿拉善SEE其他会员企业近20000名志愿者从物资运输、采购调度到社区防控，夜以继日、步履不停，成为疫情防控的一道屏障和强大力量，在协同抗疫的历练中，无私奉献、友爱互助。

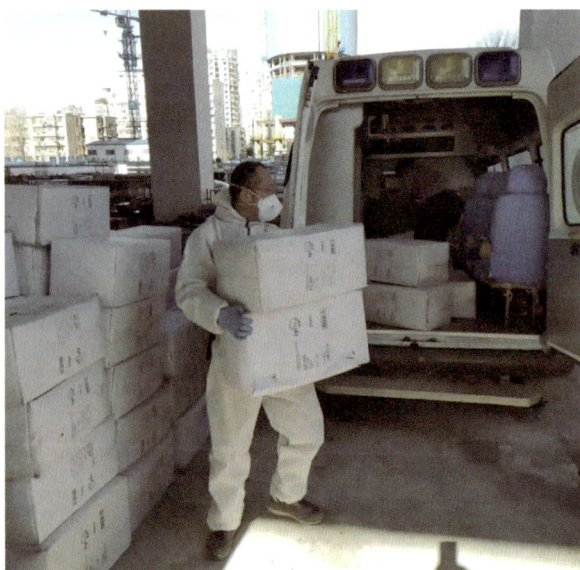

徐广煜搬运送往医疗一线的抗疫物资

环保之谊，国际援助

3 月，疫情开始在全球蔓延，各国开始向中国求援，意大利是疫情最为迅猛的国家之一，早在 2004 年，阿拉善 SEE 生态协会就与意大利政府结下环保之缘，意大利政府为支持北京筹备 2008 年奥运会，为沙尘治理等项目提供了赠款资金和技术支持。

2020 年 3 月 11 日，阿拉善 SEE 生态协会多位会员提议，经理事会讨论决议，拟向意大利捐助一批抗疫医疗物资，当晚，企业家会员连夜对接采购、运输、捐赠等各方资源；3 月 12 日，北京市环保局科技和国际合作处帮助联系意大利环保部及意大利驻华使馆商务部，对接了捐赠流程及渠道。

3 月 17 日，阿拉善 SEE 生态协会援助意大利的首批价值 100 万元的有创 / 无创呼吸机、空压机、医用口罩、护目镜、面罩等医疗物资从仓库起运，交付给意大利驻华大使馆转交意大利红十字会，用于疫情防治工作。

"幸福的时候需要忠诚的友谊，患难的时刻尤其如此。"这句古罗马哲学家塞涅卡的名言，也特意印制在了此次阿拉善 SEE 捐助意大利的医疗物资包装上。值得一提的是，这句名言的意大利语和拉丁语校对的志愿者 Daniela 也来自意大利，是"阿拉善 SEE 志愿者"体系注册的 411 号志愿者。

在全球共抗疫情的关键时刻，复星国际董事长、阿拉善 SEE 创始终身会员、亚布力中国企业家论坛理事郭广昌，通过亚布力中国企业家论坛发起对海外疫情发展迅速的

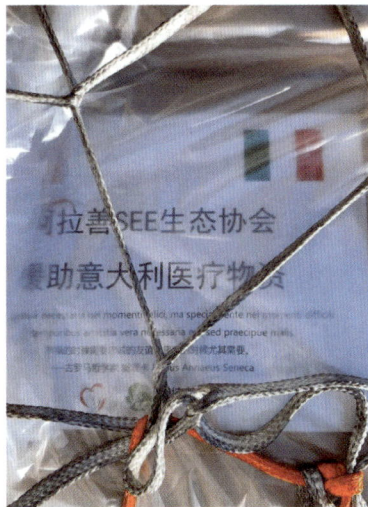

重点国家捐赠医疗物资的倡议，受到了中国企业家的热烈响应，众多爱心企业共同发起了"全球人道主义援助计划"，目前，已有龙湖集团、北京泰康溢彩基金会、百度集团、红杉资本、新东方集团、小米集团、卓尔集团、建业集团、远大科技集团、武汉当代集团、秦商百人会有限公司、佐丹力健康产业集团、正泰集团等爱心企业参与其中，后续还将有更多企业参与。

企业互助，共渡难关

阿拉善 SEE 生态协会为中国最大的企业家环保公益组织，会员是来自各行各业的民营企业家。一场突如其来的疫情对我国经济和社会发展造成较大的冲击，也对会员企业的生产和经营带来严重影响。

在这个特殊时期，阿拉善 SEE 会员自发建立"共渡时艰企业互助群"，为阿拉善 SEE 会员提供商业互助平台，对接商业信息，交流管理经验，互通有无，资源共享，共渡时艰。截至 2020 年 3 月 27 日，共统计供货信息 47 条、需求信息 17 条，政策及分析信息 7 条，并实际促成多笔交易。未来还将推出更多的商业助力活动帮助会员共渡难关。

此外，阿拉善 SEE 以线上直播分享课程的形式，将优秀案例及市场经验向更多的会员分享，帮助会员企业恢复正常生产。依托超过 900 位企业家会员的庞大基础，邀请名师及真实优秀的企业家进行课程分享。围绕"疫情影响下的企业如何渡过难关"这一最受关注的话题，将优秀经验及实用案例传递给更多的会员，助力会员及企业复工复产，渡过难关。

阿拉善 SEE 是中国企业家作为一个阶层进入环保公益领域的起始，一直以来，阿拉善 SEE 秉持"凝聚企业家精神，留住碧水蓝天"的使命，用商业思维创造社会价值、解决社会问题，担负起社会责任，并将持之以恒地在这条路上探索前行。

武大学者、校友及企业家共论
后新冠疫情时期湖北产业发展

2020-04-27

4月25日晚8点，"后新冠疫情时期湖北产业发展研讨会"在线上会议平台举行，泰康保险集团董事长陈东升、中诚信集团创始人毛振华、亚布力论坛主席田源、湖北省半导体行业协会会长杨道虹、京山轻机董事长李健、武汉科技投资有限公司董事长沈晓健、湖北省楚商联合会秘书长蹇宏、武汉大学经济与管理学院院长宋敏出席会议并做主题演讲。本次研讨会由武汉大学经济与管理学院、武汉大学董辅礽经济社会发展研究院联合主办，武汉大学中国新民营经济研究中心、武汉大学健康经济与管理研究中心协办，会议由武汉大学董辅礽经济社会发展研究院执行院长郭敏女士主持。300位专家学者、业界高管参加了研讨会并与演讲嘉宾在线互动。

陈东升
泰康保险集团董事长
武汉大学董辅礽经济社会发展研究院理事长

陈东升围绕健康产业发展做了主题演讲。陈东升指出，教育和医疗是国家实力的基础，分别对应民族的素质和民族的品质两个重要问题。

在湖北经济发展方面，陈东升认为，湖北武汉在健康产业方面具有良好的基础，表现在有两所高水平的医学院以及两家医教研一体的附属医院。泰康同济医院在这次武汉战疫中做出贡献，未来也将以构建医教研一体的医院为目标，进一步聚集顶尖的人才，促进医学和大健康的发展，为家乡的大健康产业发展贡献力量。

谈及这次战疫，陈东升提到，这一次自己的家乡湖北武汉受灾很大，楚商和武大在战疫中一战成名，校友企业家联谊会在其中做出了不可磨灭的贡献，并将继续在后新冠疫情时期为湖北产业发展做出自己的努力。

毛振华
中诚信集团创始人、首席经济学家
武汉大学董辅礽经济社会发展研究院院长

毛振华以"当前湖北经济发展遇到的困难及政策建议"为主题进行演讲。毛振华提到，防疫和恢复经济社会生活两项工作同样重要，并依然面临多重压力和困难。要紧抓防疫工作，不可以放松。建议湖北省武汉市率先开展全民检测、分类管理，提升武汉城市影响力、安全感和社会的接受度，率先成为中国最安全的城市。毛振华呼吁中央要加大对湖北经济的支持，帮助湖北、武汉舒缓民生，建议给武汉市民和湖北地区贫困人口每人发放 1 万元的消费券补助。要构建一个全国支援湖北经济的机制，对口支援湖北。湖北自身要高度关注就业问题，把中小企业作为龙头和牛鼻子。要加大对优势产业的关注度，重点扶持产业生态。武汉地区一定要营造好招商引资的环境，把企业服务好，激发民众创业热情和就业热情。毛振华还提到了应高度关注湖北和武汉人民心理建设问题，要给予湖北和武汉人民人文关怀。

田源
亚布力论坛主席

田源围绕大健康产业发展的趋势进行演讲。田源指出，有关数据排名和行业指数显示，大健康快速发展的时代已经到来，长寿时代的理论进一步得到体现。人的寿命增长，对健康行业发展提供了持久的动力和巨大的机会，行业的发展趋势体现为市场越来越大、产业向全球扩展、创新驱动型增长和巨无霸企业的诞生，以及中国本土企业竞争力的加强。本次新冠肺炎疫情让全世界都知道了武汉，要把武汉在全世界知名度转化为对投资和产业发展的关注，转化成为疫后发展的巨大机会。建议武汉对标波士顿，充分利用已有的生物医药产业基础和优良深厚生物医学人才的优势，发展大健康产业。同时他强调，武汉要进一步解放思想，进一步扩大开放，营造好的环境，让企业愿意落户武汉。

杨道虹
湖北省半导体行业协会会长

杨道虹就湖北十大产业布局中位列第一重要的集成电路产业发展问题发表演讲，他在演讲中提到，十年磨一剑，湖北芯片产业基本骨架形成，获得很大的进步，但还处在"势强力弱"阶段，目前湖北集成电路产业的发展是"卡脖子"的问题，是需要解决的难题之一。由于芯片产业生产的特性，疫情对我省芯片产业的影响不大，工厂的特殊环境切断了病毒传染路径，远程办公对于芯片行业亦是常态。但在后疫情时代，海外工程师现场支持受阻、国际疫情导致的延期交付、海外电子消费市场加大萎缩等问题可能会出现。建议要坚定发展芯片产业初心不变，制订产业发展的行动方案和发展规划，形成规模效应和技术领跑。湖北芯片产业发展一定要高举高打形成特色。要制定芯片产业支持政策，优化芯片产业的投资环境。

李健
京山轻机董事长

　　李健以"疫情对湖北的影响及其应对"为题发表演讲。以自己的企业为例，李健指出，疫情的影响是全程的，早期防疫压力大，后期外省复工对我们的挑战大。面对疫情的考验，企业首先要活下去。每个企业都要做好数字化的转型，在线上实现良好的内部管理，与客户、供应商实现良好的线上沟通。面对疫情带来的冲击，要进一步推进全球化，加强产业发展的全球化的布局，否则只会带来更大的痛苦，逆全球化的思路要不得。在全球化布局中，还要注意实现企业管理的本地化，尽量减少危机事件对企业运营的冲击。在湖北产业发展方面，目前中央对湖北还没有形成一揽子政策，希望省政府尽快动起来，向中央争取更多的支持和关心，帮助湖北走出困境。

沈晓健
武汉科技投资有限公司董事长

　　沈晓健以"疫情对武汉企业和产业发展影响"为主题，对后疫情时期武汉企业微观层面和产业宏观层面发展进行了分析。沈晓健先生指出，通过对 150 家已投资企业的调研，发现疫情对 90% 以上的企业带来了不同程度的负面影响，其中战略性新兴企业影响相对较小，供应链、终端需求依存度高的行业影响较大。规模小的企业风险更高，企业增长面收窄，预期社会贡献降低。疫情防控对企业直接的影响较为共性和突出，企业现金流明显紧张，股权融资需求大，全方位恢复面临困难。沈晓健还谈到了武汉的资源禀赋和疫后创新发展方向，指出了武汉产业发展的重点领域，以及产业复苏的政策支持。

蹇宏
湖北省楚商联合会秘书长

蹇宏从自己的战疫经历出发以"武汉湖北复工复产与鄂汉品牌线上营销"发表主题演讲，提出了自己的疫后武汉湖北复工复产观点。蹇宏先生认为，常态化的防控形势催生了线上的经济业态，激活了线上经济。然而，复工复产、经济重启的最大问题在于——经济可以重启，但是市场没有恢复到以前的状态。当前公益直播带货、网红级带货达人带货等网上销售业态是一个新的焦点，要把焦点转化成湖北经济的增长点。疫情过后，武汉必将成为招商引资的热点和政策的洼地，去投资就会有机会。要通过多种举措，把湖北武汉的劣势转化为优势。

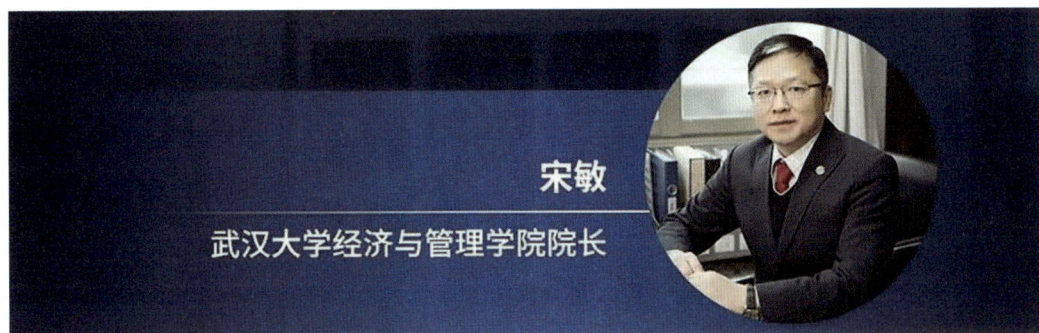

宋敏
武汉大学经济与管理学院院长

宋敏在演讲中提到，湖北特别是武汉这次经受疫情的打击非常巨大，绝对不能轻视负面的影响。恢复产业和经济，光靠自己的力量是不够的，要争取政策和财政方面更多的支持，打造一个新的社会治理的框架，进一步研究细化相关的政策体系。湖北武汉到了痛定思痛的时候，不能浪费这场危机带来的变革动机。在良好宽松的政策和外部力量支持下，我们自己加倍努力，未来湖北武汉的发展将会有新的面貌。

嘉宾互动环节，渤海银行董事长李伏安做了简要发言。他提出，对于湖北武汉而言，疫情是件坏事，也是个大机遇，湖北武汉从未如此被全球关注。要提出一个"湖北武汉疫后重振计划"，调动全社会力量，争取中央的支持，利用这次机遇促进湖北武汉产业发展。

最后，陈东升、毛振华、杨道虹等嘉宾就解决对疫情重灾区湖北武汉人民的歧视问题、武汉激光产业发展以及民营资本进入养老产业等问题与现场观众进行了讨论互动。主持人郭敏女士在结语中代表全体演讲嘉宾和观众表达了对湖北、武汉的深厚感情，并祝福湖北、武汉人民，祝愿疫情之后湖北、武汉更美好。

时隔 130 天，
大师兄再回"珈"并慰问抗击疫情应急小组

2020-04-29

4 月 29 日，理事长陈东升和副理事长毛振华、田源等一行莅临校友企业家联谊会，看望、慰问一直坚守在一线的校友企业家联谊会抗击疫情应急小组。

整个疫情期间，武汉大学校友企业家联谊会抗击疫情应急小组在陈东升理事长的部署和指导下，在蹇宏秘书长指挥下，克服个人、家庭种种困难，24 小时在珞珈山庄待命。在疫情最严重期间，应急小组成员不顾个人安危，无论何时何地，竭力将各位理事、校友的爱心送达。他们经手的物资超过 300 吨，履行了不负各位理事、校友重托的承诺。

在校友企业家联谊会，陈东升理事长和大家一一握手，慰问应急小组成员。他说：从 1 月 22 日校友企业家联谊会成立抗击疫情应急小

理事长陈东升一行慰问校友企业家联谊会抗击疫情应急小组

组起，你们就坚守一线，无论白天黑夜，不管刮风下雨，你们都将各位理事、校友等的爱心送到战疫最需要的地方，圆满完成了最后一棒的接力。三个月来，你们舍小家顾大家，心无旁骛地和各位理事、校友一起抗疫，集体谱写了珞珈山众志成城、风雨同舟的辉煌战疫篇章。

"这次校友企业家联谊会抗击疫情应急小组表现突出，成绩斐然。在整个抗击疫情的过程中，打出了校友企业家联谊会的名气，打响了校友企业家联谊会的品牌，打造了武大商帮团结向上、家国情怀的氛围。我代表校友企业家联谊会全体理事向你们说一声：'大家辛苦了！向你们的家人表示感谢！'"

"在党中央坚强领导下，在湖北省委省政府指导、武汉市委市政府指挥下，湖北、武汉人民同心协力，终于基本阻隔了疫情，社会生活正在回归正常。抗击疫情应急小组圆满完成使命，我们也进入复工复产的第二战，进入驰援湖北、驰援武汉的经济保卫战。我希望大家继续发扬疫情期间的战斗精神，在做好疫情防控的基础上，不懈怠、不动摇、不松步，在湖北、武汉经济恢复发展的战役中，创造更大的辉煌，将武汉大学校友企业家联谊会推向新的高度。"

最后，陈东升理事长宣布："武汉大学校友企业家联谊会抗击疫情应急小组圆满完成使命，解散！"